Endstation Nordsee

Ilka Dick, 1972 in Lüneburg geboren, studierte nach dem Abitur Lehramt für Sonderschulen in Hamburg und Bremen. Nach den Stationen Lübeck und Berlin zog es sie für zwei Jahre auf die Nordseeinsel Amrum. Heute lebt die Autorin mit ihrer fünfköpfigen Familie in der Nähe von Rendsburg und ist als Sonderschullehrerin für Hörgeschädigte tätig. »Endstation Nordsee« ist ihr erster Roman.

ILKA DICK

Endstation Nordsee

INSEL KRIMI

emons:

© Emons Verlag GmbH
Cäcilienstraße 48, 50667 Köln
info@emons-verlag.de
Alle Rechte vorbehalten
Umschlagmotiv: time./photocase.de
Umschlaggestaltung: Tobias Doetsch
Gestaltung Innenteil: César Satz & Grafik GmbH, Köln
Lektorat: Marit Obsen
Druck und Bindung: Books on Demand GmbH, Norderstedt
Printed in Germany
Erstausgabe 2017
ISBN 978-3-7408-0047-5
Insel Krimi
Originalausgabe
3. Auflage

Unser Newsletter informiert Sie
regelmäßig über Neues von emons:
Kostenlos bestellen unter
www.emons-verlag.de

Dieser Roman wurde vermittelt durch die Autoren-
und Verlagsagentur Peter Molden, Köln.

Für Arno

Prolog

»Ist es jetzt so weit?«

Sie hob fragend den Kopf und sah zu der zierlichen Dame, die gegenüber auf der anderen Seite des Bettes Platz genommen hatte. Klare blaue Augen blickten ihr entgegen, umrahmt von feinen Fältchen. Diese Augen hatten es schon oft gesehen, doch für sie war es das erste Mal.

Die Dame nickte kaum merklich. »Sie macht sich jetzt auf den Weg.«

Auf den Weg. Die Worte klangen schwer in der Stille des Raumes nach. Nur der leise rasselnde Atem der alten Frau im Bett war zu hören.

Vorsichtig nahm sie ihren Stuhl und rückte näher an das Bett heran. Das Rutschen der Stuhlbeine über den Holzfußboden kam ihr unnatürlich laut vor, wie ein Fremdkörper, der die eigentümliche Ruhe in dem Zimmer störte.

Es war einst das Wohnzimmer des kleinen Hauses gewesen, doch es war schon vor geraumer Zeit zweckentfremdet worden. Anstelle des Sofas stand nun das wuchtige Pflegebett vor der großen Fenstertür, durch die man auf die Terrasse treten konnte. So hatte die alte Frau während der vergangenen Monate vom Bett aus auf die Terrasse und den dahinterliegenden Garten blicken können. Auf dem kleinen Tisch neben dem gemütlichen Ohrensessel lagen nun statt eines Buches und der Lesebrille Verbandsmaterial und der Plastikordner des ambulanten Pflegedienstes. In der Ecke vor dem Bücherregal befand sich unter einer Decke verborgen ein Toilettenstuhl. Doch den konnte die alte Frau schon lange nicht mehr benutzen.

Morgens, wenn die Sonne hinter den Apfelbäumen im Garten aufging, tauchten ihre Strahlen den ganzen Raum in ein warmes, goldenes Licht. Jetzt jedoch hatte sich die Dämmerung über den Garten gesenkt, und ein schummriges Zwielicht herrschte im Zimmer.

Die Dame erhob sich, um die Stehlampe anzuschalten. Der

Lichtkegel fiel auf das Bett der alten Frau. Ihre Hände ruhten auf der Bettdecke. Sie sahen weiß und zerbrechlich aus. Unter der dünnen Haut des Handrückens zeichneten dunkle Adern ein zartes Geflecht. Zaghaft ergriff sie erst die eine, dann die andere Hand. Sie drückte sie leicht, doch sie spürte keine Reaktion. Die Hände fühlten sich fremd an, kalt und schlaff. Das waren nicht mehr die Hände, die sie kannte und die ihr so vertraut waren. Die warmen, kräftigen Hände, die für eine Frau immer ein bisschen zu groß gewesen waren. Mit Schwielen an den Handflächen, rau und trocken. Diese Hände hatte sie geliebt. Sie hatten ihr Wärme und Geborgenheit gegeben, Schutz und Halt. Kleine Hand in großer Hand. Damals, als noch alles gut gewesen war.

Sie drückte ein wenig fester zu. Ob sie das noch fühlt?, fragte sie sich. Ob sie weiß, dass ich hier bin? Dass ich mein Versprechen halte?

Als hätte die Dame vom Hospizverein ihre Gedanken erraten, sagte sie leise: »Reden Sie mit ihr. Sie spürt, dass Sie da sind. Sie hat auf Sie gewartet. Sprechen Sie ihr Mut zu, sagen Sie ihr, dass sie gehen kann. Dass Sie sie gehen *lassen*.«

Sie gehen lassen. Ich will sie aber nicht gehen lassen!, dachte sie und spürte, wie sich ihr Magen zusammenzog. In ihrem Kopf breitete sich ein dumpfer Schmerz aus. Seit Stunden hatte sie nichts gegessen. Sie hatte keinen Bissen herunterbekommen, nachdem man sie frühmorgens angerufen hatte: »Sie sollten jetzt kommen. Es dauert nicht mehr lang.«

Sie war sofort aufgebrochen, hatte die Strecke irgendwie hinter sich gebracht. Viel zu schnell war sie gefahren, nur um rechtzeitig da zu sein. Das hatte sie versprochen, und sie hatte es geschafft.

Ihre Augen füllten sich mit Tränen. Nur verschwommen nahm sie das Gesicht der alten Frau wahr. Es war von der langen Krankheit gezeichnet und hatte kaum noch etwas mit den weichen Zügen gemein, die sie so gut kannte. Die Haut, die sich über die Wangenknochen spannte, war blass und durchscheinend. Die eingefallenen Wangen ließen die gerade Nase unnatürlich stark hervortreten, und die einst so vollen Lippen bildeten nur noch einen zarten blassblauen Strich, der sich bei jedem Atemzug kaum sichtbar bewegte. Das graue, immer noch lange Haar war ordentlich zurückgekämmt.

Sie blinzelte die Tränen weg und suchte den Blick der alten Frau. Doch die dunklen, leicht geöffneten Augen starrten geradeaus aus dem Fenster, als ob sie einen imaginären Punkt in der Ferne fixierten. Alles andere schien nicht mehr zu existieren.

Was sieht sie wohl dort draußen in der Dämmerung?, überlegte sie. Sieht sie ihren Garten, den sie so liebt? Die Margeriten und Geranien, die in den Kübeln auf der Terrasse blühen? Der Sommer war die Zeit im Jahr, die sie am allermeisten mochte.

Oder sieht sie den Himmel? Die Wolken vorbeiziehen? Wie oft hatten sie früher auf der Wiese hinter den Apfelbäumen im Gras gelegen, jede von ihnen einen frisch gepflückten Apfel in der Hand, und die Wolken am Himmel bestaunt? Sie hatten sich die schönsten Figuren ausgemalt, von weißen Wolken auf blauen Hintergrund gezaubert. »Siehst du da den Drachen? Mit dem ganz langen Schwanz?« – »Ja! Und da, da drüben, das sieht aus wie ein Fahrrad. Ich erkenne genau die beiden Reifen.« – »Nein, das ist eine Brille. Eine Brille mit ganz großen Gläsern.« Sie meinte, die Stimmen zu hören, das weiche Gras in ihrem Rücken und den süßsäuerlichen Geschmack des Apfels auf ihrer Zunge zu spüren.

Ein röchelndes Husten holte sie zurück in das Zimmer. Erst jetzt bemerkte sie, dass sie lautlos geweint hatte. Verstohlen fuhr sie sich mit dem Handrücken über die feuchten Wangen.

Der Atem der alten Frau ging jetzt schneller, klang angestrengter. Hilfesuchend blickte sie zu der Dame von der Sterbebegleitung, die begonnen hatte, mit einem feuchten Lappen sachte die Stirn und die Lippen der alten Frau zu benetzen. »Gehen Sie weiter, alles ist gut. Sie sind nicht allein«, sprach die Dame besänftigend auf sie ein. Ihre Stimme war fest und warm. Dann sah sie kurz auf und sagte: »Versuchen Sie es, reden Sie mit ihr. Es wird sie beruhigen.« Und nach einer Pause: »Sie können das, ich bin mir ganz sicher.«

Sie zögerte. Was sollte sie *jetzt* sagen?

Der Kloß in ihrer Kehle fühlte sich übermächtig an. Sie schluckte schwer, atmete einmal tief durch und richtete sich auf. Die Dame nickte ihr ermutigend zu.

Und so begann sie zu sprechen. Zunächst stockend, mit tränenerstickter Stimme, die richtigen Worte suchend. Doch mit jedem Wort, das über ihre Lippen kam, wurde es leichter, und schließlich strömten die Sätze, die noch gesagt werden mussten, wie von selbst aus ihr heraus. Der Atem der alten Frau beruhigte sich wieder. Er wurde langsamer, gleichmäßiger, und ein seltsamer Friede legte sich über das Gesicht der Sterbenden.

Später wusste sie nicht, wie lange sie so dagesessen hatte. Irgendwann waren die Abstände zwischen den Atemzügen immer größer geworden, bis der Atem der alten Frau schließlich ganz ausgesetzt hatte. Sie hatte es geschafft. Sie war gegangen.

Bedächtig, so als wollte sie niemanden stören, erhob sich die Dame vom Hospizverein. Mit einer behutsamen Bewegung schloss sie die Augen der Verstorbenen.

»Ich lasse Sie dann jetzt mal allein. Wenn Sie mich brauchen, ich bin nebenan.« Sie verließ das Zimmer und zog die Tür leise hinter sich ins Schloss.

Nun war sie allein. Und als ob ihr von einer Sekunde zur nächsten alle Kraft genommen worden wäre, sackte sie in sich zusammen. Sie legte ihre Stirn auf die Brust der Toten, deren Hände sie noch immer fest umschlossen hielt. Eine unendliche Traurigkeit breitete sich in ihr aus. Sie spürte, wie die Tränen zurückkehrten, erst zaghaft, dann immer drängender, bis sie sich mit aller Macht unaufhaltsam ihren Weg bahnten. Ihr Rücken begann zu zucken, zu beben. Dann wurde ihr ganzer Körper von einem gewaltigen Weinkrampf geschüttelt.

Sie weinte um die alte Frau, die sie nun für immer verloren hatte. Sie weinte um das Gute, das unwiederbringlich vorbei war. Und sie weinte um sich selbst, um ihr eigenes Leben.

Im Zimmer war lange Zeit nichts anderes zu hören als ihr lautes Schluchzen. Erst allmählich wurde es leiser, bis es am Ende ganz versiegte.

Irgendwann hob sie erschöpft den Kopf. Mit zitternder Hand strich sie der Verstorbenen zärtlich über das Haar und flüsterte: »Du hast mich zu der gemacht, die ich war. Nun kannst du mich nicht mehr länger beschützen vor der, die ich sein werde.«

1

1972

»Los, Einstein, nun mach schon. Wie lange dauert das denn noch?« Arfst breitete theatralisch seine Arme aus. »Ich kipp bei der Hitze sonst gleich um!«

Er tat so, als ob er torkelte, und stützte sich mit einer Hand auf Luises nackter Schulter ab.

»Arfst!«, rief Luise in gespielter Empörung. »Nehmen Sie Ihre Hand da weg, junger Mann!« Lachend schlug sie ihm auf die Finger und zupfte den Schulterträger ihres Bikinis zurecht.

»Ach, Luischen, nun hab dich doch nicht so.« Arfst grinste breit.

»Nenn mich nicht Luischen!«

»Ich bin gleich so weit«, rief Liv und blickte durch den Sucher ihrer neuen Kamera. Sie hatte sie erst vor Kurzem von ihren Eltern zu ihrem neunzehnten Geburtstag geschenkt bekommen. Vorsichtig drehte sie am Objektiv, um die passende Belichtungszeit einzustellen. »Ihr müsst noch ein Stück da rüber.« Sie zeigte mit ausgestrecktem Arm nach rechts. »Ja, genau so. Die Sonne muss euch ins Gesicht scheinen. Stopp, das reicht!«

»Frauen und Technik«, meinte Erk trocken und stellte sich ganz nah hinter Luise. Für diese Bemerkung stieß sie ihm den Ellenbogen in die Rippen. »Aua!«, schrie Erk übertrieben auf und hielt sich den Bauch.

»Ach, du Armer.« Luise drehte sich um und tätschelte mit ihrer Hand lächelnd seine Wange. »Als ob du Technikgenie auch nur den Hauch einer Ahnung von diesem Apparat hättest.«

»Männer können alles.« Er grinste sie unverfroren an, was ihm einen erneuten Hieb in die Rippen einbrachte.

»So, jetzt schaut mal alle hierher.« Liv wedelte mit dem Arm. »Ihr müsst in die Kamera gucken!«

»Halt, ich will auch noch in die Nähe dieses schönen Mädchens.« Hans drängelte sich an die Seite von Luise und versuchte, Erk ein Stück nach hinten zu schieben. Doch Erk ließ sich nicht so leicht abdrängen.

»Du hoffst wohl, dass so wenigstens ein bisschen Schönheit auf dich abfärbt, was?« Erk lachte laut über seinen eigenen Witz, und die anderen stimmten mit ein.

»Man soll ja bekanntlich die Hoffnung nie aufgeben«, gab Hans unbeeindruckt zurück.

»Seid ihr da vorn bald mal fertig?« Nun war es an Liv, langsam ungeduldig zu werden. »Ihr müsst jetzt stillstehen und in die Kamera schauen.« Sie blickte durch den Sucher. »Ja, so ist es gut. Und lächeln!«

Ihre vier Freunde standen, nur mit Badesachen bekleidet, lachend am Strand, den Wind in den Haaren, die Sonne auf der gebräunten Haut. Und hinter ihnen nichts als die Weite des Kniepsandes. Das würde ein gutes Bild geben. Sie drückte auf den Auslöser.

»Fertig!« Liv ließ die Kamera sinken.

»Na endlich. Und jetzt los!« Arfst rannte in Richtung Nordsee. Im Laufen drehte er sich zu seinen Freunden um und winkte. »Kommt schon! Wer zuerst im Wasser ist.«

»Hey, das zählt nicht! Ich krieg dich noch.« Hans sprintete hinterher.

»Kinder.« Luise schüttelte den Kopf und schob sich eine ihrer blonden Haarsträhnen, die sich aus ihrem Zopf gelöst hatte, hinter das Ohr.

»Soll ich noch ein Foto von euch beiden machen?«, fragte Erk.

Liv, die zu ihnen getreten war, sah Luise fragend an. »Gute Idee, oder?«

Luise nickte. »Ja klar.«

Nachdem Liv an der Kamera die Blende und die Belichtungszeit überprüft und die Entfernung neu eingestellt hatte, drückte sie Erk den Apparat in die Hand und erklärte ihm, wo sich der Knopf für den Auslöser befand. »Ich habe fünf Meter eingestellt. Du musst fünf Schritte weit weggehen.« Dann stellte sie sich neben Luise.

»Und ich dachte, Männer können immer alles«, flüsterte Luise ihr ins Ohr, so laut, dass auch Erk es hören konnte.

»Wartet's nur ab«, erwiderte Erk, während er die Entfernung mit ausholenden Schritten abmaß. Er drehte sich um und hob die Kamera vor das Gesicht. »Und nun, Mädels, schenkt mir euer schönstes Lächeln!«

Luise und Liv legten sich gegenseitig den Arm um die Schultern und strahlten um die Wette in die Kamera.

Nachdem Erk das Foto geschossen hatte, kam Luise eine Idee. Sie flüsterte sie Liv so leise ins Ohr, dass Erk es nicht mitbekommen konnte. »Ich hätte so gern auch ein Foto nur von Erk und mir, du weißt schon. Das wäre *die* Gelegenheit.«

»Meinst du?« Liv sah Luise unschlüssig an, doch ehe sie etwas anderes sagen konnte, hatte Luise sich schon zu Erk umgedreht.

»Du, Erk, Liv würde auch noch gern ein Foto von uns beiden machen. Wie sieht's aus?«

»Warum nicht?« Er grinste schief.

»Na gut …« Liv nahm die Kamera von Erk entgegen. »Dann geht mal wieder ein Stück zurück.«

»Wir könnten uns doch auch mal hinsetzen, direkt auf den Strand, sähe das nicht gut aus?«

Ohne eine Antwort abzuwarten, ließ sich Luise im Sand nieder. Sie winkelte ihre nackten Beine ein wenig an und streckte sie zur Seite, sodass ihre schlanken Knie und Unterschenkel gut zur Geltung kamen. Mit einer raschen Handbewegung streifte sie das Band ab, das ihr Haar im Nacken zusammengehalten hatte. Ihre langen blonden Haare fielen offen über ihre Schultern.

»Nun komm schon.« Luise blickte zu Erk auf und lächelte ihn verheißungsvoll an. Einladend klopfte sie mit der Hand neben sich auf den Sand.

Erk fuhr sich verlegen mit den Fingern durch seine beinahe schulterlangen dunklen Locken. Dann ging er neben Luise in die Hocke.

»Okay, dann schaut mal her.« Auch Liv musste in die Knie gehen. Das Bild, das sie diesmal durch den Sucher sah, ließ sie schlucken. Luise guckte direkt in die Kamera. Ihr Blick war klar, strahlend, voller Freude und Zuversicht, hatte gleichzeitig aber auch etwas Herausforderndes, etwas Triumphierendes. Erk hingegen schaute nicht in die Kamera. Sein Blick ruhte auf Luise. Er betrachtete sie mit einer Mischung aus Bewunderung und Hingabe. Und Begierde.

Die Erkenntnis traf Liv wie ein Schlag: Sie hatte keine Chance. Sie hatte nie eine gehabt. Erk war vergeben. Und die Frau, die er anbetete, war nicht sie.

Mechanisch betätigte sie den Auslöser. »Fertig. Ihr könnt aufstehen.« Hastig wandte sie sich ab und ging hinüber zu dem Platz, wo sie ihre Taschen abgestellt und ihre Handtücher und Decken ausgebreitet hatten. Sie beugte sich tief über ihren Beutel und wühlte nach der kleinen Ledertasche für die Kamera. Auf keinen Fall wollte sie, dass die beiden irgendetwas bemerkten. Hoffentlich war sie nicht rot im Gesicht geworden!

»Danke!«, hörte sie Luise rufen. »Ich bin schon sehr gespannt auf das Foto.«

»Ich geh dann mal zu den Jungs.« Erk erhob sich. »Kommt ihr mit ins Wasser?«

»Wir kommen gleich nach. Oder?«

Liv nickte wortlos. Sie hatte die Kameratasche gefunden und verstaute den Apparat darin.

»Dann bis gleich.« Erk setzte sich in Richtung Wasser in Bewegung, zunächst langsam, bis schließlich auch er zu rennen begann.

»Einstein, weißt du was?« Luise hatte sich auf ihr Handtuch gesetzt, die Arme um ihre Beine geschlungen und blickte Erk versonnen hinterher. »Heute tu ich es.«

»Was?« Liv sah ihre Freundin verständnislos an und ließ sich neben ihr auf die Decke sinken.

»Na, was schon? Es!« Luise lächelte vielsagend. »Ich weiß, dass Erk es auch will. Wir haben uns für später verabredet, und ich werde nicht länger Nein sagen.«

»Aber …« Liv starrte Luise ungläubig an. Dass es so weit schon ging, hatte sie nicht geahnt. Oder hatte sie es nicht sehen wollen? Verzweifelt suchte sie nach einer Möglichkeit, ihrer Freundin das Vorhaben auszureden. »Aber du … du bist doch noch nicht mal achtzehn!« Etwas Besseres war ihr auf die Schnelle nicht eingefallen.

»Na und? Das ist ja wohl egal. Außerdem sind es bis dahin eh nur noch ein paar Wochen.« Luise reckte ihr Kinn trotzig nach vorn. Ihr Blick wirkte entschlossen, und Liv meinte, wie schon vorhin, als sie das Foto von Erk und Luise geschossen hatte, etwas Triumphierendes darin zu entdecken.

»Und was ist mit Verhütung? Hast du daran mal gedacht?«, hakte Liv nach.

»Ach, keine Sorge, ich pass schon auf.« Luise legte sich auf den Rücken und verschränkte die Arme unter ihrem Kopf. »Es wird bestimmt gut werden.« Verträumt starrte sie in den blauen, wolkenlosen Himmel.

Liv schloss die Augen. Verflucht, Luise würde es wirklich wahr machen! Und sie hätte Erk damit endgültig verloren. Nicht dass sie ihn jemals gehabt hätte, sie und Erk waren nie ein Paar gewesen. Doch sie hatten immer einen guten Draht zueinander gehabt, und Liv hatte sich Hoffnungen gemacht, dass da noch mehr sein könnte als Freundschaft. Sie hatte gehofft, dass Erk ihre Gefühle erwiderte. Wie töricht sie gewesen war! Wie dumm!

Aus dem Augenwinkel blickte sie verstohlen zu Luise hinüber. Luise war so schön. So perfekt. Alles an ihr war makellos. Ihre Haut, ihr Haar, ihr Gesicht, ihr ganzer Körper. Warum sollte sich jemand in sie verlieben, wenn er stattdessen Luise haben konnte?

»Mit dir kann man immer so gut reden«, »du bist so klug und intelligent«, »du bist so besonders« – all das bekam Liv immer wieder zu hören. Besonders! Welcher Junge wollte schon mit einem Mädchen zusammen sein, das *besonders* war? Liv wollte einfach nur schön sein, schön und begehrenswert, nicht interessant und speziell.

Sie schaute an ihrem Körper hinab. Ihre Haut war nicht braun gebrannt. Sie war hell oder besser gesagt käseweiß und mit zahllosen Sommersprossen übersät. Ihr Haar war auch nicht voll und lang wie das von Luise, auf ihrem Kopf wuchsen dünne rotblonde Haare, die zu einem praktischen Bob geschnitten waren, der sich bei Wind oder Regen sofort in ein struppiges, gewelltes Chaos verwandelte. Und auf Amrum gab es viel Wind und Regen. Sie war zwar schlank und groß, aber nicht wohlproportioniert. Egal, wie viel sie auch aß, sie war immer zu dünn, und ihre Oberweite war alles andere als üppig. Liv hatte das Gefühl, dass nichts an ihr makellos war. Nichts, außer vielleicht ihr Verstand. Wie hatte sie sich da bei Erk nur Hoffnungen machen können?

Luise hatte sich auf die Ellenbogen gestützt und blickte sie auffordernd an. »Ab ins Wasser«, verkündete sie gut gelaunt. Sie stand auf und streckte sich. Die Sonne ließ ihr blondes Haar noch heller leuchten.

Doch Liv schüttelte den Kopf.

»Komm schon, Einstein! Eben wolltest du doch noch. Die Jungs warten.«

Einstein, dachte sie ärgerlich, ich kann diesen Spitznamen nicht mehr hören!

»Ich bleibe lieber hier und genieße noch ein bisschen die Sonne.«

»Wie du willst. Dann brat hier mal schön allein vor dich hin. Ich jedenfalls brauche eine Abkühlung.«

Damit lief Luise ohne sie über den endlosen Kniepsand in Richtung Meer. Einmal noch drehte sie sich um. Lachte und warf die Arme in die Luft. »Ach, Einstein, ist das Leben nicht einfach wunderbar?«

2

2014

»Mama, ich bin fertig!«

Die helle Mädchenstimme drang laut und vernehmlich aus der geöffneten Tür des Kinderzimmers. Als sich in dem kleinen reetgedeckten Friesenhaus nichts rührte, wurde die Stimme energischer.

»Ma-ma! Ich bin fertig! Du musst dir das angucken!« Immer noch kam keine Antwort. »Wo bist du denn?«

»Ich bin im Bad«, tönte es gedämpft hinter der geschlossenen Badezimmertür. »Ich bin gleich …« Ehe Aenne Jannen den Satz beenden konnte, flog die Tür auf, und ihre Tochter Beeke kam hereingestürmt.

»Guck mal, Mama! Das da, das bin ich.« Sie hielt ein Blatt in der Hand und zeigte mit ihren kleinen klebrigen Fingern auf die Figur, die sie gezeichnet hatte. »Mit Haaren!«

An den Kopf des Mädchens mit den lila Gummistiefeln und dem leuchtend gelben T-Shirt hatte sie lange braune Wollfäden geklebt.

»Und das da«, jetzt wanderte der Finger zu der zweiten Person, »das ist Onno. Ich habe extra rote Wolle genommen. Sieht doch schön aus, oder?«

Der Kopf des Jungen war von einem dichten Büschel kurzer roter Wollschnipsel eingerahmt. Die zwei Kinder hielten sich an den Händen und lachten. Daneben hatte Beeke einen Geburtstagskuchen mit Herzen gemalt.

Aenne lächelte. »Ja, das ist dir wirklich gut gelungen, und Onno wird sich bestimmt freuen, aber jetzt«, sie versuchte, ein ernstes Gesicht zu machen, »raus mit dir! Auf Klo will ich meine Ruhe.«

»Jaja.« Nur widerwillig trollte sich Beeke wieder. »Wann fahren wir denn endlich los? Ist es schon drei?«

»Es dauert nicht mehr lange. Wenn der große Zeiger auf der

Neun steht, ist es Viertel vor drei, und dann geht's los. Aber jetzt – Tür zu!«

Geräuschvoll zog Beeke die Tür ins Schloss.

Aenne seufzte. Noch nicht einmal auf der Toilette hatte sie ihre Ruhe. Trotzdem musste sie schmunzeln. Beeke war so aufgeregt! Heute hatte ihr bester Freund Onno Geburtstag. Er wurde fünf Jahre alt, genauso alt wie Beeke. Die beiden waren unzertrennlich, seit sie im Kindergarten vor gut einem Jahr in dieselbe Gruppe gekommen waren.

Nachdem Aenne im Bad fertig war, ging sie hinüber ins Kinderzimmer. Beeke kniete auf einem kleinen, bunt lackierten Holzstuhl, den Kopf tief über ihren Basteltisch gebeugt. Sie hatte heute extra ihr schönstes Kleid angezogen, das mit den großen Blumen, das an eine Sommerwiese erinnerte. Einige ihrer dichten Locken, die sich nicht im Pferdeschwanz bändigen ließen, fielen ihr locker ins Gesicht. Mit angestrengter Miene fuhr sie sich mit der Zunge über die Lippen, während sie versuchte, ihr Kunstwerk in Geschenkpapier zu verpacken.

Aenne trat an den Tisch heran und gab Beeke einen Kuss ins Haar. Ihre Tochter hatte die gleichen widerspenstigen Locken wie sie selbst, nur waren sie bei Beeke noch dunkelblond. In ein paar Jahren würden sie bestimmt genauso dunkelbraun wie ihre sein. Aenne sog den Duft des Kinderhaares ein. »Na, Rübe, kann ich dir helfen?« Sie ging neben dem Tisch in die Knie.

»Ja, der Tesafilm klebt überhaupt nicht und vertüddelt sich immer!« Anklagend hielt sie die rechte Hand hoch, an deren Fingern zerknitterte Tesafilmstreifen hingen.

»Na, dann lass mich mal machen.«

Gemeinsam gelang es ihnen, das Bild in das Papier einzuschlagen, ehe sie es mit einer dicken grünen Schleife an dem eigentlichen Geschenk befestigten, einem neuen Kinderschnitzmesser für Onnos Werkzeugkiste. Ein Blick auf die Uhr sagte Aenne, dass sie nun allmählich aufbrechen sollten. Sie erhob sich. »So, es ist so weit, wir müssen los.«

»Juhu!« Beeke sprang auf und hüpfte zur Tür.

»Aber vorher noch Hände waschen!«, rief ihr Aenne hinterher. »Mit Seife!«

Mit einem Stöhnen verschwand Beeke im Badezimmer.

Aenne stieg die offene weiße Holztreppe in den Wohnbereich des Hauses hinab. Die Stufen knarrten unter ihren nackten Füßen. Feine Staubkörner tanzten in den Sonnenstrahlen, die durch die Sprossenfenster auf den Dielenfußboden fielen. Im Vorbeigehen griff Aenne nach ihrer Handtasche, die auf dem Tresen lag, der die Küche vom Wohnbereich trennte, und kramte darin nach dem Autoschlüssel.

»Mama! Welche Schuhe?« Beeke kam die Treppe heruntergesprungen.

»Die Sandalen. Es ist noch so schön warm. Aber nimm auch die Fleecejacke mit, ja? Heute Abend kann es schon wieder kühler sein. Hast du das Geschenk?«

»Ja-ha!« Beeke war bereits im Windfang verschwunden. Sie zog ihre Sandalen an und lief nach draußen zum Auto. Die Fleecejacke hing noch an der Garderobe. Seufzend nahm Aenne die Jacke vom Haken, schlüpfte in ihre Clogs und folgte ihrer Tochter.

Das Dorf Steenodde, in dem Aenne mit ihrem Mann und ihrer Tochter wohnte, lag auf der Wattseite im Osten von Amrum. Es war das kleinste und ursprünglichste Dorf der Insel, nicht viel mehr als eine überschaubare Ansammlung von reetgedeckten Häusern mit großzügigen Gärten. Hier lebten nur an die siebzig der insgesamt etwa zweitausendzweihundert Einwohner Amrums. Es gab keinen Bäcker, keine Geschäfte, keine Post, aber einen eigenen Badestrand und einen kleinen Segelhafen.

Dieser Hafen war der Grund gewesen, warum es Aenne, die im Nachbardorf Nebel aufgewachsen war, nach Steenodde gezogen hatte. Das war schon in ihrer Jugend so gewesen, und als das Haus vor ein paar Jahren zum Verkauf angeboten worden war, hatte sie ihr Glück zunächst kaum fassen können. Sie hatte sich auf Anhieb in das alte rote Friesenhaus mit dem wilden Garten verliebt. Doch es waren nicht die gemütlichen Räume mit den Sprossenfenstern und den hell getünchten Holzdecken gewesen, nicht die weiße Haustür mit den filigranen Holzschnitzereien oder die alte Kletterrose, die mit ihren dichten rosa Blüten den Durchgang zur kopfsteingepflasterten Terrasse einrahmte. Es war der Ausblick, der sie sofort in den Bann geschlagen hatte. Fast von jedem Zimmer aus hatte man eine atemberaubende Sicht über das Wattenmeer. Am Horizont zeichneten sich die Nachbarinsel Föhr und die Hallig Langeneß ab, deren Warften wie Maulwurfshügel, aufgereiht auf einer Perlenschnur, aus der Nordsee ragten. Das Beste allerdings war die Sicht auf den kleinen Hafen. Aenne blickte direkt auf die Landungsbrücke mit den Bootsliegeplätzen. Und dort lag »Knut«, ihr altes Segelboot und ihre große Leidenschaft.

Momentan dümpelten die Boote ruhig an ihren Liegeplätzen in der lauen Spätsommersonne. Zwei Kinder waren mit ihren Eltern und einem Kescher am Strand unterwegs, weiter hinten jagte ein Hund ein paar Möwen hinterher.

Ob ich gleich mal ein bisschen rausfahre, wenn ich Beeke abgeliefert habe?, überlegte Aenne, als sie ihren alten VW-Bus die schmale Straße am Hafen entlanglenkte. Doch ein Blick auf das glatte Wasser und in den wolkenlosen Himmel sagte ihr, dass es heute bestimmt windstill bleiben würde, und so verwarf sie die Idee gleich wieder. Sie würde sich etwas anderes Schönes vornehmen. Vielleicht auf einen Kaffee zu Sönke und Momme ins Café Knülle am Nebeler Badestrand? Oder bei Insa vorbeischauen und zusammen mit ihrer Freundin und Kollegin an den Strand gehen und ein bisschen klönen? Vielleicht hatte Insa heute keinen Dienst. Auf jeden Fall wollte sie raus, das schöne Wetter genießen und Sonne tanken. Der Herbst kam schnell genug nach Amrum.

Aenne und Beeke verließen Steenodde und fuhren ein kurzes Stück über die Landstraße bis nach Süddorf. Dort bogen sie in die Inselstraße ein, die von Süd nach Nord fast über die gesamte Länge der Insel führte und die drei Hauptorte Wittdün, Nebel und Norddorf miteinander verband. Sie mussten nach Norden, um zum Schullandheim »Ban Horn« zu gelangen, wo Onno zu Hause war.

Als sie Nebel erreichten, musste Aenne auf Höhe der Windmühle kurz anhalten, weil eine Gruppe von Spaziergängern die Straße überquerte. Als wenig später ein paar Radfahrer die

Fahrbahn kreuzten, stoppte sie abermals. In Norddorf, das sie bald darauf erreichten, das gleiche Spiel. Immer wieder musste Aenne abbremsen und anhalten, um Spaziergänger über die Straße zu lassen oder Fahrradfahrer zu überholen. Sie holte tief Luft und übte sich in Gelassenheit.

Aenne war auf Amrum geboren und aufgewachsen, die Insel war ihre Heimat und das Leben hier ihr Alltag. Doch einen Teil dieses Alltags musste sie viele Wochen im Jahr mit den zahlreichen Urlaubern teilen, die Amrum besuchten. Ihr war durchaus bewusst, dass die meisten Insulaner vom Tourismus lebten, und das auch oft sehr gut, sie und ihre Familie eingeschlossen. Ebenso konnte sie verstehen, dass es so viele Menschen nach Amrum zog, auf diese wunderschöne Insel, die sie selbst so sehr liebte. Und dennoch konnte sie an manchen Tagen die Massen von Urlaubsgästen, die in der Hauptsaison zu Tausenden auf der Insel einfielen und sie fest in Beschlag nahmen, nur schwer ertragen. Sie mochte es nicht, wenn es überall von Menschen wimmelte. Wenn im Restaurant kaum ein Tisch zu bekommen war, die Schlangen beim Bäcker schier endlos schienen und die Fähren restlos überfüllt waren. Daher war es für sie jedes Mal eine Erleichterung, wenn die Hochsaison vorbei war und die Insel Stück für Stück wieder in die Hände der Einheimischen überging.

Jetzt, Anfang September, da der allergrößte Besucheransturm überstanden war, brach für Aenne die schönste Zeit des Jahres an. Es war, als ob die Insel einmal tief durchatmen und Kraft tanken konnte, um sich für die bevorstehenden Herbststürme zu wappnen. Aenne mochte die klare, kühle Luft am Morgen und den zarten Nebel, der sich in der Frühe über die Wiesen und das Watt legte. Sie mochte das Spätsommerlicht, das alles mit seinem warmen Glanz überzog, und die Sonne, die kürzer schien, aber immer noch genug Kraft zum Wärmen besaß. Auch die Nordsee war oft noch warm genug für ein Bad. Alles zusammen machte den perfekten Spätsommer aus.

Heute ist so ein perfekter Tag, dachte Aenne, als sie über den kleinen Hügel in Norddorf fuhr und auf den schmalen Oodwai zum Schullandheim gelangte. Vor ihr breitete sich der nördlichste Teil Amrums aus. Links im Westen erhoben sich die mächtigen Dünen, dahinter funkelte die Nordsee in der Nachmittagssonne. Auf der Landseite direkt am Dünenrand lag das Ziel ihrer Fahrt, das Schullandheim »Ban Horn« mit seinen charakteristischen Flachbauten. Rechter Hand erstreckten sich die Marschwiesen bis hin zu dem Teerdeich, der die Insel an dieser Stelle zum Watt abgrenzte. Auf den Wiesen tummelten sich Scharen von Ringelgänsen, Pfuhlschnepfen und Alpenstrandläufern. Im Hintergrund war die Nachbarinsel Föhr zu sehen, die bei Niedrigwasser von der Odde, der Nordspitze Amrums, aus zu Fuß erreicht werden konnte.

Aenne kurbelte das Fenster herunter, um kühle Luft ins Wageninnere zu lassen. Die Klimaanlage des alten Busses war schon lange kaputt. Sie atmete tief die salzige Luft ein. Das Geschnatter und Geschrei der Ringelgänse war bis hierher zu hören. Ein Schwarm Knutts stieg gleich einer Wolke in den blassblauen Himmel auf und zog wie von einer unsichtbaren Kraft gelenkt seine Kreise, um sich dann wieder etwas weiter entfernt auf den Marschwiesen niederzulassen.

Beeke beugte sich in ihrem Kindersitz nach vorn und blickte nach links, wo zwischen den Dünen der Strandaufgang von Norddorf zu erkennen war.

»Huhu, Papa!«, rief sie und winkte in diese Richtung.

»Aber Rübe, Papa ist doch heute gar nicht da. Er kommt erst heute Abend wieder.«

»Ach ja.« Beeke klang enttäuscht. »Bin ich dann noch wach?«

»Wenn er die frühe Fähre erwischt, dann vielleicht.«

»Oh Mama, bitte! Ich muss Papa doch unbedingt von Onnos Geburtstag erzählen. Und von meinem Bild.«

»Na klar, wir werden mal schauen.« Aenne nickte zustimmend.

Ihr Mann, Dr. Jan Rosenboom, war Biologe und leitete das Naturzentrum des Öömrang Ferian, dessen Ausstellungsräume sich am Strandaufgang von Norddorf befanden. Heute hatte er frühmorgens die erste Fähre aufs Festland genommen, um an einem Doktorandentreffen an der Universität Kiel teilzunehmen. Als freier wissenschaftlicher Mitarbeiter der dortigen biologischen Fakultät betreute er von der Insel aus die Forschungsarbeiten zweier Doktoranden.

Am Schullandheim parkte Aenne den Bus auf dem sandigen Vorplatz und schaltete den Motor aus.

Beeke schnallte sich ab, zog die Schiebetür auf und sprang aus dem Wagen. »Ich laufe schon mal vor«, verkündete sie und war im nächsten Augenblick hinter der Hagebuttenhecke, die den Eingang zum Innenhof umrahmte, verschwunden.

Aenne hängte sich ihre Tasche um, nahm Beekes Jacke und folgte ihr.

Das Schullandheim bestand aus mehreren verschachtelten Flachbauten mit dem zweckmäßigen Charme der fünfziger Jahre. Wind, Wetter und die salzhaltige Nordseeluft hatten deutliche Spuren an den Gebäuden hinterlassen. Die Personalwohnung, die Onno mit seinen Eltern bewohnte, lag im hinteren Gebäudetrakt, etwas abseits der Zimmer, die von den Klassen und ihren Betreuern genutzt wurden. Onnos Vater hatte als abgeordneter Lehrer des Landes Schleswig-Holstein für zwei Jahre die Leitung des Schullandheims übernommen.

Als Aenne durch die Glastür in den großen Vorflur trat, sah sie Beeke mit Onno und seiner Mutter Susanne an der Wohnungstür stehen. Bunte Luftballons schmückten den Eingangsbereich. Beeke drückte ihrem Freund soeben die Geschenke in die Hand.

»Da ist ein Messer für deine Kiste drin, und das«, sie zeigte auf das längliche Päckchen, »das ist ein Bild für dich. Hab ich gemalt.«

Aenne beschlich eine leise Wehmut, als sie die beiden betrachtete. Schon Onnos nächsten Geburtstag würden sie nicht mehr gemeinsam feiern, denn es blieb ihnen nur noch knapp ein Jahr, bis Onnos Vater in den Schuldienst aufs Festland zurückkehren und die Familie Amrum wieder verlassen musste. Das bedeutete für Beeke, von einem Freund Abschied nehmen zu müssen. Und es würde nicht der letzte Abschied sein. Die meisten Menschen, die zum Leben und Arbeiten nach Amrum kamen, gingen nach ein paar Jahren wieder zurück aufs Festland. Aufgrund des Mangels an Arbeitsplätzen und bezahlbarem Wohnraum war die Fluktuation hoch. Nur die wenigsten konnten oder wollten dauerhaft auf Amrum sesshaft werden. Zwar blieben viele Ehemalige der Insel verbunden und kehrten regelmäßig als Gäste zurück. Doch es war nicht dasselbe. Für die zurückbleibenden Insulaner wurde das Leben dadurch ebenfalls nicht unbedingt leichter, und bei manch einem Einheimischen hatten entsprechende Erfahrungen zur Folge, dass er oder sie sich nicht gerade offen und aufgeschlossen, sondern eher distanziert und skeptisch gegenüber Zugezogenen verhielt.

Aber was soll's, dachte Aenne und schob die Gedanken beiseite, noch ist es nicht so weit. Heute kann Beeke den Tag mit ihrem Freund verbringen, und was morgen ist, ist morgen.

Sie trat hinter ihre Tochter und legte ihr eine Hand auf die Schulter. »Du musst doch nicht alles verraten. Lass Onno erst mal auspacken.« Sie ging in die Knie und fuhr an Onno gewandt fort: »Na, Großer, herzlichen Glückwunsch zum Geburtstag! Bist du jetzt wirklich schon fünf?«

»Klar!« Er nickte und streckte seine Hand mit gespreizten Fingern in die Höhe. »Und ich hab ein neues Fahrrad bekommen. Es ist blau und hat sogar eine Gangschaltung. Mit drei Gängen!«

»Oh, das will ich sehen«, rief Beeke und war gleich darauf mit Onno in der Wohnung verschwunden.

»Tschüss, Beeke!«, rief ihr Aenne hinterher. »Ich hole dich später wieder ab.« Sie drehte sich zu Onnos Mutter um. »Und jetzt erst mal hallo!« Die beiden Frauen umarmten sich. »Auch dir herzlichen Glückwunsch zu deinem tollen Sohn. Fünf Jahre!«

»Danke. Kaum zu glauben, was? Aber leider feiern wir das auch schon seit heute Morgen um fünf.« Grinsend verdrehte sie die Augen und deutete ein Gähnen an.

»Und – wie viele Kinder habt ihr eingeladen?«

»So viele Kinder wie Lebensjahre, mehr muss wirklich nicht sein. Die großen Partys kann er feiern, wenn er sechzehn wird.« Sie lachte. »Wir werden nachher eine kleine Strandrallye machen, Stockbrot und Lagerfeuer, das ganze Programm.«

»Na, dann viel Spaß. Beeke freut sich auf jeden Fall schon riesig. Hier ist noch ihre Fleecejacke, falls es nachher kühler wird.« Sie drückte Susanne die Jacke in die Hand. »Abholen um halb sieben?«

»So um und bei.« Susanne nickte zustimmend.

Hinter Aenne wurde die Glastür geöffnet, und die nächsten Gäste trafen ein. Nach einer kurzen Begrüßung der Kinder und Mütter verabschiedete sich Aenne. Sie trat in den Innenhof hinaus, hielt kurz inne und streckte ihr Gesicht der Sonne entgegen. Sie spürte die wärmenden Strahlen auf ihrer Haut.

Freiheit! Dreieinhalb Stunden nur für mich, dachte sie. Herrlich!

Einen kurzen Moment blieb sie noch stehen, dann machte sie sich beschwingt auf den Rückweg zum Bus.

Der Anruf kam, als Aenne gerade den Parkplatz erreichte. Sie angelte ihr Handy aus der Tasche, strich sich eine Haarsträhne hinter das Ohr und nahm das Gespräch an.

»Mama? Was gibt's?«

Sie klemmte sich das Telefon zwischen Ohr und Schulter, um nebenbei in der Tasche nach dem Autoschlüssel zu suchen.

»Wie – ich soll *jetzt* kommen? Sofort?« Aenne hörte auf, in der Tasche zu kramen, und nahm das Telefon wieder in die Hand. »Aber warum denn? Ich kann jetzt nicht. Ich hab gerade Beeke weggebracht und wollte –«

Ihre Mutter fiel ihr ungeduldig ins Wort.

»Ich *muss* kommen? Was heißt ›muss‹? Ich hab wirklich was anderes vor, ich wollte endlich mal –«

Erneut fuhr ihre Mutter dazwischen.

»Was ist denn mit Papa? Und wieso Polizei?«

Sie wartete auf eine Erklärung, doch vergeblich.

»Und warum kannst du mir das nicht am Telefon sagen? Ich habe wirklich keine Lust –«

Es raschelte in der Leitung, bis sich am anderen Ende eine Männerstimme meldete.

»Oh, moin, Oke. Was machst du denn bei meiner Mutter? Und was ist überhaupt los?«

Aenne lauschte angestrengt ins Telefon. Auf ihrer Stirn hatte sich eine steile Falte gebildet. Wieso war Oke Bendixen, der Inselpolizist, bei ihrer Mutter? Und wo war ihr Vater?

»Ja, ich habe verstanden, es ist dringend. Aber was ist denn nun mit Papa?« Allmählich wurde Aenne nervös. Was hatte das alles zu bedeuten? Und was sollte diese Geheimnistuerei?

Doch auf der anderen Seite der Leitung herrschte Schweigen.

»Okay, okay, ich komme vorbei. Ich mache mich gleich auf den Weg.«

Sie beendete das Gespräch und ließ das Handy wieder in der Tasche verschwinden.

So viel zu meinem freien Nachmittag, dachte Aenne und stieg in den Bus. Seufzend warf sie die Tasche auf den Beifahrersitz und startete den Motor.

3

Hatte sie eine Ahnung gehabt?

Irgendein Gefühl, das sie gewarnt hätte vor dem, was sie erwartete?

Später sollte sie denken, dass sich das Unheil ganz leise angekündigt hatte. Ein unmerkliches Ziehen in der Magengegend, als sie den Weg nach Nebel, den sie eben erst gekommen war, wieder zurückfuhr. Ein vager Gedanke, der leise, aber bedrohlich Gestalt annahm und sich in ihrem Kopf ausbreitete wie aufziehender Nebel. Irgendetwas stimmte nicht. Doch Aenne hatte versucht, dieses Gefühl zu ignorieren.

Das Haus ihrer Eltern lag am Ende des Oonwai, einer kleinen Sackgasse im Zentrum von Nebel. Direkt hinter dem Haus breiteten sich die Salzwiesen aus, die, nur begrenzt durch einen schmalen Küstenstreifen, in die Weiten des Wattenmeeres übergingen.

Als Aenne in den schmalen, ungepflasterten Weg einbog, erkannte sie sofort Oke Bendixens Dienstauto, den blauen Polizeiwagen mit Nordfriesländer Kennzeichen. Er parkte am Straßenrand vor dem Steinwall, der das Grundstück ihres Elternhauses umgab. Dichte dunkelrote Rosen hingen zwischen Lavendelbüschen über den Felssteinen. Noch standen sie in voller Blüte.

Vor dem Polizeiwagen stand ein weiteres Fahrzeug, ein schwarzer Passat Kombi mit Flensburger Autokennzeichen. Aenne glaubte nicht, ihn vorher schon einmal gesehen zu haben. Das Ziehen in ihrem Magen wurde stärker.

Sie lenkte den Bus die großzügige Auffahrt hinauf und parkte vor der Garage. Die Tore waren geschlossen. Sie nahm ihre Tasche vom Beifahrersitz, stieg aus dem Bus und ging den ordentlich geharkten Kiesweg entlang. Er führte durch den gepflegten Vorgarten, vorbei an ausladenden Hortensienbüschen, bis zur Haustür des weiß getünchten Friesenhauses. Leise knirschten die hellen Steinchen unter ihren Sohlen.

Die Haustür war nicht verschlossen, so wie fast immer. Sie trat in die geräumige Diele. Durch die angelehnte Wohnzimmertür konnte sie gedämpfte Stimmen hören. Sie kamen ihr nicht bekannt vor.

»Hallo! Ich bin's«, rief sie.

Schlagartig verstummten die Stimmen.

»Papa? Mama?«

Doch es war Oke Bendixen und nicht einer ihrer Eltern, der aus der Tür trat. »Oh, hallo, Aenne, da bist du ja …«

Auf der Stirn des Polizisten standen kleine Schweißperlen. Er nestelte an der Hosentasche seiner Uniform und zog ein Taschentuch heraus. Es war ein Stofftaschentuch, frisch gebügelt, weiß mit braunem Rand. Er betupfte sich damit die Stirn und ließ es wieder in der Hosentasche verschwinden. Dann fuhr er sich mit einer Hand über die Glatze und versuchte, die letzten noch etwas längeren Haare, die ihm neben dem dunklen Haarkranz geblieben waren, zu richten und glatt zu streichen. Hatte Aenne es sich nur eingebildet, oder zitterten seine Hände?

»Äh, komm doch erst mal rein.« Oke hielt die Wohnzimmertür auf und bedeutete Aenne, einzutreten.

»Na, ist Papa mal wieder zu schnell gefahren? Du kennst ihn doch.« Aennes Stimme sollte locker und fröhlich klingen, doch es wollte ihr nicht so recht gelingen.

Sobald sie in das Zimmer eingetreten war, spürte sie die bedrohliche Schwere, die in der Luft hing. Sie legte sich wie eine Schlinge um ihr Herz und zog sich langsam zu.

Ihre Mutter Luise Jannen stand vor dem großen Panoramafenster, den Blick nach draußen gerichtet. Sie hatte die Arme vor der Brust verschränkt, den Rücken kerzengerade dem Zimmer zugewandt. Ihre kleine, zarte Silhouette zeichnete sich dunkel gegen das hereinfallende Sonnenlicht ab. Ein eigentümlicher Kontrast zu der atemberaubenden Aussicht auf den hell beschienenen Garten, die Wiesen und das Wattenmeer.

»Mama?«, fragte Aenne vorsichtig. »Wo ist Papa?«

Ihre Mutter reagierte nicht. Sie stand still. Steif und reglos.

Was ging hier vor?

Aenne wandte sich Oke und den zwei anderen Besuchern

zu, die auf dem weißen Ledersofa Platz genommen hatten. Es waren ein Mann und eine Frau. Sie war sich sicher, dass sie sie noch nie zuvor gesehen hatte. Der Mann, er war der Ältere von beiden, hielt ein Notizbuch mit abgegriffenem Ledereinband in den Händen. Vor ihm auf dem gläsernen Couchtisch lagen mehrere kleine, durchsichtige Tüten. Darin befanden sich verschiedene Gegenstände, die Aenne jedoch nicht erkennen konnte. Die Frau neben ihm war mittleren Alters. Als sie Aennes Blick bemerkte, erhob sie sich und kam auf sie zu.

»Frau Aenne Jannen?«

»Ja?« Aenne nickte langsam, fragend.

Die Frau streckte ihr die Hand entgegen. Sie war kalt, doch der Händedruck kräftig. »Guten Tag, mein Name ist Wolf, Kriminalhauptkommissarin Katharina Wolf, Kripo Flensburg. Das ist mein Kollege, Kriminaloberkommissar Heiner Ahrens. Wir müssen Ihnen leider mitteilen, dass −«

Die Kommissarin konnte den Satz nicht beenden. Aennes Mutter fiel ihr ins Wort.

»Aenne.« Sie drehte sich um. Ihr Gesicht war weiß, ohne jede Regung. Mit klarer Stimme sagte sie: »Dein Vater ist tot.« Pause. »Jemand hat ihn erschossen.«

Die Schlinge hatte sich zugezogen. Es nahm Aenne den Atem.

Tot?

»Aber ...«

Stille.

Aenne machte einen Schritt zurück. »Nein.«

Sie schüttelte verständnislos den Kopf.

»Wie ... tot?« Ihr Blick glitt irritiert zwischen der Kommissarin und ihrer Mutter hin und her.

Luise Jannen nickte. Es war mehr eine Andeutung als eine Bewegung.

Katharina Wolf schaute Aenne mit ernster Miene an. »Heute Morgen hat ein Bufdi von der Schutzstation Wattenmeer in den Dünen beim ...« Sie stockte. »In der Nähe dieses kleinen Leuchtturmes ...«

»Am Quermarkenfeuer«, sprang Oke Bendixen ihr bei.

»Ja, am Quermarkenfeuer, dort in der Nähe hat er in den Dünen eine männliche Leiche gefunden. Die Person wurde mit einem Schrotgewehr erschossen. Es tut mir sehr leid, Ihnen das mitteilen zu müssen, doch es handelt sich bei dem Toten um Ihren Vater.«

Es handelt sich bei dem Toten um Ihren Vater.

Das Blut in Aennes Ohren rauschte. Wie von fern hörte sie sich sagen: »Aber … aber das kann doch unmöglich mein Vater sein, er ist doch … er hat doch … Vielleicht ist es ja nur eine Verwechslung? Ja, es ist bestimmt eine Verwechslung, so muss es sein. Um diese Zeit arbeitet mein Vater immer. Waren Sie schon im Laden?« Sie drehte sich zu Oke um. »Er ist bestimmt im Laden. Du kennst ihn doch.«

Sie sah ihn flehentlich an, doch er erwiderte nur stumm ihren Blick.

»Dann ist er vielleicht in Norddorf, wegen des neuen Geschäftes, das könnte doch sein. Da war er in letzter Zeit häufig, da müssen Sie es probieren«, sagte sie nun wieder an die Kommissarin gewandt. »Oder musste er aufs Festland? Hatte er einen Termin? Ich weiß es nicht genau …« Sie strich sich fahrig die Haare aus dem Gesicht. »Sein Handy! Haben Sie ihn schon auf dem Handy angerufen? Ich kann das eben machen.« Sie begann, hektisch in ihrer Tasche zu wühlen. »Mama, sag du doch auch mal was! Du musst doch wissen, wo er steckt.«

Keine Reaktion.

»Frau Jannen«, fing die Kommissarin erneut an. »Ich kann mir vorstellen, wie schwer das für Sie zu begreifen ist. Setzen Sie sich doch bitte erst einmal.«

Aenne hörte auf, in der Tasche nach ihrem Handy zu suchen, und hob den Kopf. Jegliche Farbe war aus ihrem Gesicht gewichen. »Ich will erst wissen, was mit meinem Vater ist.«

Sie spürte Okes Hand auf ihrem Arm.

»Aenne, ich war mit Frau Wolf und Herrn Ahrens bei der … äh …« Das Wort »Leiche« wollte ihm nicht über die Lippen kommen. »Ich war mit in den Dünen. Glaub mir, ich würde dir so gern etwas anderes sagen, aber …« Seine Stimme wurde brüchig. »Es ist wahr. Erk ist tot. Und er wurde erschossen.«

Er schaute zu Boden, holte abermals sein Taschentuch aus der Hosentasche und schnäuzte sich.

Aennes Schultern sackten nach unten. Ihre Knie drohten nachzugeben. Das Ziehen im Magen wurde unerträglich.

Erschossen!

»Aber warum? Wer sollte denn auf Papa schießen?«

»Ich weiß es nicht, Aenne, ich weiß es nicht.« Okes Augen schimmerten feucht.

»War es ein Unfall? Etwa einer dieser bekloppten Typen, die heimlich die Fasane abknallen?«

»Nein«, meldete sich nun Heiner Ahrens zu Wort. Auch er hatte sich erhoben und war hinter dem Couchtisch hervorgetreten. »Die Schussverletzungen am Leichnam deuten darauf hin, dass Ihr Vater aus kurzer Entfernung erschossen wurde. Allem Anschein nach vorsätzlich.«

»Moment mal – Sie glauben, jemand hat absichtlich auf ihn geschossen? Jemand wollte ihn *umbringen*? Aber wieso?« Der Boden unter Aennes Füßen schien zu wanken.

»Um das herauszufinden, sind wir hier. Wir müssen Ihnen ein paar Fragen stellen. Wollen Sie sich nicht doch einen Moment setzen? Ich möchte Ihnen auch einige Gegenstände zeigen, die wir bei Ihrem Vater gefunden haben.« Er deutete auf die Tüten, die auf dem Tisch lagen. »In seinen Jackentaschen haben wir –«

»So hören Sie doch auf!« Aenne wich ein paar Schritte zurück. »Ich will ihn sehen. Wo ist er?«

»Aenne!« Die Stimme ihrer Mutter durchschnitt messerscharf die Luft. »Du musst jetzt –«

»Ich muss gar nichts. Wo ist er?«

»Hans hat ihn vor einer Stunde abgeholt und ins Kastbarshüs gebracht«, antwortete Oke. Hans Boyens war Tischler und gleichzeitig Bestatter auf der Insel. »Dort wird er bleiben, bis er später mit der letzten Fähre aufs Festland gefahren wird, in die Rechtsmedizin nach Kiel.«

»Dann fahr ich da jetzt hin.« Aenne wandte sich zum Gehen. Bis zu dem reetgedeckten Anbau der St.-Clemens-Kirche in Nebel, der als Leichenhalle der Insel genutzt wurde, war es nicht weit.

»Nein!« Oke griff nach ihrem Arm und hielt sie zurück. »Aenne, tu das nicht. Erk ist …« Er suchte nach den richtigen Worten. »Er … er wurde sehr heftig getroffen. Sein Kopf, sein Gesicht, die Brust, überall. Behalte ihn so in Erinnerung, wie er war«, betonte er nachdrücklich. »Bitte.«

Aenne blieb stehen. »Moment.« Ein Hoffnungsschimmer keimte in ihr auf. »Wenn der Leichnam so zugerichtet ist, wie könnt ihr dann sicher sein, dass es Papa ist? Ich sag's ja, es muss sich um eine Verwechslung handeln!«

»Du weißt doch – seine Narbe an der Hand. Seine Kleidung. Die Papiere, die er bei sich trug. Und noch einige andere Sachen, die wir bei ihm gefunden haben.«

»Herr Bendixen hat Ihren Vater anhand all dieser Dinge identifiziert«, schaltete sich der Kommissar erneut ein. »Aber zusätzlich werden wir noch eine DNA-Analyse beantragen.« Jetzt wandte er sich an Aennes Mutter: »Deshalb brauchen wir eine Zahnbürste, Haarbürste oder etwas in der Art von Ihrem Mann.«

»Ja, natürlich.« Luise Jannen ging in Richtung Wohnzimmertür, um die benötigten Dinge aus dem Bad zu holen.

»Mama.« Aenne machte einen Schritt auf sie zu und packte sie am Arm. »Willst du denn gar nicht zu ihm? Sehen, was passiert ist? Es geht um *Papa*!«

Ihre Mutter hielt in ihrer Bewegung inne und schaute ihr gerade in die Augen. »Ich kann nicht.«

»Du kannst nicht?« Aenne hörte sich hysterisch auflachen. »Du *willst* nicht.« Sie ließ den Arm ihrer Mutter wieder los. »Ich will aber.« Energisch drehte sie sich um, ließ ihre Mutter und die Polizisten stehen und stolperte aus dem Zimmer.

Die Worte, die Oke ihr hinterherrief, hörte sie schon nicht mehr.

4

»So, dann schlaf schön, meine Große.« Jan Rosenboom beugte sich über seine Tochter, strich ihr die Haare aus dem Gesicht und küsste sie auf die Stirn. Er nahm die Bettdecke und kuschelte sie noch etwas tiefer darin ein. »Hast du Tuchi?«

»Mmh.« Beeke holte ihr altes zerschlissenes Schnuffeltuch unter dem Kopfkissen hervor. Sie drückte es in einer Hand fest zusammen und hielt es sich vor Nase und Mund, um gleich darauf die Hand wieder sinken zu lassen. »Aber Na fehlt noch. Papa, bringst du mir Na?«, fragte sie mit müder Stimme.

»Ja klar.« Jan stützte seine Hände auf die Oberschenkel und erhob sich von der Bettkante. »Hast du denn irgendeine Ahnung, wo sie vielleicht sein könnte?«

Es war jeden Abend das Gleiche, Tuchi oder Na, eins von beiden fehlte immer und war in den Untiefen des Kinderzimmers oder gar des ganzen Hauses verschwunden. Doch heute wollte Jan kein Aufheben davon machen. Heute nicht.

»Irgendwo hier, glaube ich.« Beeke gähnte und schloss die Augen.

Das ist ja sehr hilfreich, dachte Jan und blickte sich im Zimmer um. Doch er hatte Glück. Er entdeckte Beekes Stofftier unter dem kleinen Basteltisch, auf dem noch die Wachsmalstifte und die Reste des Geschenkpapiers für Onnos Geburtstag lagen, bückte sich und angelte die Gans unter dem Tisch hervor. Beeke hatte sie von seinen Eltern zur Geburt geschenkt bekommen. Damals war sie noch weiß gewesen, doch mittlerweile hatte sie eine undefinierbare gräuliche Farbe angenommen, und der Hals war vom vielen Herumschleppen lang und dünn geworden.

»Hier ist sie«, sagte Jan und drückte seiner Tochter das Kuscheltier in die freie Hand. Sie umschloss den Hals mit ihren kleinen Fingern und ließ die Gans unter der Decke verschwinden. »Und nun wird aber geschlafen. Es ist wirklich schon spät.« Er gab Beeke abermals einen Kuss und knipste die Nachttischlampe aus. »Gute Nacht.«

»Gute Nacht, Papa«, murmelte Beeke in ihr Schnuffeltuch. Im Hinausgehen hörte er noch, wie sie leise sagte: »Und du vergisst wirklich nicht, Mama nachher zu erzählen, dass ich mit Onno Erster bei der Strandrallye geworden bin?«

»Nein, ganz bestimmt nicht.« Er zog die Kinderzimmertür bis auf einen schmalen Spalt zu. »Versprochen. Und jetzt gute Nacht.«

»Gute Nacht.«

Jan ließ das Licht im Flur brennen und ging mit schweren Schritten die Treppe in den Wohnbereich hinunter. In der Küche öffnete er den Kühlschrank und nahm eine Flasche Bier heraus. Das Ploppen des Bügelverschlusses hallte unnatürlich laut in der Stille des Hauses nach.

Auf dem Tresen lag eine Nachricht von Aenne, in aller Eile auf den Rand der Tageszeitung geschmiert: »Bin mit Knut draußen«.

Mehr nicht.

Jan nahm einen Schluck aus der Bierflasche und trat ans Fenster. Dunkelheit hatte sich über das Wattenmeer gelegt, und die ersten Sterne zeigten sich am klaren nachtblauen Himmel.

Irgendwo da draußen war seine Frau. Er blickte auf die Uhr. Schon nach neun. Langsam wurde er unruhig. Er wusste, dass er sich eigentlich keine Sorgen machen musste, wenn Aenne mit Knut unterwegs war. Sie wusste, was sie tat. Sie segelte in den Gewässern um Amrum, seit sie ein kleines Kind war. Nichts war ihr fremd, es war ihr Revier. Sie ging kein unüberlegtes Risiko ein. Aber heute? Heute war alles anders.

Was war bloß passiert?

Er nahm einen weiteren Schluck aus der Flasche und versuchte, seine Gedanken zu ordnen. Sein Schwiegervater, erschossen. Ermordet. Viel mehr wusste er nicht. Und glauben konnte er von dem wenigen noch gar nichts.

Aenne hatte am Nachmittag versucht, ihn auf dem Handy zu erreichen. Er war schon auf der Rückfahrt von Kiel gewesen und hatte kurz am Baumarkt in Bredstedt haltgemacht. Er hatte die Zeit, die ihm bis zur nächsten Fähre geblieben war, nutzen wollen, um sich verschiedene Gartenhäuser anzusehen, denn auf der Insel gab es keinen Baumarkt. Jetzt, da der Herbst vor der Tür stand, wollte er zu Hause einen neuen Schuppen aufstellen. Sie brauchten mehr Platz für die Fahrräder, die Gartenmöbel und das große Trampolin, das Beeke zu ihrem fünften Geburtstag geschenkt bekommen hatte.

Das Handy hatte er natürlich im Auto liegen lassen. Er gehörte nicht zu den Menschen, die permanent online und zu jeder Zeit erreichbar sein mussten. Doch heute hätte er sich das gewünscht. Denn erst als er in der Warteschlange auf dem Fähranleger gestanden hatte, hatte er die Nachricht auf der Mailbox bemerkt.

Aenne war kaum zu verstehen gewesen, so leise und abgehackt hatte sie gesprochen. Ziemlich wirr und durcheinander hatte sie irgendetwas von ihrem erschossenen Vater, Rechtsmedizin und Gesicht gestammelt. Im Hintergrund war das Brummen des VW-Busses zu hören gewesen. Sie musste während der Fahrt angerufen haben.

Jan hatte sofort versucht, sie zurückzurufen, doch da war es schon zu spät gewesen. Er hatte sie nicht mehr erreicht, Aenne hatte ihr Handy ausgeschaltet. Auch zu Hause war niemand ans Telefon gegangen. Also hatte er seinerseits eine Nachricht auf dem Anrufbeantworter hinterlassen und es danach bei seiner Schwiegermutter versucht. Ohne Erfolg.

Die Überfahrt hatte unerträglich lange gedauert. Es war auch noch die »Uthlande« gewesen, die einen Zwischenstopp auf Föhr einlegte, weshalb sie für die Fahrt eine halbe Stunde länger brauchte als die Direktfähren. Im Gegensatz zu vielen Amrumern, die die Fährfahrten in der Regel als ein nervtötendes, aber leider notwendiges Übel über sich ergehen ließen, fand Jan normalerweise Gefallen daran. Er mochte es, langsam, Stück für Stück, Abstand zum Festland zu bekommen und zugleich viele Dinge, seien es wichtige oder unwichtige, hinter sich zu lassen. Es erfüllte ihn noch immer mit freudiger Erwartung, wenn er die Insel am Horizont auftauchen sah. Den Leuchtturm machte er stets als Erstes aus. Dann die Odde, den Fähranleger in Wittdün und natürlich Steenodde mit seinem kurzen hellen Sandstrand und der Landungsbrücke. Wenn die Fähre schon nah genug war, konnte er sogar den Giebel seines Hauses erkennen. Die Insel hatte ihn schon bei seinem ersten Besuch magisch angezogen. Seit er Aenne kannte, war sie sein Zuhause.

Heute jedoch war die Fahrt eine einzige Qual gewesen. Immer wieder hatte er versucht, Aenne zu erreichen. Doch vergeblich. Schließlich war Jan in seiner Verzweiflung auf die Idee gekommen, die Polizei anzurufen, und hatte Oke Bendixen ans Telefon bekommen. Mit knappen Sätzen hatte dieser ihm das Ungeheuerliche geschildert. Sein Schwiegervater war in den Dünen am Quermarkenfeuer erschossen aufgefunden worden. Und Aenne war zum Kastbarshüs gefahren und hatte die Leiche ihres Vaters gesehen. Es war unvorstellbar. Wer sollte seinen Schwiegervater umgebracht haben? Wer sollte ihm so etwas antun?

Jan betrachtete sein Spiegelbild im Fenster. Mit einer Hand strich er sich über die Stirn und das Gesicht. Er fühlte sich auf einmal unendlich müde. Abermals blickte er auf die Uhr. Halb zehn. Die Landungsbrücke lag verlassen im gelblichen Licht der Laternen. Und immer noch kein Zeichen von Aenne. Was macht sie nur da draußen?, überlegte er. Eine halbe Stunde gebe ich ihr noch, danach rufe ich die Küstenwache.

Er wandte sich vom Fenster ab und ließ seinen Blick durch das Zimmer gleiten. Aenne war allgegenwärtig. In dem geblümten Porzellankrug vom Flohmarkt, der auf dem großen Esstisch stand, gefüllt mit einem Strauß bunter Dahlien. In dem alten Sessel ihrer verstorbenen Großmutter, den sie in einem dunklen pinkfarbenen Stoff hatte beziehen lassen – ihr »Bonbon«, wie sie ihn nannte. In dem Klavier gleich neben dem vollgestopften Bücherregal. In den Zeitschriftenstapeln auf dem Fußboden, den zahlreichen Fotografien an den Wänden.

Aenne.

Er hatte sofort gewusst, dass sie es war. Die Einzige und Richtige. Es war auf der Landungsbrücke hier in Steenodde gewesen, an einem sonnigen Tag im August. Jan war wegen seiner Doktorarbeit auf die Insel gekommen. Mit dem kleinen Schiff des Öömrang Ferian hatte er sich gemeinsam mit zwei Zivildienstleistenden auf den Weg zu den Seehundbänken machen wollen, als sie die Landungsbrücke heruntergekommen war, auf dem Rückweg von ihrem Boot. Sie kannte Nanning, den Kapitän ihrer Schiffstour, und war kurz stehen geblieben, um ihn zu begrüßen.

Sie war so klein, fast einen Kopf kleiner als er. Jan erinnerte sich daran, wie sie vor ihm gestanden hatte. Die kastanienbraunen Locken, wild und unbändig, schimmerten in der Sonne. Dazu die blauen Augen, offen, interessiert und gleichzeitig dunkel und geheimnisvoll. Die Sommersprossen auf der sonnengebräunten Haut. Und das Lächeln. Ihr Lächeln, das eine markante Zahnlücke zwischen den oberen Schneidezähnen entblößte. Das zwei tiefe Grübchen um ihre Mundwinkel zauberte. Und das die Welt um sie herum zum Leuchten brachte. Es war dieses Lächeln gewesen, das ihn irgendwo ganz tief mittendrin getroffen hatte. Von da an war sein Herz besetzt gewesen.

Das war nun schon über sieben Jahre her, und Jan wusste, dass es die bisher besten Jahre seines Lebens gewesen waren. Aenne war bunt. Sie brachte Farbe und Wärme in sein Leben. Sie war frei und gab ihm dennoch so viel Halt. Als ihnen zu all dem Glück auch noch Beeke geschenkt worden war, wusste er, dass er endgültig angekommen war.

Doch was machte der Tod seines Schwiegervaters jetzt mit seiner kleinen Familie? Dieser *Mord*? Aenne hatte ihrem Vater immer sehr nahegestanden. Sie waren ein Herz und eine Seele gewesen, aus demselben Holz geschnitzt, wie ihr Vater es einmal selbst formuliert hatte. Sie lachten über dieselben Dinge, hatten einen ähnlichen Blick auf die Welt um sich herum und teilten dieselbe große Leidenschaft: das Segeln. Ihr Vater hatte Aenne so viel bedeutet. Wie würde sie mit diesem Verlust umgehen? Mit diesem Verbrechen? Jan spürte eine unbestimmte Angst in sich aufsteigen, Angst, dass die heutigen Geschehnisse ihr Leben für immer verändern würden.

Und Beeke?

Großer Gott, sie mussten das alles morgen ja auch noch Beeke erklären, was und wie auch immer.

Jan stöhnte. Er rieb sich den Nacken und nahm einen weiteren großen Schluck aus der Bierflasche. Zum Glück hatte Aenne es am Nachmittag noch irgendwie geschafft, ihre Freundin Insa anzurufen und sie zu bitten, sich um Beeke zu kümmern. Insa hatte Beeke vom Kindergeburtstag abgeholt, sie nach Hause gefahren und war bei ihr geblieben, bis er gekommen war. Gut, dass es Insa gab! Schon so manches Mal war sie eingesprungen und hatte Beeke betreut, wenn Aennes Eltern verhindert waren und Jan und Aenne gemeinsam auf dem Festland einen Termin wahrnehmen mussten oder wichtige Besorgungen zu erledigen hatten. So mussten sie Beeke nicht jedes Mal den langen Weg bis nach Flensburg, Husum oder Kiel mitnehmen. Jetzt war Insa gegangen, Beeke schlief, und Jan war allein.

Er trat zurück ans Fenster. Allmählich steigerte sich seine Unruhe.

Aenne, komm nach Hause, flehte er.

Da sah er zwei Lichter auf die Hafeneinfahrt zuhalten. Langsam zeichneten sich die Umrisse eines Bootes ab, das Knuts Liegeplatz ansteuerte. Das war sie!

Jan stellte die Flasche ab, eilte aus dem Haus und lief ihr entgegen. Laut rief er ihren Namen.

Die Wellen klopften leise gegen den Bootsrumpf und wiegten das Segelboot im seichten Rhythmus des Meeres. Auf und ab, auf und ab, im ewig gleichen Takt. Aenne lag zusammengekauert auf der Holzbank im Heck. Sie hatte den Motor ausgestellt und die Pinne festgemacht. Die Segel hatte sie erst gar nicht gehisst. Sie hatte sich auf der Seite zusammengerollt und hielt die Beine mit ihren Armen fest umschlungen. Wie lange sie wohl schon so dalag? Minuten? Stunden? Sie wusste es nicht. Es war ihr auch egal. Sie hatte jegliches Zeitgefühl verloren. Mittlerweile war es kühler geworden. Die Kälte kroch in ihre Glieder, und Feuchtigkeit legte sich auf ihren Körper. Doch von alldem spürte Aenne nichts.

Mein Vater ist tot. Dieser eine Satz drehte sich immer und immer wieder in ihrem Kopf. Eine Endlosschleife. Und doch weigerte sich irgendetwas in Aenne, diese vier Worte tiefer in ihr Bewusstsein vordringen zu lassen. Irgendetwas in ihr stemmte sich dagegen, den Gedanken weiter oder gar zu Ende zu denken.

Sie hatte nicht geweint. Etwas war blockiert und hielt die Tränen unter Verschluss. So als wollte eine innere Barriere sie vor der Wahrheit schützen. Vor der Katastrophe. Ihr war, als stünde sie neben sich und betrachtete eine fremde Person. Eine fremde Person, die auf einer Bank in einem Boot irgendwo in der Nordsee trieb. Hatte sie einen Schock? Fühlte sich so ein Schock an? Sie hatte keine Ahnung.

Sie zog die Beine noch ein wenig dichter an den Körper heran. Ihr Blick wanderte hinauf in den klaren dunklen Abendhimmel. Über ihr spannte sich die samtene Schönheit des endlosen Firmaments. Nirgends war der Sternenhimmel weiter, nirgends leuchtender als hier draußen. Alles war so ruhig und friedlich. Der große Wagen, Kassiopeia, der Polarstern, alles war noch an seinem Platz. Dort, wo es hingehörte. Der Mond stand als schmale Sichel hoch über dem Horizont, unbeeindruckt zog er seine Bahn. Nichts hatte sich verändert, die Welt war wie immer.

Und meine eigene Welt?, fragte sich Aenne. Von einer Sekunde zur nächsten aus ihrer Umlaufbahn geschleudert? Zerrissen, zerschossen, zerstört? Einfach so, von jetzt auf gleich, während alles andere seinen gewohnten Gang ging? Während sich die Erde weiterdrehte, so als wäre nichts geschehen?

Das konnte nicht sein.

Das durfte nicht sein.

In der Ferne sah Aenne die Lichter von Wittdün. Etwas weiter entfernt schickte der Leuchtturm seine Strahlen im steten Rhythmus unbeirrt über das Wasser. Sie wollte nicht zurück auf die Insel. Sie wollte nicht zurück an den Ort, an dem sie dem Grauen ins Auge geblickt hatte. Nicht dorthin, wo ihr Vater auf so brutale Weise ums Leben gekommen war. Und wo sie sich würde fragen müssen, was genau geschehen war.

Was, wenn sie einfach hier draußen bliebe? Wenn sie sich

weigerte, zurückzufahren? Könnte sie damit nicht alles rückgängig machen? Könnte sie die Katastrophe nicht ungeschehen machen und das Unheil doch noch abwenden?

Eine leise Stimme meldete sich in Aennes Hinterkopf. Du kannst nicht weglaufen. Du musst dich den Tatsachen stellen. Du kannst das Geschehene nicht leugnen. Doch sie ignorierte diese Stimme.

Jetzt nicht.

Noch nicht.

Reglos blieb Aenne liegen und lauschte dem vertrauten Geräusch der Wellen. Sie liebte das gleichmäßige, leise Plätschern, wenn die Wellen auf den Bootsrumpf trafen. Es hatte sonst eine beruhigende Wirkung auf sie. Doch heute war alles anders. Bilder drängten sich mit Macht in ihr Bewusstsein. Bilder, die sie während der letzten Stunden beiseitegeschoben hatte, die sie am liebsten für immer wegsperren wollte. Aber das gelang ihr nun nicht mehr.

Sie hatte ihren Vater gesehen. Er hatte in einer Kiste gelegen. In einer grauen Kiste aus Metall, hart und kalt. Man hatte den behelfsmäßigen Sarg im Kastbarshüs auf eine Bank in der Mitte des Raumes gestellt. Mit verschlossenem Deckel. Erst auf Aennes hartnäckiges Drängen hin war Oke Bendixen, der ihr zusammen mit der Kommissarin gefolgt war, bereit gewesen, den Deckel zu öffnen. Allerdings hatte Aenne vor der Tür warten müssen, bis Oke die Leiche mit einem großen weißen Leinentuch abgedeckt hatte.

So hatte Aenne zuerst nur seine Hand gesehen.

Sie hatte die Narbe sofort erkannt. Alle Hoffnung, dass es sich um eine Verwechslung handeln könnte, war in Sekundenbruchteilen dahin gewesen.

Die großflächige Narbe auf dem Handrücken der rechten Hand hatte sich Aennes Vater als kleines Kind zugezogen, als er heimlich einen Topf mit heißer Milch vom Herd genommen und sich dabei die kochend heiße Flüssigkeit über die Hand geschüttet hatte. Als wäre es gestern gewesen, konnte Aenne seine Stimme hören. Wie oft hatte er sie als kleines Kind ermahnt: »Aenne, geh nicht an den Herd. Aenne, pass auf mit dem heißen Tee.« Ihr Vater war kein übervorsichtiger Mensch gewesen, doch in diesem Punkt hatte er kein Pardon gekannt.

Und nun stand sie in ihrer Erinnerung erneut vor der langen Metallkiste und starrte auf diese Hand. Langsam, wie in Zeitlupe, trat Aenne einen Schritt näher und streckte ihren Arm aus. Ihre Fingerkuppen berührten zaghaft die Hand ihres Vaters. Sie schreckte zurück. Die Hand war kalt. Viel zu kalt. Ihr Magen verkrampfte sich. Sie spürte Übelkeit in sich aufsteigen. Doch sie musste Gewissheit haben.

Wie mechanisch griff sie nach dem Tuch. Sie hörte Oke Bendixen noch »Nein!« rufen, aber da war es schon zu spät. Sie hatte das Tuch nach oben gerissen.

Der Schrei blieb Aenne in der Kehle stecken.

Sie sah nichts als Blut. Überall Blut. Eine dunkle, klebrige Masse. Und kein Gesicht mehr.

Der Mörder hatte ihrem Vater das Gesicht zerschossen.

Aenne verharrte einen Moment bewegungslos. Unfähig, den Blick abzuwenden. Das Leinentuch glitt ihr aus den Fingern. Dann taumelte sie zurück. Der Würgereiz wurde stärker. Sie wandte sich ab und stürzte hinaus.

Sie hatte es gerade noch bis nach draußen geschafft, bevor sie sich übergeben hatte.

Die grausamen Bilder ließen Aenne nun, da sie losgetreten waren, nicht mehr los. Erst die Kälte holte sie schließlich zurück in die Gegenwart, zurück auf das Boot. Sie konnte das Zittern, das ihren gesamten Körper erfasst hatte, nicht mehr länger ignorieren. Schwerfällig richtete sie sich auf. Sie rieb sich mit den Händen über die Arme und wartete, dass das Zittern ein klein wenig nachließ.

Mit einem Mal spürte Aenne das ganze Ausmaß ihrer Erschöpfung. Ihre Glieder waren steif und schmerzten, ihr Kopf dröhnte, als wollte er jeden Moment zerspringen, und ihr Magen fühlte sich flau an. Seit Stunden hatte sie nichts gegessen oder getrunken. Der Geschmack von Erbrochenem in ihrem Mund war immer noch fürchterlich.

Vielleicht würde sie unten in der Kajüte etwas zum Anziehen

oder zu trinken finden. An Essen wollte sie gar nicht denken, sie würde sowieso keinen Bissen hinunterbekommen.

Aenne erhob sich und stieg mit wackeligen Schritten die Stufen in die kleine holzverkleidete Kajüte hinab. Ihr Blick wanderte suchend durch den Raum. Da sah sie ihn. Er lag auf der Sitzbank, achtlos in die hintere Ecke geworfen. Als wäre er nur kurz abgelegt worden und als käme der Besitzer gleich wieder, um ihn überzuziehen, weil der Wind aufgefrischt hatte. Doch der Besitzer würde nicht wiederkommen. Nie mehr.

Es war ein Pullover von Aennes Vater, der dunkelblaue Troyer, den ihr Vater häufig beim Segeln getragen hatte.

Aenne starrte auf das Kleidungsstück. Ihr Vater musste den Pullover auf ihrem letzten gemeinsamen Törn hier vergessen haben.

Aenne rutschte in die Bank. Vorsichtig, so als handelte es sich um einen gefährlichen Gegenstand, streckte sie die Hand nach dem Pulli aus. Er fühlte sich kalt an, und die Oberfläche des groben Strickgewebes war rau. Nach kurzem Zögern nahm sie den Troyer in beide Hände und führte ihn langsam an ihr Gesicht. Sie sog zaghaft die Luft ein.

Der vertraute Geruch traf sie wie ein Schlag. Schnell ließ sie die Hände wieder sinken.

Oh, mein Gott! Kraftlos sackte Aenne gegen die Rückwand der Kajüte und schloss die Augen. Der Pullover lag schwer in ihrem Schoß. Das Trinken hatte sie vergessen.

Erneut zogen Bilder vor ihrem inneren Auge auf. Ihr Vater, lachend an der Pinne, das dunkle Haar vom Wind zerzaust, blitzende blaue Augen im sonnengegerbten Gesicht. Ihre erste Fahrt mit Knut, das allererste Segelsetzen. Ein Windstoß hatte Aenne das Segel aus der Hand gerissen und ihren Vater fast über Bord gehen lassen. Das erste Trockenfallen im Watt, nackte Füße auf dem Meeresgrund. Das Dahingleiten in sonnendurch-fluteter blauer Unendlichkeit.

Alles, was das Boot und das Segeln betraf, hatte Aenne von ihrem Vater gelernt. Er hatte ihr beigebracht, die Planken zu schleifen und zu versiegeln, hatte ihr gezeigt, wie man die Knoten bindet und die Segel in den Wind stellt. Wie sie die

Wolken, den Wind und die Wellen lesen musste. Er hatte sie den Respekt und die Liebe zum Meer gelehrt.

Noch lange saß Aenne so da, den Troyer in den Händen, versunken in ihren Erinnerungen. Irgendwann meldete sich ihr Verstand. Er klopfte an, erst zurückhaltend, dann immer drängender, bis er nicht mehr zu überhören war.

Sie konnte nicht ewig hierbleiben. Sie musste zurück.

Und wie eine große Woge, die alles wegspülte, erfasste sie auf einmal eine unbändige Sehnsucht nach ihrem Mann. Sie wollte zu Jan. Sie wollte zu einem Menschen, der sie in die Arme nahm und dessen Wärme sie spüren konnte. Der ihr versicherte, dass alles wieder gut werden würde. Und ihr zeigte, dass noch etwas von ihrem alten Leben Bestand hatte.

Sie wollte nach Hause.

Behutsam legte Aenne den Pullover ihres Vaters zurück auf die Bank. Mit einer liebevollen Bewegung strich sie über den Stoff und glättete eine Falte. Dann stemmte sie sich mit beiden Armen vom Tisch ab und kam langsam zum Stehen. Ihre Beine taten weh und drohten nachzugeben. In ihrem Kopf hämmerte es so stark, dass ihr übel wurde. Doch sie riss sich zusammen.

In einem Schrankfach fand sie eine alte Strickjacke und schlüpfte hinein. Etwas zu trinken konnte sie nicht auftreiben. Schließlich ging Aenne an Deck und startete den Motor. Das Aufheulen der Maschine durchschnitt schmerzhaft die schwarze Stille. Sie setzte sich auf die Bank und griff nach der Pinne. Dann nahm sie Kurs auf Steenodde.

Als Aenne endlich die Lichter der Hafeneinfahrt in der Dunkelheit aufleuchten sah, kam es ihr so vor, als sei sie eine Ewigkeit fort gewesen. Erschöpft, aber mit geübten Bewegungen steuerte sie den Liegeplatz an. Ihre Hände waren mittlerweile so klamm, dass die Finger beinahe den Dienst verweigerten. Ungelenk warf sie die Leine um den Poller und machte das Boot am Kai fest. Mit wackeligen Beinen stieg sie an Land.

Da sah sie jemanden die Landungsbrücke herunterkommen. Aenne erkannte ihn sofort an seinem Gang. Ihr Mann lief ihr entgegen. Sie hörte ihn laut ihren Namen rufen.

Als Jan sie fast erreicht hatte, konnte Aenne sein Gesicht

erkennen. Und augenblicklich war es mit ihrer Fassung vorbei. Die Tränen kamen mit aller Macht. Ihre Beine gaben nach. Sie spürte die rettenden Arme, die sie auffingen, kurz bevor sie auf den Boden aufschlug. Sie fühlte den warmen Körper, der sie hielt. Vernahm die ruhige Stimme, die immer wieder ihren Namen flüsterte.

Aenne selbst brachte kein Wort heraus.

Sie weinte endlich.

5

Sie erwachte aus einem tiefen, traumlosen Schlaf. Noch etwas benommen rieb sie sich die Augen und blinzelte in den neuen Morgen. Das Sonnenlicht sickerte durch die Vorhänge und zeichnete ein zartes Gitter auf den Dielenfußboden. Sacht wogte der leichte Stoff in der kühlen Morgenbrise. Das allmorgendliche Geschrei der Möwen und Austernfischer drang durch das geöffnete Fenster in das kleine Schlafzimmer unter dem Reetdach. Ein weiterer herrlicher Spätsommertag kündigte sich an.

Aenne gähnte herzhaft, schob die warme Bettdecke beiseite und streckte die Arme von sich. Von unten vernahm sie leise Stimmen, Beekes plätscherndes Geplapper, hin und wieder unterbrochen von Jans dunklem Gemurmel. Im Hintergrund hörte sie Geschirr klappern und das Gurgeln der Kaffeemaschine. Die zwei frühstückten schon.

War es schon so spät? Hatte sie etwa verschlafen? Aenne stützte sich auf ihre Ellenbogen und streckte einen Arm nach dem Wecker aus, der auf dem Nachttisch neben dem Bett stand. Schon nach halb acht! Sie musste zur Arbeit! Warum weckten die beiden sie denn nicht?

Die Antwort ließ sie wie betäubt in die Kissen zurückfallen. Plötzlich war alles wieder da. Die Bilder von gestern. Der Schmerz. Er kam mit ungeahnter Wucht. Wie eine gewaltige Welle schlug er über ihr zusammen und begrub sie unter sich. Schnürte ihr den Brustkorb zu und ließ ihr Herz wie wild gegen die Rippen schlagen. Ihr Magen verkrampfte sich, und kalter Schweiß brach ihr aus.

Einen endlosen Moment lang lag Aenne reglos da, unfähig, sich zu rühren. Sie fühlte sich ohnmächtig. Hilflos und ausgeliefert.

Wie die Stimme aus einer anderen, fernen Welt drang Beekes helles, unbeschwertes Kinderlachen zu Aenne herauf. Ihr wurde bewusst, dass sie gleich hinunter in die Küche gehen und ihrer

Tochter gegenübertreten musste. Sie würde ihr sagen müssen, dass ihr Großvater gestern gestorben war. Und wie er gestorben war. Auch wenn alles in Aennes Körper sich dagegen wehrte und ihr Kopf und ihr Herz Nein schrien, so wusste sie doch, dass sie vor dieser Aufgabe nicht davonlaufen konnte.

Was sollte sie bloß sagen? Wie sollte sie ihrem Kind etwas erklären, was sie selbst noch gar nicht fassen, geschweige denn verstehen konnte?

Aenne blieb noch einen Augenblick länger liegen. Dann nahm sie all ihre Kraft zusammen, stemmte sich auf ihre Unterarme und richtete sich mühsam auf. Das Pochen hinter ihren Schläfen zwang sie, innezuhalten und die Augen zu schließen. Aenne stöhnte. Als es ein klein wenig nachgelassen hatte, setzte sie sich auf und stieg aus dem Bett. Ihre ersten Schritte waren unsicher. Vorsichtig, fast tastend setzte sie einen Fuß vor den anderen. Doch ihre Beine gaben nicht nach, auch wenn sich ihre Knie weich und zittrig anfühlten. Die Holzdielen unter ihren nackten Füßen waren kalt. Aenne fröstelte. Sie nahm den Morgenmantel vom Haken hinter der Tür, schlüpfte hinein und schlang den Gürtel eng um ihren Körper. Ihr Magen fühlte sich flau an. Sie musste endlich etwas essen, auch wenn sie sich im Moment nicht einmal in Ansätzen vorstellen konnte, einen Bissen runterzubringen. Doch sie wusste, dass sie anders nicht funktionieren konnte.

»Du und dein Hunger. Wenn du nichts gegessen hast, bist du wirklich kaum zu ertragen«, meldete sich die Stimme ihres Vaters in ihrem Kopf. Als stünde er neben ihr, hörte sie ihn lachen. »Wärst du eine Maschine, hätte man dich längst ausgemustert – so viel, wie du immer verbrauchst, um laufen zu können!«

Ach, Papa! Sie spürte Tränen in sich aufsteigen, ihre Augen brannten. Doch es gelang ihr, sie zurückzudrängen. Jetzt nicht.

Aenne ging ins Bad und trat ans Waschbecken. Sie stellte den Wasserhahn bis zum Anschlag auf kalt und ließ sich das Wasser über die Handgelenke laufen. Eine Handvoll spritzte sie sich ins Gesicht. Obwohl sie eben noch gefroren hatte, tat die Abkühlung gut. Sie stützte sich mit den Händen auf dem Rand des Waschbeckens ab und hob langsam den Kopf. Sie erschrak über das, was sie im Spiegel sah. Zwei müde Augen starrten ihr entgegen, stumpf und traurig. Augen, die sie so nicht kannte. Darunter lagen tiefschwarze Schatten, eine Mischung aus dunklen Augenringen und verwischter Wimperntusche. Ihre Haut war fleckig und gerötet, und ihre Sommerbräune konnte die darunterliegende Blässe nur schwer verstecken. Sie sah elend aus.

Durch die geöffnete Badezimmertür hörte Aenne abermals Beekes und Jans Stimmen. Ihr Magen zog sich von Neuem zusammen. Sie wusste, dass sie es nicht länger aufschieben konnte.

Ein erneuter Blick in den Spiegel sagte Aenne allerdings, dass sie Beeke in diesem Zustand lieber nicht gegenübertreten sollte. Mit geübten Handgriffen ordnete sie ihr Haar, entfernte die Wimperntusche und putzte sich rasch die Zähne. So sah sie wenigstens einigermaßen wiederhergestellt aus.

Aenne straffte die Schultern, verließ das Badezimmer und wandte sich zur Holztreppe, die in den Wohnbereich hinabführte.

»Guten Morgen, meine Schätze«, hörte sie sich sagen, als sie die Treppe hinunterstieg. Ihre Stimme klang belegt, irgendwie fremd. Sie zwang sich zu einem Lächeln. »Na, seid ihr zwei schon am Frühstücken?«

Jan und Beeke saßen gemeinsam am großen Esstisch. Beide trugen noch ihren Schlafanzug, und jeder hatte vor sich eine Schale mit Müsli stehen.

»Mama!« Beeke drehte sich schwungvoll um. Etwas Milch schwappte von ihrem Löffel, den sie gerade zum Mund führte. »Mama, ich bin gestern mit Onno bei der Strandrallye Erster geworden! Wir durften die Schatzkiste aufmachen«, plapperte sie mit vollem Mund drauflos. »Und weißt du, was da drin war?« Sie musste schlucken. »Edelsteine! Sogar echte. Onno und ich durften uns zuerst einen aussuchen. Ich habe ein Tigerauge genommen. Der glänzt so schön. Ganz golden. Soll ich ihn mal holen? Er ist noch oben auf meinem Nachtschrank.« Ohne eine Antwort abzuwarten, sprang Beeke auf und lief die Stufen nach oben in ihr Kinderzimmer.

Jan erhob sich von seinem Stuhl und trat Aenne entgegen. »Na, konntest du wenigstens ein bisschen schlafen?« Er nahm sie zärtlich in den Arm und küsste sie auf ihr Haar.

»Mmh, hab ich wohl«, murmelte Aenne. Seine Nähe und seine Wärme taten ihr gut. »Du hast ihr noch nichts gesagt?« Sie hob fragend den Kopf.

»Nein, ich wollte auf dich warten. Ich denke, du solltest das machen.« Als er die Unsicherheit in ihrem Blick bemerkte, fügte er hinzu: »Wir werden das zusammen machen, aber du solltest beginnen, oder? Kaffee?«

Aenne nickte.

»Guck mal, das ist er.« Beeke kam die Treppenstufen wieder heruntergehüpft und präsentierte Aenne den glänzenden Edelstein. In der anderen Hand hielt sie eine kleine zerknitterte Papiertüte. »Und natürlich gab's eine Naschitüte. Ich hab auch noch nicht alles aufgegessen. Willst du einen Naschi abhaben, Mama? Ich habe noch Gummiwürmer.«

»Das ist lieb von dir, aber nein, vielen Dank, mein Schatz.« Aenne beugte sich zu ihr hinunter und gab ihr einen Kuss auf die Stirn. Dann zog sie sich einen Stuhl unter dem Tisch hervor und setzte sich. »Kommst du auf meinen Schoß, Rübe?«

Beeke nickte und rutschte auf Aennes Knie. Sie legte das Tigerauge auf dem Tisch ab und durchsuchte ihre Papiertüte. »Mama, darf ich einen? Ausnahmsweise?«

»Pack die Naschis jetzt erst einmal weg.« Aenne nahm ihr die Tüte aus der Hand und legte sie neben den Edelstein. »Beeke«, sagte sie dann. Sie spürte einen dicken Kloß im Hals. »Ich konnte dich gestern Abend ja nicht abholen –«

»Ach, das macht nichts, Mama«, quasselte Beeke unbedarft dazwischen. »Insa war ja da. Wir haben Uno gespielt. Insa hat nur ein Mal gewonnen, ich viel öfter. Und dann hat Insa mir noch vorgelesen. Bis Papa gekommen ist. Ne, Papa?«

Jan brummte zustimmend. Er hatte einen Becher Kaffee vor Aenne auf den Tisch gestellt und auf dem Stuhl neben ihr Platz genommen.

»Beeke«, begann Aenne abermals. Der Kloß in ihrem Hals schien noch zu wachsen. »Ich bin gestern nicht gekommen, weil etwas Schlimmes ...«, sie räusperte sich, »weil etwas Trauriges passiert ist.« Sie sah ihrer Tochter in die Augen. Wie schön sie waren! Himmelblau, viel heller als ihre. Eher so wie die von Jan. »Dein Opa Erk ...« Sie stockte. Ihre Stimme drohte zu versagen. Nach einer kurzen Pause setzte sie neu an: »Rübe, Opa ist tot. Er ist gestern gestorben.« Jetzt war es raus.

»Opa Erk?« Beeke sah ihre Mutter verständnislos an. »Gestorben?«

»Ja, gestorben. Opa ist ...« Aenne schluckte. Ihr Blick glitt an die Zimmerdecke. Ihre Augen brannten, und sie spürte Tränen aufsteigen. Aber sie wollte jetzt auf keinen Fall weinen. »Opa ist von einem Schuss aus einem Gewehr getroffen worden. Er wurde sehr stark verletzt, und daran ist er dann gestorben.« Die Worte laut auszusprechen, die eigene Stimme diese Worte sagen zu hören war nahezu unerträglich.

»Was denn für ein Gewehr?« Jetzt verstand Beeke überhaupt nichts mehr. »Opa hat doch kein Gewehr.«

»Ja, das stimmt. Das Gewehr gehört wohl jemand anderem. Jemand muss auf ihn geschossen haben, wir wissen das aber noch nicht so genau.« Aenne holte tief Luft. Sie suchte nach den richtigen Worten. »Es war wohl ein Unfall, sicher wurde er aus Versehen getroffen.« Sie suchte den Blick ihres Mannes. Jan nickte ihr zustimmend zu und legte seine Hand auf ihren Unterarm.

Sie hatten gestern Abend noch gemeinsam überlegt, welche Details Beeke über die Todesumstände ihres Großvaters erfahren sollte. Was mussten sie ihr sagen, und was sollten sie ihr besser noch verschweigen? An welchem Punkt galt es, bei der Wahrheit zu bleiben, und wo durfte erst einmal eine Notlüge herhalten? Sie waren sich einig gewesen, dass sie ihrer Tochter keinesfalls mitteilen konnten, dass jemand ihren Großvater kaltblütig umgebracht hatte. Wie sollte ein fünfjähriges Kind das verstehen? Irgendwann, wenn sie größer und der richtige Zeitpunkt gekommen war, würde sie die Wahrheit erfahren. Aber jetzt noch nicht.

Dennoch musste Beeke wissen, *wie* ihr Opa gestorben war. Sie musste Bescheid darüber wissen, dass er von einem Gewehr getötet worden war und dass die Kriminalpolizei deshalb auf der Insel ihre Ermittlungen durchführte. Denn das würde Beeke im Kindergarten, auf dem Spielplatz, an allen Ecken zu hören bekommen. Man würde Aenne und Jan, vielleicht sogar Beeke selbst darauf ansprechen. Fragen stellen, Mitgefühl bekunden. Der Tod ihres Vaters würde schon heute das Inselgespräch Nummer eins sein. Aenne graute davor. Doch sie wusste, dass es unvermeidlich war und dass sie ihre Tochter davor nicht ganz bewahren konnten. So sollte Beeke die wichtigsten Informationen wenigstens direkt von ihnen erhalten und zumindest ein ganz klein wenig auf das vorbereitet sein, was in den nächsten Tagen über sie alle hereinbrechen würde.

»Die Kriminalpolizei ist wegen dieser Sache auf der Insel«, ergriff nun Jan das Wort. Er fuhr sich mit der Hand durch die kurzen Haare. Auch seine Stimme klang anders als sonst, irgendwie rau, unsicher. »Das sind besondere Polizisten, die solche … solche Dinge eben untersuchen. Sie werden versuchen, rauszukriegen, was genau passiert ist. Dazu werden sie viele Leute befragen, vor allem die, die Opa kennen, äh, gekannt haben. Und auch uns, Mama und Papa, werden sie Fragen stellen.«

Beeke hatte das Tigerauge wieder in die Hand genommen und hielt den Edelstein mit beiden Händen fest umschlossen. Mit großen Augen blickte sie erst ihren Vater, dann ihre Mutter an. »Wo ist Opa jetzt?«

Aufgeschnitten unter einer Neonlampe auf einem kalten Stahltisch in der Rechtsmedizin, dachte Aenne verzweifelt. Sie antwortete jedoch: »Opa liegt in einem Sarg in einem besonderen Raum in der Kirche. Und Hans Boyens aus Wittdün kümmert sich um ihn.« Als sie Beekes fragenden Blick wahrnahm, fügte sie hinzu: »Hans ist von Beruf ein Bestatter. Das bedeutet, er kümmert sich um die Verstorbenen und organisiert die Beerdigung. Opa wird dann irgendwann in den nächsten Tagen auf dem Friedhof beerdigt werden.« Sie schluckte abermals. Sagte sie all diese Dinge gerade wirklich?

»Und wie sieht ein Sarg aus?«

»Tja, so ein Sarg ist wie … wie eine große Kiste. Aber eine

ganz schöne Kiste, fast wie ein Bett, aus Holz und mit vielen Verzierungen«, sagte Jan. »Der Verstorbene wird dann im Sarg auf den Friedhof gebracht und in ein Grab gelegt.«

»Kommt Opa für immer in das Grab?«

Aenne sah, wie Tränen in Beekes Augen stiegen. Es schnürte ihr das Herz zusammen.

»Ja, Opas Körper kommt für immer in das Grab. Aber ein Teil von ihm, sein Herz, seine Seele, dieser Teil geht zurück auf die Himmelswiese.«

»Dahin, wo die Babys herkommen?«

»Mmh.«

»Aber Opa kommt nicht mehr zurück?«

Aenne nickte stumm.

»Opa kommt nie mehr wieder?«

»Ja, meine Rübe. Opa kann nie mehr wieder zu uns zurückkommen.« Aennes Stimme brach. Sie spürte, wie Beeke sich an sie schmiegte und ihr kleiner Körper zu zittern begann. Aenne schlang die Arme um ihre Tochter und vergrub ihr Gesicht in Beekes Haaren. Auf ihrem Rücken fühlte sie Jans Hand, schwer und warm. Nun wehrte sie sich nicht mehr länger. Sie ließ den Tränen freien Lauf.

Lange Zeit blieben sie so sitzen. Durch die geöffneten Fenster drangen Stimmen herein, die sich gleich darauf wieder entfernten. Vermutlich Spaziergänger, die den schönen Morgen für eine frühe Wanderung auf dem Fußweg entlang des Watts nutzten. Ein Auto wurde gestartet. Irgendwo in der Ferne bellte ein Hund.

Das Klingeln des Telefons holte sie jäh in die Realität zurück. Jan erhob sich rasch von seinem Stuhl und nahm das Gespräch an. Er sprach leise, mit gedämpfter Stimme, und zog sich zum Telefonieren in das Arbeitszimmer zurück, das vom hinteren Bereich des Wohn- und Esszimmers abging. Als er das Telefonat beendet hatte, kehrte er in den Wohnraum zurück.

Beeke saß noch immer auf Aennes Schoß, das Gesicht an deren Schulter vergraben. Die Tränen waren mittlerweile versiegt.

»Das war das Naturzentrum«, erklärte Jan, während er ein

Paket Taschentücher aus der Küchenschublade nahm. »Ich muss gleich einmal kurz rüberfahren.« Er zog ein Tuch heraus und reichte das restliche Päckchen an Aenne weiter. Sie nahm es dankend entgegen und schnäuzte sich vernehmlich.

Jan ging vor seiner Tochter in die Knie und tupfte behutsam die Tränen von ihren geröteten Wangen. Anschließend putzte er ihr die Nase.

»Na, Große, wie sieht's aus? Sollen wir dich mal langsam für den Kindergarten fertig machen? Ich kann dich heute hinbringen. Was meinst du?«

Beeke nickte stumm, drehte sich aber gleichzeitig fragend zu ihrer Mutter um. Aenne rang sich ein Lächeln ab. »Na klar musst du heute in den Kindergarten, Rübe. Onno weiß doch sonst gar nicht, mit wem er spielen soll. Und du möchtest doch bestimmt auch Silvia dein schönes Tigerauge zeigen, oder?« Silvia war die Leiterin von Beekes Kindergartengruppe.

»Oh ja, das stimmt.« Beekes Gesicht hellte sich bei dieser Vorstellung sofort wieder auf. »Da wird Silvia aber staunen! Onno bringt seinen Stein bestimmt auch mit.«

»Na, dann komm, ziehen wir dich mal an. Heute ausnahmsweise mit Flugdienst.«

Beeke streckte ihrem Vater die Arme entgegen. Jan fasste Beeke unter die Achseln, hob sie hoch und setzte sie sich mit Schwung auf die Schultern.

»Puh, lange schaff ich das aber auch nicht mehr, wenn du so weiterwächst!« Er ächzte ein wenig gekünstelt. »Und nun das Startsignal.«

»Fünf, vier, drei, zwei, eins – los!« Beeke drückte auf Jans Nasenspitze, während sie sich gleichzeitig mit der anderen Hand an seinem Kopf festhielt. Jan drehte sich einmal im Kreis, um dann mit lautem Brummen die Treppe nach oben zu fliegen.

Sobald Beeke und Jan im Kinderzimmer verschwunden waren, sackte Aenne in sich zusammen. Hart spürte sie die Stuhllehne in ihrem Rücken.

Was für ein Alptraum.

Sie schloss die Augen.

Alles fühlte sich so irreal an, als wäre sie aus ihrem Leben in eine fremde Welt katapultiert worden. Wie in einem schlechten Traum, aus dem man jeden Moment aufwachen konnte. Doch sie war schon wach. Das alles hier war bittere Realität.

Müde strich sie sich mit den Händen über das Gesicht. Wie sehr sehnte sie sich nach einem ganz normalen Morgen! Sie, die sonst nie genug Abwechslung kriegen konnte, die immer offen für Neues und Aufregendes war, konnte sich auf einmal nichts Schöneres vorstellen als Alltag. Routine. Ein Stück Normalität. Einen Morgen, an dem sie wie gewöhnlich mit ihrer kleinen Familie frühstückte und über den vor ihnen liegenden Tag plauderte. An dem Jan als Erster das Haus zur Arbeit verließ und Aenne ein wenig später Beeke mit dem Fahrrad in den Kindergarten brachte, um anschließend zur Fachklinik Satteldüne weiterzuradeln, wo sie als Ergotherapeutin arbeitete und in der schon die ersten Patienten auf sie warteten. Sie wünschte sich etwas, das sie vor dem Abgrund schützte, der sich vor ihr auftat.

Doch so etwas gab es für sie nicht.

Was sollte sie nun tun? Was tat man, wenn man gerade seinen Vater verloren hatte? Durch einen brutalen, grausamen Mord? Wenn man plötzlich Angehörige eines Mordopfers war? Die Untersuchungen wegen eines Gewaltverbrechens über sich ergehen lassen musste? Die Wörter waberten durch ihren Kopf, undeutlich, kaum zu fassen.

Mordopfer. Gewaltverbrechen.

Einfach absurd.

Wie durch eine dicke Schicht Watte hindurch registrierte Aenne, dass Beeke und Jan die Treppe wieder herunterkamen. »Hol bitte schon mal deine Jacke und zieh die Halbschuhe an. Ich komme gleich«, hörte sie ihn sagen.

Beeke verschwand daraufhin im Windfang, und Jan trat zu Aenne an den Tisch.

»Ich regle das kurz bei der Arbeit, dann bin ich wieder da.« Er suchte ihren Blick. »Okay?«

Aenne nickte stumm.

»Ich hole Beeke später auch wieder ab und kann mich um sie kümmern. Und du? Was hast du vor?«

Ja, was hatte sie vor?

»Keine Ahnung. Ich werde wohl mit der Polizei reden müssen.« Sie zuckte unschlüssig mit den Schultern. »Und mit Mama.«

»Mach das. Aber bitte vergiss nicht wieder das Handy, wenn du aus dem Haus gehst.« Nachdrücklich fügte er hinzu: »Und mach es auch an.« Er deutete ein schiefes Grinsen an, das jedoch gründlich misslang. »Ruf mich an, wenn irgendetwas ist. Ich melde mich, sobald ich fertig bin.« Er küsste Aenne zum Abschied, warf sich den Rucksack über die Schulter und öffnete die Tür zum Windfang.

Beeke kam noch einmal hereingelaufen, schlang ihre kleinen Kinderarme um Aennes Taille und drückte sie mit all ihrer Kraft. Sie hob den Kopf und betrachtete Aennes Gesicht ganz genau. »Bist du noch sehr traurig, Mama?«

Aenne strich ihrer Tochter eine Strähne aus dem Gesicht und nickte. »Ja, im Moment schon. Aber das wird bald wieder, Rübe«, log sie. Sie drückte ihr einen Kuss ins Haar, während ihre Augen sich erneut mit Tränen füllten. »Viel Spaß im Kindergarten!«

Nachdem ihre Familie das Haus verlassen hatte, saß Aenne da wie betäubt. Ihr Blick wanderte ziellos durch den Raum. Wie aus weiter Ferne nahm sie einzelne Dinge wahr, so als ob sie sie nichts mehr angingen. Die Zeitung von gestern auf dem Tresen. Eine vergessene Socke unter dem Sofa. Die Noten auf dem Klavier. Alles war vertraut. Und doch so fremd.

Es war das hartnäckige Grummeln ihres Magens, das sie schließlich aus ihrer Starre riss. Sie musste etwas essen. Also gab sie sich einen Ruck und griff nach dem Kaffeebecher, der immer noch vor ihr stand. Sie probierte einen kleinen Schluck, doch der Kaffee war mittlerweile kalt und nicht mehr zu genießen. Sie ging hinüber zur Küchenzeile und goss den Rest in die Spüle. Dann nahm sie sich eine Schale und einen Löffel aus dem Schrank, füllte ein wenig Müsli hinein und goss Milch dazu. Sie aß ein paar Löffel, fünf, sechs, das musste reichen, mehr bekam sie nicht hinunter. Aber immerhin.

Auch wenn es nicht viel war, mit dem Essen im Bauch fühlte

Aenne sich gleich ein kleines bisschen besser. Sie versuchte, ihre Gedanken zu ordnen. Sie brauchte Klarheit. Musste herausbekommen, was genau passiert war. Sie würde also mit der Polizei reden müssen, mit Oke und diesen beiden Kommissaren. Wolf? Hieß die Frau Wolf? Sie war sich nicht sicher. An den Namen des Mannes konnte sie sich gar nicht mehr erinnern. Hatte er sich ihr überhaupt vorgestellt? Und mit ihrer Mutter musste sie natürlich auch noch sprechen. Gab es schon etwas für die Beerdigung zu regeln? Sarg aussuchen? Blumenschmuck? Es war verrückt.

Das Telefon klingelte. Doch sie ging nicht an den Apparat, sondern ließ den Anrufbeantworter laufen. Nach dem Signalton erklang Insas Stimme: »Aenne, ich bin's. Es tut mir alles so leid! Wenn du irgendetwas brauchst, du weißt ja, ich bin für dich da. Hier bei der Arbeit wissen alle Bescheid. Mach dir also keinen Kopf, wir regeln das mit deinen Patienten. Das kriegen wir schon hin. Nimm dir die Zeit, die du brauchst. Und melde dich, wenn —« Piep. Die Aufzeichnung wurde durch das Signal unterbrochen.

Aenne atmete auf. Wenigstens das war geregelt, und der Anruf in der Klinik blieb ihr erspart. So musste sie keine Fragen über sich ergehen lassen und keine Betroffenheitsfloskeln hinnehmen. Oder irgendwelche Beileidsbekundungen, die wollte sie sich in diesem Moment schon gar nicht anhören.

Sie stellte die Müslischale in die Spüle und ging die Treppe hinauf. Ihre Beine fühlten sich immer noch weich und schwer an. Doch eine innere Entschlossenheit trieb sie an. Sie musste sich jetzt anziehen. Und dann würde sie sich auf den Weg machen. Sie wusste noch nicht genau, wohin und was sie erwartete. Sie wusste nur, dass sie irgendetwas tun musste.

6

Sie hatte das Rad genommen. Der Weg hatte sich von selbst ergeben, sie musste nicht überlegen. Wie von einem unsichtbaren Band geleitet, hatte sie die Richtung zum Quermarkenfeuer eingeschlagen. Etwas in ihrem Unterbewusstsein zog sie mit aller Macht dorthin, etwas, das sie spüren ließ, dass sie nur so eine Chance hatte, das Geschehene irgendwie zu begreifen. Sie musste an den Ort, an dem ihr Vater gefunden worden war. Sie musste diesen Ort *sehen*.

Die Sonnenbrille im Gesicht und den Kopf tief gesenkt, hielt Aenne den Blick starr nach vorn auf den Weg gerichtet. Der führte sie von Steenodde zunächst am Watt entlang nach Nebel. Sie blickte nicht nach rechts und nicht nach links. Sie sah nur den dunklen Fahrradreifen, der sich unentwegt drehte, starrte auf die schwarzen Gumminoppen, die vorbeischnellten, auf die Kieselsteine, die zur Seite flogen. Wenn ihr ein anderer Radfahrer entgegenkam, registrierte sie das oft erst in letzter Sekunde. Es grenzte an ein Wunder, dass sie mit niemandem zusammenstieß. Und so fiel Aenne auch nicht auf, dass die Flaggen vor den Häusern in Nebel auf halbmast standen. Ein alter Brauch als Zeichen dafür, dass einer der Dorfbewohner verstorben war.

Nach etwa einer Viertelstunde erreichte Aenne den Ortsteil Westerheide, bog nach rechts in den Tanenwai ein und hatte die letzten Häuser des Dorfes bald darauf hinter sich gelassen. Der Radweg führte durch weite Heideflächen, die sich zu dieser Jahreszeit in ein violettes Blütenmeer verwandelt hatten, und mündete nach kurzer Zeit in den Wald. Aenne tauchte ein in die schattige Kühle. Der Weg wurde nun sandig und war beschwerlicher zu befahren. Aenne schwitzte stark. Das T-Shirt klebte ihr am Rücken, und auf der Stirn hatten sich feine Schweißperlen gebildet. Aber auch davon bemerkte sie nichts. Mechanisch trat sie in die Pedale.

Zwei Fragen ließen sie nicht mehr los. Im selben Rhythmus,

in dem ihre Beine sich hoben und senkten, stellten sie sich ihr wieder und wieder.

Wer?

Und warum?

Warum?

Hinter einer Wegbiegung öffnete sich der dichte Kiefernwald zu einer riesigen Lichtung. Die abrupte Helligkeit ließ Aenne trotz Sonnenbrille blinzeln. Die Lichtung war keine natürliche Freifläche, sondern das Ergebnis eines starken Orkans, der Amrum im vergangenen Herbst schwer getroffen und der Insel über ihre gesamte Länge hinweg tiefe Wunden zugefügt hatte. Es würde noch sehr lange dauern, bis sie auch nur annähernd verheilt waren.

Aenne durchquerte eine Schneise der Verwüstung und des Chaos. Beidseits des Weges war der ursprüngliche Wald vollkommen zerstört. Nur vereinzelt reckten sich die zersplitterten Spitzen umgeknickter Bäume bizarr dem blauen Himmel entgegen. Letzte Überbleibsel einst gewaltiger Kiefern.

Ein Großteil der Bruchschäden war mittlerweile abtransportiert worden, doch noch immer lagen Äste und Zweige in wildem Durcheinander überall am Boden. Die Aufräumarbeiten waren nach wie vor in vollem Gange. Heute war jedoch kein einziger Forstarbeiter unterwegs. Eine gespenstische Ruhe lag über der kahlen Ödnis.

Ein Stück weiter den Weg entlang wurde der Bewuchs allmählich wieder dichter, und die Sturmschäden nahmen ab. In diesem Teil des Waldes hatte der Orkan seine zerstörerische Kraft nicht so stark entfalten können, sodass die meisten Bäume überlebt hatten.

Aenne erreichte den Naturerlebnisraum Vogelkoje Meeram. Sie passierte den Eingang mit dem hohen Rundbogen aus Holz und fuhr viel zu schnell mitten über die weite Rasenfläche. Eine kleine Schar freilaufender Gänse stob mit lautem Geschrei auseinander.

An die Vogelkoje grenzte ein kleines Wildgehege, an dessen Seite ein von Birken gesäumter Sandweg entlangführte. In diesen Weg bog Aenne nun ein und gelangte nach kurzer Zeit an eine große Hinweistafel, die über das sich in Richtung Dünen und Quermarkenfeuer anschließende archäologische Areal informierte. Hier begann der weitläufige Dünengürtel, der sich am westlichen Rand Amrums bis zum Kniepsand erstreckte und in diesem Teil der Insel die breiteste Ausdehnung hatte. Ein Bohlenweg führte zum Quermarkenfeuer und gleich dahinter hinunter zum Strand.

Aenne stieg vom Fahrrad und lehnte es achtlos an die Rückwand des Informationsschildes. Erst jetzt fiel ihr auf, wie stark sie schwitzte. Sie schob die Sonnenbrille ins Haar und wischte sich mit dem Handrücken über die feuchte Stirn. Dann ging sie los.

Auf dem Weg hierher hatte sie nicht einen Gedanken an den Sinn und Zweck ihres Unternehmens verschwendet. Eine innere Stimme hatte sie geleitet, zielstrebig und klar. Als sie jetzt über die Holzbohlen schritt, beschlich sie jedoch eine Unsicherheit, die sie zweifeln ließ. Was versprach sie sich eigentlich davon, diesen Ort aufzusuchen? Sollte sie das wirklich tun? Wollte sie *das* wirklich sehen?

Schlimmer als der Anblick gestern konnte es allerdings kaum sein. Aenne schob die aufkeimenden Zweifel beiseite und marschierte entschlossen weiter.

Schnell hatte sie die ersten Dünenhügel hinter sich gelassen und ein weites, flaches Dünental erreicht, in dem der Nachbau eines eisenzeitlichen Hauses besichtigt werden konnte. Ein älteres Ehepaar stand dort über eine der Informationstafeln gebeugt, die Rücken Aenne zugewandt. Sonst war kein Mensch zu sehen.

Aenne setzte ihren Weg Richtung Quermarkenfeuer fort. Wo war es eigentlich genau geschehen? Die Polizei hatte keine eindeutigen Angaben zum Fundort gemacht. Wie sollte sie ihn allein überhaupt finden?

Die Antwort auf diese Frage lag hinter der nächsten Wegbiegung. Hier teilte sich der Bohlenweg in zwei Richtungen. Ein archäologischer Pfad führte nach links zur Fundstelle eines Großsteingrabes, weiter geradeaus gelangte man zum Quermarkenfeuer.

Aenne blieb abrupt stehen. Schon von Weitem erkannte sie das rot-weiße Absperrband der Polizei. Es war von einer Aussichtsbank am Rande des Weges quer über den Bohlenweg bis hin zu einem Holzpflock gespannt worden, den man für diesen Zweck behelfsmäßig in den Sand geschlagen hatte. Der Anblick schnürte Aenne den Magen zusammen.

Hier war es also.

Langsam ging sie auf die Absperrung zu. Auf der Bank saß ein Mann in Polizeiuniform. Beim Näherkommen erkannte sie, dass es Oke war. Was machte er da?

Oke Bendixen hatte Aenne ebenfalls entdeckt. Er erhob sich von der Bank und ging ihr ein paar Schritte entgegen. Dabei strich er sich wiederholt mit beiden Händen über den Kopf und richtete die Haare über seiner Glatze. Zögerlich hob er eine Hand zum Gruß.

»Aenne, moin.« Er blieb vor ihr stehen, schaute aber an Aenne vorbei in die Ferne. Dann senkte er den Blick und fixierte seine Schuhe. Mit dem rechten Fuß schob er einen Kieselstein zur Seite, der in einer Rille zwischen zwei Bohlen verschwand. Erst dann sah er auf. In seinen Augen lag tiefe Trauer. »Ach, Aenne …« Er machte noch einen letzten Schritt auf sie zu und zog sie in seine Arme. Ungeahnt sachte drückte er sie an sich.

Aenne wurde von dieser für Oke ungewöhnlichen Geste und der unerwarteten körperlichen Nähe völlig überrumpelt. Sie stand stocksteif da und rührte sich nicht. Der dezente Duft von Rasierwasser stieg in ihre Nase, sie fühlte den warmen Druck der Arme auf ihrem Rücken. Und mit einem Mal verspürte sie den Wunsch, sich in diese Umarmung fallen zu lassen. Zu weinen. Sich der Traurigkeit hinzugeben, sie mit einem anderen Menschen zu teilen und dadurch ein Stück von ihr abgeben zu können.

Doch nein. Halt. Nicht hier. Und nicht jetzt.

Unbeholfen befreite sie sich aus der Umarmung und trat ein paar Schritte zurück. Sie strich ihr T-Shirt glatt, obwohl es gar nichts glatt zu streichen gab. »Ich, ich wollte zu dem Ort …«, begann sie stockend. »Ich wollte …« Sie wandte den Kopf zur Seite. »Ich muss es sehen.«

Oke nickte. »Mmh«, brummte er zustimmend. »Ich weiß.«

Sie schwiegen eine Weile.

»Wo ist es?«, fragte Aenne schließlich. »Hier?«

»Nein, weiter den Weg entlang.« Oke zeigte über die Schulter hinter sich. »Dann irgendwann links in die Dünen. Frau Wolf – du weißt, die Kommissarin?« Er hob fragend die Augenbrauen hinter seiner runden randlosen Brille. Aenne nickte stumm. »Frau Wolf ist da gerade unterwegs, die Kollegen von der Spurensicherung auch. Ich rufe sie an, dass du kommst. Dann kann sie es dir zeigen. Ich darf nämlich eigentlich keinen hier durchlassen.« Er lächelte entschuldigend. »Ist gleich geregelt.«

Oke zückte sein Handy und ging ein paar Schritte zur Seite. Leise sprach er mit der Kommissarin. Als das kurze Gespräch beendet war, ließ er das Telefon wieder in seiner Hosentasche verschwinden, um gleich darauf aus der anderen Tasche sein Stofftaschentuch zu ziehen. Während er wieder zu Aenne trat, nahm er seine Brille in die eine Hand und tupfte sich mit der anderen die Schweißperlen von Stirn und Glatze. Dann setzte er die Brille wieder auf.

»Heiß heute.«

»Und?«

»Alles klar. Geh einfach weiter. Frau Wolf erwartet dich am Bohlenweg.«

»Danke.«

Er hob das Absperrband ein wenig an. Aenne bückte sich und schlüpfte darunter durch. Auf der anderen Seite drehte sie sich noch einmal um.

»Oke?«

»Ja?«

»Ist es sehr schlimm … da?«

»Nein.« Er machte eine Pause. Dann fügte er leise hinzu: »Und doch ist es das Schlimmste, was ich je erlebt habe.«

Das Schlimmste, was ich je erlebt habe.

Die Worte hallten in Aennes Kopf nach, als sie ihren Weg fortsetzte. Sie spürte, wie ihr Herz mit jedem Schritt, den sie tat, schneller schlug, wie das Atmen schwerer wurde, je weiter sie sich dem Fundort näherte. Sie musste mehrmals tief Luft holen, um das beklemmende Gefühl in ihrer Brust loszuwerden, und verlangsamte ihr Tempo. Das gleichmäßige Klackern ihrer Clogs auf den Holzbohlen kam ihr unnatürlich laut vor. Um sie herum war alles still. Viel zu still. Selbst die Möwen, deren immerwährendes Geschrei ansonsten überall auf der Insel zu hören war, schienen heute den Atem anzuhalten.

Zögernd, fast widerstrebend, weil die Angst vor dem, was sie entdecken könnte, in ihr hochkroch, ließ Aenne ihren Blick über die Dünen gleiten. Hatte Oke »links vom Bohlenweg« gesagt? Oder »rechts«? Doch wohin sie auch schaute, sie konnte nichts Auffälliges sehen. Nichts deutete darauf hin, dass hier ein Gewaltverbrechen stattgefunden hatte. Scheinbar unberührt erhoben sich beidseits des Weges die Dünen aus ihrem Meer aus Sand. Ihre geschwungenen Kuppen zeichneten sich weich gegen den blassblauen Himmel ab. Blühende Besenheide streute violette Farbtupfer auf die mit Silbergras und Bergsandglöckchen bewachsenen Flächen und Senken zwischen den hohen Weißdünen.

Da bemerkte sie eine Gestalt, die ihr auf dem Weg entgegenkam. Eine große, korpulente Frau in Jeans und kurzärmeliger Karobluse steuerte zügigen Schrittes auf sie zu. Obwohl sie mit der Kommissarin schon im Haus ihrer Eltern gesprochen hatte, hätte sie die Frau an einem anderen Ort keinesfalls wiedererkannt. Als sie Aenne zur Begrüßung die Hand gab, erinnerte sich Aenne jedoch an die Kälte der Haut und an den kräftigen Händedruck.

»Frau Jannen, hallo.« Die Kommissarin schob ihre Sonnenbrille mit den altmodischen ovalen Gläsern in ihr kurzes dunkelblondes Haar. »Gut, dass wir uns hier treffen. Ich wollte heute sowieso noch mit Ihnen sprechen und hätte Sie sonst später aufgesucht.« Sie lächelte.

Aenne nickte stumm.

»Sie wollen den Ort sehen, an dem Ihr Vater gefunden wurde?« Die Kommissarin sah Aenne mitfühlend an. »Das kann ich gut verstehen. Kommen Sie mit, ich zeige es Ihnen.«

Sie drehte sich um und ging zurück in die Richtung, aus der sie gekommen war. Sie ging langsam und wartete, bis Aenne zu ihr aufgeschlossen hatte. Dann liefen sie schweigend nebeneinanderher. Aenne war der Kommissarin dankbar, dass sie ihr Anliegen nicht näher erklären musste und dass die Polizistin sie nicht mit Fragen oder Informationen bombardierte, sondern einfach in Ruhe ließ.

Hinter der nächsten Wegbiegung stutzte Aenne. Im Windschatten einer kleinen Düne befand sich eine weitere Aussichtsbank, daneben ein Abfalleimer. Dort stand ein Mann, der sich tief über den Mülleimer beugte, so als würde er etwas darin suchen. Er trug einen weißen Schutzanzug und Gummihandschuhe, mit denen er nun eine leere Getränkeverpackung aus dem Eimer herausholte und sie nach eingehender Betrachtung in einer Plastiktüte verschwinden ließ. Als er die Schritte der beiden Frauen auf den Holzbohlen hörte, blickte er auf.

»Spurensicherung«, kommentierte die Kommissarin knapp. »Wir müssen allem nachgehen.« Sie nickte dem Kollegen zu und wechselte im Vorbeigehen ein paar kurze Worte mit ihm.

Nach ein paar Minuten, die Aenne wie eine Ewigkeit vorkamen, blieb Katharina Wolf an einer Stelle des Weges, an der das Holz mit einem rot-weiß gestreiften Klebeband markiert war, schließlich stehen.

»Hier ist es gleich.« Sie deutete mit dem Arm in Richtung Süden. »Dahinten, etwas abseits vom Weg.«

Diesmal ging die Kommissarin vor, und Aenne folgte ihr in geringem Abstand.

Ohne dass sie sich irgendwie angekündigt hätte, befiel Aenne eine nie da gewesene Angst. Die Bilder vom Vortag tauchten vor ihrem inneren Auge auf. Der Metallsarg. Die Hand unter dem Leinentuch. Das Blut. Wieder spürte sie, wie ihr am ganzen Körper der Schweiß ausbrach. Das Herz schlug ihr bis zum Hals, und das Engegefühl in ihrer Brust kehrte zurück, wurde nahezu übermächtig. Die krampfhaften Schmerzen in der Magengegend nahm sie schon gar nicht mehr wahr.

Was machte sie hier? Sollte sie sich wirklich noch mehr grauenhaften Bildern stellen, die sich für immer in ihr Gedächtnis einbrennen, die sie nie mehr loslassen würden? Bilder, die zeit ihres Lebens in ihr schlummern würden, um dann, wann immer es ihnen gefiel, mit Gewalt an die Oberfläche zu drängen? Sollte sie sich das antun?

Noch war Zeit, umzukehren. Die Versuchung war groß. Doch etwas in Aenne war stärker als die Angst und zwang sie, weiterzugehen. Sie heftete ihren Blick auf den Rücken der Kommissarin und konzentrierte sich darauf, einfach einen Fuß vor den anderen zu setzen und mit jedem Schritt so ruhig wie möglich ein- und wieder auszuatmen.

Katharina Wolf führte Aenne zunächst geradeaus durch flaches, leicht hügeliges Gelände, das mit den für Graudünen charakteristischen kleinwüchsigen Sträuchern und Silbergras bewachsen war. Es gab hier keinen Weg oder Trampelpfad, sodass sie querfeldein gehen mussten. Sie überquerten eine flache Düne, die noch vollständig von Vegetation bedeckt war, und erreichten den Fuß einer mächtigen Weißdüne. Die Kommissarin bahnte sich einen Weg durch den feinen weißen Sand, der vereinzelt durch Büschel von Strandhafer unterbrochen war. In einem für ihre Körperfülle erstaunlich zügigen Tempo erklomm sie die Anhöhe. Aenne folgte ihr, doch der Abstand hatte sich inzwischen vergrößert. Sie musste langsamer gehen, denn das Atmen fiel ihr immer schwerer. Die Sonne stand inzwischen hoch am wolkenlosen Himmel, und der weiche Sand drang in ihre Clogs und erschwerte das Vorankommen zusätzlich.

Oben auf der Kuppe der Düne blieb Katharina Wolf stehen. »Hier ist es.« Sie ging ein kleines Stück zur Seite, sodass Aenne neben sie treten konnte.

»Hier?«, entfuhr es Aenne. Sie holte tief Luft. »Aber hier ... hier ist doch gar nichts.«

Sie ließ ihren Blick verstört über die Landschaft gleiten, die sich unter ihnen ausbreitete. Zu ihren Füßen lag ein nahezu kreisförmiges, ebenes Dünental, das von allen Seiten durch hohe Weißdünen begrenzt war. Das Tal maß im Durchmesser etwa fünfzehn Meter, und der Boden war mit Heidekraut und Moosflächen bedeckt. Am Rand der Senke hatte sich eine Gruppe Möwen niedergelassen, die sich bei ihrem Anblick in die Luft erhoben und in Richtung Nordsee davonflogen. Der ganze Ort wirkte unberührt und heil. So als wäre nichts Außergewöhnliches geschehen. Ein Ort, so wie man ihn zigfach auf der Insel finden konnte. Wäre da nicht erneut das rot-weiße Absperrband der Polizei gewesen, das den Bereich abgrenzte und davon zeugte, dass hier etwas anders war als sonst.

»Wir haben Ihren Vater dort unten in der Senke gefunden.« Aenne starrte in die Richtung, in die die Kommissarin zeigte. Da unten? Für sie sah alles ganz gewöhnlich aus. Es war so normal, so … so *unspektakulär*. Doch was hatte sie erwartet? Irgendwelche Kampfspuren? Blut? Sie hatte keine Ahnung. Nur dass irgendetwas anders sein müsste! Etwas an diesem Ort musste doch der ungeheuren Tragweite des Ereignisses, seiner Dramatik und der unabsehbaren Folgen gerecht werden. Es konnte schließlich nicht sein, dass ihr Vater hier auf grausame Weise ermordet worden war und schon am nächsten Tag die Welt so aussah und weitermachte, als wäre nichts geschehen!

»Er lag auf dem Rücken«, hörte Aenne die Kommissarin fortfahren. »Sehen Sie dort hinten, etwas links von der Mitte? Dort ist der Untergrund etwas dunkler gefärbt. Da hat er gelegen. Den Spuren zufolge ist der Fundort auch der Tatort, es gibt keine Hinweise darauf, dass der Leichnam nach Eintreten des Todes noch bewegt wurde.«

Erst jetzt nahm Aenne den großen Fleck inmitten einer Moosfläche wahr, der sich dunkel von dem übrigen Bewuchs absetzte.

Oh Gott! Ihre Knie wurden weich. Es kostete sie große Mühe, sich weiterhin auf den Beinen zu halten. Wie durch einen dichten Nebel vernahm sie die Stimme der Kommissarin: »Frau Jannen, alles in Ordnung?«

Aenne nickte mechanisch. Sie spürte die kühle Hand der Polizistin auf ihrem Unterarm.

»Möchten Sie einen Moment allein sein?«

Sie deutete ein weiteres Nicken an, den Blick unverwandt nach unten in die Senke, auf den Blutfleck gerichtet.

»Sie können auch hinunter- und hinter die Absperrung gehen. Die Spurensicherung ist dort fertig. Ich lasse Sie jetzt erst einmal allein. Ich muss Sie allerdings noch sprechen. Ich schlage vor, wir treffen uns an diesem Quermarkenfeuer. Da können wir in Ruhe miteinander reden.«

Als von Aenne keine Reaktion kam, wiederholte Katharina Wolf: »Ich gehe dann jetzt. Ich warte auf Sie am Quermarkenfeuer.«

Aenne registrierte aus dem Augenwinkel, dass sich die Kommissarin umdrehte und langsam entfernte.

Dann war sie allein.

»Wer hat das getan?«

Aenne hockte auf einer der verwitterten Holzbänke, die sich auf der kleinen Aussichtsplattform rund um das Quermarkenfeuer befanden. Das rot-weiß gestreifte Leuchtfeuer warf einen dunklen Schatten, in dessen Kühle Aenne Zuflucht vor der stechenden Sonne gesucht hatte.

Wie lange sie oben auf der Düne nahe dem Tatort gesessen hatte, wusste sie nicht. Sie hatte sich an Ort und Stelle, dort, wo sie gestanden hatte, in den warmen weichen Sand sinken lassen. Sie war nicht hinunter in die Senke gegangen und auch nicht hinter die Absperrung getreten, um den Ort, an dem ihr Vater gestorben war, näher zu inspizieren. Sie hatte einfach nur dagesessen, die Beine angewinkelt, und vor sich hin gestarrt. Sie konnte sich nicht erinnern, was oder woran sie gedacht hatte. Hatte sie überhaupt irgendetwas gedacht? War es möglich, dass man gar nichts dachte? Irgendwann war sie wieder aufgestanden und zurückgegangen.

Jetzt saß sie auf der Bank, die Ellenbogen auf die Knie gestützt und den Kopf in den Händen vergraben. Ihre Stimme war leise, so als spräche sie zu sich selbst und nicht zu jemand anderem.

»Wer?« Aenne hob langsam, wie unter großer Anstrengung, den Kopf und warf der Kommissarin einen fragenden Blick zu.

»Wir wissen es noch nicht«, antwortete Katharina Wolf. Sie hatte neben Aenne Platz genommen. »Ich hatte gehofft, dass Sie uns weiterhelfen können.«

»Ich? Aber ich hab keine Ahnung! Ich frage mich das auch

schon die ganze Zeit. Wer tut so etwas?« Sie richtete sich auf und ließ sich nach hinten gegen die Rückenlehne der Bank sinken. Verzweifelt fuhr sie sich mit den Händen durch die Haare. Sie bekam ihre Sonnenbrille zu fassen, nahm sie in beide Hände und betrachtete sie geistesabwesend. »Und warum? Es muss ein Zufall gewesen sein. Oder ein Unfall.«

»Nein, tut mir leid, Frau Jannen, aber es war kein Unfall«, widersprach Katharina Wolf. »Und schon gar kein Zufall. Wir gehen davon aus, dass Ihr Vater vorsätzlich ermordet wurde.« Sie machte eine kurze Pause, wartete auf Aennes Reaktion. Doch Aenne verharrte reglos und blieb stumm. »Es wurde aus nächster Nähe auf Ihren Vater geschossen, und das mehrere Male. Das lässt auf Vorsatz schließen. Wir denken, dass der Täter den Tatort ganz bewusst gewählt hat.«

»Wie meinen Sie das?« Aenne blickte auf und runzelte die Stirn.

»Schauen Sie.« Katharina Wolf bückte sich und angelte einen kleinen grauen Outdoor-Rucksack unter der Bank hervor. Sie öffnete den Reißverschluss der Fronttasche und holte ein Papierheftchen heraus. Als sie das Papier entfaltet und vor ihren Füßen auf dem Boden ausgebreitet hatte, erkannte Aenne, dass es sich um eine Karte von Amrum handelte. »Sehen Sie hier«, sie wies auf den Plan, »das ist die Stelle, an der wir uns gerade befinden. Der Tatort liegt ungefähr dort.« Sie zeigte auf eine rot markierte Stelle etwas südlich vom Quermarkenfeuer und vom eingezeichneten Bohlenweg. »Ich kenne die Insel nicht so wie Sie, aber wenn ich mir die Karte anschaue, scheint mir diese Gegend«, sie umfuhr das Dünengebiet rund um den markierten Punkt mit dem Finger, »der Punkt auf der Insel zu sein, der von allen menschlichen Siedlungen und Straßen weitmöglichst entfernt liegt und gleichzeitig über viele verschiedene Wege erreicht und wieder verlassen werden kann. Würden Sie dem zustimmen? Helfen Sie mir.«

Aennes Verstand arbeitete nur langsam. »Ja, wenn man das so betrachtet, haben Sie recht«, antwortete sie gedehnt.

»Es ist also der Ort auf der Insel, an dem die Gefahr, aufzufallen oder entdeckt zu werden, für den Täter vergleichsweise gering ist. Und mehr noch, ich denke, dass der Täter auch dieses spezielle Dünental ganz bewusst ausgesucht hat. Kommen Sie mal mit.« Katharina Wolf erhob sich von der Bank und ging ein paar Schritte um das Leuchtfeuer herum. Sie wies mit ausgestrecktem Arm in Richtung Tatort. »Die Senke ist weder von hier noch von irgendeiner Stelle auf dem Bohlenweg aus einzusehen. Wir haben das überprüft. Sie liegt weit von den nächsten Häusern entfernt. Der Täter hat sich also so gut es ging vor einer möglichen Entdeckung geschützt. Das ist kein Zufall, das war geplant.«

Aenne schaute die Kommissarin ungläubig an. Sie wollte widersprechen, doch sie fand keine Worte. Sie hatte das Gefühl, dass die Ausführungen der Kommissarin sie zwar akustisch erreichten, dass ihr Gehirn den wahren Sinn der Worte jedoch nicht verstehen konnte, vielleicht auch nicht verstehen wollte.

»Der Täter muss sich hier gut auskennen. Es ist also ziemlich wahrscheinlich, dass er von der Insel stammt oder zumindest schon länger auf Amrum lebt.«

»Aber ...«, setzte Aenne an und wusste nicht weiter. »Hier doch nicht«, flüsterte sie rau. Sie schluckte. »Hier doch nicht«, presste sie noch einmal mit Nachdruck hervor, so als könnte sie durch die Wiederholung der Worte ihre Bedeutung wahr werden lassen. Dabei bemerkte sie selbst, wie wenig überzeugend das klang.

Gedankenverloren starrte sie auf die Sonnenbrille, die sie noch immer in ihren Händen hielt. Sie klappte die Bügel auf und zu. »Sie haben gesagt, Sie kennen Amrum nicht. Kommen Sie denn nicht von hier oben?«

Katharina Wolf hatte wieder Platz genommen und antwortete: »Geboren und aufgewachsen bin ich in Lüneburg, aber mittlerweile arbeite ich schon seit einigen Jahren in Flensburg.«

»Ach, dann sind Sie also nicht aus Norddeutschland.«

Die Kommissarin zog eine Augenbraue in die Höhe. »Bisher dachte ich das eigentlich schon.« Ein flüchtiges Lächeln umspielte ihre Mundwinkel, doch sie ging nicht weiter darauf ein.

»Mord, Totschlag«, Aenne hatte Mühe, diese Wörter über die Lippen zu bringen, »all das gehört hier nicht her. So etwas gab es auf dieser Insel noch nie. Jeder kennt jeden. Wer soll denn da jemanden *umbringen*?« Sie atmete tief durch. »Wer soll *meinen Vater* umgebracht haben?« Sie blinzelte, um die aufsteigenden Tränen zu unterdrücken, und wandte den Kopf ab, ließ ihren Blick über die Landschaft schweifen. Wie durch einen Nebelschleier hindurch sah sie die glitzernde Nordsee vor sich in der Sonne liegen, dazu den weiten Kniepsand und am Horizont die Südspitze von Sylt mit dem Hörnumer Leuchtturm. Wie schön es hier war.

»Das werden wir herausbekommen, Frau Jannen. Doch dabei brauche ich Ihre Hilfe. Sie müssen mir alles über Ihren Vater erzählen. Welche Gewohnheiten hatte er, welche Vorlieben? Hatte er Probleme? Mit jemandem Streit? Alles kann wichtig sein.«

Aenne fuhr sich mit dem Handrücken über die Augen und wandte ihr Gesicht wieder der Kommissarin zu. »Wann … wann ist er denn genau gestorben?«

»Wir gehen derzeit von einem Todeszeitpunkt so zwischen zwanzig und vierundzwanzig Uhr aus.«

Aenne nickte wortlos.

»Haben Sie eine Idee, was Ihr Vater hier wollte? War er häufig so spät in den Dünen unterwegs?«

»Ich weiß es nicht«, entgegnete Aenne verzweifelt. »Er geht regelmäßig laufen, auch manchmal abends noch. Aber in den Dünen? Er wäre den Bohlenweg entlanggelaufen.«

»Ihr Vater war normal gekleidet, er hatte keine Sportsachen an. Ich denke, das Joggen können wir ausschließen. Außerdem haben wir keine Spuren am Bohlenweg gefunden, weder Fußspuren, die vom Weg wegführen, noch Schleifspuren oder irgendetwas, was auf einen Kampf hindeutet. Kann es sein, dass er sich dort in der Senke mit jemandem getroffen hat? Dass er verabredet war?«

»Kann sein – doch mit wem? Und warum da, in den Dünen? Das macht doch keinen Sinn.«

Katharina Wolf schien ihre nächsten Worte mit Bedacht zu wählen. »Ihre Mutter und Herr Bendixen deuteten an, dass Ihr Vater ab und an eine Liebesbeziehung zu einer anderen Frau unterhalten hätte. Und dass es sich nicht nur um eine Beziehung handelte, sondern um wechselnde Partnerinnen. Können Sie mir dazu etwas sagen?«

»Ach, was weiß ich«, entgegnete Aenne schroff. »Das kann schon sein. Ich habe mich da immer rausgehalten.«

Katharina Wolf wartete geduldig ab, bis Aenne fortfuhr. »Das müssen …«, sie stockte. »Das mussten meine Eltern schon selbst regeln. Sie hatten sicherlich nicht das, was man eine glückliche Ehe nennt. Und doch sind sie immer zusammengeblieben. Ich habe das nie so richtig verstanden.« Sie hielt einen kurzen Augenblick inne. »Fragen Sie am besten meine Mutter, die wird Ihnen das vielleicht erklären können.«

»Das heißt, Sie wissen nicht, ob Ihr Vater aktuell eine Partnerin hatte?«, hakte Katharina Wolf noch einmal nach.

»Nein.« Aenne verschränkte die Arme vor der Brust. »Wie gesagt, fragen Sie meine Mutter.«

Die Kommissarin wechselte das Thema. »Hat Ihr Vater ein Handy besessen?«

»Ja, ein iPhone.«

»Trug Ihr Vater das Telefon in der Regel bei sich?«

»Immer. Gerade in letzter Zeit, er hatte sich nämlich vor Kurzem erst ein neues gekauft.«

»Aha. Wir haben bei ihm nämlich kein Handy finden können. Und noch etwas möchte ich Sie fragen: Hatte Ihr Vater in letzter Zeit mit irgendjemandem Streit? Ist irgendetwas Besonderes passiert?«

»Nein.« Aenne fühlte sich hilflos. Ihre Arme sanken zurück auf die Knie. »Es war alles … na ja, so wie immer.«

»Er ist mit einer Schrotflinte erschossen worden. Kennen Sie jemanden, der ein solches Gewehr besitzt?«

Aenne schüttelte den Kopf.

»Frau Jannen …« Katharina Wolf suchte Aennes Blick. »Ihrem Vater ist ins Gesicht geschossen worden. Und in die Brust. Mehrere Male. Ein Akt von grausamer Gewalt. Das alles deutet auf großen Zorn hin, auf starke Wut beim Täter. Auf Hass. Können Sie sich das irgendwie erklären?«

Aenne spürte erneut, wie sich ihr Brustkorb zusammenzog

und das Engegefühl ihr schier die Luft zum Atmen nahm. Sie holte so tief Luft, wie sie konnte. »Nein. Ich kenne niemanden, der meinen Vater gehasst haben könnte. Und ich wüsste auch nicht, warum.«

»Wann haben Sie Ihren Vater denn das letzte Mal lebend gesehen?«

Lebend gesehen! Aenne zwang sich, nachzudenken. »Es muss vorgestern gewesen sein, ja, bei ihm im Laden. Wir hatten noch schnell etwas Geschenkpapier für Onnos Geburtstag geholt.« Als sie den fragenden Blick der Kommissarin bemerkte, fügte sie hinzu: »Onno ist der Kindergartenfreund von Beeke, meiner Tochter. Er hatte gestern Geburtstag.«

Gedankenverloren glitt Aennes Blick in die Ferne. Sie sah, wie ihr Vater, den Rücken dem Gang zugewandt, vor dem Weinregal stand, in der einen Hand eine Weinflasche, in der anderen eine Bestellliste. Sie sah, wie er sich umdrehte und wie ein freudiges Lächeln sein Gesicht erhellte, als er seine Tochter und seine Enkelin erkannte. Wie er die Lesebrille, die er mittlerweile benötigte, hoch in die immer noch vollen, wenn auch mehr und mehr ergrauten lockigen Haare schob. Wie er in die Hocke ging, um Beeke in die Arme zu schließen und ihr irgendetwas ins Ohr zu flüstern, das sie prompt zum Lachen brachte.

»Frau Jannen?« Aenne spürte, wie die Kommissarin sie leicht am Arm berührte. »Sprechen Sie weiter. Um welche Uhrzeit waren Sie im Laden? War es der Laden in Nebel?«

»Ja, ja, in Nebel.« Aenne räusperte sich. »Es muss so gegen fünf Uhr am Nachmittag gewesen sein, vielleicht auch schon halb sechs. Wir haben über den bevorstehenden Geburtstag gesprochen. Und dann hat er noch ein bisschen mit Beeke rumgekaspert. Mich hat er gefragt, ob wir am Wochenende zusammen segeln wollen. Weil das Wetter ja noch so schön ist. Und dann … dann mussten wir los. Wir sind einfach gegangen.«
Von der Erinnerung übermannt, versagte Aenne die Stimme.

»Sie standen Ihrem Vater sehr nahe, nicht?« Katharina Wolf sah sie mitfühlend an.

Aenne konnte nicht antworten, doch die quälende Traurigkeit, die in ihren Augen lag, war der Kommissarin Antwort genug, sie nickte.

Die beiden Frauen schwiegen einen kurzen Moment gemeinsam. Dann beugte sich Katharina Wolf vor und stützte ihre Hände auf die Oberschenkel. »So, ich werde Sie jetzt erst mal wieder in Ruhe lassen. Sie haben mir schon sehr geholfen, vielen Dank.« Sie erhob sich.

»Dann kann ich jetzt gehen?«, fragte Aenne und stand ebenfalls auf. Ihre Bewegungen waren schwerfällig, so als bereiteten sie ihr Schmerzen.

»Ja, versuchen Sie, sich ein wenig auszuruhen. Sobald ich etwas Neues habe, melde ich mich bei Ihnen.« Die Kommissarin bückte sich nach ihrem Rucksack, nahm ein Portemonnaie heraus, öffnete den Reißverschluss und reichte Aenne eine Visitenkarte. »Rufen Sie mich an, wenn Ihnen noch etwas einfällt. Oder wenn Sie Fragen haben. Zu jeder Zeit, ganz egal, ich bin immer für Sie zu erreichen. Ich werde fürs Erste auf der Insel bleiben und habe mir ein Zimmer im Hotel Ekke Nekkepenn in Nebel genommen.«

Aenne nahm die Karte entgegen und ließ sie in der Gesäßtasche ihrer Jeans verschwinden. »Danke. Dann geh ich jetzt.« Sie setzte sich die Sonnenbrille auf und stieg die Stufen, die von der Aussichtsplattform hinunter zum Bohlenweg führten, hinab. Als sie die letzte Stufe erreicht hatte, hörte sie Katharina Wolf ihren Namen rufen. Sie drehte sich noch einmal um und blickte hinauf.

»Frau Jannen!« Die Kommissarin stand am Treppenabsatz. Sie hatte die Sonne im Rücken, sodass sich ihre große breite Gestalt dunkel gegen das gleißende Himmelsblau abzeichnete. Ihren Gesichtsausdruck konnte Aenne im Gegenlicht nicht erkennen. »Es ist nur … Wir wissen noch nicht, was genau passiert ist. Und solange das so ist, müssen wir in alle Richtungen denken. Es ist nur eine reine Vorsichtsmaßnahme, aber seien Sie achtsam. Passen Sie auf sich auf. Und sonst haben Sie ja meine Nummer.«

7

»Zu Tisch, zu Tisch!«

Hanne Tadsen trat aus der Küche und wischte sich die Hände an der Rüschenschürze ab, bevor sie zweimal laut klatschte. Mit raschen, ausholenden Armbewegungen forderte sie ihre Gäste auf, am gedeckten Tisch in der Essecke des Wohnzimmers Platz zu nehmen. »Meine Lieben, nun kommt, das Essen wird sonst kalt. Gönke, Arfst, setzt euch doch bitte dort drüben hin.« Sie wies auf die Stühle, die an der Längsseite des Tisches vor dem großen Fenster standen. »Und du, Schatz, du kommst an meine Seite, nicht wahr?« Sie drehte sich zu ihrem Mann um, der sich auf der Couchgarnitur im Wohnzimmer niedergelassen hatte und sich nun gemächlich erhob. »Meine bessere Hälfte.« Sie lächelte ihn an und strich sich dabei mit den Händen über das hochtoupierte, aufgesteckte blondierte Haar, um vermeintliche Unebenheiten in ihrer Frisur zu glätten. Doch es war mehr eine Angewohnheit, als dass es tatsächlich etwas zu richten gab, denn die Haare saßen wie immer tadellos. Mit gesenkter Stimme ergänzte sie nachdrücklich: »Schatz, die Getränke.« Dann ging sie wieder in die Küche.

»Ja, natürlich.« Broder Tadsen wandte sich an die Gäste. »Arfst, wie immer?«

»Wie immer.« Arfst Ricklefs nickte und nahm auf dem ihm zugewiesenen Stuhl Platz.

»Und für dich, Gönke?« Broder sah die Ehefrau seines Freundes fragend an. »Darf es ein Wein zum Abendessen sein? Ein leichter weißer? Wir hätten auch einen roten. Oder etwas ganz anderes?«

»Ach, ich weiß nicht so recht. Ein Wein?« Sie legte die Stirn in Falten, sodass ihr Gesicht einen angestrengten Ausdruck bekam. Unwillkürlich strich sie sich mit der Hand über den Bauch. »Mein Magen ist in letzter Zeit so empfindlich. Vielleicht doch besser nur ein Wasser.«

»Ach, Gönke, komm schon«, tönte es aus der Küche. »Zu

diesem Essen *musst* du einen Wein trinken. Das bisschen Alkohol wird dir schon nicht schaden, ganz im Gegenteil, es wird deinem Magen richtig guttun nach all den Aufregungen von heute. Dann kannst du nachher auch besser schlafen.« Hanne kam aus der Küche geeilt. Die Hände mit selbst gehäkelten Topflappen geschützt, trug sie eine Schüssel mit dampfenden Kartoffeln zum Esstisch und stellte sie auf dem dafür vorgesehenen Untersetzer ab. »Ich nehme den Wein, den weißen, aber das weißt du ja, Schatz.« Schon war sie wieder in der Küche verschwunden.

»Also gut, dann nehme ich einen Wein. Auch den weißen.« Gönke Ricklefs trat an den Tisch, hängte ihre Handtasche über die Lehne des Stuhles, der neben dem Platz ihres Mannes stand, und setzte sich. »Aber vielleicht kannst du mir ja noch ein Glas Wasser dazu bringen?«

»Natürlich, gern.« Auch Broder verschwand kurz in der Küche, um gleich darauf mit einem Korb voller Getränke zurückzukommen. Er entkorkte den Wein, schenkte zwei Gläser für die Frauen ein und stellte für Gönke ein Glas Wasser daneben. Dann reichte er seinem Freund eine Flasche Bier über den Tisch. »Heute mal ein Glas?«

»Tüddelkram.« Arfst grinste und öffnete mit einem lauten Ploppen den Bügelverschluss.

»Recht hast du.« Broder nahm sich ebenfalls ein Bier, öffnete die Flasche mit einem nicht minder lauten Ploppen und stieß mit seinem Freund geräuschvoll an. Beide Männer nahmen einen kräftigen Schluck.

»Einfach gut.« Arfst ließ seinen massigen Körper gegen die Stuhllehne sinken und wischte sich mit dem Handrücken genüsslich über den grau melierten dichten Vollbart.

Hanne brachte eine große silberne Servierplatte mit dampfendem Gemüse und stellte sie auf den Esstisch. Sie warf den Männern einen missbilligenden Blick zu. »Wenn ihr schon nicht in der Lage seid, bei Tisch aus einem Glas zu trinken, könnt ihr dann nicht wenigstens warten?« Es war mehr eine Ansage als eine Frage. Auf dem Weg zurück in die Küche zischte sie ihrem Mann leise zu: »Die Kerzen.«

»Ja, auch das.« Broder stellte die Bierflasche ab, nahm das Stabfeuerzeug, das Hanne schon zwischen den beiden Leuchtern aus Kristall bereitgelegt hatte, und entzündete die Kerzen. Dann ging er zur Anrichte an der Wand gegenüber dem Fenster, um das Feuerzeug in einer der Schubladen verschwinden zu lassen. Als ob Hanne dies ahnte, rief sie just in diesem Moment aus der Küche: »Und die Kerzen auf der Anrichte natürlich auch. Wie immer.«

Natürlich, wie immer.

Er zündete also auch diese Kerzen an, die ebenfalls in zwei kristallenen Kerzenständern steckten, wobei die kleine Zierdecke, auf der die Leuchter standen, etwas verrutschte. Unnützer Krams, dachte er, strich die Falten des Deckchens aber dennoch wieder glatt. Er öffnete eine Schublade der Anrichte und legte das Feuerzeug hinein.

»So, ist alles bereit?« Hanne erschien in der geöffneten Küchentür. Ihr Gesicht war von der Hitze gerötet, und ihre Wangen glänzten. »Schatz, nun setz dich doch endlich!«

»Bin auf dem Weg.« Broder nahm auf dem Stuhl gegenüber seinem Freund Platz. In seinem Tonfall lag ein Anflug von Gereiztheit, gepaart mit leise schleichender Resignation.

»Dann kann es ja losgehen.« Hanne verschwand wieder in der Küche. Das Öffnen des Backofens war zu hören, Besteckgeklapper, dazwischen Hannes Stimme, die irgendetwas murmelte. Als sie schließlich ins Esszimmer trat, balancierte sie einen Bräter mit einem mächtigen Puter vor ihrer üppigen Brust. »Kommt ein Vogel geflogen ...« Hanne stimmte mit lauter Stimme die erste Zeile des Liedes an, während sie aufrecht, mit kerzengeradem Rücken, zum Tisch schritt und den Puter genau in der Mitte zwischen den Kartoffeln und dem Gemüse platzierte. »Und wie macht das Vögelchen? Rudde-rudde-rudde!«

Stolz blickte sie in die Runde. »Sieht er nicht wunderbar aus?«, flötete sie und verzog den Mund zu einem breiten Lächeln, das die Falten in ihrem rundlichen Gesicht deutlich hervortreten ließ. Sie nahm die Topflappen in die eine Hand und strich sich mit der anderen in der für sie so typischen Art über die Haare.

»Ja, Hanne, das sieht wirklich alles sehr gut aus. Und wie köstlich es duftet.« Gönke beugte sich vor und fächelte sich mit einer Hand ein paar der dampfenden Wölkchen zu, die von dem Puter aufstiegen.

»Aber nun fangt an, sonst wird ja alles kalt. Broder?« Sie drückte ihrem Mann die Geflügelschere in die Hand, die ebenfalls schon auf dem Tisch bereitgelegen hatte, und eilte ein letztes Mal in die Küche, um die Schürze und die Topflappen abzulegen. Dann nahm sie neben Broder Platz, allerdings nicht ohne zunächst ihre Bluse gerichtet und ihren Rock glatt gestrichen zu haben. Sie vergewisserte sich, dass alle Kerzen brannten und jeder am Tisch mit den passenden Getränken versorgt war.

Während Broder ein wenig angestrengt, doch mit geübten Schnitten den Puter zerlegte, reichte Hanne die Schüssel mit den dampfenden Kartoffeln zu ihrer Freundin hinüber. »Gönke, nimm dir doch bitte schon Kartoffeln. Ich habe für dich extra nicht so viel Salz rangemacht. Die Petersilie ist frisch aus dem Garten.«

Dankend nahm Gönke die Schüssel entgegen und legte sich drei kleine Kartoffeln auf den Teller.

»Und das Gemüse«, fuhr Hanne fort und deutete auf die Servierplatte, »ist dampfgegart. Der Blumenkohl stammt auch aus unserem Garten, den Rosenkohl musste ich leider dazukaufen. Ist aber ganz frisch, aus dem Bioladen. Ich habe beides mit einem Hauch Muskatnuss abgeschmeckt.« Sie nahm die gestärkte weiße Stoffserviette von ihrem Teller, schüttelte sie auf und breitete sie auf ihrem Schoß aus, während sie weiterredete. »Was den Puter angeht – Broder, sei vorsichtig, ja? –, den Puter habe ich ganz lange bei niedriger Temperatur im Ofen gebraten, dadurch wird er so richtig zart, ihr werdet das schmecken. Und mit viel Flüssigkeit natürlich, Flüssigkeit ist immer wichtig, damit das Fleisch nicht austrocknet. Daher auch der leckere Sud. Ihr müsst unbedingt etwas von dem Sud nehmen, am besten über die Kartoffeln. Broder, bist du so weit?« Ohne eine Antwort abzuwarten, wandte sie sich an Gönke. »Gönke, möchtest du ein kleines Stück aus der Brust? Die ist so richtig schön mager.« Sie griff nach der Schüssel mit den Kartoffeln und tat sich selbst eine große Portion auf. »Und du, Arfst, für dich eine große Keule?« Sie stellte die Kartoffeln zurück und nahm sich mehrere Löffel Blumenkohl und Rosenkohl von der Gemüseplatte. »Für mich bitte auch ein Stück von der Brust, ja? Aber nicht zu klein – das hier will wohlgenährt sein.« Sie lachte glucksend auf und klopfte sich mit der Hand auf ihren nicht ganz so schlanken Unterleib, dessen Röllchen sich unter der Bluse deutlich abzeichneten. Dann reichte sie ihrem Mann den Teller.

Schließlich waren alle Teller gefüllt. Hanne nahm ihr Glas und sah von Gönke zu Arfst, während sie sagte: »Schön, dass ihr heute Abend unsere Gäste seid. Dann sag ich mal zum Wohl«, sie hob das Glas, »und lasst es euch gut schmecken.« Sie machte eine einladende Geste, die den ganzen Tisch umschloss, um dann mit Gönke klingend anzustoßen. Den Männern prostete sie mit erhobenem Glas durch die Luft zu. »Arfst. Broder.«

Doch Broder zögerte. »Moment noch.« Er schob die runde Nickelbrille auf seiner Nase zurecht. »Sollten wir heute ... also ich meine, an so einem Tag ... sollten wir nicht auf Erk anstoßen?«

»Unbedingt.« Arfst hob die Bierflasche. »Auf Erk.« Er nahm einen ordentlichen Schluck, und Broder tat es ihm nach.

»Auf Erk«, sagte er zustimmend.

»Na ja, wenn ihr denn meint ...« Hanne warf Gönke einen zweifelnden Blick zu, aber letztendlich tranken auch die beiden Frauen einen Schluck aus ihrem Glas.

Für einen kurzen Augenblick legte sich ein unsicheres Schweigen über die Tafel. Nur das Ticken der großen Wanduhr, die über der Couchgarnitur hing, war zu hören.

Schließlich war es Hanne, die das Wort ergriff. »Dann fangt aber jetzt mal an, bevor alles kalt wird.« Geräuschvoll griff sie zu Messer und Gabel und begann zu essen. »Mmh, wie zart«, entfuhr es ihr nach dem ersten Bissen Fleisch, »der Braten ist mir dieses Mal aber wirklich gut gelungen.«

Gönke hielt den Kopf gesenkt und stocherte in ihrem Essen herum. »Ich kann immer noch nicht begreifen, dass so etwas hier bei uns passiert ist. Ein Mord! So weit ist es schon gekommen.« Sie schüttelte den Kopf, dann sah sie auf. »Und ich weiß, man soll nicht schlecht über die Toten reden, aber im Grunde war klar, dass irgendwann mal etwas passieren musste. Vielleicht nicht gleich *so* etwas, aber es konnte doch nicht immer so weitergehen. Irgendwann würde Erk die Quittung bekommen.« Unsicher, wie die anderen reagieren würden, blickte sie von einem zum anderen.

»Was sagst du da?«, fuhr Arfst seine Frau an. »Erk ist *tot*, er ist *erschossen* worden. Und du nennst das ›die Quittung bekommen‹?«

Gönke zuckte bei seinen Worten zusammen, doch Hanne sprang ihr zur Seite. »Ich finde, Gönke hat ganz recht, man muss jetzt nicht alles schönreden, nur weil Erk, nun ja, nur weil er jetzt tot ist. Auch ich finde diese Tat natürlich ungeheuerlich! Erschossen, da läuft es einem ja kalt den Rücken runter.« Sie schüttelte sich ein wenig theatralisch. »Aber trotzdem, mal ganz ehrlich – bei den ganzen Frauengeschichten, die er hatte … Dass da mal irgendwem die Sicherung durchbrennt, war zu erwarten. Grund genug hätten viele.«

»Ja, genau«, stimmte Gönke zu, »und hatte er nicht schon wieder eine Neue? Ich habe gehört, sie soll aus dem Hotel Friedrichs sein, hat dort wohl kürzlich am Empfang angefangen. Vielleicht hat sich ja eine seiner Ex-Affären gerächt. Oder einer von deren Männern. Die sollte man mal fragen, wo sie vorgestern Abend waren.«

»Dann hat die Polizei aber viel zu tun«, bemerkte Hanne trocken und nahm einen Schluck von ihrem Wein.

»Das ist wirklich geschmacklos.« Broder schaute die beiden Frauen entsetzt und voller Unverständnis an. Er konnte nicht glauben, was er gerade gehört hatte.

Aber Gönke hatte sich warm geredet und kam langsam in Fahrt. »Das muss endlich mal gesagt werden. Vor Erk ist, äh, ich meine, *war* keine Frau sicher, die nicht bei drei auf den Bäumen war. Aber darf man dabei überhaupt noch von Frauen sprechen? Seine Affären wurden doch immer jünger. Ja, junge Küken waren das! Wie Luise das nur ausgehalten hat –«

»Es reicht!«, fuhr Arfst dazwischen. »Hört auf damit.«

Doch die beiden Frauen ließen nicht locker. »Nur weil Erk euer Freund war, dürft ihr vor seinen dunklen Seiten nicht die Augen verschließen«, mahnte Hanne und erntete ein bestätigendes Nicken von Gönke.

»Er war nicht mein Freund«, entgegnete Broder, »wir sind zusammen zur Schule gegangen, das ist ein Unterschied. Und was in einer Ehe passiert, geht nur die beiden Ehepartner etwas an. Es wird schon einen Grund geben, warum ihre Ehe so war, wie sie war. Wenn an all diesen Gerüchten überhaupt etwas dran ist ...«

»Ach, jetzt ist die Ehefrau wohl auch noch selbst schuld, wenn ihr Mann fremdgeht, was? Typisch!« Hanne hatte ihr Besteck zur Seite gelegt und die Arme vor der Brust verschränkt.

»Ich sagte, es reicht!«, rief Arfst mit donnernder Stimme und knallte geräuschvoll die Bierflasche auf den Tisch. Das verfehlte seine Wirkung nicht. Es entstand eine kurze Pause, woraufhin Arfst in einem ruhigeren Ton fortfuhr: »Ich kann es nicht glauben. Einer von uns wurde ermordet, hier, auf *unserer* Insel, nur ein paar Kilometer weiter, in *unseren* Dünen, und ihr zerreißt euch über ihn das Maul! Statt im Dreck zu wühlen, sollten wir lieber mal überlegen, wer wirklich einen Grund gehabt haben könnte, Erk umzubringen. Vielleicht war es ja auch ein Jagdunfall? Ist er nicht mit einer Schrotflinte erschossen worden?«

»Ja, das stimmt«, antwortete Broder. »Aber es war kein Unfall, da ist sich die Polizei sicher.« Als er den fragenden Blick seines Freundes sah, ergänzte er: »Ich habe Oke vorhin vor dem Gemeindehaus getroffen, nach meinem Klavierunterricht.«

»Wie, und das sagst du erst jetzt?« Hanne sah ihn vorwurfsvoll an. »Was hat er noch gesagt?«

»Nichts.«

»Wie – nichts?«

»Nichts eben. Als Polizist gilt auch für Oke so etwas wie die Schweigepflicht. Er hat nichts weiter gesagt als das, was sich alle erzählen. Dass Erk vorgestern Abend in den Dünen am Quermarkenfeuer mit einer Schrotflinte erschossen wurde und die Polizei davon ausgeht, dass es sich um einen Mord handelt.«

»Mord – wie gruselig es klingt, wenn du das so sagst«, meldete sich Gönke wieder zu Wort. »Vielleicht läuft ja auch irgend so ein Geistesgestörter über die Insel und knallt wahllos Menschen ab, die ihm vor die Flinte laufen. Ich mag gar nicht daran denken ...« Sie erschauderte, griff nach ihrem Weinglas und nahm einen kräftigen Schluck.

»Nun werde mal nicht hysterisch«, brummte Arfst. »Eben noch sollen es irgendwelche Verflossenen oder deren Männer gewesen sein, jetzt läuft schon ein Psychopath hier herum. So ein Blödsinn. Viel wichtiger ist doch die Frage: Steckte Erk in irgendwelchen Schwierigkeiten, hatte er mit jemandem Streit? Mir ist nichts zu Ohren gekommen. Obwohl – das mit dem neuen Geschäft, das hat ja so einigen nicht in den Kram gepasst. Oder hat er sich zu hoch verschuldet, hatte er womöglich irgendwelche wilden Kredite am Laufen, die er nicht bezahlen konnte?«

»So kommen wir doch nicht weiter. Keine Ahnung, ob er Schulden hatte. Und natürlich hat es so einigen nicht gefallen, was Erk da in Norddorf abgezogen hat. Aber es will mir nicht in den Kopf, dass irgendwer ihn deshalb *umgebracht* hat!« Broder nahm seine Brille ab und wischte sich mit der Hand über die Augen, ehe er sie wieder aufsetzte.

»Beim Geld hört die Freundschaft bekanntermaßen auf«, bemerkte Arfst.

»Meine Meinung kennt ihr ja, auch wenn sie hier keinen zu interessieren scheint«, warf Hanne schnippisch ein.

»Ach, Hanne, lass es gut sein«, entgegnete Broder müde. »Das führt doch alles zu nichts. Lassen wir die Polizei ihre Arbeit machen, dann werden wir irgendwann erfahren, was passiert ist. Und bis dahin sollten wir mit diesen Spekulationen aufhören.«

»Wahrscheinlich hast du recht.« Arfst wandte sich wieder seinem Essen zu. Die anderen taten es ihm nach, und eine unbehagliche Stille, die nur hin und wieder vom leisen Geklapper des Bestecks unterbrochen wurde, senkte sich über den Tisch.

Es war abermals Hanne, die das Schweigen nicht länger aushalten konnte. »So, jetzt lassen wir uns aber nicht den ganzen

Abend verderben. Das schöne Essen! Arfst, noch ein Stück vom Puter für dich?«

Arfst nickte stumm und reichte ihr den Teller über den Tisch.

Nachdem Hanne großzügig nachgelegt und gleich noch ein wenig Gemüse und Kartoffeln hinzugefügt hatte, wandte sie sich an ihre Freundin. »Darf es für dich auch noch etwas sein?« Doch Gönke lehnte trotz mehrfachen Nachfragens dankend ab und nahm stattdessen lieber noch ein Glas Wasser.

Hanne versorgte auch sich selbst mit einer zweiten Portion, und nachdem sie die Serviette auf ihrem Schoß zurechtgerückt hatte, hob sie in einem etwas aufgesetzt klingenden Plauderton an: »Und, Gönke, wie sieht es mit den Vorbereitungen für den Herbstbasar aus?«

»Ach, da sagst du was.«

»Was? Wieso?«

»Die Wittdüner machen Ärger. Sie wollen, dass der Basar auch mal bei ihnen und nicht immer bei uns in Norddorf stattfindet.«

»Ach, diese Diskussion hatten wir doch schon so oft!«

»Das habe ich denen auch gesagt.«

Broder verfolgte die Unterhaltung der beiden Frauen nicht weiter, denn er war mit seinen Gedanken ganz woanders. Teilnahmslos schob er eine Kartoffel von einem Tellerrand zum anderen. Er hatte keinen Appetit. Die Sache mit Erk ging ihm nahe, viel näher, als er gedacht hätte. Und näher, als er wollte. Was würde sein Tod für sie alle hier auf der Insel bedeuten? Und vor allem, was bedeutete er für ihn persönlich? Er traute sich im Augenblick noch nicht, diesen Gedanken weiterzuverfolgen.

Er hob den Kopf und sah seinen Freund Arfst, der mit ernster Miene seinen Teller fixierte und stumm das Essen in sich hineinschaufelte. Er sah Gönke, die ihren Mund öffnete und wieder schloss, sah, dass sich ihre Lippen bewegten und dabei Buchstaben und Wörter formten. Doch nicht eines der Worte, die ihren Mund verließen, drang an sein Ohr, kein einziger Laut, so als wäre von unsichtbarer Hand eine Glaskuppel über ihn gestülpt worden, die ihn von seiner Umwelt abschnitt. Ihm kam es vor, als würde er die Szenerie am Tisch nur von außen, aus weiter Ferne betrachten und selbst nicht länger ein Teil davon sein.

Sein Blick blieb an seiner Frau hängen. Er betrachtete das breite ungeschminkte Gesicht, die rundlichen Wangen, die noch immer rot glänzten, die Falten, die sich im Laufe der Zeit immer tiefer in die Haut gegraben und scharfe Linien um Augen und Mundwinkel hinterlassen hatten. Er sah die kleinen grauen Augen hin und her huschen, sah die feste grobe Hand, an deren Ringfinger der Ehering ins Fleisch einschnitt. Er sah, wie sie mit dieser Hand eine Gabel mit einer großen Portion Gemüse zum Mund führte und sie darin verschwinden ließ.

Broder betrachtete seine Ehefrau und wartete auf eine Gefühlsregung. Er suchte nach irgendetwas, was ihn zu seiner Frau hinzog, was ihn noch mit ihr verband. Doch so tief er auch grub, er fand nicht mehr viel. Vertrautheit, ja, wobei, wenn er ehrlich war, war es mehr Routine denn Vertrautheit. Routine und Gewohnheit. Gefühle wie Zuneigung, Leidenschaft und Liebe, all das suchte er vergeblich. Er fand zwar auch keine Abneigung, keinen Groll oder gar Hass. Dazu gab es keinen Grund. Doch es tat sich ein Meer von Gleichgültigkeit in ihm auf. Hanne berührte ihn nicht mehr.

Broder hatte dies schon lange geahnt, es letztendlich auch sicher gewusst, doch er hatte es sich bisher nie wirklich eingestehen wollen. Und es noch nie zuvor mit dieser Klarheit gespürt wie jetzt, in diesem Moment. Die Deutlichkeit seines Gefühls ließ ihn erschrecken.

Dabei hatte er Hanne geliebt. Zumindest hatte er immer gedacht, dass das, was er einmal für sie empfunden hatte, Liebe war. Vielleicht war es das am Anfang auch gewesen, damals, vor sechsundzwanzig Jahren, als alles begonnen hatte.

Doch dann war *sie* in sein Leben getreten. Er hatte sie schon lange gekannt, zumindest hatte er das geglaubt, ehe er sie wirklich kennengelernt hatte – als Mensch und Frau. Von da an war ihm klar gewesen, dass Liebe viel mehr war als das, was ihn mit seiner Ehefrau verband. Er hatte versucht, sich gegen diese Einsicht zu sperren, hatte versucht, die Augen davor zu verschließen. Er wollte es nicht wahrhaben, und das nicht nur aus dem Grund, weil er seiner Frau Treue geschworen hatte. Er wollte es auch deshalb nicht wahrhaben, weil es gleichzeitig bedeutete, dass Jahre seines Lebens nicht das gewesen waren, was er geglaubt hatte. Und was seinem Bild von einem guten Ehemann und einer guten Ehe entsprach. Er hätte sich eingestehen müssen, dass er sich all die Jahre nur etwas vorgemacht hatte. Stattdessen hatte er daran festgehalten, im Glauben, dass schon alles wieder so werden würde, wie es sein sollte.

Doch sein Plan war nicht aufgegangen.

Wann hatten sie sich verloren? Gab es einen Moment, einen Zeitpunkt? Oder war es schleichend gewesen, hatten sie ihre Gefühle langsam begraben und waren unter der grauen Decke des Alltags erstickt? Vielleicht hätten sie eine Chance gehabt, wenn sie Kinder gehabt hätten. Sie hatten es so sehr ersehnt, hatten alles Mögliche probiert, doch das Schicksal hatte etwas anderes mit ihnen vorgehabt. So hatten sie sich in ihrem Leben zu zweit eingerichtet. Und er hatte immer gedacht, dass es so gut sei.

Bis *sie* gekommen war.

Sie hatte ihm mit einer Kraft und Deutlichkeit, die er nie für möglich gehalten hätte, gezeigt, dass es so viel mehr zwischen einem Mann und einer Frau geben konnte als das, was er bisher gekannt hatte. Er hatte eine völlig neue Art der Anziehung und Zusammengehörigkeit kennengelernt, und damit meinte er nicht allein die sexuelle Anziehung. Nicht dass er sie nicht attraktiv fand, ganz im Gegenteil, ihr Äußeres gefiel ihm sogar außerordentlich gut, immer schon. Es war vielmehr die Verbundenheit in Seele und Geist, die ihn gefangen genommen hatte. Er wusste, dass das abgedroschen klang, kitschig, ja, fast billig. Doch es war das, was er für sie empfand. Und *das* war alles andere als billig. Es war so groß und so anders als alles, was ihm bisher vertraut gewesen war.

Sie. Er mochte ihren Namen in diesem Haus noch nicht einmal denken, aus Angst, sich zu verraten und seine heimliche Liebe preiszugeben. Als ob Hanne in seinen Gedanken lesen, sie vielleicht sogar hören könnte. Oder als ob ihr Name, sobald er ihn dachte, mitten auf seiner Stirn geschrieben stünde. Er wusste, dass das kindisch war, doch er konnte sich nicht dagegen wehren.

»Broder?«

Rief da jemand seinen Namen?

»Broder!«

Hannes Stimme durchschnitt grell die Glaskuppel, unter die er sich zurückgezogen hatte, und ließ sie klirrend zerspringen. Broder zuckte zusammen. Sofort fühlte er sich ertappt. Hatte sie etwas bemerkt?

»Schatz, du hörst ja gar nicht zu! Und du hast auch gar nichts gegessen.«

»Jaja«, murmelte Broder verhalten, »ich habe wohl einfach keinen Appetit.«

»Schlägt dir die Sache mit Erk so auf den Magen?«

»Mmh.« Er brummte etwas Unverständliches, das nach Zustimmung klingen sollte. Zu seinem Glück hakte Hanne nicht weiter nach und ließ ihn in Ruhe.

Irgendwie brachte Broder den Rest des Essens hinter sich, auch wenn es ihm vorkam, als schliche die Zeit zermürbend langsam dahin. Er ließ den Nachtisch, von dem er sich eine kleine Portion hineinquälte, über sich ergehen und bewältigte auch noch den abschließenden Friesengeist. Dann waren Gönke und Arfst gegangen, und er blieb mit seiner Frau allein zurück.

Während Hanne begann, geschäftig die Gläser und Dessertschüsseln abzuräumen, sagte Broder: »Ich muss noch einmal kurz an die frische Luft. Mein Kopf …«, fügte er als Erklärung hinzu.

Doch Hanne sah gar nicht auf und antwortete nur: »Jetzt noch? Aber komm nicht zu spät, wir müssen morgen früh raus.« Dann trug sie das Geschirr in die Küche.

Broder trat in den Flur. Er öffnete den Schuhschrank, nahm seine Schuhe heraus, setzte sich auf die unterste Treppenstufe. Er schlüpfte erst in den einen, dann in den anderen Schuh und band die Schnürsenkel mit Doppelknoten zu. Dann stützte er sich mit den Händen auf den Oberschenkeln ab, erhob sich, ging zur Garderobe und nahm seine Jacke vom Bügel. Mit ruhigen Bewegungen zog er sie über, schloss den Reißverschluss.

Vor ihm lag der lang gestreckte Flur. An dessen Ende erwartete ihn die Haustür mit ihren Sprossenfenstern und den weißen Spitzengardinen. Broder sah den Hocker neben der Tür, auf dem die mit Serviettentechnik verzierte Dachpfanne mit dem Schriftzug »Herzlich willkommen« stand. Die Wände, an denen Stickbilder von Tieren neben Blumenkränzen aus Salzteig hingen. Das Tausenderpuzzle mit dem Titel »Obst in Schale«, aufgeklebt auf einer Spanplatte, daneben Blumenbilder in Aquarelltechnik.

Da wusste er, was er tun musste.

Langsam, mit Bedacht, der Bedeutsamkeit dieses Augenblicks angemessen, ging Broder den Flur entlang. Das Geräusch seiner Schritte auf dem Fliesenboden hallte in der Stille nach. Er senkte den Kopf, blickte auf seine Füße, beinahe ungläubig, dass er es tatsächlich tat. Dass er tatsächlich einen Fuß vor den anderen setzte.

Dies hier war sein Haus. Hannes und sein Haus. Ihrer beider Zuhause. Sie hatten es gemeinsam aufgebaut. Wie oft war er diesen Flur schon entlanggegangen? Und doch war nun alles unwiderruflich vorbei. Dies konnte nicht mehr länger sein Zuhause sein. Das Gefühl, das ihn schon beim Essen überkommen hatte, dass er nur noch ein Zuschauer von außen und an all dem hier nicht mehr beteiligt war, dieses Gefühl füllte ihn nun gänzlich aus. Er gehörte hier nicht mehr hin.

Er musste gehen.

Und mit jedem Schritt, mit dem er sich der Haustür weiter näherte, wusste er, dass er keine andere Wahl hatte. Er musste gehen, wenn er wirklich leben wollte.

Es war ein Abschied für immer. Zwar nicht von dem Haus, denn er würde zurückkehren und alles Praktische regeln müssen. Doch der Abschied von Hanne war endgültig. Und der von seiner Ehe. Von seinem bisherigen Leben.

Broder hob den Arm und ergriff die Türklinke. Er spürte die vertraute Form in seiner Hand, doch sie kam ihm kälter vor als sonst. Dann öffnete er die Haustür und trat in die kühle Abendluft hinaus.

Er wartete darauf, dass er traurig werden würde. Oder niedergeschlagen. Dass er irgendeinen Schmerz fühlte. Doch er bemerkte überrascht, dass er nichts als Erleichterung verspürte. Nun, da die Entscheidung gefallen war, fühlte er sich befreit. Endlich lag der richtige Weg vor ihm. Er wusste nun, wohin er gehen musste, er würde nicht mehr länger seine Zeit verschwenden.

Broder Tadsen drückte den Rücken durch und atmete tief ein. Seine Lungen füllten sich mit frischer, reiner Luft. Dann verschwand er mit großen, ausholenden Schritten in der Dunkelheit.

8

Luise Jannen hob erschöpft den Kopf. Es hatte geklingelt. Schon wieder die Polizei?, fragte sie sich träge. Sie saß auf dem Sofa, draußen war es mittlerweile dunkel geworden. Ihr Nacken schmerzte. War sie eingenickt? Sie rieb sich mit der Hand über den Hals und das Schulterblatt. Die Berührung schmerzte, und die Muskulatur fühlte sich steinhart an.

Es klingelte erneut.

Schwerfällig stand Luise auf. Sie neigte den Kopf erst zur einen, dann zur anderen Seite. Hatte sie den beiden Kommissaren nicht schon alles gesagt? Was wollten die noch von ihr? Sie ging in die Diele und schaltete das Licht der Außenbeleuchtung an. Dann öffnete sie die Haustür.

Doch es war nicht die Polizei. Vor ihr stand Frederike Nissen, Luises Nachbarin. »Hier, Luise, für dich.« Die kleine alte Frau hielt Luise einen großen Kochtopf entgegen. »Damit du bei Kräften bleibst.«

»Oh, wie nett. Das wäre aber wirklich nicht nötig gewesen.« Luise deutete ein Lächeln an, blieb aber halb verborgen hinter der Tür stehen und machte keinerlei Anstalten, den Topf entgegenzunehmen.

»Papperlapapp, gerade jetzt musst du etwas essen, sonst fällst du mir noch mehr vom Fleisch.« Resolut schob sich Frederike Nissen an Luise vorbei ins Haus und marschierte zielstrebig in Richtung Küche. »Ich stelle den Topf auf den Herd, ja? Es ist ein Kartoffeleintopf, du musst ihn nur noch aufwärmen«, redete sie weiter. »Sollte für zwei, drei Tage ausreichen.«

Luise drückte die Haustür ins Schloss und folgte ihrer Besucherin in die Küche. Frederike Nissen wohnte schon seit Ewigkeiten, lange bevor Luise und Erk ihr Haus im Oonwai gebaut hatten, in dem alten dunkelroten Reetdachhaus direkt gegenüber auf der anderen Straßenseite. Die weit über Achtzigjährige war für ihr Alter noch immer erstaunlich rege und drahtig, und seit sie letztes Jahr ihren Mann verloren hatte, kümmerte sie sich mehr denn je um die vermeintlichen Belange ihrer Nachbarschaft.

Jetzt drehte sie sich um und kam auf Luise zu.

»Ach, mein Mädchen, komm man erst mal her. Das ist wirklich schrecklich mit Erk. Es tut mir so leid.« Voller Inbrunst drückte sie Luise an ihren kleinen Körper, der Luise bis knapp über die Schulter reichte.

Doch Luise erwiderte die Umarmung nicht. Stattdessen presste sie ihre Arme eng an ihren Oberkörper und blieb stocksteif stehen. »Schon gut«, murmelte sie.

Frederike löste sich wieder und trat zwei Schritte zurück. »Ich will dich auch gar nicht weiter stören. Ich weiß, wie schlimm das ist, seinen Mann zu verlieren. Und dann noch auf diese Weise.« Sie nickte bedeutungsschwer und nahm wie selbstverständlich auf einem der vier Stühle Platz, die um den runden Esstisch gruppiert waren. Von hier hatte man einen herrlichen Blick in den gepflegten Garten und auf den weißen Kirchturm der Nebeler St.-Clemens-Kirche, der hinter den Büschen von Heckenrosen und Hortensien aufragte. Jetzt lag der Garten im Dunkeln, und im Kontrast dazu erhob sich der Kirchturm, angestrahlt vom Scheinwerferlicht, leuchtend hell in den dunklen Abendhimmel.

Luise hatte gehofft, an diesem Abend mit niemandem mehr sprechen zu müssen, nicht über Erk, nicht über das, was passiert war, und schon gar nicht darüber, wie sie sich fühlte und wie es in ihrem Innern aussah. Sie wollte allein sein, wollte endlich ihre Ruhe haben. Doch sie konnte ihre Nachbarin nicht einfach hinausbitten, ohne nicht wenigstens ein paar Worte mit ihr gewechselt zu haben. Das gehörte sich nicht, und sie wusste, dass man ihr das womöglich übel nehmen würde. Also setzte sie sich widerstrebend und fügte sich in die Situation.

»Weiß man denn schon, wer es getan hat?« Frederike legte ihre Unterarme auf den Tisch und beugte sich ein wenig nach vorn. Dabei verlieh sie ihrem faltigen Gesicht einen dramatischen Ausdruck.

Luise schüttelte wortlos den Kopf.

»Hat die Polizei gar keinen Verdacht? Keine heiße Spur?«

Luise schüttelte abermals den Kopf. »Sie ermitteln in alle Richtungen, was auch immer das bedeutet.«

»Ich kann es immer noch nicht fassen. Und das hier bei uns auf der Insel!« Jetzt war es an Frederike Nissen, den Kopf zu schütteln, doch es geschah mehr aus Erstaunen und Fassungslosigkeit. »Es muss einer von außerhalb gewesen sein. Oder ein Zugezogener, irgend so ein Irrer«, stellte sie fest. »Einer von uns macht so etwas nicht.« Sie schwieg einen Moment und starrte auf die Tischplatte. Dann hob sie den Kopf. »Was sind das bloß für schlimme Zeiten ... Früher hätte es so etwas nicht gegeben.«

»Die Polizei denkt, dass Erk gezielt erschossen wurde. Dass es geplant war.« Luise war erstaunt, wie ruhig ihr die Worte über die Lippen kamen und wie klar ihre Stimme dabei klang.

»Wie? Geplant? Aber das kann ich ja nun gar nicht glauben.« Frederike war entsetzt. »Wer sollte denn dafür einen Grund gehabt haben? Der liebe Erk, ich habe ihn immer sehr gemocht. Er war so nett, so hilfsbereit. Weißt du noch, wie er nach dem großen Sturm letztes Jahr die abgeknickten Äste an meiner Buche abgesägt hat? Den ganzen Garten hat er mir aufgeräumt. Ein wirklich zuvorkommender, charmanter junger Mann.« Ein verklärtes Lächeln mit einer Mischung aus Betroffenheit und Traurigkeit breitete sich auf dem Gesicht der alten Dame aus.

Luise zuckte stillschweigend mit den Schultern.

Für eine Weile sagte keine der beiden Frauen etwas, bis Frederike schließlich fragte: »Und die Beerdigung? Weißt du schon den Termin?«

»Nein, man muss warten, bis ...« Sie stockte. »Man muss warten, bis der Leichnam freigegeben ist.«

»Nur dass du es mir beizeiten sagst.« Frederike schien jetzt mit ihren Gedanken ganz woanders zu sein. »Für die Bestellung des Blumenkranzes muss man ja immer rechtzeitig Bescheid wissen. Und Erk soll einen schönen Kranz bekommen.«

»Sicher.«

Allmählich konnte Luise nicht mehr. Ihr Nacken schmerzte immer stärker, ihre Augen brannten. Sie wünschte sich nichts sehnlicher, als allein zu sein.

Und als ob die alte Frau Luises Gedanken gelesen hätte,

erhob sie sich unvermittelt von ihrem Stuhl. »So, nun lass ich dich aber wirklich allein.«

Erleichtert stand Luise ebenfalls auf und begleitete ihre Nachbarin zur Tür. Bei der Verabschiedung nahm Frederike sie abermals in den Arm und drückte sie herzlich. »Wenn du irgendetwas brauchst, melde dich.«

Luise nickte stumm.

Dann war ihre Nachbarin gegangen. Luise zog die Tür hinter sich zu und blieb einen Moment in der Diele stehen. Wohltuende Stille umfing sie.

Endlich allein.

Gedankenverloren fuhr sie sich mit den Händen über die Haare und strich ihren Rock glatt. Wie viele Gespräche dieser Art würde sie in den kommenden Tagen und Wochen noch über sich ergehen lassen müssen?

Sie ging zurück in die Küche. Auf dem Herd stand noch der Topf, den Frederike ihr gebracht hatte. Es war ja wirklich nett gemeint, eine mitfühlende Geste, doch Luise wusste jetzt schon, dass sie von dem Eintopf keinen Bissen hinunterbekommen würde. Zumindest nicht heute Abend. Deshalb nahm sie den Topf und stellte ihn in den Kühlschrank. Auf dem Kochfeld blieb ein kaum sichtbarer Abdruck zurück, der Luise dennoch sofort ins Auge sprang. Also ging sie in die Hocke und öffnete die Schranktür unter der Spüle, griff nach einem Putzlappen und Reinigungsmittel und entfernte mit geübten Handgriffen den Fleck. Dann wischte sie noch einmal über das gesamte Kochfeld und ließ anschließend die Putzutensilien wieder im Schrank verschwinden.

Das Telefon klingelte. Luise stöhnte. Wann hatte sie nur endlich ihre Ruhe? Sie ging ins Wohnzimmer, wo das Telefon auf der Anrichte stand, hob allerdings nicht ab, sondern ließ den Anrufbeantworter laufen.

Nach dem Signalton meldete sich eine ältere männliche Stimme mit bayerischem Akzent: »Grüß Gott, mein Name ist Reuter, ich suche für die beiden ersten Märzwochen im kommenden Jahr eine Ferienwohnung und wollte fragen, ob in Ihrem Ferienhaus —«

»Jannen, guten Abend.« Luise hatte schnell nach dem Telefon gegriffen. »Entschuldigen Sie bitte, dass ich mich nicht sofort gemeldet habe, aber ich habe Ihre Stimme gerade erst auf dem Band gehört. Wie kann ich Ihnen weiterhelfen, Herr ... Reuter? Habe ich das richtig verstanden?«

»Äh, ja, Reuter, Reuter aus Otterfing bei München.« Der Mann war durch die Unterbrechung für einen kurzen Moment aus dem Konzept geraten, doch dann hatte er sich gefangen. »Ich suche für nächstes Jahr im März, genauer gesagt für die ersten zwei Märzwochen, eine Ferienwohnung auf Amrum. Haben Sie da noch etwas frei?«

»Einen kleinen Augenblick bitte, da muss ich einmal kurz nachschauen.« Luise ging mit dem Telefon am Ohr in das Büro auf der anderen Seite des Flures. »Mit wie vielen Personen möchten Sie denn anreisen?«, fragte sie, während sie das große Buchungsbuch, das im Regal über dem Schreibtisch stand, zur Hand nahm und die Seiten auf der Suche nach den gewünschten Wochen durchblätterte.

»Wir sind nur zu zweit, meine Frau und ich«, antwortete Reuter.

»Einen Moment noch, bitte – ah, da habe ich es gefunden.« Luise hatte die passenden Seiten nun vor sich liegen. »Ja, da haben wir noch etwas frei. Ich kann Ihnen sogar zwei Wohnungen zur Auswahl anbieten.«

Routiniert wickelte Luise die Buchung ab und verabschiedete sich schließlich von dem Herrn am Telefon.

Wie fast allen gebürtigen Amrumern, die über eigene Immobilien auf der Insel verfügten, gehörten auch Luise und Erk außer ihrem eigenen Heim noch einige Ferienwohnungen, die sie an Urlaubsgäste vermieteten. Nachdem Luises Eltern vor nunmehr über zehn Jahren kurz nacheinander verstorben waren, hatten Luise und Erk das alte Haus im Noorderstrunwai, das nicht weit vom Ortskern von Nebel entfernt lag, komplett renovieren und umbauen lassen. So waren vier ansehnliche Ferienwohnungen unter Reet in bester Lage entstanden, die sich als lukrative Einnahmequellen bewährt hatten. Für die Buchungen und die Betreuung der Gäste war Luise zuständig.

Das war eine Arbeit, die sie gern tat, ganz im Gegensatz zu den Aufgaben, die die Leitung des Supermarktes beinhaltete, aus der sie sich deshalb bisher gänzlich herausgehalten hatte.

Luise stellte das dicke Ringbuch mit den Buchungen zurück ins Regal. Eigentlich müsste sie die Reservierung auch in das Computersystem eintragen, das Erk vor geraumer Zeit installiert hatte. Doch die Polizei hatte den Laptop für Ermittlungszwecke mitgenommen.

Unschlüssig, was sie als Nächstes tun sollte, ließ sich Luise auf den Bürostuhl sinken. Im Ablagefach auf dem Schreibtisch lag obenauf ein handbeschriebenes Blatt Papier. Als ihr Blick daran hängen blieb, beugte sie sich vor und nahm das Blatt in die Hand. Es war eine Aufzählung all der Dinge, die im Zusammenhang mit der Beerdigung organisiert und erledigt werden mussten. Sie ließ sich nach hinten gegen die Stuhllehne fallen und betrachtete die Liste. Sie hatte alles notiert: Sarg aussuchen, Traueranzeige, Rücksprache mit der Polizei, Treffen mit der Pastorin Heike Sörensen … Hinter manchen Punkten befand sich schon ein Haken, hinter anderen der Verweis auf einen Termin. Am Nachmittag hatte sie alles mit Aenne besprochen.

Beim Gedanken an ihre Tochter zog sich Luises Herz zusammen. Sie hatte eine Ahnung davon, wie sehr der Tod ihres Vaters Aenne treffen musste. Sie hatte gesehen, wie sehr Aenne litt, wie sehr sie mit dem Schock und dem Schmerz zu kämpfen hatte. Aber Luise wusste auch, dass sie ihrer Tochter in dieser Situation nicht das geben konnte, was sie nun am meisten brauchte – Nähe, Verständnis, Trost. Dieses Wissen machte Luise traurig. Allerdings war ihr die Traurigkeit nicht fremd. Dieses Gefühl ihrer Tochter gegenüber begleitete sie schon lange. Viel zu lange. Oder schon immer? Dabei hatte Luise es am Anfang wirklich versucht. Doch irgendwie hatte es nie gereicht.

In ihrem tiefsten Innern war sie ihrer Tochter immer fern gewesen und bei aller Liebe fern geblieben. Sie verstand nicht, was in Aenne vorging, was sie dachte und fühlte, und konnte sich oftmals nur schwer in sie hineinversetzen. Aenne war das natürlich nicht weniger bewusst als ihr selbst. Wie oft spürte sie den latenten Vorwurf im Blick ihrer Tochter, in der Art und Weise, wie Aenne sie ansah. Andersrum galt das aber ebenso, Aenne verstand auch Luise nicht. Genauso wie heute. Aenne konnte nicht begreifen, dass sie die Leiche von Erk nicht hatte sehen wollen. Sie hatte sich diesmal zwar zurückgehalten und ihrer Mutter nicht noch einmal wie am Tag zuvor ihre Meinung und die damit verbundenen Vorwürfe lautstark ins Gesicht geschleudert. Doch Luise hatte es gespürt. Aenne hielt sie für schwach. Für kalt und egoistisch.

Aber wie sollte Aenne sie auch verstehen? Sie, die eine Meisterin war, wenn es darum ging, etwas in ihrem Innern zu verschließen und nichts von sich nach außen preiszugeben? Luise wollte die Bilder ihres erschossenen Mannes nicht in ihrem Kopf haben. Da waren schon zu viele andere. Und bot sich ihr die Gelegenheit zur Kontrolle, so wollte sie diese auch nutzen.

Luise war sich bewusst, dass sie die Schuld an dem komplizierten Verhältnis zu ihrer Tochter trug. Eine Schuld, die abzuschütteln sie niemals imstande gewesen war und die unaufhörlich an ihr nagte. Doch sie hatte es nicht besser gekonnt.

Erk hatte es anders gemacht.

Ob sie beide, Aenne und Luise, nun, da Erk tot war, vielleicht doch noch eine Chance bekamen?

Gedankenverloren tastete Luise mit einer Hand nach ihrer Halskette und schob den Anhänger, ein zartes goldenes Kreuz, hin und her. Sie starrte noch immer auf die Liste, die sie in der anderen Hand hielt, doch die Buchstaben waren vor ihren Augen verschwommen.

Irgendwann legte sie das Blatt Papier zurück in das Ablagefach und stand auf. Sie ging hinüber ins großzügig geschnittene Wohnzimmer und schaltete die Lampe auf der Anrichte an, ebenso die Stehlampe in der Ecke vor dem großen Panoramafenster. Dann trat Luise an das wuchtige Sofa aus weißem Leder, nahm ein Sofakissen nach dem anderen, schüttelte es auf und ordnete sie neu an. Für einen kurzen Augenblick setzte sie sich. Die Beine aneinandergepresst, die Hände flach auf den Knien, starrte sie durch das Fenster in die Dunkelheit.

Schließlich erhob sich Luise wieder, strich ihren Rock glatt und fuhr mit der Hand über den sauber glänzenden Glastisch. Das Klacken des Eheringes auf dem Glas war das einzige Geräusch im Raum.

Ziellos wanderte Luise durch das leere Haus. In jedem Raum, den sie betrat, schaltete sie das Licht ein. Zuerst in der Diele, wo sie mit dem Handfeger den Dreck, den die zahlreichen Besucher an diesem Tag auf dem Fliesenboden hinterlassen hatten, beseitigte. Dann im Gäste-WC, wo sie die Handtücher wechselte und das Toilettenpapier auffüllte. Und schließlich im Gästezimmer, wo sie die Orchidee auf der Fensterbank mit frischem Wasser versorgte.

Sie trat an den Fuß der Treppe, die in den ersten Stock führte, legte die Hand auf das weiße Holzgeländer und blickte nach oben. Nach kurzem Zögern ging sie die Stufen hinauf. Hier war alles dunkel.

Die Tür zu Erks Zimmer lag am hinteren linken Ende des kleinen Flures. Sie hatten getrennte Schlafzimmer gehabt. Luises Zimmer befand sich auf der gegenüberliegenden Seite, dazwischen lag das gemeinsame Badezimmer, dessen Tür einen Spaltbreit offen stand. Das Licht der Straßenlaterne vor dem Badezimmerfenster erhellte den Raum und zeichnete einen schmalen Lichtstreifen auf den Dielenfußboden.

Luise hielt am Treppenabsatz einen Augenblick inne, ehe sie zaghaft einen Fuß vor den anderen setzte und schließlich vor der Tür, die in Erks Zimmer führte, stehen blieb. Sie war geschlossen. Vorsichtig, so als habe sie Angst, sich daran zu verbrennen, berührte Luise mit der Handfläche das Holz. Sie starrte auf ihre schlanken Finger, auf denen die ersten Altersflecken zu sehen waren.

Sollte sie hineingehen? Sein Zimmer betreten?

Die Polizei hatte es heute getan. Die Kommissarin und ihr Kollege waren am Nachmittag hier gewesen und hatten Erks Zimmer inspiziert. Den Blick, mit dem die Kommissarin Luise betrachtet hatte, als diese ihr eröffnete, dass Erk und sie in getrennten Zimmern schliefen, hatte sie noch genau vor Augen. Die Kommissarin hatte sich mit einem Kommentar zurückgehalten, doch ihr Blick war vielsagend gewesen, wissend. So als ob damit alles Wesentliche über ihre Ehe bereits gesagt wäre.

Viel deutlicher noch war es später, im abschließenden Gespräch, geworden, das eher einer Vernehmung als einem Austausch an Informationen glich. »Sie haben also von den Affären Ihres Mannes gewusst?«, hatte die Kommissarin gefragt. »Seit wann?«

»Und Sie haben ihn nicht zur Rede gestellt?«, hatte ihr Kollege nachgehakt. »Sie haben das geduldet?«

»Warum sind Sie bei ihm geblieben?«

»Haben Sie nie überlegt, sich von ihm zu trennen?«

Die beiden waren unerbittlich gewesen.

Gleichzeitig hatte Luise das Unverständnis in ihren Gesichtern sehen können, hatte den bedeutungsschweren Blick registriert, den sie miteinander wechselten.

»Ist Ihnen klar, dass Sie sich damit verdächtig machen? Dass Sie ein Motiv hatten, Ihren Mann zu töten? Ein schwerwiegendes Motiv?«

Luise hatte den Kommissar voller Erstaunen angeschaut. Sie? Wie lächerlich! Die Polizisten verstanden gar nichts.

Doch wie sollten sie auch?

Niemand konnte das.

Luise hatte noch viele weitere Fragen über sich ergehen lassen müssen, Fragen nach ihrem Alibi, das sie nicht hatte, da sie allein zu Hause gewesen war, Fragen danach, warum sie nicht schon früher bemerkt habe, dass ihr Mann nicht nach Hause gekommen war, und ob sie einen Waffenschein besitze. An den Rest konnte sie sich nicht mehr erinnern.

Die Kommissare hatten hier oben nach Erks Handy gesucht. Man hatte das iPhone weder bei seiner Leiche noch irgendwo anders am Tatort gefunden. Zudem überprüften sie die Hypothese, dass Erk womöglich mit dem Fahrrad zum Treffpunkt in den Dünen gefahren sein könnte. Doch weder das Handy noch das Fahrrad waren irgendwo im Haus beziehungsweise in der Garage aufgetaucht.

Luise stand nach wie vor unschlüssig vor der Zimmertür.

Was hatte die Polizei sonst noch in Erks Zimmer gemacht? Ob sie seine Sachen durchwühlt und das Zimmer komplett auf den Kopf gestellt hatten? Hatten sie etwas mitgenommen?

Langsam ließ sie ihre Hand auf die Türklinke sinken. Dann gab sie sich einen Ruck und öffnete die Tür.

Der Geruch, der ihr entgegenschlug, ließ sie erstarren. Das war sein Geruch, sein Aftershave. Als ob Erk erst vor Kurzem das Zimmer verlassen hätte. Regungslos blieb Luise im Türrahmen stehen.

Obwohl sie den Raum schon lange nicht mehr betreten hatte, da ihre Reinigungskraft das Aufräumen und Saubermachen übernahm, war er ihr noch vertraut. Im schummerigen Dunkel stand linker Hand das französische Bett, das, wie Luise zu ihrem Erstaunen bemerkte, ordentlich gemacht war. Dahinter schloss sich ein moderner Kleiderschrank mit zwei Schiebetüren an. Die andere Seite wurde dominiert von einem großen antiken Schreibtisch, der vor dem Fenster stand, und einem Bücherregal, das sich über die gesamte rechte Wand erstreckte. In der Ecke vor dem Regal stand ein Ohrensessel mit einem passenden Fußhocker und einer Stehlampe zum Lesen. Auf dem Hocker konnte Luise ein Buch erkennen, aufgeschlagen, die Seiten nach unten gekehrt, so als ob Erk das Buch eben gerade erst aus der Hand gelegt hätte, um es später weiterzulesen.

Nichts deutete darauf hin, dass die Polizei dieses Zimmer auch nur betreten hatte. Sollten sie den Schrank und die Schreibtischschubladen durchsucht haben, so hatten sie alles wieder sorgsam verstaut und die Türen geschlossen.

Zögernd betrat Luise den Raum. Sie fühlte sich, als bewegte sie sich in Watte. Alles um sie herum war irgendwie gedämpft. Sie hörte nichts außer ihrem eigenen Atem, der unnatürlich laut in ihren Ohren rauschte.

Sie ging die paar Schritte hinüber zum Schreibtisch und schaltete die Lampe mit dem grünen Glasschirm ein. Warmes Licht fiel auf die Bilder, die nebeneinander aufgereiht auf dem Tisch standen, und ließ die silbernen Rahmen glänzen.

Luise betrachtete die Fotografien. Das erste Bild zeigte Erks

Segelboot. Es war schon vor langer Zeit bei einer Regatta aufgenommen worden. Alle anderen hatten Personen zum Motiv – Aenne, Beeke und Erk. Aenne und Erk beim gemeinsamen Segeln auf Aennes Boot. Zwei strahlende Gesichter, sonnengebräunt und mit windzerzaustem Haar, einträchtig in die Kamera grinsend. Erk mit Beeke auf den Schultern, die kleinen Hände in seinen Locken vergraben und um die Wette in die Kamera lachend. Daneben wieder Aenne und Erk, dann Aenne allein, dahinter Aenne mit Beeke zusammen.

Luise fehlte.

Sie hatte das immer gewusst.

Es nun jedoch in diesem Raum, auf diesem Tisch, an diesem Abend in aller Deutlichkeit vor sich zu sehen, in Reih und Glied präsentiert zu bekommen: »Du gehörst nicht dazu!«, das traf sie stärker, als sie sich eingestehen wollte.

Luise schluckte schwer.

Du gehörst nicht dazu.

Wie hatte es nur so weit kommen können?

Und jetzt?

Jetzt war Erk tot.

Luise horchte in sich hinein. Was fühlte sie?

Da war immer noch ein merkwürdiges Erstaunen. Eine seltsame Art der Verwunderung. Fassungslosigkeit. Jemand hatte ihren Mann *umgebracht*. Sie konnte es immer noch nicht begreifen. Was war bloß passiert?

Und sonst?

Was fühlte sie noch?

Müsste da nicht noch mehr sein?

Doch sosehr Luise sich auch anstrengte, sie fand nichts. Ein erschreckendes großes Nichts. Es war einfach schon zu lange her, dass sie begonnen hatte, alle Vorhänge zuzuziehen und die Schotten dicht zu machen. Sie lebte schon so lange mit der Mauer, die sie tief in ihrem Innern errichtet hatte, dass sie sie selbst nicht mehr durchbrechen konnte. Sie hatte diese Mauer gebraucht, um jegliches Gefühl von außen abzuwehren. Und um gleichzeitig die eigenen Gefühle nicht an die Oberfläche dringen zu lassen. Nur mit diesem Verteidigungswall hatte sie überlebt.

Luise straffte die Schultern und versuchte, ihre Gedanken wieder unter Kontrolle zu bekommen. Sie trat an das Regal und ließ ihren Blick über die Buchtitel gleiten. Es gab Fachliteratur über das Segeln, Krimis, historische Romane. Erk hatte im Gegensatz zu ihr gern und viel gelesen. Sie ging zwei, drei Schritte am Regal entlang und strich mit den Fingern ihrer linken Hand über die Buchrücken.

Ihr Blick blieb an einem Bildband über Plattbodenboote hängen, im letzten Regalfach, ganz oben rechts. Dahinter entdeckte sie, von dem großen Buch fast vollständig verdeckt, den Rand eines weiteren Bilderrahmens.

Von einer vagen Neugier gepackt, sah Luise genauer hin. Und sie hatte sich nicht getäuscht, hinter dem Bildband war tatsächlich ein weiteres Foto versteckt. Luise musste sich auf die Zehenspitzen stellen, um an den Rahmen zu gelangen. Als sie ihn schließlich zu fassen bekam und hinter dem Buch hervorzog, wirbelte eine kleine Wolke Staub auf. Sie hüstelte und wedelte mit der Hand durch die Luft. Dann wischte sie mit der Handfläche über das eingestaubte Glas. Und fuhr zusammen.

Es war ein Bild von Erk und ihr.

Es war *ihr* Bild.

Er hatte es aufgehoben!

Wie lange hatte sie es nicht mehr gesehen und auch nicht daran gedacht? Sie hatte es schon fast vergessen gehabt, und doch waren nun mit einem Schlag alle Erinnerungen wieder da. Sie konnte sich auf Anhieb den Tag ins Gedächtnis rufen, an dem die Aufnahme gemacht worden war: im Sommer 1972, an einem dieser herrlichen Sonnentage am Strand. Ihre Freundin Liv hatte das Foto mit ihrer neuen Kamera geschossen. Es waren nur Luise und Erk darauf zu sehen, Luise saß im Sand, Erk war neben ihr in die Hocke gegangen. Alles war leicht gewesen an diesem Tag, perfekt.

Und Erk hatte diese Erinnerung bewahrt.

Luise spürte, wie ihre Knie weich wurden. In ihrem Kopf begann es zu rauschen. Sie umklammerte mit der einen Hand den Bilderrahmen, mit der anderen griff sie hastig nach der Lehne des Ohrensessels, der hinter ihr stand. Sie sank auf die Armlehne und starrte auf die vergilbte Schwarz-Weiß-Fotografie in ihren Händen.

Erk.

Luise betrachtete sein junges Gesicht. Sein markantes Kinn, die gerade Nase, seine Augen, seinen Blick. Wie sehr hatte sie ihn begehrt, wie sehr hatte sie ihn geliebt! Und wie stark und frei hatte sie sich an diesem Tag gefühlt. Das Leben hatte vor ihr gelegen, süß und verheißungsvoll, sie brauchte sich nur zu bedienen. Und Erk würde ein Teil von diesem Leben sein. Er würde zu ihr gehören, dessen war sie sich gewiss gewesen. Sie hatte ihn sicher. Für immer.

Nie hätte Luise auch nur geahnt, dass mit diesem Tag alles beginnen würde.

Alles das, wodurch sie Erk für immer verlieren sollte.

Lange Zeit hing Luise ihren Erinnerungen nach. Irgendwann verschwammen die Formen und Farben des Bildes vor ihren Augen zu einem diffusen Grau. Sie ließ den Bilderrahmen in ihren Schoß sinken. Und merkte mit einem Mal, wie müde und erschöpft sie war. Ihr Nacken schmerzte noch stärker als zuvor, und ihre Hände waren eisig kalt. Sie beschloss, endlich ins Bett zu gehen.

Ein wenig steif und unbeholfen erhob sie sich und musste für einen kurzen Moment innehalten, denn auch ihr Rücken tat mittlerweile weh. Sie rieb sich mit der Hand das Kreuz. Dann ging sie zum Schreibtisch hinüber, stellte den Rahmen mit ihrem Bild zu den anderen in die Reihe und knipste das Licht aus. Sie wartete, bis sich ihre Augen an die Dunkelheit gewöhnt hatten. Dann trat sie in den Flur hinaus. Unten im Erdgeschoss brannte noch Licht. Also ging Luise die Treppe hinunter, um es zu löschen, ehe sie sich schlafen legte.

Zuerst hörte sie nur ein dumpfes Geräusch.

Luise fuhr erschrocken zusammen.

Was war das? Kam es von draußen aus dem Garten?

Sie lauschte. Doch alles war still. Sicher bloß der Wind, versuchte Luise, sich zu beruhigen. Den Schreck führte sie auf ihre innere Anspannung und Erschöpfung zurück.

Im Erdgeschoss trat Luise zunächst ins Wohnzimmer, in dem die Lampen auf der Anrichte und vor dem Panoramafenster brannten. Sie durchquerte den großen Raum und schaltete die Stehlampe vor dem Fenster aus. Als sie sich gerade abwenden wollte, zuckte sie erneut zusammen. Hatte sich da draußen etwas bewegt?

Verunsichert spähte Luise in die Dunkelheit hinaus. Ihr Herz begann zu pochen. War da jemand auf der Terrasse? Oder im Garten?

Aber draußen konnte sie nur den Strandkorb und die Sitzgarnitur erkennen, dahinter die weite Rasenfläche. Hier war niemand. Alles schien ruhig und leer.

Nun werde mal bloß nicht hysterisch, ermahnte sie sich selbst. Wer soll denn bitte mitten in der Nacht um das Haus schleichen?

Sie musste einfach nur schlafen.

Dennoch konnte Luise nicht verhindern, dass sich ein unangenehmes Kribbeln auf ihrer Haut ausbreitete. Sie beschleunigte ihren Schritt und ging zügig zur Anrichte hinüber. Auch hier löschte sie das Licht. Sie nahm sich vor, entgegen ihrer Gewohnheit die Haustür heute lieber abzuschließen.

In der Diele steuerte sie direkt auf das Schlüsselschränkchen zu, das an der Wand neben der Haustür hing. Sie öffnete die Klappe und ließ ihre Finger suchend über die Schlüssel gleiten, bis sie den passenden gefunden hatte. Luise dachte noch, wie kalt sich der Schlüssel in ihrer Hand anfühlte, als sie sich zur Haustür umdrehte und das Gesicht erblickte, das durch eines der kleinen Fenster in der Tür zu ihr hereinstarrte.

Ihr Schrei durchriss die Stille. Der Schlüssel glitt ihr aus der Hand und fiel mit einem klirrenden Geräusch zu Boden. Dann war es noch stiller als zuvor.

Luise stand wie angewurzelt da und zitterte am ganzen Körper. Erst als sie realisierte, dass sie das Gesicht kannte, hörte das Zittern allmählich auf. Nach Sekunden, die ihr wie Minuten vorkamen, bückte sich Luise nach dem Schlüssel. Ihre Beine fühlten sich wackelig an. Dann öffnete sie die Haustür.

9

Aenne tastete nach dem Wecker auf dem Nachtschrank. Als sie ihn zu fassen bekam, hielt sie ihn dicht vor ihr Gesicht. Sie drückte auf die Lichttaste. Geblendet blinzelte sie und las die Uhrzeit ab. Zwei Uhr siebzehn. Sie ließ den Wecker sinken und stöhnte. So spät schon, und sie fand keinen Schlaf.

Aenne stellte den Wecker zurück auf den Nachttisch und ließ ihre Hände auf die Bettdecke fallen. Schwer presste sie ihren Kopf ins Kissen, starrte an die Zimmerdecke. Das fahle Mondlicht, das durch die Vorhänge sickerte, zeichnete ein Muster aus dunklen Schatten und schimmernden Lichtinseln auf die Holzbalken. Aennes Blick blieb an einem Holzbalken hängen, an dem man Spuren eines Astloches erkennen konnte. Sie betrachtete die dunklen Umrisse, die leicht geschwungenen Kreise. Ihr Blick folgte der Maserung des Holzes, wanderte die braunen Linien entlang, die zunächst parallel verliefen und sich dann Stück für Stück annäherten, ehe sie sich schließlich in der Dunkelheit verloren.

In Aennes Kopf war nichts als Leere. Eine verführerische und gleichzeitig trügerische Leere. Ein Vakuum, das sich über ihr Bewusstsein gelegt hatte, um ihrem Kopf und ihrer Seele eine kurze Verschnaufpause zu gönnen. Aenne wollte sich dieser Leere hingeben, doch sie traute sich nicht, die Augen zu schließen. Sie hatte Angst, dass sich das wohltuende Vakuum augenblicklich auflösen könnte. Verdrängt von den Bildern, die zurückkehrten. Von den Bildern, die sie quälten, seit sie die Leiche ihres Vaters gesehen hatte.

Dabei wollte Aenne jetzt nichts lieber als schlafen. Einfach nur schlafen. Sie fühlte sich todmüde und erschöpft. Ihre Beine waren schwer wie Blei. Und doch kam ihr Körper innerlich nicht zur Ruhe. Ihr Herz schlug hart und viel zu schnell gegen den Brustkorb, ihr Atem ging schwer und war aus dem Takt gekommen.

Sie drehte sich auf die Seite und zog ihre Beine an den Bauch heran. Das Rascheln der Bettdecke kam ihr ungewöhnlich laut vor. Neben ihr schlief Jan tief und fest, Aenne konnte seine gleichmäßigen Atemzüge in der Stille hören. Sie tastete unter der Decke nach seiner Hand, spürte die Wärme, die sein Körper ausstrahlte. Sie berührte seine Brust und ließ ihre Hand dort einen Augenblick ruhen, um den kräftigen Herzschlag und das gleichmäßige Heben und Senken seines Brustkorbes zu fühlen. Wie um sich zu vergewissern, dass ihr Mann immer noch da war, dass er noch lebte. Dann wanderte ihre Hand über seine Schulter den Arm hinunter. Sachte schob sie ihre Finger in seine. Jans Arm zuckte leicht, und sein Kopf sank auf die Seite, doch er erwachte nicht und atmete ruhig und gleichmäßig weiter.

Aenne fühlte die warme, etwas raue Haut, spürte die vertrauten Formen. Normalerweise gab ihr diese körperliche Nähe Ruhe und Zuversicht. Doch heute verfehlte sie ihre Wirkung. Sie rückte noch ein wenig näher an ihren Mann heran. Versuchte, den Rhythmus ihres eigenen Atems zu normalisieren, indem sie sich an seinen Atemzügen orientierte. Sie zwang sich, gleichmäßig ein- und auszuatmen, verwendete all ihre Konzentration darauf. Vielleicht gelänge es ihr so, endlich einzuschlafen und gleichzeitig die bösen Gedanken aus ihrem Kopf fernzuhalten. Sie wollte, sie *musste* endlich schlafen.

Doch sie schaffte es nicht.

Irgendwann zog Aenne vorsichtig ihre Hand zurück und wälzte sich auf die andere Seite. Sie beugte sich über den Nachttisch und betätigte abermals die Lichttaste des Weckers. Zwei Uhr einundfünfzig. Es hatte keinen Sinn.

Sie schlug die Bettdecke zurück und setzte sich auf. Einen kurzen Moment lang blieb sie auf der Bettkante sitzen. Sie musste tief Luft holen und horchte auf ihren Herzschlag. Er war immer noch zu schnell.

Barfuß ging sie hinüber zu dem großen antiken Kleiderschrank und öffnete leise eine der Türen. Mit geübtem Griff fand sie sofort den dicken Fleecepullover, den sie suchte, und zog ihn über das Nachthemd. Dann kramte sie ein Paar Wandersocken aus der untersten Schublade und schlüpfte hinein.

Sie schloss die Schranktür und schlich aus dem Schlafzimmer. Vorsichtig zog sie die Tür hinter sich zu.

Auf dem Flur blickte Aenne sich unschlüssig um. Und jetzt? Sie sah Beekes Zimmertür, sie war nur angelehnt. Mit leisen Schritten ging sie zum Zimmer ihrer Tochter und schob die Tür ein Stück weit auf. Zaghaft warf sie einen Blick durch den Türspalt. Das Nachtlicht mit dem kleinen Igel neben dem Nachttisch brannte und tauchte den Raum in ein mattgelbes Licht. Beeke schlummerte tief und fest, ihr Tuchi in der einen Hand, die Decke weggestrampelt. Na war aus dem Bett gefallen und lag auf dem Fußboden neben Beekes Hauspuschen.

Aenne betrat leise das Zimmer. Sie hob die Gans auf und legte sie ihrer Tochter sachte in den Arm. Dann zog sie die Bettdecke hoch und deckte Beeke wieder zu. Einen Augenblick lang hielt sie inne und betrachtete ihre schlafende Tochter. Sie hatte einen dicken Kloß im Hals, und eine Welle von Traurigkeit drohte sie zu überschwemmen. Beeke war so ... so klein, so unschuldig. Eben ein Kind. Ihre Welt sollte heil sein, leicht und unbeschwert. Doch was musste Beeke nun alles durchmachen? Ihr Großvater, erschossen! Was musste sie alles erleben, was musste sie aushalten! Und sie, ihre Mutter, konnte sie nicht davor schützen. Aenne fühlte sich unendlich machtlos. Ein Gefühl, das ihr bisher fremd gewesen war. Sie hatte immer geglaubt, dass es für jedes Problem eine Lösung gab, wenn man nur lang genug danach suchte. Dass ein Problem nichts weiter war als eine Herausforderung, die man bei den Hörnern packen musste. Das war Aennes Lebensmotto gewesen. Die Begriffe »Angst« und »Verzweiflung« hatten in ihrem Leben keinen Platz gehabt.

Jetzt war alles anders.

Irgendwann bemerkte Aenne, dass sie weinte. Die Tränen liefen lautlos über ihre Wangen. Erst tat sie nichts, sie stand nur reglos da. Dann trocknete sie sich mit dem Ärmel ihres Pullovers das Gesicht, beugte sich über ihre Tochter und gab ihr behutsam einen Kuss auf die Stirn. Leise schlich sie sich aus dem Zimmer.

Was sollte sie nun tun?

Aenne wandte sich zur Treppe und ging langsam die Stufen ins Erdgeschoss hinab. Das Mondlicht, das durch die Sprossenfenster schien, warf milchig blaue Muster auf den Dielenboden und die Möbel.

Sollte sie sich einen Tee machen?

An sich trank Aenne nur selten Tee, doch jetzt, um diese Uhrzeit, würde ihr das sicherlich guttun. Vielleicht half es ihr, ein wenig zur Ruhe zu kommen. Also ging sie hinüber zur Küchenzeile und schaltete die Lampe an der Abzugshaube über dem Herd an. Sie kniff die Augen zusammen. Erst allmählich gewöhnten sie sich an die Helligkeit.

Aenne nahm den Wasserkocher, ließ ein wenig Wasser hineinlaufen und stellte ihn an. Schon nach kurzer Zeit war das brodelnde Geräusch kochenden Wassers zu hören. Sie nahm einen Teebeutel aus ihrem überschaubaren Vorrat und übergoss ihn mit dem heißen Wasser. Sogleich breitete sich der Duft von Anis in der Küche aus. Aenne beugte sich über den Becher und hielt ihr Gesicht in den heißen Dampf. Sie spürte die Hitze und den feuchten Film, der sich auf ihre Haut legte. Vorsichtig sog sie das Aroma ein. Wirklich lecker roch das nicht.

Sie nahm den Becher in beide Hände und lehnte sich mit dem Rücken gegen den Herd. Ihr Blick glitt ziellos durch den Raum. Hatte sie nicht erst heute Morgen hier mit Beeke und Jan gesessen und ihrer Tochter erklären müssen, dass ihr Großvater erschossen worden war? Obwohl seitdem nur Stunden vergangen waren, kam es ihr doch wie eine Ewigkeit vor, wie ein Blick in ein anderes Leben, das sie kaum begreifen konnte.

Langsam trat Aenne ans Fenster. Sie hielt den Teebecher fest umklammert und spürte, wie sich die Wärme auf ihre Handflächen übertrug. Ihre Atmung und ihr Puls hatten sich mittlerweile beruhigt.

Sie führte den Becher zum Mund und pustete über den Tee, um ihn abzukühlen. Dann probierte sie vorsichtig einen Schluck, aber er war noch zu heiß, und sie verbrannte sich beinahe die Lippen. Schnell setzte sie den Becher wieder ab.

Vor ihr lag die Landungsbrücke im dämmrigen Schein der Laternen. Um diese Uhrzeit war sie menschenleer. Weiter hinten konnte sie Knut an seinem Liegeplatz erkennen. Doch Aennes Gedanken waren woanders.

Was hatte die Kommissarin gesagt? Ihr Vater sei mit ziemlicher Sicherheit vorsätzlich ermordet worden? Ganz gezielt, bewusst geplant? Das konnte Aenne einfach nicht glauben. Dass jemand einen Grund gehabt haben könnte, ihren Vater so zu hassen, wollte nicht in ihren Kopf. Und doch musste sie sich eingestehen, dass es kein Unfall gewesen sein konnte, keine zufällige Begegnung. Der Täter hatte ihrem Vater direkt ins Gesicht geschossen. Man hatte ihm sein menschliches Antlitz genommen. Das war mehr als nur töten.

Ihr Vater sollte ausgelöscht werden.

Ausgelöscht.

Der Würgereiz kam ohne Vorankündigung. Aenne presste die Hand vor den Mund und stellte hastig den Teebecher auf der Fensterbank ab. Gerade noch rechtzeitig schaffte sie es ins Gäste-WC. Dort übergab sie sich in die Toilettenschüssel. Es kam nichts als bittere Galle.

Nachdem der Würgereiz nachgelassen und sich ihr Magen wieder beruhigt hatte, spülte Aenne ihren Mund mit kaltem Wasser aus. Erschöpft kehrte sie in den Wohnbereich zurück. Sie ging zurück zum Fenster, nahm den Becher in die Hand und probierte ein zweites Mal von dem Tee. Jetzt hatte er die richtige Temperatur. Als ihr Magen gegen den ersten Schluck nicht rebellierte, trank sie noch ein wenig mehr. Eine wohltuende Wärme breitete sich in ihrem Bauch aus, und der bittere Geschmack von Magensäure in ihrem Mund verschwand allmählich.

Die Kommissarin hatte in ihrem letzten Gespräch noch etwas anderes erwähnt. Wie hatte sie sich ausgedrückt? »Wir wissen noch nicht, was genau passiert ist. Es ist nur eine reine Vorsichtsmaßnahme, aber seien Sie achtsam. Passen Sie auf sich auf.«

Passen Sie auf sich auf ... Was sollte das? Was sollte der Mord an ihrem Vater mit ihr zu tun haben? Das überstieg Aennes Vorstellungskraft nun wirklich bei Weitem und war in ihren Augen schlicht absurd. Wahrscheinlich musste die Kommissarin den Angehörigen so etwas sagen, um sich abzusichern und alle Eventualitäten berücksichtigt zu haben. Wie hieß es noch gleich in den Kriminalfilmen im Fernsehen? »Wir ermitteln in alle Richtungen.« Also alles Routine.

Und doch konnte Aenne nicht verhindern, dass sie ein beklemmendes Gefühl beschlich. Blödsinn, schalt sie sich selbst und versuchte energisch, es beiseitezuschieben. Aber es gelang ihr nicht gänzlich, eine diffuse Verunsicherung blieb zurück.

Gedankenverloren drehte Aenne den Teebecher in ihren Händen und starrte aus dem Fenster hinaus in die Dunkelheit. Durch den Schein der Lampe über dem Herd sah sie in den Glasscheiben ihr Spiegelbild. Die Umrisse einer kleinen Person mit struppigen Haaren in einem Nachthemd mit Fleecepullover, durch die vielen kleinen Scheiben des Sprossenfensters verzerrt und verschoben.

Das Gefühl der Einsamkeit traf sie mit voller Wucht. Wie sehr vermisste Aenne in diesem Augenblick ihren Vater. Er hätte sie in solch einem Moment in den Arm genommen und mit ihr geschwiegen, hätte sie ohne Worte verstanden. Irgendwann hätte er dann einen trockenen Kommentar gemacht, einen blöden Witz, der aber irgendwie doch passte und mit dem er sie schließlich zum Lachen gebracht hätte. Ihr Vater hatte den Dingen die Schwere nehmen können, ohne die Bedeutsamkeit der Situation zu zerstören. Das war eine seiner großen Stärken gewesen.

Aber sie hatte ja noch ihre Mutter.

Kaum war der Gedanke in ihrem Kopf, drängte Aenne ihn wieder beiseite. Sie wusste, dass ihre Mutter nicht den Platz ihres Vaters einnehmen konnte. Gestern Nachmittag, beim Treffen mit ihrer Mutter, hatten sie über alles geredet, über die Informationen, die sie von der Polizei erhalten hatten, über die Beerdigung, über all die praktischen Dinge, die es zu erledigen galt. Wann würde die Leiche freigegeben werden, und an welchem Wochentag sollte die Beerdigung stattfinden? Welche Uhrzeit wäre für die meisten Trauergäste am geeignetsten? Welchen Blumenschmuck sollten sie bevorzugen? Und den Sarg, den mussten sie natürlich auch zusammen aussuchen. Die Traueranzeige im »Inselboten« nicht zu vergessen. Wem mussten sie persönlich eine Anzeige in Briefform zukommen lassen? Wie immer hatte Aennes Mutter perfekt funktioniert. Sie hatte gehandelt, einiges sogleich geregelt, nichts vergessen und eine Liste mit den Dingen, die zu tun waren, angelegt. Doch sie hatten nicht *wirklich* miteinander gesprochen. Nicht einen Satz. Weder Aenne noch ihre Mutter hatten angesprochen, was sie im tiefsten Innern bewegte. Keine von beiden hatte über ihre Empfindungen gesprochen, nicht über den Schock, die Ohnmacht und die Wut oder über die Traurigkeit, Verzweiflung und Angst. Gefühle wurden ausgeklammert. Keine gemeinsamen Tränen. Keine Umarmung. Kein gegenseitiges Halten. Nur ein Mal hatte ihre Mutter steif und unbeholfen, ja, fast ängstlich ihre Hand auf Aennes Arm gelegt, ihn leicht gedrückt. In ihrer Miene war für einen kurzen Moment eine tiefe Traurigkeit und große Verletzlichkeit zu erkennen gewesen. Doch genauso schnell, wie dieser Ausdruck auf dem Gesicht ihrer Mutter erschienen war, so schnell war er auch wieder verschwunden, und der kurze Augenblick der Intimität war vorbei gewesen.

Ihre Mutter hatte, solange Aenne denken konnte, immer alles für sie getan. Sie hatte sie umsorgt, alles organisiert, ihre Pflichten verlässlich erfüllt. Doch sie war Aenne nie wirklich nah gewesen.

Nähe war ihr Vater.

Erneut brach eine unendliche Traurigkeit über Aenne herein. Sie ließ ihren Kopf sinken. Die Haare fielen nach vorn und bedeckten ihr Gesicht. Wie gern würde sie endlich schlafen! Sollte sie es nicht doch noch einmal versuchen? Auch wenn sie spürte, dass sie innerlich eigentlich immer noch viel zu aufgewühlt war?

Sie hob den Kopf, strich sich die Haare aus dem Gesicht und drehte sich um. Ihr Blick fiel auf das Klavier, und mit einem Mal wusste sie, was sie tun wollte.

Aenne stellte den Tee, der mittlerweile kalt geworden war, auf der Fensterbank ab und durchquerte das Zimmer. Sie zog den Klavierhocker unter dem Klavier hervor und setzte sich. Mit Bedacht öffnete sie die Holzklappe.

Die weißen Tasten schimmerten hell im Mondlicht. Behutsam legte sie ihre Finger darauf. Sie fühlten sich glatt und kalt an. Und beruhigend vertraut.

Vorsichtig begann sie zu spielen.

Sie brauchte kein Licht, keine Noten. Die Musik floss aus ihr heraus. Die ersten Töne waren leise, fast zaghaft. Dann verflüchtigte sich jegliche Zurückhaltung, und Aennes leidenschaftliches Spiel erfüllte den Raum. Gänzlich in sich versunken, vergaß sie alles um sich herum. Ganz gleich, was sie spielte, ob Bach, Debussy oder Einaudi, sie nahm die Töne, Akkorde und Melodien kaum wahr. Es war, als ob ihre Finger von allein die Tasten fanden, ohne dass sie von ihrem Kopf gesteuert werden mussten.

Denn in Aennes Kopf passierte etwas ganz anderes.

Die Bilder kamen zurück. Mit aller Macht.

Der Blutfleck auf dem Moos. Die Hand unter dem Leinentuch. Die Kommissarin in ihrem Elternhaus, wie sie sich von der Couch erhob und auf sie zukam.

Aennes Hände flogen über die Tasten.

Ihr Vater im Supermarkt, der sich nach ihr umdrehte und lächelte. Rot-weißes Absperrband in den Dünen. Beekes Augen, die sich mit Tränen füllten. Die Silhouette ihrer Mutter, dunkel, steif und kerzengrade vor dem Wohnzimmerfenster.

Sie bewegte ihren Oberkörper im Rhythmus der Musik. Vor und zurück, vor und zurück.

Das Blut. Kein Gesicht mehr. Nur Blut.

Aenne schloss die Augen. Dicke Tränen quollen unter ihren Wimpern hervor, bildeten ein breites Rinnsal auf ihren Wangen.

Kein Gesicht.

Sie hämmerte in die Tasten.

Kein Gesicht.

Irgendwann konnte sie nicht mehr. Mit dem letzten Akkord sackte Aenne erschöpft in sich zusammen. Sie lauschte dem Klang, der durch den Raum schwebte und sich in der Stille auflöste. Ihre Wangen waren nass, und sie schniefte vernehmlich.

»Das Lied weint auch.«

Aenne fuhr erschrocken zusammen. Sie hob den Kopf und blickte sich suchend um. Da entdeckte sie Beeke. Ihre kleine Tochter saß im Dunkeln auf der Treppe, barfuß, die Haare wild durcheinander, Na und Tuchi in den Händen. Ihre großen Augen schimmerten dunkel im Mondlicht und blickten ihre Mutter erwartungsvoll an.

»Rübe!«

Aenne sprang auf und eilte zur Treppe hinüber. Verstohlen wischte sie sich mit dem Handrücken über die Wangen.

»Was machst du denn hier?« Aenne versuchte ein Lächeln. »Es ist mitten in der Nacht, du solltest schlafen!«

»Ich bin von der Musik aufgewacht.«

»Ach so, ja, tut mir leid.« Sie räusperte sich. »Ich konnte nicht so gut schlafen, weißt du, da habe ich mich einfach ans Klavier gesetzt. Ist ganz lustig, auch mal mitten in der Nacht zu spielen. War wohl leider nur ein bisschen laut …«

Ihre Stimme sollte fröhlich klingen, doch Aenne bemerkte selbst, wie künstlich und aufgesetzt es wirken musste.

»Komm mal her.« Sie ging vor Beeke in die Knie, nahm ihre Tochter auf den Arm und setzte sich mit ihr auf dem Schoß auf die Treppenstufen. »Oh je, du bist ja ganz kalt.« Sie legte die Arme schützend um ihr Kind und strich Beeke kräftig über den Rücken. »Wie lange sitzt du denn schon hier?«

»Weiß nicht.«

»Mmh.«

Einen Augenblick lang schwiegen sie beide. Dann hob Beeke den Kopf und sah ihrer Mutter in die Augen.

»Du bist doll traurig, ne? Wegen Opa.« Es war mehr eine Feststellung als eine Frage.

Aenne schluckte. »Ja, ich bin sehr traurig.« Sie erwiderte den Blick ihrer Tochter, doch als sie weiterredete, fixierte sie irgendeinen imaginären Punkt auf der anderen Seite des Wohnzimmers. »Es ist im Moment ganz normal, so traurig zu sein, weil Opa gerade erst gestorben ist. Weil alles noch so frisch ist. Später geht das dann wieder vorbei.« Sie sah Beeke wieder an.

»Ich bin auch traurig.« Beeke drückte ihr Tuchi an Nase und Mund und legte den Kopf an Aennes Schulter.

»Das glaube ich, meine Rübe, das glaube ich.«

Das Herz wurde Aenne so schwer, dass sie sich fragte, wie es möglich war, dass es immer noch weiterschlagen konnte. Sie drückte ihre Tochter fest an sich. So blieben sie sitzen, eng umschlungen, bis Aenne sich nach einer geraumen Weile schließlich von Beeke löste.

»Komm, Rübe, wir müssen ins Bett. Wir müssen beide schlafen.«

»Darf ich mit zu dir und Papa?«

»Na klar.«

Beeke schlang die Arme um Aennes Hals, Aenne erhob sich und trug ihre Tochter die Treppe hoch. Leise betrat sie das Schlafzimmer.

»Guck mal, Papa schläft immer noch«, flüsterte Beeke.

»Psst, wir wollen ihn nicht stören.« Vorsichtig schlich Aenne um das Bett herum und setzte Beeke behutsam auf ihrer Seite ab. Sofort war Beeke unter der Bettdecke verschwunden. Aenne zog noch schnell die Socken und den warmen Pullover aus und warf die Kleidungsstücke achtlos auf den Fußboden. Dann schlüpfte sie zu ihrer Tochter unter die Decke.

Auf der Seite liegend streckte sie ihre Arme aus. Beeke kam herübergerutscht, drehte sich ebenfalls auf die Seite, das Gesicht von ihr abgewandt, und kuschelte sich in Aennes Arme. Ihr Kopf kam unter Aennes Kinn zum Liegen, den Rücken schmiegte sie an ihren Bauch. Die kalten Füße steckte sie zwischen die Oberschenkel ihrer Mutter. So hatte sich Beekes kleiner Körper vollständig in Aennes Körperform eingefügt. Eine perfekte Ergänzung und untrennbare Einheit.

Aenne schob ihr Gesicht in Beekes Haare und genoss den vertrauten Geruch. Vielleicht war doch noch etwas gut. Sie drückte ihrer Tochter einen langen Kuss ins Haar.

Beeke gähnte.

»Gute Nacht, Mami.«

»Gute Nacht, mein kleiner großer Schatz.«

Dann schliefen sie endlich ein.

10

Als Aenne am nächsten Morgen erwachte, hatte sie kein Glück. Es war ihr nicht vergönnt, zunächst noch einen kleinen Moment in einer Traumwelt zu treiben, und sei es auch nur für einige wenige Sekunden, um sich der Illusion hinzugeben, dass alles, was in den letzten zwei Tagen geschehen war, nicht wahr sei. Dass es sich nur um einen bösen Traum gehandelt habe. Nein. Mit dem ersten Augenaufschlag war die Realität da.

Wieder hatte Aenne nicht mitbekommen, dass Jan und Beeke aufgestanden waren. Und obwohl sie sich nach der letzten Nacht wie gerädert fühlte, riss Aenne sich zusammen und quälte sich aus dem Bett. Sie wollte ihre Tochter nicht in den Kindergarten gehen lassen, ohne sie nicht wenigstens für einen kurzen Augenblick gesehen zu haben.

Sie zog den Fleecepullover über, der noch auf dem Fußboden vor dem Bett gelegen hatte, und machte sich kurz im Bad frisch. Anschließend ging sie ins Erdgeschoss hinunter.

Mitten auf der Treppe blieb sie abrupt stehen.

»Oh, hallo, Mama.« Beeke hatte Aenne entdeckt und kam auf sie zugelaufen. »Guck mal, was wir gemacht haben.« Voller Begeisterung winkte sie ihre Mutter zu sich heran.

Aenne löste sich aus ihrer Starre und ging stockend die verbliebenen Treppenstufen hinunter. Sie trat an den kleinen Tisch, der neben der Tür zum Windfang stand und auf dem Beeke gerade etwas abgelegt hatte. Auf dem Tisch brannte eine große weiße Kerze, daneben stand ein Bilderrahmen mit einem Foto von Aennes Vater, das sonst zwischen zahlreichen anderen Familienbildern an der Wand neben dem Bücherregal hing. Außerdem hatten Beeke und Jan den Blumenstrauß, der zuvor auf dem Esstisch gestanden hatte, neben das Foto gestellt. Davor lag eine Zeichnung von Beeke, auf der Aenne zwei Menschen, viele große rote Herzen und die ungelenk gemalten Wörter »BEEKE« und »OPA« erkennen konnte.

»Was soll das?«, fuhr Aenne ihre Tochter an.

Beeke zuckte erschrocken zusammen. »Das haben Papa und ich für Opa gemacht. Damit wir immer an ihn denken.«

»Mach das weg«, befahl Aenne in scharfem Ton. »So was brauchen wir nicht.«

»Aber …« Beeke blickte sich hilfesuchend nach ihrem Vater um. »Aber … das ist doch für Opa!« Sie verstand gar nichts mehr.

Jan, der gerade dabei war, in der Küche das benutzte Frühstücksgeschirr in den Geschirrspüler zu räumen, stellte rasch die Teller ab und trat zu ihnen. »Aenne«, sagte er mit beschwichtigender Stimme und legte eine Hand auf ihren Arm.

Doch Aenne schüttelte die Hand mit einer groben Bewegung ab. »Wir brauchen so was nicht!«

Energisch pustete sie die Kerze aus. Sie nahm den Bilderrahmen und hängte das Foto zurück an seinen angestammten Platz. Dann griff sich Aenne den Krug mit den Blumen und schritt entschlossen hinüber zum Esstisch. Mit Schwung knallte sie den Krug auf den Tisch. Das Wasser, das dabei herausschwappte, interessierte sie nicht. Stattdessen sprang ihr die Titelschlagzeile des »Inselboten« ins Auge. Es war die Zeitung von gestern, die da auf dem Tisch lag. Die aktuelle Ausgabe wurde immer erst am Mittag mit der Post geliefert.

»Tod auf Amrum – Männliche Leiche in den Dünen gefunden«.

Unter der Überschrift prangte ein Foto vom Bohlenweg durch die Dünen, im Vordergrund war das Absperrband der Polizei zu sehen. Weiter unten im Text war ein weiteres Bild abgedruckt. Aenne musste genauer hinschauen, bis sie das Motiv erkannte. Es war ein Foto von ihrem Elternhaus.

»Scheiße, ich will das nicht sehen.« Sie nahm die Zeitung in die Hand und feuerte sie auf den Fußboden. Dann legte sie den Kopf in den Nacken und schloss die Augen. Verzweifelt rief sie: »Ich will das alles nicht mehr!«

Doch so schnell, wie der Ausbruch gekommen war, so schnell war er auch wieder vorbei. Wie ein Luftballon, aus dem mit einem Schlag die Luft entweicht, sackte Aenne in sich zusammen. Ihre Hände suchten den Tisch, stützten sich ab, das Kinn sank kraftlos auf die Brust.

»Ich will das nicht.« Ihre Stimme war nun kaum noch zu verstehen. Ein tiefes Schluchzen hatte sie gepackt und begrub die Worte unter sich. Aennes Rücken zuckte, zunächst nur ganz leicht, bis ihr ganzer Oberkörper von einem Weinkrampf geschüttelt wurde.

Jan und Beeke, die ihren Gefühlsausbruch entsetzt und hilflos mit angesehen hatten, standen da wie erstarrt. Eine gespenstische Stille breitete sich im Raum aus, einzig und allein zerrissen von Aennes Schluchzen.

Schließlich war es Jan, der als Erster die Fassung wiedererlangte. Er trat zu seiner Frau, drehte sie behutsam zu sich herum und nahm sie in den Arm. Diesmal ließ Aenne es widerstandslos geschehen.

»Schsch«, machte Jan leise, um sie zu beruhigen. Mit einer Hand bettete er ihren Kopf an seine Schulter, mit der anderen streichelte er fest über Aennes Rücken. »Schsch …«

Allmählich verebbte Aennes Schluchzen, und sie hörte auf zu zittern. Sie hob den Kopf und sah Jan an. Ihre Wangen waren nass, die Augen gerötet und verquollen. Mit tränenerstickter Stimme flüsterte sie: »Es ist so schwer. Ich schaff das nicht.«

Jan erwiderte ihren Blick. »Ich weiß.« Zärtlich strich er Aenne eine Haarsträhne aus dem Gesicht. »Ich weiß. Es ist das Schlimmste, was du bisher erlebt hast, was *wir* erlebt haben.« Er musste sich räuspern und versuchte, seine Stimme zuversichtlich und kraftvoll klingen zu lassen. »Aber ich weiß auch, dass wir es schaffen werden. Zusammen kriegen wir das hin. Ich weiß im Moment noch nicht, wie. Aber ich bin sicher, dass wir es am Ende gemeinsam packen.« Er nahm Aennes Gesicht zwischen seine Hände und gab ihr einen Kuss.

»Papa? Mama?«

Die beiden fuhren herum. »Beeke!«, kam es wie aus einem Mund.

Aenne wischte sich hastig mit dem Ärmel über die Wangen. »Komm mal her, meine Rübe.« Sie ging in die Hocke und breitete die Arme aus. »Komm her zu mir.«

Beeke zögerte, ehe sie zaghaft einen Fuß vor den anderen

setzte. Sie wirkte verstört. Und noch etwas anderes lag in ihrem Blick.

Aenne erschrak. Eine kalte Hand legte sich um ihr Herz, als sie es erkannte.

In Beekes Augen sah Aenne Furcht.

Beeke fürchtete sich – vor ihr. Vor dem, was sie eben getan hatte. Und vor all dem, was um sie herum geschah.

Aenne schluckte schwer und spürte erneut Tränen in sich aufsteigen. »Na, komm schon her, meine liebe Rübe«, sagte sie mit zitternder Stimme.

Endlich hatte Beeke ihre Mutter erreicht. Aenne schloss sie in die Arme und drückte sie fest an sich. Dann löste sie sich aus der Umarmung und suchte den Blick ihrer Tochter. Sie sah Beeke ernst in die Augen.

»Es tut mir so leid, mein Schatz. Das, was ich eben gesagt habe, was ich gemacht habe, das tut mir wirklich sehr leid. Mami ist im Moment einfach … einfach ein bisschen durcheinander. Weil ich so traurig bin.« Sie holte tief Luft. »Es war eine tolle Idee von dir und Papa, einen Tisch für Opa zu machen. Und ihr habt recht, Opa würde das bestimmt sehr freuen. Wollen wir den Tisch wieder aufbauen?«

Beeke nickte wortlos.

»Na, dann mal los.« Aenne erhob sich aus der Hocke und nahm Beekes kleine Hand in ihre. »Also, erst einmal brauchen wir das Foto zurück. Ihr habt ein schönes Foto ausgesucht.«

Sie gingen gemeinsam zur Wand hinüber, wo Aenne den Bilderrahmen wieder abnahm und ihn Beeke in die Hände drückte.

»Stell ihn doch schon mal auf den Tisch, ich hole die Blumen.«

Schnell hatten sie den Tisch wiederhergerichtet. Jan trat zu ihnen, in der Hand eine Packung Streichhölzer.

»Beeke, möchtest du diesmal die Kerze anzünden?«

»Au ja«, erwiderte Beeke und entzündete mit Jans Hilfe das Licht. Dann pustete sie das Streichholz, das sie in ihrer Hand hielt, aus. Schweigend betrachteten sie die zarten Rauchschwaden, die in die Luft stiegen und sich langsam auflösten.

»Ich habe noch eine Idee«, sagte Beeke. »Ich muss das aber aus meinem Zimmer holen.« Sie rannte nach oben und kam mit einem kleinen Murmeltier aus Stoff zurück. Es trug einen Seppelhut und eine Lederhose, auf deren Latz ein Edelweiß prangte. Beeke drückte auf den Bauch des Murmeltieres, und ein lautes, fröhliches Jodeln ertönte.

»Das hat mir Opa doch aus den Bergen mitgebracht«, sagte Beeke stolz und setzte das Stofftier neben das Foto auf den Tisch. Dabei berührte sie den Auslöser, sodass es erneut zu jodeln begann. Selbst auf Aennes Gesicht stahl sich der Anflug eines Lächelns.

»So, ich schlage vor, ich bringe dich jetzt mal in den Kindergarten, Beeke.« Jan sah auf seine Armbanduhr. »Wir sind nämlich schon wieder ganz schön spät dran. Und du?« Er sah Aenne fragend an, doch sie zuckte nur unschlüssig mit den Schultern. »Brauchst du mich heute Vormittag?«

Aenne schüttelte den Kopf.

»Dann geh ich arbeiten, solange Beeke im Kindergarten ist. Ich hole sie mittags wieder ab. Ich habe dann auch frei und kann mich um sie kümmern.«

»Das ist gut.«

Jan betrachtete Aenne mit einem eindringlichen Blick. »Wenn du keinen Termin hast, warum fährst du nicht einfach mal mit Knut raus? Es ist super Segelwetter heute.«

»Mal sehen«, antwortete Aenne.

»Es würde dir bestimmt guttun«, setzte Jan nach.

»Papa, wir müssen doch los«, fuhr Beeke dazwischen.

»Ja, du hast recht, also ab nach oben.« Er küsste Aenne flüchtig, um dann mit Beeke im Bad zu verschwinden. Kurz darauf kamen sie schon wieder die Treppe heruntergepoltert.

»Tschüss, Mama.« Beeke drückte Aenne einen Kuss auf die Wange.

»Tschüss, mein Schatz. Und viel Spaß.«

Auch Jan küsste Aenne zum Abschied. »Melde dich, wenn irgendetwas ist. Oder wenn du Neuigkeiten hast.«

»Mach ich«, versprach Aenne.

Die zwei brachen auf, und Aenne ging hinüber zur Küchenzeile, um sich einen Kaffee und eine Kleinigkeit zu essen zu machen. Heute würde sie etwas Richtiges frühstücken.

Durch die Tür zum Windfang konnte sie die beiden noch diskutieren hören.

»Beeke, du musst heute eine Mütze aufsetzen.«

»Ich mag aber nicht.«

»Wo ist denn deine Mütze überhaupt?«

»Weiß ich nicht. Ich will ja auch keine.«

»Es ist heute windig. Ohne Mütze geht es nicht. Ah, hier ist sie ja.«

»Nein, das ist die falsche, ich will die mit den Sternen.«

»Weißt du denn, wo die Mütze mit den Sternen ist?«

»Nein. Aber die mit den Streifen will ich nicht.«

»Wir haben aber jetzt nur diese hier.«

»Die ist aber nicht so schön.«

»Bei aller Liebe, meine Dame, es reicht. Du nimmst jetzt diese Mütze, und dann ab mit dir!«

Aenne hörte die Haustür zuschlagen. Dann war alles ruhig, sie war allein. Sie atmete auf und dankte Jan im Stillen dafür, dass er ihr in diesen Tagen den Alltag mit Beeke abnahm und ihr den Rücken freihielt. Wahrscheinlich hatte er recht, und sie würde sich tatsächlich besser fühlen, wenn sie eine kleine Tour mit Knut unternahm. Das funktionierte schließlich immer.

Aenne schaute aus dem Fenster. Es hatte über Nacht aufgefrischt. Der Himmel war bis auf ein paar kleine vereinzelte Schönwetterwolken noch immer strahlend blau, aber es wehte eine ordentliche Brise.

Sie trat ans Bücherregal und nahm den Tidenkalender zur Hand, der dort in einem Fach bereitlag. Sie blätterte in dem kleinen Heftchen, bis sie die richtige Seite gefunden hatte. Donnerstag, 4. September, Hochwasser um zehn Uhr siebenundfünfzig. Sie schaute auf die Uhr. Acht Uhr fünfundvierzig. Es war gerade auflaufendes Wasser, das passte. Sie würde hinausfahren.

Aenne eilte zurück in die Küche. War sie bis eben noch unschlüssig gewesen, was sie an diesem Vormittag tun sollte, so konnte sie es nun kaum noch erwarten, draußen auf dem Boot und auf dem Wasser zu sein. Sie schenkte sich einen Kaffee ein, gab einen Schuss Milch hinzu und trank ein paar kräftige Schlucke. Sie hatte das Gefühl, die belebende Wirkung des Koffeins sofort spüren zu können. Mit routinierten Handgriffen bereitete sie sich eine Portion Müsli zu, die sie zwar nicht vollständig, aber immerhin zur guten Hälfte aufaß.

Anschließend ging sie nach oben, wo sie sich umzog und kurz im Bad frisch machte. Sie nahm den warmen Fleecepulli mit nach unten, steckte das Handy ein und griff im Windfang nach Mütze und winddichter Jacke. Mehr brauchte sie nicht, sie würde nicht lange unterwegs sein.

Sie hatte schon fast den Liegeplatz ihres Bootes erreicht, als Aenne hörte, wie hinter ihr jemand ihren Namen rief.

Oh nein, bitte nicht, dachte sie flehend. Jetzt bloß keinen treffen.

Sie drehte sich nicht um und beschleunigte ihren Gang.

Doch die Person hinter ihr gab nicht auf.

»Aenne! So warte doch!«

Es war eine Frauenstimme, die hinter ihr herrief. Jetzt hörte sie auch noch Schritte, die immer schneller wurden. Jemand folgte ihr.

Ich will jetzt niemanden sprechen, dachte Aenne und erhöhte nochmals ihr Tempo. Sie hatte es schon bis zu ihrem Boot geschafft und wollte gerade einen Fuß an Bord setzen, als sie das Rufen abermals vernahm. Nun war es ganz nah.

»Aenne!«

Sie fuhr herum.

»Insa! Du bist das. Ich hab dich gar nicht erkannt.« Sie stellte ihren Fuß zurück an Land.

»Das hab ich wohl gemerkt«, entgegnete Insa ein wenig außer Atem. »Mein Work-out hatte ich allerdings erst für heute Abend geplant«, fügte sie grinsend hinzu und fuhr sich durch die kurzen dunklen Haare.

»Was machst du hier?«

»Ich wollte sehen, wie es dir geht. Ich war bei dir zu Hause, aber es hat niemand die Tür aufgemacht. Da habe ich dich die Landungsbrücke hinuntergehen sehen.«

»Ja, ich muss mal ein bisschen raus. Durchatmen, ablenken oder so«, murmelte Aenne.

Insa seufzte. »Ach komm mal her, meine Süße! Es tut mir wirklich schrecklich leid, was mit deinem Vater passiert ist.« Sie trat auf Aenne zu und nahm sie in den Arm.

Aenne wehrte sich nicht, sondern ließ es geschehen. Sie wehrte sich auch nicht gegen die Tränen, die unvermittelt kamen. Sie ließ zu, dass sie weinte, leise und still.

Und Insa hielt sie.

Bis sie von einer Möwe, die laut kreischend über ihre Köpfe hinwegflog, gestört wurden.

»Hey«, rief Insa, »hast du meinen Kuchen gerochen, du freches Vieh?«

Erst jetzt sah Aenne, dass ihre Freundin eine Tasche auf dem Boden abgestellt hatte.

»Ich habe dir einen Kuchen gebacken«, erklärte Insa, als sie Aennes Blick bemerkte. »Ich dachte, eine süße Stärkung wäre vielleicht genau das Richtige für dich.«

»Das ist lieb von dir.« Aenne holte ein Taschentuch aus der Hosentasche und putzte sich geräuschvoll die Nase. Wie gut, dass sie eine Freundin wie Insa hatte! Als Beeke in den Kindergarten gekommen war, hatte Aenne wieder zu arbeiten begonnen und die neue Kollegin, die während ihrer Abwesenheit eingestellt worden war, auf Anhieb gemocht. Es war der Beginn einer tiefen Freundschaft gewesen, und Aenne hoffte inständig, dass Insa, die wie Onnos Eltern zunächst auf Zeit nach Amrum gekommen war, dauerhaft bleiben würde. »Musst du heute gar nicht arbeiten?«

»Ich habe Spätdienst.«

»Ich werde mir wohl noch ein paar Tage freinehmen. Bis zur Beerdigung, mal sehen. Ich habe eh so viele Überstunden.«

»Mach dir bloß keine Gedanken. Der Laden läuft, und die Chefin ist ganz entspannt, sie hat sogar die meisten deiner Patienten übernommen. Es gibt für dich im Moment wirklich Wichtigeres.« Insa bedachte sie mit einem mitfühlenden Blick. »Es ist sehr schlimm, oder?«, fragte sie leise.

Aenne nickte. »Ganz schlimm.«

»Und Beeke?«

»Ach, Beeke … Sie ist natürlich auch sehr traurig. Aber die Bedeutung und das ganze Ausmaß dieser … Sache, das kann sie noch gar nicht richtig verstehen. Sie lebt im Hier und Jetzt. Ist bestimmt auch besser so.«

Insa nickte. Nach einem kurzen Moment des Schweigens sagte sie: »Und nun? Du wolltest mit Knut raus. Wie sieht's aus, nimmst du mich mit?« Sie sah Aenne aufmunternd an. Das verfehlte nicht seine Wirkung. Aenne verzog den Mund zu einem zaghaften Lächeln. »Na klar. Komm, steig ein.«

»Sehr gern.« Insa bückte sich nach der Tasche und nahm sie vorsichtig in beide Hände. Dann gingen sie gemeinsam an Bord.

Es gibt Tage, da liegt die Nordsee dunkel und grau da, in trügerischer Ruhe wie ein schlafendes Ungeheuer. Ein ruhendes Ungetüm, das schon beim nächsten Sturm erwachen und sich in eine bedrohliche, wogende Masse verwandeln kann, in einen feindlichen Herrscher über Land, Luft und Menschen.

Und es gibt Tage, an denen die Nordsee freundlich und verheißungsvoll ist. An denen sie in wogenden Wellen fröhlich tanzt und ihr blaues Wasser im Sonnenlicht wie ein Meer aus Diamanten funkelt. An solchen Tagen breitet die Nordsee ihre glitzernden Arme aus und lädt die Menschen ein.

Heute war solch ein verheißungsvoller Tag. Und er war Balsam für Aennes Seele.

Sie glitt mit ihrer Freundin auf dem Segelboot dahin, irgendwo zwischen Himmel und Erde, durch eine blau schimmernde Unendlichkeit ohne Grenzen, ohne Ziel. Nur das Knattern des Segels und das Zischen der am Bug aufspritzenden Gischt waren zu hören.

Hier draußen, weit weg von allem, konnte Aenne nun reden. Die Worte kamen wie von selbst, so als hätten sie nur darauf gewartet, endlich hervordringen zu dürfen. Aenne ließ alles heraus, was in ihrem Innern tobte. Sie sprach über ihre Gefühle, über die Traurigkeit, die Verzweiflung und die Angst. Sie sprach über ihre Hilflosigkeit. Über ihre Wut. Warum mein Vater? Warum ich?

Manchmal liefen Aenne beim Reden die Tränen über die Wangen, manchmal war sie völlig gefasst. Mal sprach sie laut und deutlich, mal schrie sie beinahe, und dann wieder waren ihre Worte nicht mehr als ein Flüstern, kaum zu verstehen. Sie sprach zu Insa oder schickte ihre Worte aufs offene Meer hinaus. Insa selbst musste gar nichts sagen. Sie musste nur zuhören. Da sein.

Irgendwann probierten sie ein Stück von Insas Kuchen. Es war tatsächlich eine wohltuende Stärkung.

Dann war die Zeit gekommen, umzukehren. Insas Dienst in der Fachklinik Satteldüne begann bald, und sie durfte nicht zu spät kommen.

Als sie sich der Landungsbrücke von Steenodde näherten, kam ihnen ein Segelboot mit zwei älteren Herren an Bord entgegen. Die beiden hoben grüßend die Hand. Aenne war beschäftigt, doch Insa erwiderte den Gruß und sah ihnen hinterher. Beiläufig, so als spräche sie mehr zu sich selbst als zu Aenne, sagte sie: »Ich kann es einfach nicht verstehen. Ausgerechnet dein Vater. Er war immer so voller Leben. Hoffentlich musste er sich nicht quälen.«

Aenne, die sich gerade von ihrem Platz an der Pinne erhoben hatte, um das Segel einzuholen, hielt irritiert inne. »Was hast du gerade gesagt?«

»Na ja, ich meine … also …«, druckste Insa herum, »das kam mir nur gerade in den Sinn, als ich die beiden alten Herren da gesehen habe. Dein Vater war immer so fit, so sportlich für sein Alter. Was der noch alles gemacht hat! Ich hoffe einfach nur, dass er nicht leiden musste.«

Entgeistert ließ sich Aenne zurück auf die Holzbank fallen und schlug ihre Hände vor das Gesicht.

Insa blickte sie hilflos an. »Aenne, wie dumm von mir, entschuldige bitte. Ich wollte dich nicht wieder traurig machen.«

»Nein, nein, schon gut«, murmelte Aenne und vergrub ihren Kopf noch tiefer in den Händen. Das war es nicht, was sie erschütterte.

Insas unbedachte Äußerung hatte Aenne wie ein Faustschlag ins Gesicht getroffen. Unabsichtlich, aber dennoch hart und schonungslos hatte Insa ihr vor Augen geführt, dass sich ihre Gedanken und all ihr Tun in den letzten Tagen beinahe ausschließlich um sie selbst gedreht hatten.

Sie hatte Unvorstellbares erlebt, hatte einen geliebten Menschen durch ein grausames, schreckliches Verbrechen verloren. Das war das Schlimmste, was ihr in ihrem Leben bisher passiert war. Sie war verständlicherweise geschockt und traurig, verzweifelt und hilflos. Sie hatte einen Verlust zu beklagen und musste darum kämpfen, in die Normalität zurückzufinden.

Doch dabei hatte sie völlig ausgeblendet, wer das eigentliche Opfer war.

Ihr Vater.

Er war es, der *alles* verloren hatte.

Ein gequältes Stöhnen drang aus Aennes Kehle.

Was hatte er wohl durchgemacht?

Was hatte er in den letzten Minuten seines Lebens ertragen müssen?

Was hatte ihr Vater gedacht, was hatte er gefühlt, als der Gewehrlauf auf ihn gerichtet war? Hatte er verzweifelt um sein Leben gefleht?

Und dann? Musste er sich lange quälen? Oder war er schnell gestorben? Hatte ihn eine Bewusstlosigkeit vielleicht vor schlimmeren Qualen bewahrt?

Diese Art von Gedanken hatte Aenne bisher überhaupt nicht zugelassen. Und auch wenn sie ahnte, dass dies wahrscheinlich eine natürliche Reaktion war, ein Schutzmechanismus, der sie vor dem Allerschlimmsten bewahrt hatte, so wurde ihr nun schmerzlich bewusst, dass sie vor diesen Fragen nicht länger davonlaufen durfte. Allein der Gedanke daran schnürte ihr den Hals zu. Doch sie musste sich den Tatsachen stellen.

Gleichzeitig mit dieser Einsicht keimte in Aenne das unbändige Bedürfnis auf, etwas für ihren Vater zu tun. Sie durfte sich nicht länger an ihrer Trauer laben und schwermütig darin versinken. Sie musste herausfinden, wer ihn umgebracht hatte. Und alles daransetzen, dass der Täter gefunden und bestraft wurde. Ja, sie würde von diesem Moment an alles in ihrer Macht Stehende tun, um die Polizei bei der Aufklärung des

Verbrechens zu unterstützen. Das war das Mindeste und auch das Einzige, was sie noch für ihren Vater tun konnte. Sie war es ihm schuldig.

Mit diesem Plan im Kopf und im Herzen ging Aenne mit Insa von Bord. Vorhin, auf dem Wasser, hatte Aenne sich noch gewünscht, nicht so bald an Land zurückkehren zu müssen. Der Abstand zur Insel und dem, was dort geschehen war, hatte ihr gutgetan. Doch nun hatte sie es sehr eilig, wieder an Land zu kommen.

11

»Wir haben das Fahrrad heute Morgen gefunden.«

Kriminaloberkommissar Heiner Ahrens steckte sich ein beachtliches Stück Rumpsteak in den Mund und schob gleich noch ein paar Pommes frites hinterher. Er kaute ausgiebig, ehe er das Essen mit einem kräftigen Schluck Bier hinunterspülte. »Alkoholfrei«, bemerkte er mit einem Blick auf das Glas.

Aenne nickte geistesabwesend. Sie hatte, gleich nachdem sie nach ihrem Segeltörn wieder an Land gegangen war und sich von Insa verabschiedet hatte, Kontakt zu Katharina Wolf aufgenommen und sich kurzerhand mit ihr und ihrem Kollegen zum Mittagessen verabredet. Nun saß sie den beiden Polizisten an einem Ecktisch im »Strand 33« gegenüber, einem kleinen Restaurant direkt am Strandaufgang von Norddorf. Das »Strand 33« gehörte zu Aennes Lieblingsrestaurants, denn sie mochte den weiten, unverbauten Blick über den Strand und die Nordsee, den man durch die großen Panoramafenster genießen konnte. Auch die Südspitze von Sylt mit dem Hörnumer Leuchtturm war von hier aus zu sehen. Heute allerdings hatte Aenne für diese Schönheit keinen Sinn.

»Im Dienst trinke ich nie Alkohol. Dienst ist Dienst, und Schnaps ist Schnaps.« Heiner Ahrens nahm einen weiteren großen Bissen von seinem Steak. Mit vollem Mund fuhr er fort: »Ihre Mutter hat schon bestätigt, dass es sich bei dem gefundenen Fahrrad um das Ihres Vaters handelt. Wir haben es in die örtliche Polizeistation am Sanghughwai bringen lassen, damit die Kollegen von der Kriminaltechnik es dort unter die Lupe nehmen. Allerdings haben die momentan in Flensburg zu tun und können erst morgen wieder auf die Insel kommen. Ist ja nicht mal so eben um die Ecke.«

Er sah Aenne an, als ob er eine Bestätigung von ihr erwartete, dass seine Informationen bei ihr angekommen waren. Also nickte sie erneut.

»Unsere Arbeitsbedingungen hier draußen sind alles andere

als optimal.« Heiner Ahrens lehnte sich in seinem Stuhl zurück und trank einen weiteren Schluck Bier. Dann nahm er das Glas in beide Hände und ließ es auf seinem vorgestreckten Bauch ruhen. Er räusperte sich. »Bis die sichergestellten Fundstücke und Spuren im Labor der KTU ankommen, vergeht natürlich allein schon wertvolle Zeit. Sonst wären wir in unseren Ermittlungen bestimmt schon weiter. Aber na ja, dass auf einer Insel alles ein paar Gänge langsamer läuft, muss ich Ihnen ja nicht erklären.« Er grinste selbstgefällig.

»Ja, ja.« Aenne nickte abermals, diesmal ein wenig irritiert. Was sollte das ganze Gerede? »Aber wo denn eigentlich?«, fragte sie. »Wo haben Sie das Fahrrad gefunden?«

»An einem der Strandaufgänge von Nebel«, schaltete sich Katharina Wolf in das Gespräch ein, die sich bis dahin still ihrem Essen gewidmet hatte. Nun legte sie das Besteck auf dem Teller ab und schob ihn zur Seite. Sie tupfte sich mit einer Serviette den Mund ab, faltete sie zusammen und legte sie auf den Tisch. »Das Fahrrad stand am Anfang des Bohlenweges, der in Nebel-Westerheide in der Verlängerung vom …« Sie nahm ihr Notizbuch zur Hand, das neben ihrem Handy auf dem Tisch lag, und warf einen Blick in ihre Aufzeichnungen. »Der in der Verlängerung vom Noorderstrunwai an den Strand führt.« Sie ließ das Notizbuch sinken. »Es stand versteckt hinter einem Busch, an einen Baum gelehnt.«

»Versteckt? Sie meinen, mein Vater hat sein Fahrrad womöglich bewusst dort abgestellt? Damit keiner bemerkt, dass er dort war?«

»Das wäre eine mögliche Erklärung. Ihr Vater könnte sich dort heimlich mit jemandem getroffen haben. Oder er ist zu Fuß weiter zum verabredeten Treffpunkt gegangen. Über den Bohlenweg und den Strand ist es nicht so weit bis zum Quermarkenfeuer.«

»Das stimmt.« Aenne dachte nach. »Das heißt, Sie gehen davon aus, dass mein Vater dort am Bohlenweg seinen …« Das Wort wollte ihr nicht über die Lippen kommen.

Reiß dich zusammen, schalt sie sich.

Sie räusperte sich. »Sie glauben, dass mein Vater dort seinen Mörder getroffen hat?«

»Ja, direkt dort oder irgendwo auf dem Weg zum Quermarkenfeuer, das wäre eine Möglichkeit. Oder der Täter hat direkt am Tatort in den Dünen auf ihn gewartet. Das wissen wir noch nicht genau. Wir sind uns aber sicher, dass es sich um keine Zufallsbegegnung gehandelt haben kann. Wir denken, dass die Tat sorgfältig geplant war und dass Ihr Vater den Täter kannte.« Aenne starrte vor sich auf die Tischplatte und rührte in ihrer Latte macchiato. Sie hatte sich nichts zu essen bestellt, denn sie hatte keinen Appetit. Ohne es zu bemerken, nahm sie das Zuckertütchen, das auf der Untertasse neben dem Kaffeeglas lag, und zerdrückte es zwischen ihren Fingern. Der Gedanke, dass jemand, den ihr Vater gekannt und dem er womöglich vertraut hatte – dass dieser Mensch ihm aufgelauert hatte, um ihn brutal zu ermorden, war kaum zu ertragen. Unvermittelt zog sich Aennes Brustkorb zusammen. Die beklemmende Enge zwang sie, tief einzuatmen. Sie setzte sich ein wenig aufrechter hin.

»Wenn Ihr Vater es war, der das Fahrrad am Weg versteckt hat, wollte er das Treffen vermutlich so geheim wie möglich halten«, fuhr Katharina Wolf fort. »Andererseits könnte auch der Täter das Rad nach der Tat dort versteckt haben.«

»Das können wir nach der kriminaltechnischen Untersuchung dann hoffentlich genauer sagen«, mischte sich Heiner Ahrens wieder ein. »Aber wie gesagt, das dauert hier ja alles ein bisschen.«

»Die große Frage ist also weiterhin: Mit wem könnte sich Ihr Vater getroffen haben? Ist Ihnen dazu noch irgendetwas eingefallen, Frau Jannen?« Katharina Wolf sah Aenne eindringlich an.

Aenne schüttelte den Kopf. »Nein. Immer noch nicht. Ich kann das einfach nicht begreifen.«

»Wir haben die Geschäftsbeziehungen, die Ihr Vater unterhielt, etwas genauer unter die Lupe genommen. Demnach war er der Inhaber des ›Marktplatz Jannen‹, eines Supermarktes von relativ überschaubarer Größe in Nebel. Zusätzlich plante er seit geraumer Zeit den Bau eines großen Discountmarktes in Norddorf. Dafür hatte er bereits ein passendes Grundstück erworben, und die Pläne für die Bebauung standen auch kurz vor dem Abschluss.«

Aenne nickte zustimmend.

»Wir haben uns bei den anderen Ladenbesitzern ein wenig umgehört, um die Situation hier auf der Insel besser verstehen zu können. Ich versuche das jetzt mal zusammenzufassen, und Sie unterbrechen mich bitte, wenn Sie einen Einwand oder eine Ergänzung haben, okay?«, forderte Katharina Wolf Aenne auf.

Aenne nickte erneut.

»Also, es gibt vier Lebensmittelgeschäfte auf Amrum: das Ihres Vaters in Nebel, einen weiteren Supermarkt und einen Biomarkt in Wittdün sowie einen kleinen, na ja, ich würde es Tante-Emma-Laden nennen, in Norddorf. Die Geschäftsbedingungen sind hier ein wenig anders als auf dem Festland. Die Läden sind vergleichsweise klein, und es gibt keine Discountmärkte. Kein Aldi, kein Lidl, nichts dergleichen. Die Waren, die hier verkauft werden, sind im Allgemeinen teurer als auf dem Festland, weil die Lieferung über die See mit den Fähren höhere Kosten verursacht. Alle Geschäftsinhaber sind schon seit Jahren auf der Insel ansässig und haben sich in ihrem jeweiligen Bereich mehr oder weniger erfolgreich eingerichtet. Drei größere Orte, drei Läden. Dazu ein Biomarkt für alle. Damit ist die Insel ausreichend versorgt, und jeder der vier Inhaber bekommt seinen Anteil vom Kuchen. So weit, so gut.«

Katharina Wolf machte eine Pause und wartete auf eine Reaktion von Aenne. Doch die blieb aus.

»Und nun kommt Ihr Vater und schert aus. Plant einen riesigen Supermarkt mit Discountpreisen und einer umfangreichen Bioabteilung, die ebenfalls im Niedrigpreissegment angesiedelt ist — was die ganze althergebrachte Ordnung, um es einmal salopp auszudrücken, kurzerhand über den Haufen wirft. Damit hat er sich bei der Konkurrenz sicherlich keine Freunde gemacht.«

»Das stimmt schon«, sagte Aenne, »die anderen drei waren nicht gerade erfreut über diese Idee. Aber mein Vater hat von Anfang an versucht, sie mit einzubinden. Er träumte von einem gemeinsamen Projekt, an dem alle vier gleichberechtigte Teilhaber wären. Nur war keiner der anderen bereit, die Ärmel hochzukrempeln und zu investieren. Am allerwenigsten Johann, Johann Traulsen aus Norddorf. Allerdings ist er auch der Älteste von allen und gesundheitlich etwas angeschlagen. Da kann man schon verstehen, dass er nicht noch etwas Neues anfangen will. Aber auch die Jungs aus Wittdün, Hauke Hinrichsen mit seinem Supermarkt und Michael Todt vom Bioladen, waren nicht offen für eine Veränderung. Wir kennen uns ganz gut, die beiden haben auch Kinder im Alter meiner Tochter«, fügte Aenne erklärend hinzu. »Da denkt man ja schon eher an die Zukunft. Trotzdem bestand bei beiden kein Interesse, mal ein paar Euro in die Hand zu nehmen und gemeinsam etwas Neues aufzubauen. Dabei würden sich viele Insulaner über ein breiteres und vor allem günstigeres Warenangebot freuen, von den Urlaubsgästen ganz zu schweigen.«

»Aber liegt nicht genau da das Problem?«, warf Katharina Wolf ein. »Wenn auf einmal die meisten oder, sagen wir, zumindest sehr viele Menschen im neuen Discountmarkt einkaufen würden statt in den herkömmlichen Geschäften, bliebe für die anderen drei Märkte nicht mehr allzu viel Kundschaft übrig. Der neue Supermarkt in Norddorf hätte für die Inhaber eine enorme Konkurrenz bedeutet. Er hätte ihre Existenz gefährden, wenn nicht sogar zerstören können. Und es gibt nicht sehr viele Möglichkeiten auf der Insel, sich ein anderes Standbein aufzubauen, nicht wahr? Nicht zu vergleichen jedenfalls mit den Möglichkeiten auf dem Festland. Johann Traulsen hätte es wegen der mangelnden Größe seines eigenen Geschäftes und der direkten Nachbarschaft wahrscheinlich am stärksten getroffen. Was denken Sie?«

»Sie glauben doch nicht etwa, dass Johann …« Aenne verschlug es die Sprache.

»Es haben schon Menschen für weniger gemordet«, warf Heiner Ahrens trocken ein.

»Es ist bloß eine Überlegung«, wandte Katharina Wolf beschwichtigend ein, »und solange wir weder die Tatwaffe noch andere Beweise haben, bleibt es das auch. Aber wir müssen in alle Richtungen denken. Und jeder dieser drei Männer hätte ein Motiv, das Bauprojekt zu verhindern.«

»Aber deswegen bringen sie meinen Vater doch nicht um! Ich kenne alle drei. Das sind keine … keine *Mörder*.«

»Dennoch ist es an uns, ihre Alibis zu überprüfen. Ist Ihnen im Zusammenhang mit diesen dreien und mit dem geplanten Geschäft irgendetwas aufgefallen? Hat Ihr Vater vielleicht einmal von einem Streit berichtet?«

»Oder von einer Drohung?«, hakte Heiner Ahrens nach. »Ist er vielleicht erpresst worden? Denken Sie nach!«

»Nein.« Aenne lehnte sich auf ihrem Stuhl zurück und verschränkte die Arme vor der Brust. Sie holte tief Luft. »Da war nichts.«

Katharina Wolf bemerkte anscheinend, dass sie hier nicht weiterkommen würden, und wechselte das Thema. »Da wäre noch der private Bereich. Ihr Vater soll ein Verhältnis mit einer Frau gehabt haben, die im Hotel Friedrichs an der Rezeption arbeitet. Ihr Name ist Barthel, Miriam Barthel. Wir haben sie bisher noch nicht persönlich sprechen können, da sie für zwei Nächte auf dem Festland war. Können Sie uns dazu irgendetwas sagen? Hat Ihr Vater diese Frau Ihnen gegenüber irgendwann einmal erwähnt?«

»Nein, aber das habe ich Ihnen in unserem letzten Gespräch doch auch schon gesagt. Die Beziehungen meines Vaters gingen mich nichts an. Da habe ich mich immer rausgehalten.«

»Und Ihre Mutter?« Auch Heiner Ahrens hatte seine Mahlzeit mittlerweile beendet. Er stützte sich mit den Unterarmen auf den Tisch und beugte sich nach vorn. »Es muss Ihre Mutter doch sehr verletzt haben, was Ihr Vater da so alles getrieben hat.«

Die unverhohlene Missbilligung brachte ihm einen tadelnden Blick seiner Kollegin ein, doch Katharina Wolf schwieg und ließ Heiner Ahrens weitersprechen.

»Eifersucht, enttäuschte Liebe, Hass, das alles sind starke Motive.«

Aenne presste ihre Arme fest an sich. Meine Mutter? Blödsinn!, dachte sie. Und doch konnte sie das Ziehen in ihrer Magengegend nicht ignorieren.

»Ihre Mutter hat ausgesagt, dass sie zur Tatzeit allein zu Hause war. Sie erinnert sich an keinen, der das bezeugen könnte. Hatten Sie vielleicht noch Kontakt zu ihr?«

»Nein, ich war mit meiner Familie zu Hause.« Aenne musste nicht lange nachdenken, bevor sie weitersprach. Immer und immer wieder hatte sie sich den Tatabend ins Gedächtnis gerufen und überlegt, was sie getan hatte, als man ihren Vater erschossen hatte. »Wir haben Abendbrot gegessen und unsere Tochter ins Bett gebracht. Dann haben mein Mann und ich uns gemeinsam an den Computer gesetzt. Wir haben unseren nächsten Osterurlaub geplant. Mit meiner Mutter habe ich an diesem Abend nicht gesprochen.«

»Ihre Mutter sagte außerdem, sie habe nicht immer bemerkt, um welche Uhrzeit Ihr Vater nach Hause kam, da sie in getrennten Zimmern schliefen. Können Sie das bestätigen?«

»Ja, das ist wohl so. Sie haben jeder ein sehr eigenständiges Leben geführt.« Aenne griff wieder zu dem Zuckertütchen.

»Und was ist mit außerehelichen Beziehungen Ihrer Mutter?«, bohrte Heiner Ahrens weiter. »Hat oder hatte sie vielleicht auch eine Liebelei? Eine Affäre? Immerhin ist Ihre Mutter immer noch eine sehr attraktive Frau. Warum sollte sie allein bleiben?«

Aenne hob den Kopf. Bildete sie es sich nur ein, oder grinste der Kommissar süffisant? Sie mochte diesen Mann und seine penetranten Fragen nicht, er war ihr zutiefst unsympathisch.

Ihre Mutter und eine Liebesbeziehung? Sie musste erstaunt feststellen, dass sie darüber noch nie nachgedacht hatte. Ihr war sie immer nur beherrscht und kontrolliert vorgekommen. Unnahbar. Gefühlskalt. Verliebtsein, Leidenschaft oder gar flammende Liebe, all das konnte sich Aenne bei ihrer Mutter kaum vorstellen. Doch womöglich hatte sie sich ja getäuscht?

Auf die Frage des Kommissars antwortete sie nur knapp: »Ich weiß nichts darüber. Fragen Sie sie selbst.« Sie wandte sich Katharina Wolf zu. »Haben Sie das Handy mittlerweile gefunden?«

»Nein«, antwortete die Kommissarin. »Weder am Tatort noch zu Hause oder im Geschäft. Wir können es auch nicht orten, es muss ausgeschaltet sein.«

Ob die mir eigentlich alles sagen?, fragte sich Aenne skeptisch. Vielleicht verheimlichen sie mir ja wichtige Details? Sie blickte den beiden Polizisten nacheinander ins Gesicht, doch sie konnte in ihren Mienen nichts lesen.

»So, die Arbeit ruft. Ich denke, wir sollten mal bezahlen.« Heiner Ahrens hob den Arm und winkte den Kellner heran.

Nachdem sie die Rechnung beglichen hatten, nahm Aenne all ihren Mut zusammen und räusperte sich. »Entschuldigung, aber eins muss ich noch wissen.« Sie fuhr sich mit den Fingern durchs Haar und suchte den Blick von Katharina Wolf. Ihre Stimme klang merkwürdig heiser, als sie fragte: »Wie genau ist mein Vater gestorben? Hat er sich gewehrt?«

Die Kommissarin erwiderte Aennes Blick. »Nein, Ihr Vater hat sich nicht gewehrt. Wir haben weder Abwehr- noch Kampfspuren entdecken können.«

»Und … woran ist er am Ende gestorben? Hat es … hat es lange gedauert? Hat er sich gequält?«

»Die Schüsse haben eine Vielzahl von Wunden verursacht. Auch die rechte Halsschlagader wurde getroffen. Ihr Vater ist letztendlich verblutet.«

Aenne schlug sich die Hand vor den Mund. Sie spürte, wie ihr die Tränen in die Augen schossen.

»Es ist jedoch anzunehmen, dass Ihr Vater schon nach kurzer Zeit das Bewusstsein verloren hat. Und das war sicherlich eine Erlösung für ihn.«

Aenne fühlte sich noch ganz benommen von dem Gespräch mit den Kommissaren, als sie mit ihrem Rad den Strunwai in Richtung Dorfzentrum entlangfuhr. In ihrem Kopf kreisten die Gedanken. War ihr Vater wegen seines Supermarktprojektes umgebracht worden? Oder wegen seiner Affären? Aus Neid? Existenzangst? Aus Angst vor Veränderungen? Oder aus Eifersucht? Aus Eifersucht und Hass? Sie konnte sich nichts davon so richtig vorstellen, doch sie hatte sich geschworen, alles daranzusetzen, den Täter zu finden. Und sie würde ihren Beitrag leisten, so gut sie konnte.

Deshalb war sie nun auf dem Weg zu Johann Traulsen. Nicht

dass sie wirklich glaubte, er könnte etwas mit der Tat zu tun haben. Doch sie musste einfach mit ihm reden.

Aenne machte einen Bogen um die Fußgängerzone und erreichte über den Miadwai und Bideelen schließlich den Ual Saarepswai, in dem das Geschäft von Johann Traulsen lag. Sie lehnte ihr Fahrrad an den Steinwall, der mit rosafarbenen Rosen bepflanzt war und das Grundstück zur Straße hin abgrenzte. Ein schmaler kopfsteingepflasterter Weg führte zu dem weißen reetgedeckten Friesenhaus. Als Aenne die Tür öffnete und den kleinen Laden betrat, läutete über ihr eine Türglocke. Drinnen war es angenehm kühl. Kein weiterer Kunde befand sich im Laden.

Hinter dem Kassentisch entdeckte Aenne eine junge Frau, wahrscheinlich eine Aushilfskraft für die Saison, denn sie war Aenne nicht bekannt. Gar nicht schlecht, dachte Aenne, so kennt sie mich wenigstens ebenfalls nicht, das erspart mir die lästigen Fragen und Beileidsbekundungen.

Sie trat näher und sagte: »Moin. Ich möchte Johann sprechen, Johann Traulsen. Ist er da?«

Die Frau blickte von einer Zeitschrift auf, die sie auf den Knien liegen hatte, und schien Aenne erst jetzt richtig wahrzunehmen. Sie schob ein Kaugummi von der einen Seite ihres Mundes zur anderen, als sie antwortete: »Nee, der ist heute nicht da. Ist aufm Festland, in Husum. Hat 'nen Arzttermin oder so. Soll ich ihm was ausrichten?«

»Nein«, sagte Aenne enttäuscht, »nein danke. Schon gut.«

Sie drehte sich um und ging zurück in Richtung Tür. Als sie die Türklinke bereits in der Hand hielt, hörte sie die junge Frau hinter sich rufen: »Hey, sind Sie etwa die, deren Vater erschossen wurde? Klar, das müssen Sie doch sein! Mann, dass so was hier auf so 'ner kleinen Insel passiert, das ist echt krass.«

Aenne riss die Tür auf und konnte gar nicht schnell genug ins Freie kommen. Das Herz schlug ihr bis zum Hals.

Was war das denn gewesen? Sie war entsetzt. Ja, sie war *die*. *Wirklich krass!*

Sie nahm ihr Rad und trat in die Pedale. Sie musste weg hier, und zwar schnell.

Diesmal fuhr sie keinen Umweg, sondern radelte in rasantem Tempo mitten durch das Dorfzentrum, auf kürzestem Weg nach Nebel. Sie hatte die Sonnenbrille aufgesetzt und hielt den Kopf gesenkt. So etwas wie eben im Laden sollte ihr nicht noch einmal passieren. Und diesmal hatte sie tatsächlich Glück, niemand behelligte sie auf ihrem weiteren Weg.

Als der Radweg am Ortsausgang von Norddorf in den Wald führte, atmete Aenne erleichtert auf. Hier zwischen den hohen Kiefern fühlte sie sich auf ungeahnte Weise geborgen. Beschützt. Als ob die Bäume mit ihren Ästen und Zweigen ihre schützenden Hände über ihr ausbreiteten.

Sie drosselte das Tempo. Wohin sollte sie jetzt eigentlich fahren? Was sollte sie als Nächstes tun? Darüber hatte sie bei ihrem hastigen Aufbruch eben gar nicht nachgedacht.

Und wenn sie zu der Stelle fuhr, an der die Polizei das Fahrrad ihres Vaters gefunden hatte? Und einmal von dort den Bohlenweg zum Strand entlangging? Möglicherweise denselben Weg, den ihr Vater gegangen war? Vielleicht brachte sie das weiter.

Nachdem Aenne die Häuser von Nebel-Westerheide erreicht hatte, bog sie auf der Höhe des Noorderstrunwais rechts ab. Der sandige Weg führte ein kurzes Stück weiter in den Wald hinein, bis er an einer kleinen Lichtung endete. Hier begann der Bohlenweg, der sich durch die Dünen bis hinunter zum FKK-Bereich des Nebeler Strandes schlängelte. Er wurde von Urlaubsgästen wie auch von Einheimischen nicht so stark frequentiert wie der Aufgang zum Hauptstrand ein wenig weiter südlich, der mit dem Auto zu erreichen war.

Aenne hielt an und stieg vom Rad. Sie ließ ihren Blick über die Lichtung schweifen. Die Kiefern rauschten im Wind.

Hier also, Papa. Was hast du hier bloß gemacht?, dachte sie.

Doch genauso wie schon bei der Besichtigung des Tatortes konnte Aenne nichts Auffälliges entdecken. Alles sah aus wie immer. Noch nicht einmal Absperrband oder Ähnliches deutete darauf hin, dass hier die Polizei tätig gewesen war.

Achtlos ließ Aenne ihr Fahrrad auf den Boden sinken. Sie drehte sich wie in Zeitlupe um ihre eigene Achse, suchte mit

Blicken das Gelände ab. Nichts verriet ihr, was hier geschehen war.

Schließlich machte sie sich auf den Weg in Richtung Strand.

Sie folgte dem Bohlenweg durch die Dünen. Außerhalb des Windschattens der Bäume wehte eine warme Brise, die den typischen Geruch nach Salz, Meer und Kiefern mit sich trug.

Kein Mensch kam ihr entgegen.

Irgendwo krächzte ein Fasan.

Sonst war da nichts.

Nichts als Dünen. Sand. Heide. Strandhafer. Himmel. Und Stille.

Wen hast du hier getroffen, Papa? Was ist passiert?

Aennes Schritte auf den Holzbohlen hallten unnatürlich laut. Wie einsam es hier war. Klangen ihre Schritte sonst auch so? Oder war die Stille heute anders? Schwerer? Bedrückender? Noch nie zuvor hatte Aenne sich darüber Gedanken gemacht.

Sie spürte, wie sich die feinen Härchen in ihrem Nacken aufstellten.

Passen Sie auf sich auf.

Aenne drehte sich um.

Niemand zu sehen. Sie war immer noch allein.

Und doch konnte sie sich des beklemmenden Gefühls nicht erwehren, dass ihr jemand folgte.

Sie beschleunigte ihren Schritt.

Nun spinn mal nicht rum!, ermahnte sie sich.

Sie versuchte, das merkwürdige Gefühl, das immer bedrohlicher wurde, auf ihre angespannte Situation zu schieben. Sie war körperlich und psychisch stark angeschlagen. Klar, dass man da auf komische Gedanken kam. Deine Nerven spielen dir einen Streich, rügte sie sich streng. Und doch konnte sie nicht verhindern, dass ihre Füße noch etwas schneller liefen.

Etwas raschelte laut in der Heide rechts des Weges. Aenne fuhr zusammen. Ihr Herz raste.

Ein Fasan brach aus dem Gebüsch hervor und rannte direkt vor Aenne quer über den Bohlenweg. So schnell, wie er gekommen war, war er auch wieder verschwunden.

Aenne blieb wie angewurzelt stehen. Ein Fasan! Sie lachte

hysterisch auf. Erst jetzt bemerkte sie, dass sie zitterte. Sie machte sich in die Hosen wegen eines stinknormalen Fasans, so weit war es schon gekommen!

Das hysterische Lachen ging über in ein Weinen. Es wurde ein heftiges, ein verzweifeltes Schluchzen.

Erst nach einer geraumen Weile hatte Aenne sich wieder im Griff und konnte den Weg fortsetzen. Auch wenn sie am liebsten kehrtgemacht hätte. Aber so schnell ließ sie sich nicht von ihrem Vorhaben abbringen. Aufgeben kam nicht in Frage.

Irgendwann erreichte sie die kleine Aussichtsplattform am Ende des Weges. Auch dort traf sie keine Menschenseele. Vor ihr breitete sich der Kniepsand aus. Der Wind war jetzt stärker zu spüren. Er trieb ein paar Schäfchenwolken über den Himmel. Weiter hinten glitzerte die Nordsee, hier und da garniert mit weißen Schaumkronen. Ihr gleichmäßiges, flüsterndes Rauschen war bis hierher zu hören.

Aenne lehnte sich gegen die Holzbrüstung und schlang die Arme um ihren Oberkörper. Mit den Händen rieb sie sich über die nackten Oberarme. Im Wind war es gleich wieder kälter.

Hatte ihr Vater vielleicht hier seinen Mörder getroffen? Es wäre jedenfalls ein guter Platz für eine heimliche Verabredung gewesen.

Aenne sah sich um. In der Ferne erblickte sie den Parkplatz und das Restaurant am Nebeler Strandzugang, im Hintergrund erhob sich der Leuchtturm. Sie konnte die bunten Fahnen am Badestrand erkennen und die zahlreichen Strandkörbe, die über den Kniepsand verteilt waren. Sie gehörten ihren Freunden Sönke und Momme. Den Verkaufswagen des Strandkorbverleihs, der die Saison über direkt unten am Badestrand stand, konnte Aenne von ihrem Standpunkt aus allerdings nicht sehen. Etwas weiter geradeaus fuhr ein Trecker den Strand entlang. Das mussten Sönke und Momme sein, die langsam damit begannen, die Strandkörbe wieder einzusammeln und in das Winterquartier zu bringen.

Auch wenn Aenne ihre Freunde von hier aus nicht direkt erkennen konnte, so war es doch ein beruhigendes Gefühl, das vertraute Fahrzeug und die Strandkörbe in naher Entfernung zu wissen. Sie war doch nicht ganz allein. Bei diesem Gedanken kam ihr eine Idee: Sie würde Sönke und Momme fragen. Vielleicht hatte einer von ihnen irgendetwas gesehen. Schließlich waren die beiden tagtäglich hier.

Abrupt machte Aenne kehrt. Die beklemmenden Gefühle von vorhin waren wie weggewischt. Sie rannte den Bohlenweg zurück, um ihr Fahrrad zu holen. Sie wusste nun, was sie als Nächstes tun konnte. Und fühlte sich wieder voller Energie.

Das Gespräch mit ihren Freunden entpuppte sich jedoch als totaler Reinfall. Die beiden hatten nichts gesehen, nichts gehört, nichts Auffälliges beobachtet. Nichts! Und dann waren sie an jenem Montagabend auch noch früher als sonst nach Hause gegangen, Momme hatte zur Geburtstagsfeier seiner Großmutter gemusst und Sönke wegen einer Gemeinderatsversammlung nach Süddorf. Es war zum Heulen!

»Und was ist mit den Strandkörben weiter hinten am FKK-Strand? Die, die vereinzelt zwischen den Vordünen stehen? Vielleicht hat sich mein Vater dort mit irgendwem getroffen, und es gibt irgendwelche Spuren? Weinflaschen, Taschentücher, Zigarettenkippen, was weiß ich.«

Sie saßen im Sand, an die Rückwand des Café Knülle gelehnt. Das Café war die ausrangierte Bude einer Surfschule, die Sönke und Momme liebevoll aufgearbeitet hatten und nun als Verkaufsstand für Eis, Süßigkeiten und Getränke nutzten. Gleichzeitig diente sie als Büro für die Strandkorbvermietung.

Sönke hatte sich neben Aenne niedergelassen. »Natürlich können wir die Körbe alle mal durchschauen. Aber ich glaube im Leben nicht, dass wir da irgendetwas finden. Kein Mensch, der so eine Tat plant und durchzieht, wäre so blöd, sich bei uns ganz offiziell einen Strandkorb zu mieten. Und wenn jemand heimlich einen Korb benutzen wollte, so müsste er oder sie zuerst das Schloss aufbrechen, die Körbe sind ja in der Regel abgeschlossen. Und das hätten wir bemerkt.«

»Aber es *muss* doch irgendwo was zu finden sein. *Irgendwas.*«

Aenne sah ihrem Freund in die Augen. »Es kann doch nicht

einfach einer aufkreuzen und meinen Vater abknallen – und dann ist keine Spur von ihm zu finden, rein gar nichts. Das geht doch nicht!«

»Aenne«, beschwichtigte Sönke sie, »es ist alles so unvorstellbar schrecklich. Aber du kannst nicht die ganze Insel auf den Kopf stellen. Lass die Polizei ihre Arbeit machen. Die werden etwas finden. Und dann werden sie dieses Schwein, das deinem Vater das angetan hat, überführen.«

Aenne sackte in sich zusammen. »Aber …«, flüsterte sie.

»Kaffee?« Momme bog mit einem dampfenden Becher in der Hand um die Ecke der Bude und reichte ihn Aenne. Sie nahm den Kaffee dankend entgegen und umschloss den warmen Becher mit beiden Händen. Mit einem schiefen Grinsen zog Momme drei Schokoriegel aus der Gesäßtasche seiner Jeans, verteilte sie und ließ sich auf der anderen Seite neben Aenne in den Sand fallen.

Ein Lächeln huschte über Aennes Gesicht. »Danke.«

»Für dich immer.«

12

Luise saß am Küchentisch und stocherte lustlos mit dem Löffel in einem Teller Kartoffeleintopf herum. Sie hatte gerade ein langes Gespräch mit Heike Sörensen, der Inselpastorin, hinter sich. Über zwei Stunden hatten sie im Wohnzimmer zusammengesessen und geredet, bis die Pastorin endlich ein Ende gefunden hatte. Nachdem Luise den Besuch zur Tür begleitet und verabschiedet hatte, war sie in die Küche gegangen und hatte sich eine Portion von der Suppe aufgewärmt, die ihr ihre Nachbarin am Vorabend vorbeigebracht hatte. Obwohl sie gar keinen Hunger verspürte, noch nicht einmal Appetit. Sie hatte es eher aus Routine getan, aus einer Art Pflichtgefühl heraus. Sie konnte die Suppe nicht schlecht werden lassen. Außerdem musste sie irgendetwas essen, schließlich war jetzt Mittagszeit.

Heike Sörensen hatte Luise ihr Beileid ausgesprochen und seelsorgerische Unterstützung angeboten. In solch einem speziellen Fall, wenn man den Ehepartner durch ein Gewaltverbrechen verlor, sei das bestimmt sehr ratsam und hilfreich. Doch Luise hatte dankend abgelehnt. Dann hatte die Pastorin einige Punkte, die die Trauerfeier betrafen, angesprochen. Sobald Erks Leichnam von der Polizei freigegeben wäre, sollte die Beerdigung stattfinden. Die Pastorin hatte schon einmal eine Auswahl von Liedern und einen Bibelvers für die Ansprache vorgeschlagen, doch die Entscheidung darüber wollten sie in einem gemeinsamen Gespräch mit Aenne treffen. Die übrigen, eher praktischen Dinge wie Blumenschmuck oder die Frage, ob ein großes Foto von Erk neben dem Sarg aufgestellt werden sollte oder nicht, würden sie mit Hans Boyens, dem Bestatter, klären.

Im Anschluss hatte die Pastorin Luise noch lange über Erk befragt, über sein Leben, sein Schaffen, seine Vorlieben, seine Stärken und Schwächen, seine Hobbys. Was war ihm wichtig gewesen? Was hatte ihn ausgemacht? Und Heike Sörensen hatte natürlich auch nach ihrer Familie gefragt, nach ihrer Ehe.

Luise wusste zwar nicht genau, wie, aber sie hatte es geschafft, diese heiklen Fragen und Themen hinter sich zu bringen, ohne dabei die Fassung zu verlieren oder die Fassade einer funktionierenden Ehe, die sie über die Zeit so mühevoll aufgebaut hatte, ins Wanken zu bringen. Es war ihr gelungen, der Pastorin plausible, schlüssige Antworten zu liefern, ohne zu viele Details preiszugeben oder gar die ganze Wahrheit gestehen zu müssen. Das hatte Luise in all den Jahren gelernt, darin war sie gut. Und sie schien die Pastorin damit zufriedengestellt zu haben, zumindest hatte sie nicht weiter nachgehakt.

Gedankenverloren rührte Luise in ihrem Eintopf. Mittlerweile war er kalt geworden. Sie grübelte nicht mehr länger über die Unterhaltung mit der Pastorin nach. Stattdessen musste sie an das Gespräch mit Broder Tadsen denken. Sogleich breitete sich in Luises Bauch ein Ziehen aus, das sich unangenehm und erstaunlich wohlig und anregend zugleich anfühlte.

Sein Besuch gestern Abend hatte sie völlig überrascht. Wie aus dem Nichts hatte er vor der Tür gestanden. Und ihr sein Herz auf den Tisch gelegt.

Natürlich hatte Luise im Vorfeld etwas bemerkt. Sie hatte gespürt, dass in der letzten Zeit etwas zwischen ihnen gewachsen war. Es war passiert, ohne dass sie irgendetwas dafür getan hätten. Es war ganz von selbst gekommen, wie selbstverständlich. Unausweichlich.

Doch sie hatten bisher noch nie darüber gesprochen. Und nun hatte Broder sie mit seiner Liebeserklärung restlos überrumpelt.

Luise fühlte sich zu Broder hingezogen. Mit ihm war alles ganz anders als mit Erk. In seiner Nähe fühlte sie sich anders. In seiner Nähe *war* sie anders. Sie war echt.

Die Musik hatte sie zusammengebracht. Angefangen hatte es im Kirchenchor, den Broder leitete und dem Luise mehr oder weniger zufällig beigetreten war. Der Chor hatte Verstärkung gebraucht, und Luise hatte nicht Nein sagen können. Aber dann war sie vom Zauber der Musik gefangen genommen worden, und was ursprünglich nur als ein vorübergehendes Aushelfen und Ausprobieren gedacht gewesen war, hatte sich für Luise zu einer neuen Leidenschaft entwickelt. Doch damit nicht genug. Durch ihre Begeisterung für die Musik hatte sie ihr musikalisches Talent entdeckt, ein Talent, dem sie bis dahin überhaupt keine Beachtung geschenkt hatte. So hatte sie beschlossen, neben dem Singen das Geigenspiel zu erlernen, und begonnen, bei Broder Unterricht zu nehmen.

Die Musik förderte etwas zutage, was sie auf immer und ewig verschüttet geglaubt hatte. Broder hatte das gesehen und erkannt. Er hatte diese Seiten in ihr zum Leben erweckt und war nun dabei, sie zum Leuchten zu bringen.

Bisher hatte sich Luise gegen diese Erkenntnis gewehrt und sich ihre Empfindungen für Broder nicht eingestehen wollen. Mit Erfolg. Sie konnte, sie *durfte* das nicht zulassen. Schließlich war da Erk gewesen.

Nun war alles anders, neu.

Aber Luise brauchte Zeit. Die Ereignisse der letzten Tage, die ganze Situation überforderten sie maßlos.

Sie hoffte, Broder verstand.

Ohne etwas von dem Eintopf angerührt zu haben, schob Luise den Suppenteller von sich weg. Sie blickte auf ihre Armbanduhr. Die Uhr war silbern, und das schmale, feingliedrige Armband war dort, wo es an dem ovalen Zifferblatt ansetzte, mit kleinen Diamantsplittern besetzt. Erk hatte ihr diese Uhr zu ihrem fünfzigsten Geburtstag geschenkt. Wie lange war das her! Jetzt erschien sie ihr wie ein Relikt aus einer anderen, vergangenen Welt.

Die Zeiger zeigten halb zwei. Sie sollte jetzt gehen. Sie hatte sich vorgenommen, heute den Supermarkt aufzusuchen, um die Zuständigkeiten und den Fortgang des Geschäftes bis auf Weiteres zu klären. Also nahm Luise den Teller und stand auf.

An der Pinnwand hing eine Einladung zu einer Weinprobe auf dem Festland. Erk hatte sie dort angeheftet. Genauso wie den Flyer mit den Öffnungszeiten der Sauna in Wittdün. Und die Werbung von einem Shop für Segelbedarf auf Sylt.

Luise goss den kalten Eintopf in die Spüle, ließ die Essensreste aus dem Ablaufsieb im Biomüll verschwinden und stellte den Teller in die Geschirrspülmaschine. Den Kochtopf mit dem restlichen Kartoffeleintopf, der noch auf dem Herd gestanden hatte, schob sie wieder in den Kühlschrank. Die Suppe sollte nicht verderben.

Sie ging in den Flur.

An der Garderobe hingen Erks Jacken. Die sportliche rote Allwetterjacke, die er immer zum Segeln getragen hatte. Eine Strickjacke. Der dunkelblaue Mantel für die offizielleren Termine. Seine alte abgetragene Lederjacke.

Darunter seine Schuhe. Joggingschuhe. Die Turnschuhe, in denen er fast immer zur Arbeit gegangen war. Braune Lederhalbschuhe. Durchgelatschte Schlappen für zu Hause. Luise hatte sie schon längst aussortieren wollen, doch Erk hatte sich immer standhaft dagegen gewehrt.

Luise nahm einen ihrer Blazer vom Bügel, zog ihn über und schlüpfte in ihre Schuhe. Dann ging sie hinüber zum Schlüsselschränkchen. Sie öffnete die Klappe und nahm ihren Hausschlüssel vom Haken. Daneben hing Erks Autoschlüssel. Das dicke Schlüsselbund vom Geschäft. Der Schlüssel von seinem Boot. Was sollte nun eigentlich mit dem Boot geschehen?

Luise trat zur Haustür hinaus. Im Briefkasten steckte halb sichtbar die Post, der Briefträger hatte sie nicht vollständig im Briefschlitz verschwinden lassen. Luise zog sie heraus. Das meiste war Werbung, dazu zwei Briefe, an Erk adressiert. Im Zeitungsfach fand Luise den »Inselboten«. Sie vermied es, die Schlagzeilen zu lesen, während sie die Zeitung mit der Post zurück ins Haus trug. Sie legte alles auf den kleinen Tisch im Windfang, dann zog sie die Haustür hinter sich zu und ging den Kiesweg hinunter zur Straße, vorbei an den Rosen und den Lavendelbüschen, die ihren intensiven Duft verströmten. Das alles war Erks Werk. Er hatte die Blumen gepflanzt und gepflegt. Luise hatte kein Händchen dafür.

Als sie auf die Straße trat, fiel ihr Blick auf das Haus gegenüber, auf den Garten von Frederike Nissen und die große, mächtige Buche, deren Äste Erk im letzten Herbst nach dem großen Sturm beschnitten hatte. Die Schnittstellen waren noch immer zu erkennen.

Ganz gleich, wo Luise ging oder stand, ganz gleich, was sie

tat oder wohin sie auch schaute, überall gab es etwas, das sie an Erk erinnerte. Überall hatte er seine Spuren hinterlassen.

Würde sie je von ihm loskommen? Würde sie sich jemals befreien können? Jetzt, wo er tot war? Sie waren fast ein ganzes Leben aneinandergekettet gewesen. Würde sie diese Ketten jemals sprengen können?

Luise schritt den Oonwai hinunter, überquerte den Uasterstigh und hatte gleich darauf den »Marktplatz Jannen« erreicht. Durch die automatische Schiebetür betrat sie den Laden.

Eine junge Frau im weißen Kittel mit dem Marktlogo auf der Brust packte in der Obst- und Gemüseabteilung gerade frische Äpfel aus. »Frau Jannen«, sagte sie verlegen, als Luise auf sie zukam, und wischte sich die Hände am Kittel ab. Sie räusperte sich. »Mein aufrichtiges Beileid.« Sie reichte Luise ihre Hand.

»Danke«, antwortete Luise knapp und ergriff die Hand. »Rieke, können Sie mir sagen, wo ich Nico finde?«

»Ich glaube, ich habe ihn zuletzt hinten im Büro gesehen.« Die junge Frau machte eine Handbewegung in Richtung Getränkeabteilung, wo sich der Zugang zum Büroraum befand.

»Danke.« Luise nickte. »Würden Sie bitte alle Mitarbeiter zusammenrufen, die bei ihrer Arbeit gerade für einen Moment entbehrlich sind? Ich möchte Ihnen hinten im Büro kurz etwas mitteilen.« Damit ließ sie die Angestellte stehen und ging zügigen Schrittes durch die Obst- und Gemüseabteilung, an den Kühlregalen vorbei bis zur Getränkeabteilung. Im Büro fand sie Nico, einen jungen Mann Mitte zwanzig, der bei der Leitung des Marktes bislang Erks rechte Hand gewesen war und bei Bedarf dessen Vertretung übernommen hatte. Luise wusste, dass Erk ihm in allen Belangen vollkommen vertraut hatte, also würde sie das nun genauso handhaben. So lange zumindest, bis die Zukunft des Geschäftes geklärt war.

Als Luise den Raum betrat, erhob sich Nico von dem Bürostuhl, auf dem er, den Kopf über dicke Ordner gebeugt, an dem großen Schreibtisch gesessen hatte. »Mein Beileid, Frau Jannen«, sagte auch er und gab Luise die Hand. »Wir sind alle immer noch total geschockt und können gar nicht glauben, was passiert ist.«

Ein betretenes Schweigen entstand.

»Ja, also, ich wollte mich nur kurz vergewissern, ob das Tagesgeschäft so weit läuft«, sagte Luise schließlich. »Und ich möchte Ihnen persönlich bis auf Weiteres alle Aufgaben übertragen, die die Leitung des Marktes verlangt. So lange, bis ich weiß, wie es mit dem Geschäft weitergehen wird. Noch kann ich dazu nichts Genaues sagen. Haben Sie irgendwelche Fragen?«

»Ähm, ja, also ...«, stotterte Nico ein wenig überrascht. »Natürlich kann ich hier erst einmal alles im Sinne Ihres Mannes weiterführen. Nur hat die Polizei den Geschäftscomputer mitgenommen. Und die ganzen Bestellungen, die normalerweise über den Computer laufen —«

»Dann müssen Sie das anders regeln«, unterbrach ihn Luise. »Ich bin sicher, Sie werden einen Weg finden.« Sie sagte das in einem Ton, der keinen Widerspruch duldete. Nico nickte und schwieg.

In der Zwischenzeit hatten sich die übrigen Mitarbeiter eingefunden und sich in dem kleinen Flur vor dem Büro versammelt. Nach kurzem Klopfen traten sie nun geschlossen ein und quetschten sich allesamt in das Büro. Es waren drei Männer und acht Frauen. Die meisten von ihnen murmelten irgendetwas, das nach »Beileid« klang, manche blickten betroffen an die Decke oder zu Boden, einige schauten Luise und Nico erwartungsvoll an. In den Augen einer noch sehr jungen Frau mit frechen Pony und einem langen blonden Pferdeschwanz meinte Luise, Tränen zu erkennen. Sie musste eine der Saisonaushilfen sein, denn ihr Gesicht kam Luise nur vage bekannt vor. Von den fest angestellten Mitarbeitern hingegen kannte sie nicht nur die Gesichter, sondern auch alle Namen.

Luise richtete sich das Haar und straffte die Schultern, ehe sie verkündete: »Ich bin heute hierhergekommen, um Ihnen mitzuteilen, dass Nico von mir bis auf Weiteres mit sämtlichen Aufgaben, die die Leitung des Marktes betreffen, betraut wurde. Sonst läuft alles weiter wie bisher. Sobald ich Näheres weiß, was die Zukunft des Geschäftes angeht, werde ich Sie informieren.

Bei Fragen wenden Sie sich bitte an Nico. Vielen Dank für Ihre Aufmerksamkeit.«

Damit beendete Luise die Zusammenkunft. Sie nickte Nico noch einmal kurz zu, bahnte sich einen Weg nach draußen und eilte auf kürzestem Weg durch die Verkaufsräume aus dem Laden. Erleichtert trat sie an die frische Luft hinaus.

Erst jetzt bemerkte Luise, wie angespannt sie gewesen war. Das Gespräch und die Tatsache, *seinen* Laden zu betreten, hatte sie doch mehr Kraft und Überwindung gekostet, als sie sich zuvor hatte eingestehen wollen.

Da das Wetter immer noch spätsommerlich schön war, beschloss Luise, sich noch ein wenig die Beine zu vertreten, bevor sie wieder in das leere Haus zurückkehren würde.

Sie ging den Uasterstigh nach links hinunter. Sie wollte ein wenig am Watt entlanglaufen. Zu dieser Jahreszeit, wenn die ersten Zugvögel die weiten Wattflächen in Scharen bevölkerten, mochte sie den Weg am Rande der Salzwiesen besonders gern. Außerdem war die Wahrscheinlichkeit, dort auf Bekannte zu treffen, zumindest etwas geringer, als wenn sie mitten im Ortskern von Nebel herumspazierte.

Wegen des guten Wetters waren vergleichsweise viele Menschen auf dem Uasterstigh unterwegs. Die meisten waren Urlauber, Familien mit kleinen Kindern, ein Ehepaar mit zwei großen Doggen, eine Joggerin. Eine Gruppe von Fahrradfahrern, allesamt Rentner in Funktionsjacken und mit Helmen auf dem Kopf, überholte Luise mit lautem Geklingel.

Zwischen all den Menschen kam Luise auch ein kleiner, bärtiger Mann entgegen, Kalle Boyens, der Bruder von Hans Boyens. Er arbeitete am Schalter in der Bank von Nebel. Täuschte Luise sich, oder senkte er absichtlich den Blick? Beschleunigte er bewusst seine Schritte und tat so, als ob er sie nicht sähe?

Kalle Boyens war gerade an ihr vorbei, als Luise auf Höhe der St.-Clemens-Kirche und des umliegenden Friedhofes von jemandem angesprochen wurde. »Luise!«

Es war Gönke Ricklefs. Sie war soeben vom Friedhof gekommen und auf dem Weg zu ihrem Auto, das sie in einer der kleinen Parkbuchten direkt vor der Kirche geparkt hatte. In der Hand hielt sie einen Eimer mit einer Schaufel und einer kleinen Harke. »Moin, Luise. Wie gut, dass ich dich hier treffe! Ich wollte dir schon die ganze Zeit mein aufrichtiges Beileid aussprechen. Auch von Arfst.«

Gönke stellte den Eimer ab, trat etwas unbeholfen auf Luise zu und umarmte sie, ohne sie richtig zu berühren.

Luise räusperte sich. »Ja, danke.« Zügig befreite sie sich aus der Umarmung, die eigentlich keine war.

»Wir können es alle nicht fassen. Erk, ausgerechnet Erk! Und dann hier bei uns. So was darf doch hier nicht passieren.«

Luise nickte nur.

»Gibt es denn etwas Neues? Hat die Polizei schon irgendwas rausgefunden? Eine heiße Spur?«

Luise schüttelte den Kopf.

»Nicht dass hier irgend so ein Verrückter über die Insel läuft.« Sie beugte ihren Oberkörper ein wenig nach vorn, sodass ihr Gesicht jetzt ganz nah an dem von Luise war. »Man macht sich ja so seine Gedanken.«

Luise trat unwillkürlich einen Schritt zurück.

»Also, Arfst kann sich das alles auch überhaupt nicht erklären. Stimmt es denn, dass …«

Doch Luise hörte ihr schon gar nicht mehr zu. Etwas anderes hatte ihre Aufmerksamkeit erregt.

Sie sah eine Frau die Straße herunterkommen.

Es war Liv.

Luise hatte ihre Freundin aus Kindertagen sofort erkannt, auch wenn sie sie seit Jahren nicht gesehen hatte und die Zeit nicht spurlos an Liv vorübergegangen war. Sie wirkte noch dünner als früher, fast ausgemergelt, und ihr Gesicht war dermaßen blass, dass es Luise schon von Weitem auffiel.

Luise hatte vor ein, zwei Wochen zwar gehört, dass Liv auf der Insel sein sollte, doch bisher waren sie einander nicht über den Weg gelaufen. Und bei all der Aufregung um Erk hatte sie in den letzten Tagen überhaupt nicht mehr daran gedacht. Liv war, seit sie damals zum Studieren aufs Festland gegangen war, nur selten nach Amrum zurückgekehrt. Irgendetwas hatte sie immer abgehalten. Luise hatte das nie ganz verstanden und war am Anfang sehr traurig darüber gewesen. Doch irgendwann hatte sie es hingenommen und ihre Bemühungen, den Kontakt aufrechtzuerhalten, aufgegeben.

Jetzt erzählte man sich, dass Liv nach Hause gekommen war, um den Nachlass ihrer Eltern zu regeln. Ihr Vater war schon seit langer Zeit tot, doch ihre Mutter war erst vor wenigen Monaten gestorben. Ob sie ihr Elternhaus, dieses schöne alte Haus, das direkt am Watt zwischen Norddorf und Nebel lag, verkaufen wollte? Luise hatte ihre Freundin früher oft dort abgeholt. Und bei der Heimkehr nach einer durchfeierten Nacht mit ihr auf den Stufen vor der Haustür gesessen, den Abend noch mal Revue passieren lassen und jedes noch so winzige Detail durchgesprochen, wer mit wem und warum. Dabei hatten sie heimlich geraucht, über das Watt geblickt, das in seidiges Mondlicht getaucht war, und der Stille gelauscht. Sie waren unzertrennlich gewesen.

Und nun war Liv genau zu dem Zeitpunkt auf die Insel gekommen, an dem über Luise eine ungeahnte Katastrophe hereingebrochen war. Sie steuerte direkt auf sie zu, allerdings schien sie bisher weder Luise noch Gönke bemerkt zu haben. Wenn Luise nicht sofort aufbräche, wäre ein Treffen unvermeidlich.

Das kann ich jetzt nicht, dachte Luise, das übersteigt meine Kräfte.

»... und Hanne meint ja auch ...« Gönkes Stimme drang in Luises Ohr und lenkte ihre Aufmerksamkeit wieder auf ihr Gegenüber.

»Wie bitte? Jaja, aber es tut mir leid, Gönke, ich muss los. Tschüss!« Damit ließ Luise sie kurzerhand stehen.

Sie eilte den Weg am Friedhof entlang in Richtung »Haus des Gastes«, von wo aus sie zum Watt gelangen konnte. Doch sie musste feststellen, dass auch Liv nach links in einen kleinen Weg abgebogen war, der ihren Weg kreuzen und dann ebenfalls zum »Haus des Gastes« führen würde. Luise sah sich um. Hinter ihr stand immer noch Gönke Ricklefs, die ihr mit einem verdatterten und gleichzeitig ein wenig empörten Gesichtsausdruck hinterherstarrte.

Kurz entschlossen wandte sich Luise nach rechts und drückte hastig die schmiedeeiserne Pforte zum Friedhof auf. Mit ausholenden Schritten lief sie den breiten Weg zur Kirche hinauf. Ohne weiter darüber nachzudenken, öffnete sie die schwere Eingangstür und schlüpfte hinein.

Sie hörte die Holztür hinter sich ins Schloss fallen.

Dann empfing sie eine wohltuende, kühle Stille.

Sie war allein.

Erleichtert lehnte sich Luise gegen die Tür. Sie spürte das kalte harte Holz in ihrem Rücken, spürte, wie ihr Herz raste und wie sich ihr Brustkorb in schnellem Rhythmus hob und senkte.

Das ist alles zu viel für mich, dachte sie atemlos.

Erks Tod – der Mord an ihm –, die Polizei, Aenne, Broder, all die Leute, das Gerede, das Geschäft. Und jetzt Liv. Luise barg das Gesicht in den Händen. So lange hatte sie ihren Schutzwall aus Selbstbeherrschung und Disziplin aufrechterhalten. Nun schaffte sie es nicht mehr länger. Zum ersten Mal, seit Oke Bendixen mit den Kommissaren bei ihr vor der Tür gestanden hatte, war ihr so richtig zum Heulen zumute.

Und die Tränen kamen. Mit aller Macht. Sie liefen über ihre Wangen. Benetzten ihre Handflächen. Sickerten durch die Fingerritzen und rannen über ihre Handrücken. Der Damm war gebrochen. Und der Strom schien unendlich.

Erst nach geraumer Zeit, Luise kam es vor wie Stunden, versiegten die Tränen wieder. In der Tasche ihres Blazers fand sie ein Taschentuch, mit dem sie sich das Gesicht und die Hände trocknete. Vorsichtig betupfte sie die Wangen unter den Augenlidern. Die verlaufene Wimperntusche und das Make-up hinterließen dunkle Flecken auf dem Tuch. Sie musste schrecklich aussehen.

Und wie müde sie sich mit einem Mal fühlte. Erschöpft und ausgelaugt. Gleichzeitig stellte Luise erstaunt fest, dass sie auch eine eigentümliche Erleichterung verspürte. Etwas hatte aus ihr herausgemusst, etwas, das sie seit zwei Tagen mit aller Gewalt unterdrückt hatte.

Sie stand noch immer im Vorraum der Kirche. Die Flügeltür

zum Kirchenschiff stand offen. Vor ihr lag der lange Gang, der auf den Altar zuführte.

Sie putzte sich die Nase und ordnete ihre Frisur. Dann verließ sie den Vorraum und betrat das Hauptschiff. Bedächtig, mit erhobenem Kopf und geradem Rücken, schritt sie den Gang hinunter. Das Klacken ihrer Absätze auf dem Steinboden hallte von den Wänden wider.

Auf einer Bank irgendwo in der Mitte der Kirche nahm Luise Platz. Ihr Blick wanderte über die Kronleuchter und das mächtige Kruzifix, glitt über die von der Sonne erleuchteten Fenster und die Apostelgruppe aus geschnitzten Holzfiguren an der Südwand.

Am Altar blieb er hängen.

Dort hatten sie gestanden. Sie und Erk. Hier hatten sie geheiratet.

In guten wie in schlechten Zeiten.

Es hatten gute Zeiten werden sollen.

Doch sie hatten gleich mit den schlechten begonnen.

13

1972

Schwanger.
Luise stand gegen die Reling gelehnt und hielt den Kopf in den Wind. Ihre Hände krallten sich um die harten Stahlstreben. Sie waren mittlerweile eisig kalt, doch Luise spürte die Kälte nicht.
Sie bekam ein Kind. Von Erk.
Sie konnte es immer noch nicht so richtig glauben, auch wenn der Arzt sich ganz sicher gewesen war und alle anderen körperlichen Symptome, die sie in den letzten Wochen bemerkt, aber nicht wirklich ernst genommen hatte, eine deutliche Sprache sprachen. Sie war schwanger.
Luise hatte keine Regelblutung mehr, aber diesem Umstand hatte sie zunächst keine Beachtung geschenkt. Ihr Zyklus war seit jeher unregelmäßig, von daher war es nichts Außergewöhnliches, wenn die Regel hin und wieder ausblieb. Doch nach einer Weile war die Übelkeit dazugekommen. Fast jeden Morgen wurde Luise noch vor dem Frühstück so schlecht, dass sie sich übergeben musste. Außerdem fühlte sie sich zunehmend häufiger ungewöhnlich müde, ganz gleich, ob sie in der Nacht zehn oder nur fünf Stunden geschlafen hatte. Manchmal schaffte sie es nur mit großer Mühe, morgens überhaupt aus dem Bett zu kommen und pünktlich zur Arbeit zu erscheinen. Das alles wollte so gar nicht zu ihr passen. Sie war ein Morgenmensch, eine agile Frau, der das Aufstehen nicht schwerfiel und der die Ausbildung zur Hotelfachfrau in Norddorf sehr viel Spaß machte.
Luise hatte geglaubt, dass sie womöglich krank sei, dass sie vielleicht irgendein Virus erwischt habe. Den Termin beim Frauenarzt in Wyk auf Föhr, zu dem sie heute gefahren war, da es auf Amrum keinen Frauenarzt gab, hatte sie unabhängig von ihren derzeitigen gesundheitlichen Beschwerden verein-

bart. Denn sie wollte endlich die Pille verschrieben bekommen. Schließlich war sie im September achtzehn geworden, und in ihrer momentanen Situation brauchte sie die Pille mehr denn je – zumindest hatte sie das gedacht, bevor sie das Sprechzimmer betreten hatte. Doch dann hatte ihr der Mann mit dem hässlichen Schnauzbart erklärt, dass sie Verhütungsmittel in der nächsten Zeit nicht benötigen würde, denn sie sei schwanger, etwa am Beginn des vierten Monats. Ob man ihr gratulieren dürfe?

»Was? Äh, ja, ja natürlich«, hatte Luise gestammelt. »Ich hatte nur nicht gedacht … wirklich schwanger?« Ihre Gedanken hatten sich überschlagen. »Anfang vierter Monat? Was bedeutet das?«

»Nun ja, eine Schwangerschaft dauert etwa vierzig Wochen, und Sie befinden sich schätzungsweise in der dreizehnten Woche. Ihr ungeborenes Kind, wir nennen es ab dieser Entwicklungsstufe Fötus, ist jetzt um die sieben Zentimeter groß und wiegt gut zwanzig Gramm. Es hat schon einen eigenen Herzschlag.«

Luise hatte ihn entgeistert angestarrt, doch der Arzt deutete ihren Blick falsch. »Sie müssen sich keine Sorgen machen. Wenn die ersten zwölf Wochen einer Schwangerschaft erst einmal überstanden sind, ist die Gefahr, dass es noch zu einer Fehlgeburt kommen kann, sehr gering.«

Ein eigener Herzschlag und zwanzig Gramm, dachte Luise verwundert. Intuitiv legte sie eine Hand auf ihren Unterleib. Sie schaute aufs Meer hinaus.

Wie viel waren zwanzig Gramm? Wie ein Brief? Eine kleine Tomate?

Gelegenheiten, schwanger zu werden, hatte es in den letzten Wochen genug gegeben, das musste sie sich ehrlich eingestehen. Sie hatte an jenem Sommertag im Juli, an dem sie es sich vorgenommen und Liv davon erzählt hatte, tatsächlich das erste Mal mit Erk geschlafen. Es war noch etwas unbeholfen gewesen, vorsichtig und verspielt. Auch Erk hatte noch keine Erfahrung gehabt. Doch sie hatten beide schnell gelernt und gemeinsam die Lust an der Leidenschaft entdeckt.

Wie oft hatten sie mittlerweile miteinander geschlafen? Luise hatte keine Ahnung. Meistens trafen sie sich auf seinem Boot, dort waren sie ungestört. Natürlich hatten sie auch verhütet, meistens jedenfalls. Erk hatte sich immer um die Kondome gekümmert, und wenn sie mal keins zur Hand hatten, dann hatten sie den Akt einfach rechtzeitig unterbrochen. Das hatte Luise zumindest angenommen. Und außerdem hatte sie auch irgendwie immer geglaubt, man werde nur schwanger, wenn man es wirklich wollte. Was hätte ihnen also schon passieren sollen?

Und jetzt stand sie schwanger auf der Fähre von Föhr nach Amrum, in der Tasche einen Mutterpass.

Luise sah Amrum immer näher kommen, sie konnte schon die ersten Häuser von Wittdün ausmachen, konnte die Boote im Hafen erkennen.

Ob er auf seinem Boot ist?, fragte sie sich. Ich werde es ihm gleich sagen.

Sie strich sich die Haare aus der Stirn.

Sagen *wollen*? Oder sagen *müssen*?

Luise spürte ein Ziehen in der Magengegend, das nichts mit der Schwangerschaft zu tun hatte. Ihr war mulmig zumute. Wie würde Erk die Neuigkeit aufnehmen? Ob er sich freute? Sie war sich nicht sicher. Sie war sich ja noch nicht mal über ihre eigenen Gefühle im Klaren. In ihrem Innern herrschte Chaos. Ein Kind wuchs in ihr heran. Und sie wurde Mutter. *Mutter!* Es war verrückt. Was würde das für sie bedeuten? Und was für sie und Erk? Würde von nun an alles anders sein? Luise hatte diese Nachricht nicht erwartet, und sie fühlte sich davon noch immer völlig überrumpelt. An eine Schwangerschaft hatte sie nicht im Entferntesten gedacht, geschweige denn eine geplant. Aber war es nicht auch ein kleines Wunder? Ein Geschenk? Ihre Gefühle und Gedanken fuhren Achterbahn.

Nach einer Stunde Fahrt legte die Fähre in Wittdün an, und Luise ging an Land. Sie grüßte den einen oder anderen im Vorbeigehen. In ihrer Verfassung war sie froh, dass an diesem Tag keine näheren Bekannten oder Freunde an Bord gewesen waren. Das kam selten genug vor.

Sie ging zu ihrem Fahrrad, stellte ihre Tasche in den Flecht-korb am Lenkrad und fuhr los. Ein Blick auf die Armbanduhr sagte ihr, dass es kurz nach drei war. Heute, an einem Mitt-wochnachmittag in der Nebensaison, hatte das Lebensmittelge-schäft in Nebel, das Erks Vater gehörte und in dem Erk gerade sein letztes Lehrjahr absolvierte, geschlossen. Die Chancen standen also gut, dass sie ihn auf seinem Boot antreffen würde. Erk verbrachte nahezu jede freie Minute auf seinem Segelboot, irgendetwas hatte er dort immer zu tun. Auch wenn Luise das nicht immer verstand.

Sie fand ihn nicht auf dem Schiff, sondern traf ihn schon auf dem Parkplatz vor dem Hafen. Er war gerade dabei, eine sperrige Kiste aus dem Kofferraum seiner klapprigen Ente zu wuchten.

Luise stellte ihr Rad ab und ging auf ihn zu. Betont locker sagte sie:»Hey, schöner Mann, was machen Sie denn da?«

Erks Miene hellte sich auf, als er sie erkannte.»Mein Boot für meine Liebste noch schöner machen. Damit sie noch häufiger zu mir an Bord kommt.« Er grinste sie verschmitzt an. Dann stellte er die Kiste ab und begrüßte Luise mit einem langen Kuss.»Schon zurück von Föhr?«

»Ja, ich habe die frühere Fähre erwischt.« Etwas unsicher wandte Luise ihren Kopf ab und deutete auf die Kiste voller Werkzeug, Pinsel und Farbeimer zu ihren Füßen.»Was hast du denn nun tatsächlich mit all dem Kram vor?«

»Wie schon gesagt, mein Boot verschönern, damit du noch öfter kommst.« Er küsste sie erneut.»Die Bank hinten am Heck muss unbedingt abgeschliffen und neu gestrichen werden. Sonst löst sie sich bald auf. Und ich möchte nicht, dass sie irgendwann unter uns zusammenbricht. Obwohl es bestimmt ein schönes Bild wäre, du, wie du so auf mich draufkrachst …« Er lachte und ließ seine blauen Augen blitzen.»Kommst du mit?«

Luise nickte. Sie nahm Erk einen der größeren Farbtöpfe ab, denn die Kiste war auch so schon schwer genug, und gemein-sam gingen sie den Steg entlang bis zum Liegeplatz von Erks Segelboot. Erk hievte die Kiste an Bord und stellte sie vorn im Bug ab. Luise kletterte hinterher. Sie nahm auf der besagten

Bank im Heck Platz, während Erk für einen kurzen Augenblick unter Deck verschwand.

»Muss nur schnell was holen!«, rief er ihr zu.

Luise spürte, wie ihr das Herz bis zum Hals schlug. Sie konnte nicht mehr länger warten.

»Ich war heute beim Frauenarzt«, sagte sie laut und deutlich in Richtung der kleinen Treppe, die nach unten in die Kajüte führte. Vielleicht war es ja einfacher, wenn sie ihm nicht direkt in die Augen sehen musste.

»Mmh.« Es war nur ein Brummen, das als Reaktion aus der Kajüte zu ihr heraufdrang.

»Erk«, setzte sie erneut an, diesmal noch ein wenig lauter und mit etwas mehr Nachdruck. »Ich bin schwanger.«

»Was?« Jetzt erschien Erks Kopf in der Luke. Eine Locke seiner langen Haare fiel ihm in die Stirn. Er pustete sie nach oben. »Was hast du da gerade gesagt?«

»Ich bin schwanger. Wir bekommen ein Kind.«

»Wie? Ich versteh nicht …«

»Was gibt es denn da nicht zu verstehen? Du und ich«, sie zeigte mit ihrem Finger erst auf Erk und dann auf sich selbst, »wir beide bekommen zusammen ein Kind.«

»Aha.« Mit einem entgeisterten Gesichtsausdruck kam Erk wieder an Deck und ließ sich neben Luise auf die Bank fallen. Er fuhr sich mit den Händen über das Gesicht und durch das Haar. Dabei vermied er es, Luise anzusehen. Dann beugte er sich nach vorn, stützte seine Arme auf die Oberschenkel und ließ den Kopf sinken. Einen Moment lang sagte keiner von ihnen etwas.

»Aha? Das ist alles? Ja, freust du dich denn so … so gar nicht?«, fragte Luise. Es klang fast ängstlich. Ihr Herz raste noch immer.

»Du denn?«, gab er zurück.

»Na ja, freuen … Es kommt so völlig überraschend. Ich habe überhaupt nicht damit gerechnet. Aber es ist nun mal passiert. Und es wird schon irgendwie gehen.«

»Nun mal passiert …«, wiederholte Erk leise murmelnd.

»Was meinst du?«, hakte Luise nach.

»Ach nichts, nichts. Schon gut.«

Schweigen breitete sich zwischen ihnen aus. Um sie herum unvermindert laut das Geschrei der Möwen und der Austernfischer. Leinen, die klirrend gegen die Segelmasten schlugen.

»Warum sagst du denn gar nichts?«

»Na ja, ich muss das erst mal sacken lassen. So was bekommt man ja nicht alle Tage zu hören. Ich meine, du bekommst ein Kind! Ich werde … wir beide …« Das Wort »Vater« wollte ihm nicht über die Lippen kommen. »Das ist gerade alles ein bisschen viel auf einmal.« Er hob den Kopf. Luise hatte den Eindruck, dass ihn das ungewöhnlich viel Kraft kostete. »Und ich finde, wir sollten das auch nicht gleich überall herumerzählen.«

»Was? Wieso?«

»Na ja, ich muss das selbst erst mal so richtig verstehen. Und du weißt doch, das ganze Gerede …«

Luise schaute ihn erstaunt an. »Aber was die Leute quatschen, ist dir doch sonst völlig egal.«

»Ja«, seine Stimme klang fast ein wenig gequält, »doch das hier ist was anderes.«

»So, findest du.«

Sie schwiegen erneut.

»Wann …«, er schaute Luise unsicher an, »also, wann ist es denn so weit? Was hat der Arzt gesagt?«

Luise lächelte. »Anfang Mai, vielleicht auch schon Ende April. So genau kann man das nicht sagen, weil mein Zyklus so unregelmäßig ist. Ich bin jetzt ungefähr am Beginn des vierten Monats.« Sie nahm seine Hand in ihre, und er ließ es geschehen. Sie suchte seinen Blick. Wie sehr sie diese blauen Augen liebte! »Anfang vierter Monat, das heißt, unser Baby ist jetzt schon sieben Zentimeter groß und wiegt über zwanzig Gramm. Das ist so viel wie, wie …« Sie schaute sich suchend um und entdeckte einen Flaschenöffner, der auf den Holzboden gefallen und in eine Ecke gerutscht war. »Ja, vielleicht so viel wie so ein Flaschenöffner.«

Luise versuchte erneut, Erks Blick einzufangen, und schaute ihm eindringlich in die Augen. »*Unser* Baby«, flüsterte sie. »Ist das nicht verrückt?« Dann erzählte sie ihm in allen Einzelheiten von ihrem Besuch beim Frauenarzt und was der Arzt ihr alles gesagt und erklärt hatte. Erk hörte schweigend zu.

Irgendwann zog er seine Hand zurück und erhob sich. »Es ist schon spät, ich muss jetzt wirklich mal anfangen. Sonst wird es dunkel, und ich habe überhaupt nichts geschafft.«

»Na klar.« Luise stand ebenfalls auf. »Dann geh ich jetzt. Sehen wir uns heute Abend noch?«

»Heute Abend ist schlecht, ich bin mit den Jungs in der ›Blauen Maus‹ verabredet.«

»Oh«, antwortete Luise und konnte ihre Enttäuschung dabei nicht ganz verbergen. Es war nichts Ungewöhnliches, dass Erk sich mit seinen Freunden in der Kneipe traf. Und auch wenn Luise sich ziemlich müde und erschöpft fühlte und gegen einen Abend zu Hause gar nichts einzuwenden hatte, so hätte sie sich für heute, für so einen Tag, doch etwas anderes gewünscht.

Vielleicht hatte Erk ihre Enttäuschung bemerkt. Zumindest trat er zu ihr und nahm sie in den Arm. »Wir sehen uns morgen, okay?« Er küsste sie zum Abschied.

»Bis morgen.« Damit ging Luise von Bord und ließ Erk allein auf seinem Boot zurück.

Sie verschwieg ihren Eltern ihre Schwangerschaft, zumindest vorerst, auch wenn es ihr schwerfiel. Doch mit irgendjemandem musste sie diese unglaubliche Neuigkeit teilen, musste die Anspannung loswerden, die von ihr Besitz ergriffen hatte, seit der Arzt ihr am Mittag eröffnet hatte, dass sie ein Kind erwartete. Sie brauchte jemanden, mit dem sie über ihre aufwühlenden Gedanken und Gefühle sprechen konnte. Deshalb machte sie sich am frühen Abend auf den Weg zu Liv.

Sie fuhr mit dem Fahrrad den Sandweg am Watt zwischen Nebel und Norddorf entlang. Es war schon dunkel, und der Weg war nicht beleuchtet. Luise musste sich sehr konzentrieren, um den Schlaglöchern, die es hier zuhauf gab, rechtzeitig ausweichen zu können. Dennoch wanderten ihre Gedanken immer wieder zu ihrem Gespräch mit Erk zurück.

Sie würden ein Kind bekommen! Luise hatte Erk mit dieser Nachricht völlig überrumpelt. Da war es nur verständlich, dass er etwas fassungslos reagiert hatte. Es hatte ihn kalt erwischt. All die Neuigkeiten und Informationen mussten ihn vollauf erschlagen haben. Logisch, dass ihn das im ersten Moment überforderte. Sie hatte das alles schließlich auch erst einmal sacken lassen müssen, um es zu verstehen. Da hatte Luise ihm ein paar Stunden vorausgehabt, und sie konnte außerdem die Veränderungen, die eine Schwangerschaft mit sich brachte, körperlich spüren.

Und doch, hätte Erk nicht ein bisschen begeisterter reagieren können? Wenigstens ein ganz klein wenig? Hätte er nicht wenigstens einen Anflug von Freude, und sei es auch nur einen kleinen Funken, zeigen können?

Ach, typisch Mann, das wird schon, dachte Luise und schob die aufkeimende Skepsis beiseite. Wenn das Kind erst einmal da ist, regelt sich alles sowieso schon irgendwie von allein. Sie hatte davon im Grunde keine Ahnung, aber ging es nicht allen werdenden Eltern so? Plagten sie nicht ähnliche Gedanken, bewegten sie nicht die gleichen Unsicherheiten?

Luise kam langsam aus der Puste und musste ihr Tempo drosseln. Ob das auch schon an der Schwangerschaft lag? Sie konnte die Lichter des Hauses, in dem Liv wohnte, in der Dunkelheit sehen. Es war nicht mehr weit.

Eltern. Luise schmeckte das Wort auf der Zunge. Gar nicht so schlecht. Mutter, Vater, Kind. Erk und sie würden ab jetzt für immer zusammengehören. Unumstößlich. Unauslöschlich. War es nicht das, was sie ohnehin gewollt hatte? Es war zwar nicht so gelaufen, wie sie es sich ausgemalt hatte – obgleich, wenn sie ehrlich war, was hatte sie sich eigentlich vorgestellt? Sie und Erk hatten eigentlich nie etwas geplant. Ja, sie hatten über Urlaube gesprochen, über gemeinsame Reisen. Träumereien, Spinnereien, einmal mit dem Segelboot um die Welt. Aber sonst? Sonst hatten sie in den Tag hineingelebt, heute dies, morgen das, sie hatten alle Zeit der Welt gehabt.

Nun waren sie von der Schwangerschaft überrascht worden. Doch vielleicht war das letztendlich gar nicht so schlecht. Denn konnte man solche Dinge überhaupt planen? Gab es je den »richtigen« Zeitpunkt? Okay, sie waren beide noch sehr jung, aber war es manchmal nicht sogar besser oder zumindest hilfreich, wenn man vor vollendete Tatsachen gestellt wurde? Ach, sie würden das schon hinkriegen. Immerhin hatte Erk sie zum Abschied in den Arm genommen und geküsst. Hatte er sie nicht sogar besonders fest und innig gehalten?

Es würde sich alles finden.

Ihre Zweifel beachtete Luise einfach nicht.

»Und, wirst du das Baby bekommen?«

Sie saßen in Livs Zimmer. Liv hatte Tee gekocht, und nun hockten sie gemeinsam auf dem Fußboden, zwischen ihnen ein Tablett mit einer handgetöpferten Teekanne auf einem Stövchen und einer Schale Kekse, daneben eine brennende Kerze.

»Wie – bekommen?« Luise blickte entgeistert von der dampfenden Tasse in ihren Händen auf. Hatte sie richtig verstanden?

»Na ja, hast du nie davon gehört, dass man es auch wegmachen lassen kann?«

»Sag mal, spinnst du?« Luise stellte die Tasse geräuschvoll auf dem Tablett ab. »Hast du gerade *wegmachen* gesagt? Etwa abtreiben? Das ist *mein* Kind. *Mein* Kind mit Erk!« Luise konnte nicht glauben, was ihre Freundin da gerade Ungeheuerliches von sich gegeben hatte. »Natürlich werde ich das Baby bekommen. Ich liebe Erk und wollte ihn immer haben. Vielleicht nicht unbedingt so. Aber das ist egal. Und daran wird nichts etwas ändern.«

»Schon gut, schon gut. War ja nicht so gemeint.« Liv hob beschwichtigend die Hände. »Ich wollte nur fragen, weil … na ja, immerhin seid ihr erst seit ein paar Wochen so richtig zusammen. Und deine Ausbildung …«

»Das lass mal meine Sorge sein«, gab Luise scharf zurück.

»Na, dann.«

Liv füllte ein paar Kekse nach. Das Knistern der Kekspackung war unangenehm laut. Dann wechselte sie das Gesprächsthema und begann, von einem kuriosen Erlebnis zu berichten, das sie heute mit einem Patienten gehabt hatte. Ihr Praktikum bei der Inselärztin in Wittdün sorgte beinahe täglich für amüsanten Gesprächsstoff. Normalerweise liebte Luise diese Geschichten, und Liv hatte die Gabe, sie so zu erzählen, dass sich Luise am Ende oftmals vor Lachen die Tränen aus den Augen wischen musste. Doch heute war die Stimmung dahin. Die Geschichte war nur halb so gut wie sonst, und Luise war überhaupt nicht zum Lachen zumute. Beide Freundinnen fühlten sich spürbar unwohl in ihrer Haut. Livs Frage von vorhin hatte sich wie eine unsichtbare Mauer zwischen sie gestellt.

Innerlich hegte Luise noch Tage später einen Groll gegen ihre Freundin. Abtreiben! Sie konnte einfach nicht glauben, dass Liv das tatsächlich gesagt hatte. Sie hätte von ihrer Freundin vieles erwartet. Aber das? In erster Linie hatte Luise mit Überraschung und Erstaunen gerechnet und sich innerlich sogar auf eine Moralpredigt eingestellt. Gleichzeitig hatte Luise gehofft, Unterstützung von Liv zu erhalten, und sei sie nur rein emotionaler Art. Vielleicht sogar ein klein wenig Freude, zumindest aber Mitgefühl und Verständnis für die außergewöhnliche und schwierige Situation, in der Luise nun steckte. Stattdessen hatte Liv vorgeschlagen, sie könne das Kind ja wegmachen. Diese Idee wäre Luise im Traum nicht gekommen! Seitdem herrschte Funkstille zwischen ihr und Liv. Es war die längste Funkstille, die es je zwischen ihnen gegeben hatte.

Auch Erk war während der letzten Tage auffallend ruhig gewesen. Sie hatten sich zwar täglich gesehen, das Thema Schwangerschaft jedoch weitestgehend vermieden. Sie hatten auch noch nicht wieder miteinander geschlafen. Sicher brauchte Erk einfach nur ein wenig Zeit, um die Neuigkeit richtig zu verarbeiten.

Heute hatte er Luise zu einem Spaziergang um die Odde überredet. Es war Sonntag und einer dieser wunderbar kühlen, sonnig goldenen Tage, die es nur im Oktober gab. Kein Wind wehte, und ein klarer hellblauer Himmel spannte sich weit über die spiegelglatte Nordsee. An sich ein perfekter Tag. Doch schon seit Erk sie mit dem Fahrrad von ihrem Elternhaus im Noorderstrunwai in Nebel abgeholt hatte, regte sich in Luise ein ungutes Gefühl. Irgendetwas stimmte nicht. Erk war viel stiller als sonst. Verschlossen. Und dennoch spürte sie, dass er etwas auf dem Herzen hatte, dass er ihr etwas sagen wollte. Aber noch blieb er stumm.

Erst als sie fast an der Spitze der Odde angelangt waren, kam er damit heraus. »Luise, ich habe lange nachgedacht, wegen der Schwangerschaft …« Er suchte ihren Blick. »Hast du mal daran gedacht, es vielleicht wegzumachen?«

In Luises Ohren begann es zu rauschen. »Was?« Sie starrte ihn entsetzt an. »Das ist jetzt ein schlechter Witz, oder?«

Doch Erk schüttelte den Kopf.

»Bist du noch ganz dicht?«, entfuhr es Luise. »Spinnt ihr jetzt alle?« Ihre Stimme wurde laut.

»Moment mal, wieso alle?«, hakte Erk nach.

»Diesen Schwachsinn hat mich Liv auch gefragt.«

»Wieso Liv? Wir hatten doch abgemacht, es sollte noch niemand davon erfahren.«

»*Wir? Du* hast das abgemacht! Aber ich musste mit jemandem darüber reden. Und Liv kann den Mund halten.«

»So.«

»Das Baby wegmachen? Das kann nicht dein Ernst sein. Du kannst es doch nicht einfach so … so … *beseitigen.* Es einfach entfernen, so als wäre nichts geschehen. Wie stellst du dir das vor?«

Erk zuckte unschlüssig mit den Schultern.

»Es ist doch *unser* Baby! Willst du mich denn nicht mehr? Schämst du dich etwa für mich?«

»So 'n Quatsch, natürlich schäme ich mich nicht für dich. Du weißt, wie viel du mir bedeutest. Aber ein Kind …« Er machte eine Pause. Sein Blick glitt über das Wasser in die Ferne. Dann drehte er sich mit einem Ruck zu ihr um und schaute Luise in die Augen. Seine Stimme hatte einen eindringlichen Tonfall angenommen, als er weitersprach. »Luise, ich bin neunzehn. Und du gerade mal achtzehn. Wir sind doch noch viel zu jung!«

»Na und?«, gab Luise zurück. Ja, sie waren sehr jung, doch war das wirklich so entscheidend? Natürlich hatte Luise die Nachricht, dass sie ein Kind erwartete, geschockt. Aber eine Abtreibung kam für sie nicht in Frage. Außerdem würden ihre

Eltern und auch ihre Großeltern das niemals zulassen. Und obendrein wusste Luise gar nicht, wie sie so etwas rein praktisch umsetzen sollte. Sie sagte: »Es ist dafür sowieso bestimmt schon zu spät. Der Arzt hat gesagt, im vierten Monat schlägt das Herzchen schon. Das Herz!«

Erk fuhr sich mit den Fingern durchs Haar und holte tief Luft. »Und was ist, wenn wir es zur Adoption freigeben?«

»Wie, Adoption?«

»Na ja, man kann das Kind doch anonym auf die Welt bringen, und dann werden andere Eltern dafür gesucht.«

Luise taumelte erschrocken zurück. »Ja, aber ... es ist doch unser Kind. *Unser* Kind, nicht das von anderen«, wiederholte sie noch einmal verzweifelt. »Wir können es nicht einfach weggeben.«

»Es gibt vielleicht irgendwo Menschen, die viel bessere Eltern wären als wir.«

»Nein. Nein!« Luise spürte, wie sich ihre Stimme überschlug. »Niemals.« Sie wandte sich abrupt von ihm ab und lief davon. Allein den Weg zurück, den sie eben noch gemeinsam gegangen waren.

»Luise, so warte doch! Bleib stehen!« Erk rannte ihr hinterher und versuchte, sie einzuholen. »Lauf nicht weg.«

Zuerst achtete sie nicht auf sein Rufen, doch dann blieb Luise unvermittelt stehen und drehte sich um. Ein paar helle Haarsträhnen hatten sich aus ihrem Zopf gelöst und standen zerzaust von ihrem Kopf ab. Die Wangen waren von der Aufregung und der Kälte gerötet.

»Eine Adoption kommt nicht in Frage!«, schleuderte sie Erk entgegen. Und als er darauf nichts erwiderte, bekräftigte sie: »Ich gebe das Baby nicht her. Und ... und meine Eltern würden das auch nie zulassen! Außerdem – hast du jemals auch nur von einem einzigen Paar hier auf der Insel gehört, das sein Kind zur Adoption freigegeben hätte?«

Sie starrte Erk an. Er antwortete nicht.

»Siehste, so was gibt es hier nicht. So was *geht* hier überhaupt nicht! Wie sollten wir jemals damit leben können?«

»Sonst ist dir doch auch egal, was die Leute sagen. Habe ich mir nicht genau das neulich von dir anhören müssen?«, konterte Erk.

»Ja, aber ich will auf dieser Insel trotzdem noch leben, *zufrieden* leben können, ohne dass über mich geredet wird und jeder mit dem Finger auf mich zeigt.«

»Lisi«, diesen Spitznamen benutzte Erk nur selten, nur wenn es um ganz intime Dinge ging, »versteh mich doch nicht falsch! Ich will das ja auch, und ich will mit dir zusammen sein. Aber ein Kind … Es gibt doch noch so viele Dinge, die wir machen wollten! Wir hatten Träume. Was ist mit deiner Ausbildung? Bis zum Mai bist du doch noch gar nicht fertig! Und wir wollten reisen, mit dem Boot einmal um die Welt, weißt du noch? Aber mit einem Kind …« In seinem Ton lag etwas Verzweifeltes, beinahe Flehendes. »Wie soll das denn gehen?«

»Es wird schon irgendwie gehen, wir haben doch Eltern, Großeltern sogar, Freunde. Meine Ausbildung kann ich unterbrechen, das macht mir nichts aus, und um die Welt reisen können wir auch später noch, das Kind wird ja schließlich größer, und so lange kannst du hier segeln und …« Luise verstummte.

Was taten sie hier eigentlich? Feilschten sie gerade um ihr Kind? Das war grotesk. Sie spürte, wie ihr die Tränen in die Augen schossen.

»Es ist doch unser Kind«, sagte sie leise und konnte nicht verhindern, dass ihre Stimme zu zittern begann. »Wir schaffen das doch, oder? Wir müssen es einfach schaffen …«

»Lisi, nicht weinen.« Erk trat auf Luise zu. Er hob eine Hand und wischte mit dem Daumen eine Träne fort, die sich auf ihre Wange gestohlen hatte. Vorsichtig schloss er Luise in die Arme und drückte sie an sich. »Nicht weinen.«

Luise ließ sich die Umarmung gefallen, ließ sich von ihm halten. »Wir müssen das schaffen. Wir schaffen das bestimmt«, flüsterte sie.

So standen sie mitten auf dem Strand, um sie herum nichts als Sand, Dünen und Meer. Und über ihnen die endlose klarblaue Himmelskuppel. Luise spürte Erks Körper, fühlte seine Arme, die sie umschlungen hielten, nahm den leichten Druck seines Kinns auf ihrem Haar wahr. Und dennoch, obwohl ihre Körper so nahe beieinander waren, stellte sie fest, dass sie fröstelte. Und das hatte nicht nur etwas mit dem auffrischenden Wind zu tun.

Natürlich heirateten sie. Es musste schnell gehen, damit der Bauch nicht zu dick und die Schwangerschaft nicht zu sehr betont wurde. Es wurde eine Winterhochzeit.

Als Luise wenige Tage vor Weihnachten am Arm ihres Vaters die Kirche betrat, sah sie in erwartungsvolle Gesichter. Ihre Familie, ihre Freunde, fast die halbe Insel hatte sich in der Kirche versammelt. Sie erblickte ihre Mutter, die strahlte, daneben ihre Großmutter, die sich verstohlen mit einem weißen Spitzentaschentuch die Wangen tupfte. Sie entdeckte Arfst und Hans, beide mit einem breiten Grinsen im Gesicht, und zwischen ihnen Liv, der die Tränen über die Wangen liefen, während sie ihr entschuldigend entgegenlächelte.

Und dann sah sie ihn.

Erk wartete vor dem Altar. Er stand aufrecht, fast ein wenig steif. Die langen Haare hatte er so gut es ging ordentlich nach hinten gekämmt. Der neue Anzug stand ihm gut.

Dort stand er. Und wartete auf sie.

Luise atmete tief durch und schritt den Gang hinunter auf ihn zu.

Es würde alles gut werden. Jetzt war sie sich sicher.

Doch sie hatte Erk unterschätzt.

14

Unschlüssig blickte Aenne zum Eingang des Hotels Friedrichs hinüber, das im Ortskern von Nebel im Uasterstigh, nicht weit entfernt vom Geschäft ihres Vaters, lag. Sie hatte sich in das Bushäuschen auf der gegenüberliegenden Straßenseite zurückgezogen und betrachtete nun schon seit geraumer Zeit das doppelstöckige Gebäude aus rotem Klinker mit den großen weißen Sprossenfenstern. Sie musste endlich eine Entscheidung fällen, denn sie saß schon viel zu lange hier.

Was sollte sie tun? Wollte sie wirklich da hineingehen, Miriam Barthel ausfindig machen und sie zur Rede stellen? Und was würde sie dann sagen? Hey, Sie hatten ein Verhältnis mit meinem Vater, und nun ist er tot? Haben Sie ihn vielleicht umgebracht? Das war absurd. Alles an diesem Vorhaben widerstrebte Aenne. Und doch verspürte sie einen inneren Drang, dieser Frau, die wahrscheinlich die Geliebte ihres Vaters gewesen war, in die Augen zu sehen.

Da sah Aenne, wie sich die Eingangstür des Hotels öffnete. Katharina Wolf trat heraus, gefolgt von Heiner Ahrens.

Dann haben sich die beiden wohl auch die Barthel vorgeknöpft, dachte Aenne. Sie drückte sich an die Wand des Bushäuschens, damit die Kommissare sie nicht entdeckten.

Aber die beiden Polizisten schauten gar nicht zu ihr herüber. Sie wechselten ein paar Worte miteinander, ehe sie in ihr Auto einstiegen, das auf dem kleinen Hotelparkplatz abgestellt war, und fuhren in Richtung Wittdün davon.

Das Auto war kaum verschwunden, da öffnete sich die Tür erneut, und eine Frau kam heraus. Sie war noch jung, Anfang zwanzig, schätzte Aenne von Weitem, und trug ein dunkelblaues Kostüm mit einem Namensschild am Revers, dazu farblich passende Pumps und einen bunten Seidenschal um den Hals. Die blonden Haare hatte sie im Nacken zu einem lockeren Knoten zusammengebunden. Ob das Miriam Barthel war?

Die junge Frau eilte schnellen Schrittes den Uasterstigh in Richtung St.-Clemens-Kirche hinunter.

Sollte sie ihr nachgehen? Oder lieber hier warten, bis sie zurückkam? Aenne war sich nicht sicher, doch als sie die Frau schon fast aus ihrem Blickfeld verloren hatte, trat sie kurzerhand aus dem Bushäuschen und folgte ihr.

Auf Höhe der Kirche bog die Frau in den kleinen Weg ein, der zum »Haus des Gastes« führte.

Aenne blieb ihr auf den Fersen. Sie hatte die Sonnenbrille aufgesetzt und hielt den Kopf gesenkt. Irgendwer grüßte sie im Vorbeigehen und blieb stehen. Aenne meinte, den prüfenden Blick auf ihrem Körper förmlich spüren zu können. Doch sie reagierte nicht und ging zügig weiter.

Als Aenne den Spielplatz beim »Haus des Gastes« erreicht hatte, konnte sie gerade noch sehen, wie die Frau um die Hausecke verschwand. Wollte sie zum Parkplatz hinter dem Haus? Oder ans Watt?

Aenne beschleunigte ihren Schritt. Sie lief hinter das Haus und steuerte auf den Parkplatz zu, doch nirgends konnte sie die Frau entdecken. Dann hörte sie den Motor eines Autos starten und sah, wie ein Wagen ausparkte und in Richtung Ortskern davonfuhr.

Mist, jetzt hab ich sie verpasst, fluchte sie innerlich.

Doch dann entdeckte sie eine Person, die den Fußweg in Richtung Watt entlangging. Das war sie! Sie hatte gar nicht in dem Auto gesessen. Also nahm Aenne die Verfolgung wieder auf.

Die Frau betrat über einen Steg aus Holzbohlen eine kleine Aussichtsplattform, die in der Übergangzone zwischen Salzwiesen und Watt ein Stück weit ins Watt hinausragte. Zahlreiche Hinweistafeln waren dort angebracht, die die Fauna und Flora dieses besonderen Lebensraumes erklärten. Es war gerade ablaufendes Wasser. Ein Großteil der Wattflächen lag frei und bot den Seevögeln einen reich gedeckten Tisch. Austernfischer tummelten sich bei der Nahrungssuche zwischen großen Schwärmen von Knutts und Alpenstrandläufern. Ihr Geschnatter und Geschrei erfüllte die Luft.

Etwas weiter entfernt, auf dem Weg in Richtung Norddorf,

stand eine Gruppe von Personen, die sich um eine Informationstafel scharte. Auf der Plattform hingegen war außer der Frau niemand zu sehen.

Aenne hatte den Beginn des Holzsteges erreicht. Sie zögerte. Was sollte sie nur sagen? Sie hätte sich etwas zurechtlegen sollen, wenigstens irgendeine Formulierung oder einen Satz, um das Gespräch zu beginnen. Und was genau wollte sie eigentlich wissen? Was wollte sie herausbekommen?

Da drehte sich die Frau um und nahm zum ersten Mal Notiz von Aenne. Sie sah sie direkt an, und Aenne meinte, einen fragenden Ausdruck in ihrer Miene zu erkennen. Damit gab es kein Zurück mehr.

Sie betrat den Steg und schritt auf die Frau zu.

»Miriam Barthel?«

»Kennen wir uns?« Hastig wischte sich die Frau über die Wangen. Ihre Augen schimmerten feucht, die Wimperntusche war verlaufen, die Wangen rot gefleckt. Hatte sie geweint?

Jetzt aus der Nähe konnte Aenne das Namensschild entziffern. Sie hatte sich nicht getäuscht, vor ihr stand die richtige Person.

»Nein, wir kennen uns noch nicht. Aber Sie kannten meinen Vater.«

»Ich verstehe nicht …«

»Ich bin Aenne Jannen, die Tochter von Erk Jannen. Die Tochter Ihres Liebhabers, um genau zu sein.«

Miriam Barthel wich unwillkürlich einen Schritt zurück. Aenne bemerkte, wie ein rötlicher Schimmer ihr Gesicht überzog.

»Oder sollte ich besser sagen, die Tochter Ihrer Affäre? Ihres Verhältnisses? Wie hätten Sie es gern?« Aennes Stimme hatte einen zynischen Tonfall angenommen. »Wie nennt man denn so was? Ich habe mit solchen Dingen keine Erfahrung.«

»Hören Sie«, Miriam Barthel hob abwehrend die Hände, »es tut mir wirklich schrecklich leid, was Ihrem Vater zugestoßen ist. Ich bin selbst noch ganz geschockt und durcheinander. Tot. Erschossen! Ich kann es kaum glauben.« Sie wirkte tatsächlich traurig und mitgenommen, doch Aenne wollte das nicht sehen.

»Ach, Sie sind geschockt und durcheinander? Dabei gehören doch gerade Sie zum Kreis der Verdächtigen.« Aenne unterstrich die letzten drei Worte mit in die Luft gemalten Gänsefüßchen. »Zu denen, die einen Grund gehabt haben könnten, meinen Vater zu töten. Ein Motiv, wie es die Polizei nennt. Aber das haben Ihnen die beiden Kommissare doch sicherlich auch schon erklärt, oder?«

»Was soll das denn jetzt? Wollen Sie mich etwa verdächtigen?«, entgegnete Miriam Barthel aufgebracht. »Die Polizei hat mich tatsächlich befragt, aber dass ich Ihren Vater umgebracht haben soll, ist völliger Blödsinn. Außerdem habe ich ein Alibi. Ich hatte zur Tatzeit Nachtdienst an der Rezeption, und auch sonst habe ich davon überhaupt nichts mitbekommen, denn am nächsten Morgen bin ich aufs Festland gefahren. Ich bin erst heute wieder zurückgekommen. Aber warum erzähle ich Ihnen das eigentlich alles?« Sie versuchte, sich zu beruhigen, und fuhr in einem gemäßigteren Tonfall fort: »Hören Sie, warum sollte ich denn Ihren Vater umbringen? Ich habe ihn wirklich gemocht. Ich bin genauso traurig wie Sie.«

»So traurig wie ich? Sie haben doch gar keine Ahnung!« Aenne schnaubte verärgert. Sie ging noch einen Schritt auf Miriam Barthel zu. »Und Sie haben ihn gemocht, ja? *Gemocht!*« Aenne lachte auf. Ihr Lachen klang falsch. Hysterisch. »Wenn Sie jemanden mögen, fangen Sie also ein Verhältnis mit ihm an? Dann nehmen Sie sich, was Sie wollen, und vögeln ihn?« Aenne hörte sich selbst wie von fern sprechen. Erstaunt registrierte sie ihre vulgäre Ausdrucksweise.

»Nun machen Sie aber mal halblang!« Miriam Barthel verschränkte ihre Arme vor der Brust. »Zum *Vögeln*, um bei Ihrer Wortwahl zu bleiben, gehören bekanntermaßen immer noch zwei. Und auch wenn es vielleicht schwer für Sie ist, das zu hören – Ihr Vater war, was das anging, alles andere als zurückhaltend.«

»Er war verheiratet!«

»Und? Das hat ihn nicht gestört. Und mich auch nicht. Wir hatten viel Spaß miteinander.« In Miriam Barthels Gesichtsausdruck schlich sich eine Mischung aus Triumph und Wehmut.

Dann wurde ihre Miene wieder ernst. »Allerdings hatte ich in letzter Zeit das Gefühl, dass er schon wieder auf dem Absprung war.«

»Wie?« Aenne verstand nicht.

»Na ja, ich glaube, ich war nicht mehr die Einzige. Ich hatte das Gefühl, dass er bereits das nächste heiße Eisen im Feuer hatte.«

Aenne schnappte nach Luft. »Sie meinen, er hatte parallel noch eine andere Frau? Zur selben Zeit, während er mit Ihnen …?«

»Bei ihm konnte man sich da nie sicher sein.«

»So was …« Aenne fehlten die Worte. Ihr drehte sich beinahe der Magen um. »So was Abscheuliches muss ich mir nicht länger anhören!«

»Tja, die Wahrheit ist nicht immer angenehm«, konterte Miriam Barthel schnippisch. »Aber Sie waren diejenige, die hier aufgetaucht ist und das Gespräch gesucht hat. Schon vergessen?«

»Nein. Und ich bin auch diejenige, die das Gespräch wieder beendet.« Aenne drehte sich auf dem Absatz um und machte, dass sie wegkam. Weg von diesem Ort, weg von dieser Frau.

Und weg von den Dingen, die sie gar nicht wissen wollte.

Sie nahm ihr Fahrrad, das sie neben dem Bushäuschen im Uasterstigh abgestellt hatte, und fuhr auf direktem Weg nach Hause. Sie fühlte sich elend. Das Gespräch mit Miriam Barthel war ein Desaster gewesen. Es hatte sie in ihren Nachforschungen nicht wirklich vorangebracht, und langsam schwante Aenne, dass sie sich ziemlich danebenbenommen hatte. Doch das Schlimmste von allem war, dass ihr diese Frau die dunkle Seite ihres Vaters, die Aenne bisher erfolgreich verdrängt hatte, gnadenlos vor Augen geführt hatte. Nun war es nicht mehr nur ein Gerücht, das man sich auf der Insel hinter vorgehaltener Hand erzählte. Es war nicht mehr nur eine Story, über die sich die anderen das Maul zerrissen. Dieser Teil aus dem Leben ihres Vaters hatte ein Gesicht bekommen. Und Aenne konnte nicht mehr länger die Augen davor verschließen.

Sie hatte es natürlich immer gewusst. Auch wenn ihr Vater sehr diskret gewesen war. Sie hatte ihn nie mit irgendeiner Frau zusammen gesehen. Wie er das auf der Insel geschafft hatte, war ihr ein Rätsel. Und ihre Mutter hatte immer mitgespielt. Sie hatte einfach weiter so getan, als führten sie eine ganz normale Ehe. Als gäbe es keine anderen Frauen, keine Verhältnisse, keinen Betrug. Das hatte es Aenne so einfach gemacht, alles auszublenden und Gleichgültigkeit vorzutäuschen, zu leugnen, dass es auch sie betraf.

Betrug.

Aenne war immer der Überzeugung gewesen, dass diese Sache nur ihren Vater und ihre Mutter etwas anging. Es war eine Sache zwischen den beiden gewesen, zwischen Eheleuten, zwischen Mann und Frau. Ihr Vater hatte ihre Mutter hintergangen, sie selbst hatte damit nichts zu tun. Schließlich gab es Dinge, die musste, die sollte man als Kind, als Tochter nicht wissen. Doch es stimmte nicht, und nun konnte sie ihr Herz nicht länger vor diesem bedrohlichen Gedanken verschließen. Hatte ihr Vater mit seiner Lebensweise nicht sie beide, Mutter und Tochter, hintergangen? Hatte er nicht seine ganze Familie verraten? Und damit auch sie als Tochter betrogen?

In Aennes Kopf schwirrte und summte es. Es fiel ihr schwer, einen klaren Gedanken zu fassen. Bilder ihrer Kindheit zogen vor ihrem inneren Auge vorbei. Das erste Fahrrad. Die Einschulung. Der erste Sprung vom Fünf-Meter-Turm. Segeln, Skiurlaub, Abiball. Es waren häufig Bilder zu zweit. Meistens Aenne mit ihrem Vater. Hin und wieder Aenne mit ihrer Mutter. Vereinzelt ein Bild zu dritt.

Hatten sie jemals dieses selbstverständliche Zusammengehörigkeitsgefühl gespürt, das eine Familie ausmachte? Diese ganz besondere Kraft gleich einem Bollwerk, die einer Familie innewohnte? Hatten sie je den Zauber, dieses allumfassende, bedingungslose Vertrauen gefühlt?

Aennes Magen verkrampfte sich. Sie dachte an ihre Mutter. Zum ersten Mal in ihrem Leben empfand sie so etwas wie Mitleid für sie. Wie muss es für ihre Mutter gewesen sein, mit einem Mann zusammenzuleben, im Wissen, dass es neben ihr immer auch noch eine andere Frau gab? Oder zwei?

Aenne trat stärker in die Pedale. Die körperliche Anstrengung tat ihr gut. Sie lenkte sie ab und half ihr, ein wenig Ordnung in das Durcheinander in ihrem Kopf zu bringen. Was blieb, war ein schlechter Nachgeschmack. Und das Gefühl, dass es immer noch schlimmer kommen konnte.

Sie war in einem Alptraum unterwegs.

Zu Hause fand Aenne einen Zettel von ihrem Mann auf dem Esstisch.

Liebste,
bin mit Beeke im Schwimmbad. Sind gegen achtzehn Uhr
zurück.
Ruf mich an, wenn etwas ist.
Kuss, J.
PS: Ich musste hart darum kämpfen, aber ich habe es geschafft –
wir haben dir noch Nudeln übrig gelassen!

Aenne musste schmunzeln. Sie wusste, welch großes Glück sie mit ihrer eigenen kleinen Familie hatte. Wenigstens das. Gleichzeitig gestand sie sich ein, dass sie in diesem Moment froh war, dass Beeke und Jan unterwegs waren. Und sie allein.

Sie trat an den Herd und inspizierte den Topfinhalt. Spaghetti mit Hackfleischsoße. Ihr Appetit war nicht sonderlich groß, doch sie zwang sich, eine kleine Portion zu essen. Danach kochte sie sich einen Kaffee. Mit dem Becher in der Hand ließ sie sich auf dem Sofa nieder.

Sie saß da. Trank einen Schluck. Lauschte der Stille.

Irgendwann musste sie geweint haben. Sie hatte es nicht bemerkt, doch ihre Wangen waren feucht.

Sie hätte noch lange so sitzen bleiben können, aber eine innere Stimme rief ihr ins Gedächtnis, dass sie sich etwas vorgenommen hatte. Sie hatte sich geschworen, alles in ihrer Macht Stehende zu versuchen, um das Verbrechen an ihrem Vater aufzuklären. Also durfte sie nicht länger hier herumhängen und sich der Trauer und dem Gefühl der Machtlosigkeit hingeben.

Aenne schaute auf die Uhr. Schon nach fünf. Sollte sie nicht doch noch einmal an den Strand fahren und die Strandkörbe im FKK-Bereich auf Hinweise oder Spuren untersuchen? Sie verwarf die Idee sogleich wieder. Wahrscheinlich hatte Sönke recht, und das führte zu nichts. Und falls doch, sollte sie solche Dinge besser der Polizei überlassen.

Stattdessen könnte sie nach Wittdün fahren und mit Michael oder Hauke wegen des geplanten Supermarktprojektes reden. Sie konnte sich zwar nicht vorstellen, dass an den Überlegungen der Polizei auch nur irgendetwas dran sein sollte. Aber weil Aenne nicht einfiel, was sie sonst Sinnvolles tun könnte, entschied sie, sich auf den Weg zu machen.

Da das Wetter nach wie vor schön war und der Wind mittlerweile nachgelassen hatte, nahm Aenne erneut das Rad. Außerdem war sie, wenn sie mit dem Fahrrad den Weg am Watt entlangfuhr, fast genauso schnell in Wittdün wie mit dem Auto, wenn sie den Umweg über Süddorf nehmen musste.

Als Aenne die nördliche Strandpromenade von Wittdün erreichte, musste sie ihr Tempo drosseln. Auf der Promenade war es voll, da viele Menschen das sonnige Wetter für einen Spaziergang nutzten. Die meisten waren Urlaubsgäste, unbekannte Menschen, die Aenne noch nie zuvor gesehen hatte. Und doch hatte sie das unangenehme Gefühl, dass alle, die ihr entgegenkamen, sie anstarrten. Dass sie ihr hinterhersahen, die Köpfe zusammensteckten und über sie tuschelten. Aenne wusste, dass das absurd war. Verrückt sogar. Aber sie konnte sich nicht gegen diese beklemmende Empfindung wehren.

Sie erreichte die Stelle, an der auf Höhe der beiden Einkaufsmärkte eine kleine Treppe von der Promenade zur Einkaufsstraße von Wittdün hinaufführte. Aenne lehnte ihr Rad gegen das Holzgeländer und stieg die wenigen Stufen nach oben. Sie gelangte auf einen für Inselverhältnisse relativ großen Parkplatz, an dessen Seiten der Bioladen und der Supermarkt einander direkt gegenüberlagen.

Wohin sollte sie zuerst gehen? Aenne blickte sich um, und da im Supermarkt noch reger Betrieb herrschte, entschied sie sich für den Bioladen.

Als sie die Tür zum Geschäft öffnete, fiel ihr ein, dass sie sich eigentlich vorgenommen hatte, das nächste Gespräch besser vorzubereiten, damit sie nicht wieder in so eine Katastrophe hineinschlidderte wie vorhin. Doch irgendwie war es nur bei diesem Vorsatz geblieben, und in Aennes Kopf machte sich einmal mehr eine irritierende Leere breit.

Sie betrat den Bioladen. Sofort schlug ihr der typische Geruch nach frischem Obst und Gemüse, Tee und Räucherstäbchen entgegen. Aenne entdeckte Michael Todt hinten am Regal mit den Backzutaten. Er war in ein angeregtes Gespräch mit einer Kundin, einer älteren Dame mit Nordic-Walking-Stöcken in den Händen, vertieft. Die Frau musste gerade etwas Erheiterndes gesagt haben, denn Michael Todt brach in ein lautes Lachen aus. Sein dunkler Bass dröhnte durch den ganzen Laden. Dabei wandte er den Kopf zur Seite und erblickte Aenne.

Schlagartig verstummte er, und seine Miene wurde ernst. Er sagte irgendetwas zu der Kundin, nahm ein Päckchen aus dem Regal und drückte es ihr in die Hand. Dann ließ er die Frau stehen und kam auf Aenne zu. Die ältere Dame sah ihm irritiert hinterher.

»Aenne. Hallo.« Michael steckte seine Hände in die Gesäßtaschen seiner ausgewaschenen Jeans.

»Hallo. Hast du vielleicht einen Moment Zeit für mich? Nur kurz. Ich wollte mal mit dir reden«, sagte Aenne.

»Klar. Komm mit.«

Michael ging voran und führte Aenne durch eine Tür in einen weiten Flur, an dessen Wänden sich Kartons mit Waren stapelten. Unschlüssig blieb er mitten auf dem Gang stehen. Irgendwo hörte man eine Waschmaschine laufen.

»Mein Beileid noch.« Michael wischte sich seine Hände unbeholfen an der grünen Schürze ab, die er lässig um die Taille gebunden trug. Er reichte ihr seine Rechte.

»Danke.« Aenne nahm die Hand. Ihre Blicke trafen sich.

»Tja …« Eine Strähne seiner schulterlangen blonden Haare fiel Michael ins Gesicht. Er schob sie zurück hinter das Ohr. Unruhig trat er von einem Fuß auf den anderen.

»Die Kriminalpolizei hat mit mir gesprochen. Sie haben nach dem geplanten Geschäft meines Vaters in Norddorf gefragt«, begann Aenne. »Und nach dir und Hauke und Johann.«

Sie wartete auf eine Reaktion, doch Michael blieb stumm. Er wich ihrem Blick aus.

»Waren die Kommissare auch bei dir? Kannst du mir irgendwas dazu sagen?«

»Aenne«, jetzt schaute Michael ihr in die Augen, »was soll ich denn dazu sagen?«

Sie gab sich einen Ruck. »Hast du irgendetwas mit der Sache zu tun?«, fragte sie geradeheraus. »Oder Hauke? Johann? Weißt du was?«

»Aenne! Was soll das denn? So ein Bullshit! Natürlich nicht!«

»Ja, aber die Polizei meint, wegen des Ladens ...«

»Was willst du hören? Dass ich wegen dieses neuen Ladens Amok gelaufen bin? Dass *ich* deshalb Erk erschossen habe? Ich oder Hauke? Oder sogar der alte Johann?« Er schüttelte ungläubig den Kopf. »Hör zu, Aenne. Das, was dein Vater da in Norddorf abgezogen hat, hat mich alles andere als begeistert. Um ehrlich zu sein, war es sogar eine ziemlich linke Nummer von ihm. Er hätte uns damit alle in Schwierigkeiten gebracht. Aber deswegen bringe ich ihn doch nicht um.«

»Ja, aber die Polizei ...«

»Ich habe sogar ein Alibi«, redete Michael unbeirrt weiter. »Die haben mich tatsächlich nach meinem Alibi gefragt.« Er klang fast ein wenig erstaunt. »Wir haben wie jeden Montagabend mit der Soul-Band geprobt, danach waren wir noch in der ›Blauen Maus‹, etwas trinken. Hauke war übrigens auch die ganze Zeit dabei.«

»Ich wollte ja nur ...« Aenne hob ratlos und entschuldigend zugleich die Schultern. »Ich will doch nur wissen, was passiert ist.« Nach einer kurzen Pause fügte sie leise hinzu: »Ich muss doch irgendwas machen.«

»Schon gut. Aber ich kann dir da wirklich nicht weiterhelfen.«

In diesem Moment öffnete sich die Tür zum Verkaufsraum, und eine von Michaels Mitarbeiterinnen, die vorhin hinter der Kasse gestanden hatte, steckte den Kopf durch den Türspalt.

»Michael, kannst du mal kommen? Ich habe ein Storno.«

Michael drehte sich um. »Ja, gleich.« Wieder an Aenne gerichtet sagte er: »Tja, ich muss dann mal.«

»Na klar. Ich geh dann jetzt.« Sie wandte sich um und wollte zu der Tür gehen, durch die die Kassiererin gerade wieder verschwunden war.

»Nein, warte, du kannst hier raus.« Michael ging zu einer anderen Tür am gegenüberliegenden Ende des Flures. Es war der Hintereingang für die Beschäftigten. »Viel Glück.« Er hielt Aenne die Tür auf.

»Danke.«

Aenne trat hinaus. Die frische Luft, die sie empfing, und das Licht der letzten Sonnenstrahlen dieses Tages waren eine Wohltat. Langsam ging sie um die Hausecke.

Auf dem Parkplatz hielt sie einen Augenblick inne. Das Gespräch mit Michael war wenigstens kein Totalreinfall gewesen. Aber was hatte es gebracht? Aenne fühlte sich auf eine sonderbare Weise erleichtert. Es war keiner von Erks Konkurrenten gewesen, keiner von der Insel. Natürlich hatte Michael ihren Vater nicht umgebracht. Und Hauke auch nicht. Sie hatten sogar ein gemeinsames Alibi. Allerdings – was hatte sie anderes erwartet? Dass Michael, wenn er es denn gewesen wäre, locker mit ihr plauderte und auf ihre Frage, ob er ihren Vater umgebracht habe, ruhig entgegnete: »Wo du mich jetzt so fragst, ja, ich bin es gewesen«? Das war natürlich Blödsinn.

Aenne stöhnte. Es war alles so kompliziert! Und wieder fragte sie sich, was sie nun als Nächstes tun sollte. Machten ihre Nachforschungen überhaupt Sinn?

Vielleicht war es für heute einfach genug. Sie kramte ihr Handy aus der Tasche, um nach der Uhrzeit zu sehen, drückte auf den Home-Button, und das Display leuchtete auf. Achtzehn Uhr siebenundzwanzig. Und ein verpasster Anruf. Ob Jan versucht hatte, sie zu erreichen?

Sie hatte recht gehabt mit ihrer Vermutung, er hatte ihr eine Sprachnachricht hinterlassen. Ganz oben auf der Liste ihrer Mailbox stand Jans Name. Doch zwei Zeilen darunter sprang ihr ein anderer ins Auge. Ohne zu überlegen, drückte sie auf das Feld.

Und dann kam es.

»Hallo, meine Große, ich bin's, Papa.«

15

»Also, diese Stelle besonders üben.«

Broder beugte sich nach vorn und zeichnete mit dem Bleistift ein Kreuz in die Noten. »Und du weißt ja – besonders üben heißt nicht, immer nur das ganze Stück zu spielen, sondern diese Takte einzeln zu üben. Denk daran, dass du zunächst in einem langsamen Tempo anfängst und erst, wenn du sicher geworden bist, allmählich das Tempo steigerst. Danach kannst du diese Stelle in das restliche Stück einfügen.«

Er saß auf einem Stuhl vor dem alten Flügel, der in dem großen Gemeinschaftsraum des St.-Clemens-Hüs, des Gemeindehauses von Nebel, stand. Hier hielt er seinen Einzelunterricht in Klavier und Geige ab, und auch die Unterrichtsstunden der Blockflötengruppe sowie die Proben des Kinderchores und des Kirchenchores, die er allesamt leitete, fanden in diesem Raum statt.

Jetzt warf er seinem jugendlichen Schüler, der neben ihm auf dem Klavierhocker saß, einen fragenden Blick zu. »Alles klar?«

»Jep«, antwortete dieser, doch seine Miene zeigte wenig Begeisterung.

»Glaube mir, mit dieser Methode kommst du wirklich viel schneller voran.« Aufmunternd fügte Broder hinzu: »Und der Rest war ja auch schon sehr gut.«

Er klopfte sich mit den Händen auf die Oberschenkel und erhob sich von seinem Stuhl, als Zeichen, dass der Unterricht nun beendet war. »Also gut, dieses Stück zu Ende und dann noch den Chopin-Walzer und die E-Dur-Tonleiter, das sollte bis zum nächsten Mal reichen.«

Der schlaksige Junge erhob sich ebenfalls und packte seine Noten zusammen. Während er sich seine Umhängetasche über die Schulter warf, sagte er: »Sag mal, die Sache mit Erk Jannen – krass, oder?«

Broder brummte zustimmend.

»Hast du was gehört? Hat die Polizei schon den Täter?«

Broder reagierte nicht.

»Man munkelt ja, dass eine seiner Ex-Affären oder vielleicht einer von deren Männern …«

»So, munkelt man das?« Broder wollte nicht weiter auf dieses Thema eingehen. »Wir sehen uns nächsten Donnerstag.« Er wandte sich ab und erklärte damit das Gespräch für beendet.

»Okay, bis nächste Woche dann.« Der Junge machte sich auf den Weg nach draußen, wobei er in seinen offenen, nicht geschnürten Turnschuhen geräuschvoll über den Linoleumboden schlurfte.

Nachdem sein Schüler den Raum verlassen hatte, suchte auch Broder seine Sachen zusammen. Dann trat er an den Flügel und schloss vorsichtig die Klappe über den Tasten. Er war froh, dass der Unterricht vorbei war und dass er nicht noch länger über Erk hatte sprechen müssen. Schon beim Unterricht hatte er sich nur mit Mühe konzentrieren können. Immer wieder rief er sich den Ablauf seines gestrigen Gespräches mit Luise ins Gedächtnis, zwang sich, sich an jedes einzelne Wort zu erinnern, an ihre Reaktionen, ihre Gestik, ihre Mimik. Und versuchte, es zu deuten.

Er hatte sie mit seinem Besuch überrumpelt. Und obendrein auch noch erschreckt. Das war natürlich nicht seine Absicht gewesen. Er hatte nicht klingeln wollen, um Luise nicht zu wecken, falls sie womöglich eingeschlafen war. Schließlich war es schon spät gewesen. Deshalb hatte Broder nur geklopft und war, als Luise darauf nicht reagiert hatte, einmal kurz ums Haus gegangen. Er hatte nur nachschauen wollen, ob es ihr gut ging, denn überall im Erdgeschoss hatte Licht gebrannt. Dass sie einen dermaßen großen Schreck bekommen würde, hatte er nicht geahnt.

Trampel, schimpfte er sich im Nachhinein. Damit war der Auftakt seines Besuches alles andere als gelungen gewesen. Doch immerhin hatte sie ihn hereingebeten. Sie waren ins Wohnzimmer gegangen und hatten sich dort auf die Couch gesetzt.

Gedankenverloren strich Broder mit den Fingerkuppen über das Holz des Flügels. Es fühlte sich kühl an. Er sah Luise vor sich, wie sie dort auf dem Sofa gesessen hatte. Sie hatte so verletzlich ausgesehen. So verlassen. Einsam. Zu Beginn hatte es sich irgendwie falsch angefühlt, ihr in ihrem Wohnzimmer gegenüberzusitzen. Wo Erk doch gerade erst gestorben war. Und noch dazu unter fragwürdigen Umständen. Broder hatte sich gefühlt, als würde er etwas Unerlaubtes, etwas Verbotenes tun. Als wäre sein Besuch ein Verrat an Erk.

Doch er hatte diese Zweifel schnell beiseitegeschoben. Er war schon so weit gegangen, nun würde er es auch zu Ende bringen. Auch wenn der Zeitpunkt alles andere als optimal war. Aber er war sich seiner Gefühle Luise gegenüber noch nie so klar und so sicher gewesen. Und er hatte schon viel zu lange gewartet.

Vielleicht hatte ich aber auch einfach nur Angst, den Mut wieder zu verlieren? Dass mich die Zuversicht, so schnell, wie sie gekommen war, wieder verlassen könnte?, dachte Broder nun. Er trat aus dem Gemeindesaal hinaus in den Vorraum, wo seine Jacke an der Garderobe hing, nahm sie vom Haken und zog sie über.

Nachdem Luise sich von ihrem anfänglichen Schrecken erholt gehabt hatte, hatte er nicht mehr länger gezögert. Schnörkellos, ohne große Worte, hatte er ihr seine Liebe gestanden und seine Gefühle vor ihr ausgebreitet. Sie hatte nur zugreifen müssen.

Doch Luise hatte geschwiegen. Hatte ihn mit ihren großen braunen Augen fixiert und unaufhörlich mit ihrer Kette am Hals gespielt. Ihr Blick wirkte gequält, gequält und ängstlich. Dennoch hatte er das Gefühl gehabt, dass sie verstand. Und dass auch sie etwas für ihn empfand. Er konnte sich nicht getäuscht haben!

Gesagt hatte sie nur den einen Satz: »Lass mir Zeit.« Aber war dabei nicht ein Lächeln über ihr Gesicht gehuscht? Ganz zart, kaum wahrnehmbar? Hatte er dieses Lächeln nicht deutlich gespürt?

Broder trat nach draußen und zog die Eingangstür des St.-Clemens-Hüs hinter sich ins Schloss. Eine angenehme Wärme empfing ihn, sodass er die Jacke gleich wieder auszog und sie sich über die Schulter legte. Er sah auf seine Armbanduhr. Bis der Flötenunterricht begann, hatte er gut eineinhalb Stunden Zeit. Die wollte er nutzen, um den Gottesdienst für den kommenden Sonntag vorzubereiten. Er hatte ein neues Orgelvorspiel ausgewählt, das er noch üben musste. Außerdem wollte er seine Geige holen, die er gestern zusammen mit ein paar Noten in der Kirche vergessen hatte. Er musste sie oben auf der Empore liegen gelassen haben.

Als Broder auf seinem Weg zur Kirche über den Hööwjaat den Uasterstigh erreichte und gerade die Straße überqueren wollte, sah er Aenne. Trotz der großen Sonnenbrille im Gesicht erkannte er sie sofort an ihren leuchtend braunen, immer etwas wilden Locken und ihrer kleinen Statur. Sie lief den Fußweg vor dem Steinwall entlang, der das Kirchen- und Friedhofsgelände zur Straße hin abgrenzte, und schien es eilig zu haben. Den Kopf gesenkt, ohne einen Blick nach links oder rechts zu werfen, verschwand sie im Kurgarten.

Broder atmete erleichtert auf. Das hätte ihm jetzt gerade noch gefehlt, ein Zusammentreffen mit der Tochter der Frau, der er gerade seine Liebe gestanden hatte. Und des Mannes, den Broder hintergangen hatte? Er war froh, dass er Aenne nicht von Angesicht zu Angesicht gegenübertreten musste, denn er hatte die abstruse Befürchtung, dass sein Blick, seine Stimme, ja, dass alles an ihm seine Gedanken und Gefühle verraten würde.

Er wartete noch einen kurzen Moment, ehe er über die Straße ging und durch die schmiedeeiserne Pforte den Hauptweg des Friedhofes betrat, der an zahlreichen Gräbern vorbei zum Kirchenportal führte. Er öffnete die graue Holztür und trat in den Vorraum der Kirche. Der vertraute Geruch nach kühlem Stein und altem Holz, nach Geschichte und Zeit schlug ihm entgegen. Er wandte sich nach links zu der hölzernen Treppe, die zur Empore hinaufführte. Während er die knarzenden Stufen nach oben stieg, fummelte er gedankenverloren in der Hosentasche nach dem Schlüssel für die Orgel.

Da hörte er es.

Broder hielt inne und blieb auf einer der Treppenstufen stehen. Täuschte er sich, oder spielte da jemand Geige?

Er lauschte. Die Töne drangen zart und leise an sein Ohr. Jetzt war er sich sicher. Es kam von oben, von der Empore. Spielte da etwa jemand auf *seiner* Geige? Auf *seinem* Instrument? Schnell nahm er die letzten Treppenstufen. Das konnte ja wohl nicht angehen! Mit Schwung stieß er die Tür zur Empore auf. Die Musik wurde lauter, und dann sah er sie. Broder blieb abrupt stehen.

Luise hatte ihn nicht kommen hören. Vertieft in ihr Spiel, stand sie an der Brüstung, etwa in der Mitte der Empore. Ihr Blick verlor sich irgendwo in der Weite des Kirchenschiffes. Vorsichtig setzte Broder einen Fuß vor den anderen. Er versuchte, sich so geräuschlos wie möglich zu bewegen, konnte ein leises Knarren der alten Holzdielen aber nicht ganz verhindern. Doch Luise bemerkte ihn noch immer nicht. Still nahm er auf der nächsten Sitzbank Platz.

Mit zärtlichem Blick betrachtete er Luises Profil. Die gerade, klassische Stirn. Die leicht nach oben gebogene Nase. Die geschwungenen Lippen. Nahezu perfekt. Und doch waren ihre Züge oft viel zu hart. Angespannt. Wie eingefroren. Abweisend.

Jetzt, versunken in der Musik, war ihre Miene entspannt, sie wirkte geradezu entrückt. Fast wie befreit. Sie schloss die Augen, und Broder meinte, sogar von seinem Platz auf der Bank ihre immer noch langen, dichten Wimpern und die feinen Fältchen um die Augenwinkel erkennen zu können. Auf ihren Lippen lag ein zartes Lächeln.

Sie spielte eine Sonate von Haydn. Luise kam kurz ins Stocken, musste neu ansetzen, fand wieder in das Stück hinein. Broder musste unwillkürlich schmunzeln. An dieser Stelle hatte es auch im Unterricht immer gehakt, der Lagenwechsel war schwierig. Und das Vibrato klang immer noch ein wenig holperig und stockend. Doch sie versuchte es. Ein warmes Gefühl durchflutete ihn. Er liebte diese Frau.

Nach außen wirkte Luise kühl und unnahbar. Die Wand, die sie um sich errichtet hatte, war beinahe körperlich zu spüren. Sie ließ niemanden an sich heran, ließ nicht mehr zu als eine oberflächliche Bekanntschaft. Die meisten Menschen auf der

Insel hielten sie für eingebildet und überheblich. Zwar höflich und stets korrekt, aber viel zu beherrscht und schrecklich verhärmt. Eisern. Die, die sie früher gut gekannt hatten, als Luise eine junge Frau gewesen war, hatten sie noch anders erlebt. Doch das war lange her.

Auch Broder hatte diesen abweisenden Eindruck von Luise gehabt. Doch dann fingen sie an, gemeinsam Musik zu machen, und ihm hatten sich gänzlich neue Seiten von Luise offenbart. Broder hatte eine andere Luise kennengelernt. Eine gefühlvolle und einfühlsame, herzliche und warme Frau voller Humor und Leidenschaft.

Und später, als Luise schon lange Einzelunterricht bei ihm nahm, hatte er auch noch etwas anderes gefunden: In Luise schlummerten gut versteckt Unsicherheit und Selbstzweifel. Eine große Angst, verletzt zu werden. Und der tiefe Wunsch nach Geborgenheit.

War es am Ende gar nicht allein die Musik, die all diese Dinge ans Licht gebracht hat? Habe ich dabei eine ebenso entscheidende Rolle gespielt?, fragte sich Broder nun, während er in der Bank auf der Empore saß und Luises Spiel lauschte. Sein Interesse und sein Gespür für sie, die Nähe, die zwischen ihnen entstanden war – hatte das genauso dazu beigetragen, dass Luise ihren Vorhang ein kleines Stückchen zur Seite geschoben und ihm einen Blick auf ihr wahres Ich erlaubt hatte? War die Musik vielleicht nur der Katalysator gewesen? Der erste Schritt?

Er hoffte es, er hoffte es inständig. Er hoffte, dass sie eine Chance hatten.

Dann waren die letzten Töne verklungen, und es wurde still in der Kirche. Bedächtig ließ Luise die Geige sinken und drehte sich zur Seite. Sie erschrak, als sie ihn entdeckte.

»Broder.« Schnell erlangte sie die Fassung wieder. »Was machst du denn hier? Sitzt du etwa schon länger da?«

Broder erhob sich. »Ich wollte an der Orgel üben, aber dann habe ich dich spielen gehört.« Er ging ein paar Schritte auf sie zu. »Ich wollte dich nicht erschrecken – nicht schon wieder.« Er lächelte zurückhaltend. »Aber wieso spielst du hier in der Kirche?«

Luise wurde verlegen. »Ich hab eigentlich unten gesessen«, gestand sie, »es ergab sich so mehr zufällig.« Broder schaute sie fragend an. »Ich wollte einfach mal meine Ruhe. Die letzte Zeit war viel zu …« Sie brach ab, um gleich darauf fortzufahren: »Es kamen Leute rein, Urlaubsgäste, die sich die Kirche angeschaut haben. Ich bin aufgestanden und nach oben gegangen. Ich wollte ihnen nicht in die Arme laufen. Tja, und da hab ich deine Geige hier liegen sehen.« Mit einem entschuldigenden Lächeln hob sie die Schultern, das Instrument und den Bogen in den Händen.

»Ja, das habe ich gehört.« Broder kam noch ein wenig näher. »Es war sehr schön.« Er schob seine Brille auf der Nase zurecht und räusperte sich. Als er weitersprach, hatte seine Stimme einen warmen, zärtlichen Klang. »Luise, ich wollte dich gestern Abend nicht überrumpeln. Und der Zeitpunkt war auch bestimmt falsch. Aber du solltest einfach wissen, was ich für dich empfinde.« Er sah ihr in die Augen. Erst jetzt bemerkte er, dass sie gerötet waren und Reste von verwischter Wimperntusche dunkle Schatten auf den Wangen hinterlassen hatten.

Hatte sie geweint?

»Ich habe diese Gefühle schon so lange. Doch ich will dich nicht drängen. Nimm dir alle Zeit, die du brauchst. Du sollst nur wissen, dass du dich auf meine Gefühle …« Er stockte. »Dass du dich auf mich verlassen kannst.«

Luise rührte sich nicht. Ihre Hände krallten sich so fest um die Geige und den Bogen, dass die Knöchel weiß hervortraten. Als ob sie nach einem Halt suchten, nach etwas, das ihnen Sicherheit bot. Sie starrte Broder an. In ihrem Blick lag etwas Gequältes. Und Angst. Genau wie gestern Abend.

»Was hat dich nur so zerbrochen?« Broders Stimme war jetzt nur noch ein Flüstern. Ganz nah, sodass er ihren Atem hören und den zarten Duft ihres Parfums wahrnehmen konnte, trat er zu Luise heran. »Was hat dir den Mut und das Vertrauen genommen? Ich weiß, dass hinter all den Mauern und Schutzwällen noch etwas anderes ist. Die wahre Luise.«

Vorsichtig, so als ob er mit einer unbedachten Bewegung

alles zerstören könnte, schloss er die Arme um ihren Körper. Legte behutsam ihren Kopf an seine Schulter.

Und hielt sie.

Gestern Abend war Luise seiner Umarmung noch ausgewichen. Jetzt ließ sie es widerstandslos geschehen.

16

»Los, Aenne, nun komm doch!«

Ihr Vater winkte wild mit der rechten Hand. Mit der anderen hielt er die Pinne fest. Er saß auf der Bank im Heck von Aennes Segelboot. Der Motor lief, und das Boot hatte sich schon gut einen Meter weit von der Landungsbrücke entfernt.

Aenne stand wie angewurzelt am Anleger. Die Sonne blendete. Sie konnte ihren Vater kaum erkennen.

»Nun mach schon! Sonst schaffst du es nicht mehr.«

Aenne blinzelte ins Gegenlicht. Es schmerzte in ihren Augen. Sie hob einen Arm vor das Gesicht. Doch auch so konnte sie nur Schemen wahrnehmen. Dunkle Umrisse vor gleißendem Licht. Ein winkender Arm. Eine aufrecht sitzende Person. Aber kein Gesicht.

Das Boot trieb immer weiter ab.

»Aenne! Was ist los? Worauf wartest du?«

Sie konnte sich nicht bewegen. Sie wollte ihren Fuß anheben. Wollte die Arme hochreißen. Rufen. Schreien.

Doch nichts geschah.

Sie stand still.

Dann wurde ihr kalt. Eisig kalt.

»Aenne! Los! Spring doch! Spring!«

Die Stimme wurde immer leiser. Das Boot trieb davon.

Aenne öffnete den Mund, bewegte die Lippen. Aber kein Laut kam heraus.

Und ihr war so kalt.

Sie schreckte hoch.

Wo war sie?

Papa?

Ihr Blick irrte umher. Alles um sie herum war dunkel. Dann verstand sie.

Nur geträumt.

Kraftlos sackte Aenne gegen die Rückenlehne des Strandkorbes. Sie musste eingeschlafen sein. Ihre Arme und Beine waren ganz steif, ihr Nacken schmerzte, ihr Herz raste. Sie fühlte sich bis tief in ihr Innerstes erschöpft. Sie fror am ganzen Körper.

Mit klammen Fingern zog sie den Reißverschluss ihrer viel zu dünnen Fleecejacke hoch. Sie schlang die Arme um ihren Oberkörper und versuchte, sich mit den Händen ein wenig warm zu reiben. Dann zog sie die Beine hoch und drückte sie eng an ihren Körper.

Jetzt erinnerte sich Aenne wieder. Sie war auf dem Parkplatz vor dem Bioladen gewesen und hatte die Stimme ihres Vaters auf der Mailbox gehört. Es hatte sie so völlig unvorbereitet getroffen, dass es ihr den Boden unter den Füßen weggezogen hatte.

Der Anruf war vom letzten Sonntag gewesen.

»Hallo, meine Große, ich bin's, Papa. Wolltest du nun am Mittwoch mit Jan ins Kino gehen? Ich frage nur wegen Beeke. Ich bin gerade am Planen und wollte dir sagen, dass ich sie gern nehmen kann. Ruf mich doch bitte zurück.«

Er hatte wie immer geklungen. Und es war eine ganz normale Nachricht gewesen. Alltäglich. Banal. Etwas, dem man keine große Beachtung schenkte.

Jetzt war es nichts mehr davon.

Aenne hatte einfach so dagestanden. Zwischen abgestellten Autos und Menschen, die ihre Einkäufe zu ihren Wagen trugen.

Dann war sie losgerannt. Über die Inselstraße und hinunter zum Strand. Erst als sie die Strandkörbe, die nahe der Promenade im Sand standen, hinter sich gelassen hatte und schon ein gutes Stück auf den Kniepsand hinausgelaufen war, hatte sie ihr Tempo verringert.

Hier war sie für sich, die nächsten Menschen waren weit entfernt. Um sie herum nichts als Strand, Himmel, Weite. Sie war allein mit dem Rauschen der Wellen und dem Geschrei der Möwen.

Ziellos war Aenne umhergestreift. Sie war bis zur Wasserkante gegangen, eine Weile am Wasser entlanggelaufen, hatte sich wieder abgewandt. Hatte einen Stein vom Boden aufgenommen, ihn in der Hand gewogen, mit den Fingern seiner Form nachgespürt und ihn wieder in den Sand fallen lassen. Sie war mit ihrem Blick dem Flug einer Silbermöwe gefolgt, hatte ihn über den Horizont schweifen lassen. Hatte einen Fuß vor den anderen gesetzt. Eingeatmet. Ausgeatmet.

Irgendwann war sie erneut an den Strandkörben vorbeigekommen. Etwas abseits stand ein Korb, der nicht durch ein Holzgitter versperrt war. Ohne groß zu überlegen, hatte Aenne sich hineingesetzt, sich nur eine kleine Pause gönnen, einen Moment verschnaufen wollen, doch dann musste sie eingeschlafen sein.

Sie schlang die Arme noch ein wenig fester um ihre Beine. Mittlerweile zitterte sie fast vor Kälte. Doch irgendetwas hielt sie zurück, einfach aufzustehen und nach Hause zu gehen.

Sie hatte von ihrem Vater geträumt. Es war das erste Mal gewesen, seit er tot war. Sie hatte seine Stimme gehört. Sie hatte vertraut geklungen, so wie immer. Aber sie hatte ihn nicht gesehen, sie hatte ihn nicht *richtig* gesehen. Sie hatte sein Gesicht nicht erkennen können.

Eine neue, noch nie zuvor da gewesene Angst erfasste Aenne. Ging es so schnell? Würde sie sein Gesicht so schnell vergessen haben, sich bald schon nicht mehr daran erinnern können, wie ihr Vater ausgesehen hatte? Würde sie die Erinnerung daran verlieren, wie seine Augen geleuchtet hatten? Wie es aussah, wenn er sie angeschaut hatte? Wie sich die Fältchen tiefer in seine Wangen eingruben, wenn er lächelte?

Aenne versuchte, sich zu konzentrieren. Sie hatte die Stimme ihres Vaters noch genau im Ohr. Und sie konnte sich auch Bilder von ihm ins Gedächtnis rufen. Es waren viele Bilder, unendlich viele, und sie waren klar und deutlich. Doch was war, wenn sie sich langsam auflösten? Wenn sie zunehmend unscharf würden und ihre Konturen verlören? Was, wenn ihr am Ende die Bilder und mit ihnen die Erinnerungen ganz und gar entglitten? Und sie seine Stimme nicht mehr hören konnte?

Aenne konnte das Zittern jetzt nicht mehr unterdrücken. Doch das lag nicht an der Kälte. Es war ein Zittern, das von innen kam.

Das Klingeln ihres Handys ließ sie hochschrecken. Es dauerte einen kurzen Augenblick, ehe sie realisierte, woher das

Geräusch kam. Hastig kramte sie in ihrer Tasche, bis sie das Telefon zu fassen bekam. Auf dem Display erschien das Bild ihres Mannes. Sie nahm den Anruf an.

»Hallo, Jan.«

»Aenne! Gott sei Dank. Wo steckst du denn?«

»Ich bin in Wittdün. Am Strand.«

»Am Strand? Was machst du denn da? Und um diese Zeit? Es ist doch schon dunkel. Weißt du, wie spät es ist?«

»Um ehrlich zu sein, nein.«

»Es ist kurz nach acht.«

»Oh.«

»Aenne, ist alles klar bei dir?«

»Ich … ich war spazieren. Und dann wollte ich mich eigentlich nur kurz in einen Strandkorb setzen, aber ich muss wohl eingeschlafen sein.«

»Eingeschlafen? Aber es muss doch mittlerweile saukalt sein.«

»Oh ja.«

»Aenne?« Kurze Pause. »Komm nach Hause.«

»Ich wollte mich sowieso gleich auf den Weg machen.«

»Dann fährst du also jetzt los?«

»Ja, aber ich muss erst noch zum Bioladen. Hab mein Fahrrad da abgestellt.«

»Soll ich dich dort abholen? Das Rad in den Bus schmeißen?«

»Nein, nein, ich komm schon klar. Bleib du mal zu Hause. Und sag Beeke gute Nacht von mir.«

»Na gut. Aber, Aenne?«

»Ja?«

»Versprichst du mir, dass du jetzt losgehst?«

»Jaja.«

»Jetzt gleich?«

»Ja-ha.«

»Okay. Also dann bis später.«

»Bis später.«

Aenne ließ das Handy zurück in die Tasche gleiten. Jan hatte recht, sie sollte sich jetzt wirklich auf den Weg machen. Schwerfällig erhob sie sich. Ihre Glieder schmerzten, und sie spürte ein Ziehen von den Schultern und dem Nacken bis hinauf zu den

Schläfen. Vorsichtig ließ sie ihren Kopf kreisen. Die Muskeln und Gelenke knirschten unangenehm laut.

Mit schweren Schritten ging Aenne los. Als sie den Parkplatz erreichte, war dieser menschenleer, nur noch wenige Autos standen vereinzelt im Dämmerlicht der Laternen. Sie erkannte den Wagen von Michael und etwas weiter hinten Haukes Bus. Der Supermarkt war hell erleuchtet.

Arbeitete Hauke noch? Um diese Uhrzeit?

Aenne wandte sich in Richtung der Treppe, die hinunter zur Promenade führte, wo sie ihr Fahrrad abgestellt hatte. Auf dem Absatz hielt sie inne.

Hatte sie sich nicht vorgenommen, auch mit Hauke zu sprechen? Das war der Plan gewesen, als sie nach Wittdün geradelt war. Jetzt war es allerdings schon ziemlich spät dafür. Aennes Kopf brummte und schmerzte zusehends stärker, und zu Hause wartete Jan auf sie. Und hatte sie nicht außerdem vorhin erst feststellen müssen, dass ihre Nachforschungen sie nicht gerade weiterbrachten? Hatte Michael ihr nicht alles gesagt, was sie wissen musste?

Trotzdem konnte sie sich nicht dazu durchringen, die Stufen weiter hinabzugehen. Sie dachte an ihren Vater. Sie wollte, dass das Verbrechen an ihm aufgeklärt wurde. Und sie wollte die Erinnerungen an ihn am Leben erhalten. Würde es dann nicht helfen, wenn sie über ihn sprach? Wenn sie mit anderen über ihn redete? Konnte sie ihn nicht so vor dem Vergessen bewahren?

Also drehte Aenne sich um. Das Licht im Supermarkt brannte immer noch. Entschlossen schritt sie auf den Eingang zu.

Sie trat an eines der großen Fenster neben der Schiebetür. Aenne musste sich auf die Zehenspitzen stellen, um über die großflächigen Werbeaufdrucke hinweg ins Innere sehen zu können. Da entdeckte sie Hauke. Mit einer Tüte Chips in der Hand ging er gerade am Regal mit den Zeitschriften vorbei.

Aenne klopfte gegen die Scheibe. Hauke blieb irritiert stehen und drehte sich suchend um. Als er Aenne erblickte, zog er erstaunt die Augenbrauen hoch. Du? Aenne konnte erkennen, wie seine Lippen das Wort formten. Sie zeigte auf den Eingang. Hauke nickte und verschwand aus Aennes Blickfeld. Dann öffnete sich die automatische Schiebetür, und Aenne betrat den Laden.

»Aenne, was machst du denn hier?«, wurde sie von Hauke begrüßt. Ehe sie antworten konnte, kam er auch schon auf sie zu und nahm sie in den Arm. Die Chipstüte in seiner Hand knisterte. »Es tut mir so leid, was mit Erk passiert ist. Es tut mir so leid.«

Hauke löste sich wieder von ihr und trat einen Schritt zurück. In seinem Gesicht war tiefe Betroffenheit zu erkennen. Er schaute Aenne in die Augen und zuckte verunsichert mit den Schultern. »Ich weiß gar nicht, was ich sagen soll.«

»Schon gut.« Auch Aenne fühlte sich mit einem Mal ganz verlegen.

»Hauke, wo bleibst du denn?«, rief eine Männerstimme aus einer hinteren Ecke des Ladens.

»Wir wollen Chi-hips!«, brüllte eine andere hinterher.

Irgendwer lachte laut.

Täuschte Aenne sich, oder war das die Stimme von Sönke gewesen?

»Ich komm ja gleich!« Mit einem entschuldigenden Blick erklärte Hauke: »Das sind die Jungs dahinten. Wir feiern ein bisschen. Du weißt schon, Babypinkeln, das ganze Programm.«

»Wieso Babypinkeln?«, fragte Aenne verständnislos.

»Na ja, Jelle ist doch da.«

Aenne schlug sich die Hand vor die Stirn. Natürlich! Daran hatte sie gar nicht mehr gedacht. Sarah, Haukes Frau, war hochschwanger gewesen, und nun war wahrscheinlich das Baby geboren, und Aenne hatte überhaupt nichts davon mitbekommen.

»Wann denn?«, fragte sie ein wenig durcheinander.

»Montagnacht. Ich war nach der Bandprobe mit den Jungs in der ›Blauen Maus‹, als es losging. Alles ging ganz schnell, wir mussten zum Glück nicht rüber.«

Auf Amrum gab es nur eine Hebamme, und nicht nur der nächste Frauenarzt, sondern auch das nächste Krankenhaus befand sich auf der Nachbarinsel Föhr. Wollte man keine Hausgeburt oder gab es Komplikationen, mussten die Frauen zur Entbindung mit der Fähre oder dem Seenotrettungskreuzer hinüber nach Föhr gebracht werden.

Der kleine Jelle war also in der Todesnacht ihres Vaters auf die Welt gekommen. Aenne drehte sich der Magen um. Doch so war es nun mal: Ein Leben ging, ein anderes kam. Warum hatte Michael ihr nichts davon erzählt?

Irgendwie gelang es ihr, ein »Herzlichen Glückwunsch« über die Lippen zu bekommen.

»Danke«, antwortete Hauke. »Ich hätte Jan wegen heute Abend ja auch Bescheid gesagt«, fügte er entschuldigend hinzu, »aber irgendwie dachte ich, also ich wusste nicht, in Anbetracht der Umstände …«

»Ist schon okay«, murmelte Aenne.

Hauke nahm das zum Anlass, das Gespräch in eine andere Richtung zu lenken. »Wolltest du eigentlich etwas Bestimmtes von mir? Kann ich dir vielleicht irgendwie helfen?«

»Nein, nein, ich … ich wollte nur …«, stammelte Aenne. Tja, was wollte sie eigentlich?

Sie sah sich um. Sie standen zwischen Haukes Brötchenbackautomat und dem Süßigkeitenregal. Was machte sie hier? Aenne fühlte sich auf einmal fehl am Platz. Und gleichzeitig ertappt.

Sie hatte nie wirklich geglaubt, dass Hauke oder Michael etwas mit dem Tod ihres Vaters zu tun haben könnten. Und doch war ein letzter Zweifel geblieben, ein gemeiner Zweifel, der unerbittlich an ihr nagte: *Was, wenn doch?* Was, wenn Hauke oder Michael sich durch das Supermarktprojekt ihres Vaters derart bedroht gefühlt hatten, dass die Angst um die eigene Existenz sie zu so einem ungeheuerlichen Schritt getrieben hatte?

Aber sie hatten beide ein Alibi. Waren zur Bandprobe und danach noch gemeinsam etwas trinken gewesen. Hauke war in der Nacht sogar Vater geworden!

Und sie, Aenne? Sie hatte ihren Zweifeln nachgegeben und Hauke letztendlich also doch verdächtigt. Ihn, ihren Bekannten, ihren Freund. Der vom Verbrechen an ihrem Vater ehrlich erschüttert war, das hatte Aenne gespürt. Der ihr Hilfe anbot. Der sich nichts hatte zuschulden kommen lassen außer der Tatsache, ebenso wie ihr Vater einen Supermarkt auf der Insel zu besitzen.

Aenne wurde klar, dass der Stachel des Misstrauens sehr viel tiefer saß, als sie bisher wahrhaben wollte. Ein Gefühl von Scham überkam sie. Wie krank war das alles! War sie vor lauter Schmerz schon krank im Kopf?

»Sieht aus, als müssten wir uns die Chips eben selbst holen!« Ein großer, kräftig gebauter Mann bog schwungvoll um die Ecke des Süßigkeitenregals und blieb abrupt stehen. Es war tatsächlich Sönke.

»Aenne, wo kommst du denn her?«, fragte er verdattert. Er hatte eine Alkoholfahne, und erst jetzt registrierte Aenne, dass auch Hauke ein wenig nach Alkohol roch.

»Ich ... ich war gerade hier vorbeigefahren, und es brannte noch Licht, da bin ich neugierig geworden ...«

Sönke sah Aenne genau an. »Du hast ja ganz blaue Lippen. Ist dir kalt?« Er kam einen Schritt näher. »Hey, du zitterst ja.«

Aenne hatte es gar nicht bemerkt, doch es stimmte. Sie zitterte erneut am ganzen Körper. Oder immer noch?

»Ich bin unten am Strand im Strandkorb eingeschlafen.« Sie versuchte ein Grinsen.

»Unten am Strand«, wiederholte Sönke. »Eingeschlafen.« Er wechselte einen vielsagenden Blick mit Hauke. »Weißt du was? Du brauchst jetzt erst mal was zum Aufwärmen. Einen ordentlichen Schnaps. Komm mit.«

»Nein, nein.« Aenne hob abwehrend die Hände. »Ich bin eigentlich auf dem Weg nach Hause.«

Doch Sönke hatte bereits den Arm um Aennes Schulter gelegt und machte Anstalten, sie in den hinteren Bereich des Ladens zu lotsen.

»Jan wartet auf mich. Ich bin sowieso schon spät dran«, setzte Aenne erneut an.

»Nur einen Schnaps, das wird dir guttun. Und Jan wird es verstehen.« Sönke ließ nicht locker.

»Ich mache dir auch einen heißen Tee dazu«, ergänzte Hauke.

Aennes Widerstand bröckelte immer mehr. »Aber ich will euch nicht stören«, versuchte sie sich ein letztes Mal zu wehren, als sie von den beiden in den hinteren Bereich des Marktes geschoben wurde. Ohne Erfolg. Also ergab sich Aenne in ihr Schicksal. Wieso auch nicht? Nur schnell einen heißen Tee und vielleicht einen kleinen Schnaps dazu, das klang wirklich verlockend. Denn nun, da ihr bewusst geworden war, wie durchgefroren sie war, meinte sie, die Kälte gleich doppelt so intensiv zu spüren.

Sie gingen an der Fleisch- und Käsetheke vorbei und gelangten in die Getränkeabteilung. Zwischen den Regalen mit Wein, Sekt und härteren Spirituosen hatte Hauke eine lange Tafel aufgebaut. Auf den Holzbänken entlang der Tische saßen an die zehn Männer, vor ihnen standen etliche Flaschen Bier, Wein, Rum, Whisky und Cola aufgereiht. Das laute und lebhafte Gespräch erstarb, als Sönke und Hauke mit Aenne um die Ecke kamen.

»Heute mal mit Damenbesuch«, kommentierte Sönke trocken und bugsierte Aenne auf einen freien Platz. Er setzte sich neben sie und reichte ihr ein leeres Glas. »Wo ist der Friesengeist?«, fragte Sönke in die Runde.

»Hier.« Momme, der auch mit von der Partie war und am anderen Ende der Tafel saß, lächelte zu Aenne herüber. Er griff in das Regal hinter sich, angelte eine Flasche heraus und ließ sie bis zu Sönke durchreichen.

Sönke öffnete die Flasche und schenkte Aenne einen ordentlichen Schluck ein. Dann füllte er auch sein eigenes Glas und hob es. »Auf Jelle.«

»Auf Jelle.« Die anderen griffen nach den Getränken, die vor ihnen standen, prosteten Hauke zu und nahmen einen kräftigen Schluck. Aenne musste zweimal ansetzen, dann hatte auch sie ihr Glas geleert. Sie schüttelte sich.

Sönke füllte nach. »Und auf Erk.«

Die Männer verharrten einen Augenblick lang regungslos, während Sönke langsam, fast andächtig, sein Glas hob. Die anderen taten es ihm nach. »Auf Erk«, ertönte es dunkel und laut im Chor. Aenne stockte. Doch dann setzte auch sie ihr Glas an und kippte es in einem Zug hinunter. Der Schnaps brannte in ihrer Kehle und ließ ihr die Tränen in die Augen steigen.

Jetzt erst schaute Aenne sich um. Sie kannte alle Gesichter, und wenn nicht persönlich, dann doch zumindest vom Sehen. Momme natürlich und Michael. Er vermied es, sie anzusehen. Dann waren da Nanning, der Kapitän, und Hark, dem der Campingplatz am Leuchtturm gehörte. Daneben saß Nils vom Modehaus in Norddorf. Die anderen Namen wusste sie nicht. War der große schlanke Mann mit dem Dreitagebart nicht der neue Lehrer an der Öömrang Skuul?

Das eigentliche Gespräch war mit Aennes Ankunft unterbrochen worden. Jetzt begannen manche der Männer, leise mit ihrem Sitznachbarn zu reden, die anderen schauten in ihre Gläser oder durch den Raum. Hauke, der inzwischen im Nebenraum Tee gekocht hatte, kam mit einem dampfenden Becher in der einen und einer Thermoskanne in der anderen Hand zurück. Er reichte Aenne den heißen Tee und stellte die Kanne auf den Tisch. »Bedient euch«, sagte er an alle gerichtet. »Falls jemandem noch nicht warm genug sein sollte …«

»Wenn der Kaufmann einen ausgibt, lassen wir uns doch nicht mit Tee abspeisen«, erwiderte Nanning mit seiner dunklen, volltönenden Stimme. »Heute nehmen wir nur Hochprozentiges. Her mit dem Whisky!«

Ein befreiendes Lachen löste sich in der Runde. Die Whiskyflasche wurde mit Schwung über den Tisch geschoben, und allmählich kam das Gespräch wieder in Gang.

Aenne trank einen Schluck von dem dampfenden Tee. Er war so heiß, dass sie sich fast die Zunge verbrühte. Doch das war ihr egal. Die Wärme, die sich unverzüglich in ihrem Bauch ausbreitete, war viel zu angenehm. Sie spürte, wie sich ihre Knie allmählich weicher und schwerer anfühlten. So war es immer, wenn sie Alkohol trank. Als Erstes bemerkte sie die Wirkung des Alkohols nicht im Kopf oder im Magen, sondern in den Knien.

Sie stützte sich mit den Ellenbogen auf den Tisch. Solltest du jetzt nicht lieber gehen?, meldete sich die Stimme der Vernunft zu Wort.

Nur noch den Tee austrinken. Nur noch einen kleinen Moment.

Sönke nahm die Flasche mit dem Friesengeist in die Hand und deutete mit einem fragenden Blick auf ihren Teebecher.

Warum eigentlich nicht? Aenne nickte und schob ihm den Becher hinüber. Schwungvoll goss Sönke etwas Schnaps in den Tee hinein.

Nachdem sie den Becher leer getrunken hatte, erreichte die Wirkung des Alkohols nach und nach auch Aennes restlichen Körper. Ihr wurde schummerig, und eine wohltuende Schwere breitete sich in ihrem Kopf aus.

Sie reichte Sönke ihr Schnapsglas.

»Sicher?«, fragte er.

»Jap.«

Sönke schenkte ein.

Aenne leerte das Glas unverzüglich. Nach so einem Tag konnte sie auch ruhig mal etwas trinken, oder? Was hatte sie heute nicht alles hinter sich! Das Gespräch mit den Kommissaren, mit Momme und Sönke am Strand, mit Michael und – oh Gott, wie peinlich! – das unsägliche Treffen mit Miriam Barthel. Und dann auch noch die Nachricht ihres Vaters auf der Mailbox. Wie sollte sie das alles sonst ertragen?

Sie hielt Sönke ein weiteres Mal ihr Glas hin. Ihr Freund schenkte nach. Aenne ahnte, dass nun wirklich der Zeitpunkt gekommen war, zu dem sie besser aufbrechen sollte. Doch ihr war gerade so schön warm, so wohlig. Und es war so gemütlich. Sie hörte still dem Gespräch am Tisch zu, ohne es richtig zu verfolgen. Sie lauschte den Stimmen und ließ sich von dem dunklen Gemurmel und Gebrumme der Männer einlullen. Die anderen ließen sie in Ruhe. Ein Nebelschleier senkte sich über Aennes Bewusstsein und ließ alles in einem undurchdringlichen Grau verschwinden. Es war eine Wohltat für ihre Seele.

Beim nächsten Schnaps blitzte kurz der Gedanke auf, dass sie doch wenigstens bei Jan hätte anrufen können. Doch genauso schnell, wie er gekommen war, versank dieser Impuls wieder im grauen Dunst.

Nur einen kleinen Augenblick noch.

Mit dem folgenden Schnaps wurde die Nebeldecke um Aenne herum noch dicker und zäher.

Irgendwo klingelte ein Handy.

»Aenne, ist das deins?«, fragte Sönke.

Aenne reagierte nur schleppend. »Meins? Weiß auch nicht …« Ihre Zunge fühlte sich eigentümlich schwer an. Suchend sah sie sich nach ihrer Tasche um.

Das Klingeln verstummte, um gleich darauf erneut zu beginnen.

»Darf ich?« Sönke bückte sich und fischte Aennes Tasche unter der Bank hervor. Er öffnete den Reißverschluss und holte das Telefon heraus. »Dein Mann.« Er zeigte Aenne das Display. Als sie immer noch keine Anstalten machte, das Handy zu ergreifen, nahm Sönke den Anruf kurzerhand selbst an. »Hi, hier ist Sönke. – Ja, die ist hier. Sie sitzt neben mir. – Im Supermarkt von Hauke. – Ja, im Supermarkt. Wir begießen hier gerade die Geburt von Jelle, Haukes Sohn. – Aenne hat auch mitgetrunken. – Ich befürchte, ziemlich viel.« Er warf Aenne einen bedeutungsvollen Blick zu und konnte sich ein Grinsen nicht verkneifen. »Das ist wahrscheinlich das Beste. – Ja, ich sag's ihr. – Okay, bis gleich.«

Sönke beendete das Telefonat und legte das Handy in Aennes Tasche zurück. »Jan kommt dich gleich abholen.«

»Das is bestimmt eine gute Idee«, brachte Aenne mit Mühe hervor. Mittlerweile fiel ihr auch das Sprechen schwer. In ihrem Kopf begann der Nebel zu dröhnen. »Bestimmt gut«, murmelte sie vor sich hin und legte den Kopf auf den Tisch.

Schon nach kurzer Zeit stand Jan im Laden. Zu einem anderen Zeitpunkt hätte er das Bild, das sich ihm bot, sicherlich äußerst skurril und ziemlich erheiternd gefunden. Eine feuchtfröhliche Runde angetrunkener Männer zwischen Supermarktregalen im Neonlicht und mittendrin, zwischen all diesen Kerlen, seine Frau, nicht minder betrunken, den Kopf auf dem Tisch. Heute allerdings waren seine Empfindungen zwiespältig. Eine Welle von Mitleid und Mitgefühl durchflutete ihn, als er seine Frau so über dem Tisch hängen sah, in sich zusammengesunken wie ein Häufchen Elend. Gleichzeitig packte ihn der Ärger. Hatte Aenne wirklich so viel trinken müssen? Hätte sie ihm nicht wenigstens Bescheid sagen können? Und wie hatten die anderen sie so abstürzen lassen können! Sie hätten doch mal auf sie aufpassen können. Wenigstens ein bisschen.

Doch Jan biss sich auf die Zunge und verkniff sich einen Kommentar. Stattdessen brachte er Aenne mit Sönkes Hilfe nach draußen. Beim Einsteigen in den Bus mussten sie tatkräftig nachhelfen. Danach holte Jan noch rasch Aennes Fahrrad und verstaute es hinten im Bus.

Am Ortsschild von Wittdün musste er das erste Mal anhalten. Aenne schaffte es gerade noch rechtzeitig, die Tür aufzureißen. Sie übergab sich auf den Grünstreifen. Nach drei weiteren Zwischenstopps waren sie endlich zu Hause.

17

»Aenne! Kommst du? Es ist schon spät. Insa ist jetzt da!«
Durch die angelehnte Schlafzimmertür hörte Aenne Jan von
unten nach ihr rufen.

»Ja, ich komme gleich!«, rief sie zurück. Sie saß am Fußende
des Bettes und starrte in den Spiegel, der an der gegenüberliegenden Wand neben dem Kleiderschrank hing.

Heute war der Tag.

Heute wurde ihr Vater beerdigt.

Aenne beäugte das Gesicht, das ihr teilnahmslos aus dem
Spiegel entgegenblickte. Sie sah grässlich aus. Abgekämpft, blass,
picklig. Mit dunklen Rändern unter den Augen und Falten, die
vor zwei Wochen noch nicht da gewesen waren. Die Augen
trübe und stumpf. Das Haar fiel ungekämmt und zerzaust über
ihre Schultern. Wenigstens das musste sie noch richten, ehe sie
nach unten ging. Auf Make-up und Wimperntusche würde sie
verzichten. Sie würden sowieso nur verschmieren.

Die Kopfhaut begann zu jucken. Aenne kratzte sich und
erschrak. Sie hielt ein Büschel Haare zwischen den Fingern.
Verwirrt erhob sie sich vom Bett und trat näher an den Spiegel
heran. Sie untersuchte ihre Kopfhaut und entdeckte tatsächlich
eine kahle Stelle.

Oh nein!

Kraftlos ließ Aenne ihre Arme sinken. Das Haarbüschel,
das sie in der Hand gehalten hatte, schwebte zu Boden. Müde
betrachtete sie ihr Spiegelbild. Sie wirkte noch kleiner als sonst.
Irgendwie eingefallen, geschrumpft. So als ob alle Spannung
und Lebendigkeit aus ihr gewichen wären und nur noch ihr
Knochengerüst sie aufrecht hielte.

Ihr Magen gab ein knurrendes Geräusch von sich. Er fühlte
sich flau an, und eine Welle der Übelkeit stieg in Aenne auf.
Nicht einen Bissen hatte sie vorhin beim Frühstück herunter-
bringen können. Sie schluckte trocken. Wie gern würde sie
jetzt einfach abhauen. Weglaufen und alles hinter sich lassen.

Die Landungsbrücke entlangrennen, an Bord von Knut springen und auf und davon segeln. Doch sie wusste, dass das keine wirkliche Alternative war. Sie musste da heute durch. Einen kurzen Moment lang hatte sie über Beruhigungsmittel nachgedacht. Sollte sie sich betäuben? Einfach abschießen? Wäre dann nicht alles viel leichter? Aber auch hier sagte ihr der Verstand, dass dies keine gute Lösung wäre, ganz gleich, wie verlockend ihr diese Möglichkeit auch erscheinen mochte.

Aenne trat vom Spiegel zurück und ließ sich rücklings auf das Bett fallen, die Arme weit von sich gestreckt.

Was an jenem Abend, dem Tatabend, vor knapp zwei Wochen wirklich geschehen war, hatte noch immer nicht aufgeklärt werden können. Die Ermittlungen der Polizei hatten nur wenige neue Erkenntnisse gebracht, und ein Durchbruch war nicht abzusehen. Der Täter blieb unerkannt. Es war kaum auszuhalten!

Weder die Tatwaffe noch das Handy ihres Vaters waren bislang aufgetaucht. Bei Johann Traulsen hatte die Polizei zwar eine Schrotflinte sichergestellt, aber es hatte sich schnell gezeigt, dass aus dieser Waffe schon lange kein Schuss mehr abgegeben worden war, weshalb sie als Tatwaffe nicht in Frage kam. Zur Tatzeit war Johann Traulsen zudem zu Hause bei seiner Frau gewesen, was diese auch bestätigt hatte. In den Augen der Polizei war das zwar nur ein schwaches Alibi. Doch außer der begründeten, aber unbelegten Annahme, dass er am meisten unter den Auswirkungen von Erks Supermarktprojekt gelitten und damit das stärkste Motiv gehabt hätte, dieses Vorhaben zu vereiteln, hatten sich keine Hinweise auf eine Täterschaft von Johann Traulsen finden lassen.

Auch die Alibis von Hauke Hinrichsen und Michael Todt hatte die Polizei genau unter die Lupe genommen – und sie hatten sich als hieb- und stichfest erwiesen. Aenne hatte es ja ohnehin schon geahnt, doch inzwischen waren die beiden auch bei der Polizei von der Liste der Verdächtigen gestrichen worden.

Außerdem waren die Strandkörbe am Nebeler FKK-Strand im Bereich des Aufganges, den ihr Vater wahrscheinlich benutzt hatte, nach Spuren untersucht worden. Aber ebenfalls ohne Erfolg. Und auch auf dem Geschäftscomputer ihres Vaters hatte die Polizei nichts gefunden, was man mit der Tat in Verbindung hätte bringen können.

Die kriminaltechnische Untersuchung des Fahrrads und der Kleidung, die ihr Vater am Tatabend getragen hatte, war ohne besonderen Befund gewesen. Keine Hinweise auf den Täter. Keine Faserspuren, keine Haare oder Hautpartikel, nichts. Am Fahrrad waren neben Erks Fingerabdrücken noch Luises Abdrücke und die eines Kindes sichergestellt worden. Durch den Vergleich dieser Abdrücke mit denen auf Beekes Spielzeug hatte sich herausgestellt, dass es sich um Beekes Spuren handelte. Dank dieser Vorgehensweise hatte man zu Aennes und Jans Erleichterung darauf verzichten können, Beekes Abdrücke persönlich zu nehmen.

Wahrscheinlich hatte Aennes Vater das Fahrrad also selbst etwas versteckt dort am Strandaufgang abgestellt, damit es nicht jedem, der vorbeikam, sofort ins Auge fiel. Dieser Umstand legte nahe, dass er eine Verabredung gehabt hatte, die er so gut wie möglich geheim halten wollte. Bei den polizeilichen Befragungen hatten sich keine Zeugen gefunden, die Aennes Vater auf dem Bohlenweg, am Strand oder in der Nähe des Quermarkenfeuers gesehen hätten, und von seinen Bekannten und Freunden konnte niemand sagen, was er am Tatabend vorgehabt hatte. Er schien mit niemandem darüber gesprochen zu haben. Aenne wollte es nur ungern wahrhaben, aber sprach diese Geheimhaltung der Verabredung nicht für ein Treffen mit einer Geliebten? Doch auch Miriam Barthels Alibi war inzwischen bestätigt worden. Sie hatte den Nachtdienst an der Hotelrezeption absolviert und war sogar schon früher als üblich, etwa um neunzehn Uhr, zum Dienst erschienen, um eine erkrankte Kollegin abzulösen. Zur fraglichen Zeit hatten mehrere Gäste und Mitarbeiter aus dem Servicebereich Kontakt zu ihr gehabt.

Andererseits hatte Miriam Barthel zu Aenne gesagt, sie habe das Gefühl gehabt, ihr Vater sei schon wieder auf dem Absprung gewesen. Dass er schon wieder ein neues Eisen im Feuer gehabt habe, so etwas in der Art. Aber wer könnte das sein? Gab es die große Unbekannte?

Wie Aenne es auch drehte und wendete, die polizeilichen Nachforschungen hatten kein nennenswertes Ergebnis erbracht, viel mehr noch, sie schienen regelrecht festzustecken. Und der Täter lief frei herum.

Sie starrte in Gedanken versunken an die Zimmerdecke. Was, wenn man den Täter niemals finden würde? Allein die Vorstellung war kaum zu ertragen! Bei all ihren Überlegungen war Aenne bisher immer davon ausgegangen, dass der Täter überführt, dass er gefunden und seiner gerechten Strafe zugeführt werden würde. Nun kam ihr zum ersten Mal der Gedanke, dass sie sich mit der Möglichkeit auseinandersetzen musste, dass der Mord an ihrem Vater nicht aufgeklärt werden konnte. Dass sie mit dieser Unklarheit und Unsicherheit für immer würde leben müssen.

Und während sie noch mit dieser Einsicht kämpfte, fielen einmal mehr, wie aus dem Nichts, die Bilder über sie herein. Die gleichen Bilder wie immer.

Die Hand unter dem Leinentuch. Das Blut. Kein Gesicht.

Aenne stöhnte auf. Sie wälzte sich auf die Seite, zog die Beine an ihren Bauch und schlang die Arme um die Knie.

Sie hatte immer wieder versucht, diese Bilder in die hinterste Ecke ihres Bewusstseins zu schieben und zu verdrängen. Sie wollte sie einschließen. Wegsperren und hinter dicken Mauern unschädlich machen. Doch es gelang ihr einfach nicht. Die Erinnerungen brachen mit Macht hervor und suchten sie heim.

Wer hat ihm das angetan?, fragte sie sich verzweifelt und wiegte sich hin und her.

Ihr Vater war nicht nur getötet worden. Man hatte ihm sein Gesicht genommen. Seine Identität. Seine Person sollte ausradiert werden.

Wer hat ihn nur so sehr gehasst?

Sie presste ihre Hände auf den Mund. Biss sich in die Handrücken. Die Schmerzen bemerkte sie nicht.

Sie versuchte, die hämmernden Fragen aus ihrem Kopf zu verbannen. Wie ein Strudel, gegen den sie mühevoll ankämpfte, drohten sie sie immer weiter mit sich in die Tiefe zu reißen. Doch sie durfte sich jetzt nicht vom Gefühl der Ohnmacht und der Wehrlosigkeit hinunterziehen, durfte sich nicht von dem Grauen und dem Schmerz niederdrücken lassen. Nicht heute. Sie benötigte all ihre Kraft, um die kommenden Stunden irgendwie zu überstehen und auszuhalten.

»Aenne!«

Sie schreckte auf.

»Aenne, wo bleibst du? Wir müssen los!«, hörte sie Jan erneut nach ihr rufen.

Sie ließ ihre Beine los und drehte sich auf den Rücken. Gedankenverloren strich sie sich mit den Fingern über die Handrücken. Ihre Zähne hatten einen deutlichen Abdruck in der Haut hinterlassen.

»Aenne!« Jans Stimme war nun lauter, fordernder.

»Nur noch drei Minuten.« Schwerfällig richtete sich Aenne auf. Während sie sich vom Bett erhob, blickte sie abermals in den Spiegel. Sie trug eine elegante schwarze Hose und eine schwarze Bluse, dazu einen schwarzen Blazer, den sie sich von Insa geliehen hatte. Alles an ihr war schwarz. Auf einmal wurde Aenne klar, dass sie so, in diesem Aufzug, nicht zur Beerdigung gehen konnte. Das war nicht sie. Die Person im Spiegel war eine verkleidete Frau, die mit ihr selbst wenig zu tun hatte. Aber Aenne wollte nicht wie eine Fremde zu dem Begräbnis ihres Vaters gehen, sondern so, wie ihr Vater sie gekannt und wie er sie geliebt hatte.

Also zog Aenne den Blazer wieder aus und warf ihn achtlos auf das Bett. Sie schlüpfte aus Hose und Bluse und ließ beides an Ort und Stelle auf dem Fußboden liegen. Dann riss sie die Tür zum Kleiderschrank auf und durchwühlte hastig ihre Kleidung. Sie entschied sich für ihre Lieblingsjeans und eine bunte Bluse im Retromuster. Sie musterte sich im Spiegel. So war es schon besser.

Als Aenne die Schranktür bereits wieder schließen wollte, blieb ihr Blick an ihrer Fellweste hängen. Es war eine künstliche, mit hellen wuscheligen Haaren. Ihr Vater hatte sie so gern deswegen geneckt. »Na, soll ich dich jetzt Fred Feuerstein nennen?«, hatte er immer gefragt, wenn sie die Weste getragen hatte. Aennes Herz zog sich zusammen, und ein Lächeln voller Wehmut stahl sich auf ihre Lippen. Kurz entschlossen nahm sie die Weste vom Bügel und zog sie über.

Sie betrachtete sich im Spiegel.

Na, Fred.

So würde es gehen.

Die Schlafzimmertür wurde aufgestoßen, und Jan steckte den Kopf herein. »Wo bleibst du denn? Alles klar?«, fragte er. Er registrierte Aennes Outfit und die abgelegte schwarze Kleidung auf dem Bett und auf dem Boden. Erst stutzte er, dann musste er lächeln.

»Gut?« Aenne sah ihn fragend an.

Jan nickte. »Gut.«

Aenne wusste, er verstand.

»Aber nichtsdestotrotz – wir müssen jetzt wirklich los.«

Unten im Wohnzimmer hatten Beeke und Insa es sich auf dem Sofa gemütlich gemacht. Die Kerze auf dem kleinen Tischchen neben der Fotografie von Aennes Vater brannte. Als Beeke sie die Treppe herunterkommen sah, sprang sie auf und rannte ihr entgegen.

»Mama, guck mal, das hat Insa mir mitgebracht.« Sie hielt Aenne ein Buch unter die Nase. In der anderen Hand trug Beeke ihre Na. Die kleinen Finger hatte sie fest um den Hals der Gans geschlossen.

»Leb wohl, lieber Fuchs«, las Aenne laut vor. Sie spürte augenblicklich, wie ihre Augen zu brennen begannen.

Oh nein, nicht jetzt schon!, dachte sie und schluckte.

»Das ist aber ein schönes Buch. Wie nett von Insa.« Sie drückte ihrer Tochter einen Kuss auf die Wange. Dann ging sie hinüber zum Sofa und begrüßte ihre Freundin. Die beiden nahmen sich in den Arm.

»Danke, dass du kommen konntest«, flüsterte Aenne.

»Na klar.« Insa drückte Aenne fest. »Cooles Outfit übrigens.«

Gegen ihren Willen musste Aenne grinsen, doch gleich darauf wurde ihre Miene wieder ernst. »Mit den anderen Sachen habe ich mich so verkleidet gefühlt. Trotzdem aber noch mal danke für den Blazer.«

»Gern.« Insa nickte lächelnd.

Aenne und Jan hatten nach langen Gesprächen entschieden, dass Beeke nicht an der Beisetzung teilnehmen sollte. Es war so schon schwer genug für sie, die Situation zu verarbeiten, da wollten sie ihr nicht auch noch dieses möglicherweise verstörende Ereignis aufbürden. Auf der anderen Seite hatten Jan und insbesondere Aenne diese Entscheidung auch im Hinblick auf Aennes eigene Trauer, ihre Unsicherheit und innere Zerrissenheit getroffen. Aenne konnte sich überhaupt nicht ausmalen, wie sie die nächsten Stunden durchstehen sollte. Sie konnte nicht einschätzen, was alles auf sie einstürmen und wie sie reagieren würde. Das Begräbnis, die Trauerfeier, die vielen Menschen und Beileidsbekundungen – das alles türmte sich vor Aenne auf wie ein riesiger steiler Berg, der ihr unbezwingbar vorkam. Sich gleichzeitig auch noch um ihre kleine Tochter kümmern zu müssen, erschien ihr nur schwer machbar. Sie fühlte sich kaum in der Lage dazu und wollte sich vor Beeke nicht verstellen oder zusammenreißen müssen. Sie wollte heute nicht Mutter sein, nicht stark sein. Sie wollte nur selbst bestehen.

Später am Nachmittag, wenn alles vorbei war, oder vielleicht auch morgen würden Aenne und Jan gemeinsam mit Beeke zum Grab gehen. Denn natürlich war ihnen bewusst, dass auch ihre kleine Tochter miterleben musste, was es bedeutete, dass ihr Großvater beerdigt worden war. Beeke durfte nicht von allem ausgeschlossen werden. Sie musste das Grab sehen, die Blumen und die Kränze. Auch ihr musste eine Möglichkeit geboten werden, Abschied zu nehmen, zu verstehen und zu begreifen, was mit ihrem Großvater geschehen war.

»Ich dachte, das Buch kann Beeke vielleicht ein wenig helfen«, sagte Insa.

»Ja, das ist wirklich lieb von dir. Möchtest du einen Kaffee? Oder Tee?« Aenne ging hinüber zur Küchenzeile, stellte sich auf die Zehenspitzen und begann, im Schrank nach Kaffeepulver oder Teebeuteln zu kramen.

»Ja, gern einen Tee, aber den kann ich mir selbst machen. Müsst ihr nicht langsam mal los?«, fragte Insa.

»Jaja, aber einen Tee kann ich noch eben kochen. Vielleicht trinke ich auch noch einen kleinen Schluck.« Aenne angelte zwei Packungen aus dem Fach. »Kamille oder Kümmel-Anis? Du weißt ja, meine Auswahl ist eher übersichtlich.«

Jan kam die Treppe heruntergeeilt. »Aenne, bei aller Liebe, aber wir müssen los! Jetzt.« Er begann, nach dem Schlüssel für den Bus zu suchen.

»Na gut«, lenkte Aenne ein. »Also, hier ist der Tee.« Sie stellte die Packungen auf den Tresen. »Den Rest findest du ja.«

»Ich krieg das schon hin. Fahrt ihr mal los.« Insa setzte sich wieder zu Beeke auf das Sofa.

»Aenne, hast du den Busschlüssel? Ich finde ihn nicht.« Jan fluchte leise.

»Keine Ahnung. Vielleicht in meiner Tasche?«

»Und wo ist die?«

Aenne zuckte mit den Schultern. »Vielleicht im Windfang?«

»Vielleicht, vielleicht …« Jan verschwand stöhnend im Windfang. Nach einem kurzen Augenblick hörte Aenne ihn rufen: »Hier ist die Tasche, aber kein Schlüssel!«

»Dann vielleicht in meiner Jacke? Ich glaube, ich hatte gestern die mit den großen Blumen an«, rief Aenne zurück.

»So, ich hab ihn.« Jan kam zurück in das Wohnzimmer gehastet. Als er sah, dass Aenne immer noch neben dem Tresen stand, blieb er stehen. »Aenne, wenn du so weitermachst, kommen wir wirklich zu spät. Ich glaube nicht, dass du das willst.«

»Ich muss noch mal auf Klo.«

»War klar.« Jan atmete tief durch. »Ich setze mich schon mal in den Bus und warte da auf dich.« Er wandte sich ab, küsste Beeke zum Abschied, wünschte ihr und Insa viel Spaß und verschwand nach draußen.

Aenne ging im Gäste-WC auf die Toilette, durchquerte danach den Wohnraum, verschwand in der Abstellkammer und kam mit einem Arm voll Klopapierrollen zurück.

»Aenne, was machst du da?« Insa blickte ihrer Freundin entgeistert hinterher.

»Das Klopapier ist alle«, rief Aenne im Gehen über ihre Schulter und verstaute die Rollen im Gäste-WC.

Anschließend ging sie zurück ins Wohnzimmer. Mitten im Raum blieb sie stehen. Bedächtig strich sie sich eine Haarsträhne, die ihr ins Gesicht gefallen war, hinter das Ohr. Dann schaute sie sich um, unschlüssig, was sie als Nächstes tun sollte.

»Aenne«, sagte Insa leise, aber mit Nachdruck, »Jan wartet.«

»Ja, dann muss ich wohl los.« Sie trat ans Sofa heran und gab Beeke einen dicken Kuss. »Viel Spaß mit Insa. Wir sind bald wieder da.«

Beeke nickte und drückte sie fest an sich. Dann nahm sie wieder das Buch in die Hand.

Aenne wandte sich an Insa: »Ich weiß nicht, um wie viel Uhr wir wieder zurück sein werden. Hab keine Ahnung, wie lange das alles dauert. Soll ich dich anrufen, wenn wir —«

»Aenne«, ging Insa dazwischen. Ihre Stimme klang fast ein wenig tadelnd. Sie legte eine Hand auf Aennes Arm. »Lass dir Zeit, so viel du brauchst. Ich bin ja da.« Sie lächelte ihr aufmunternd zu. »Und nun tschüss!«

Widerstrebend verließ Aenne das Haus.

In der Auffahrt stand der Bus bereit, die Beifahrertür war schon geöffnet, und Aenne sah Jan hektisch mit den Armen fuchteln. Er ließ den Motor an. Aber Aenne wollte noch schnell etwas erledigen. Sie winkte Jan kurz zu, und bevor er etwas rufen konnte, war sie schon hinter der Hausecke verschwunden.

Für das Grab wollte sie eine Rose aus ihrem Garten mitnehmen, eine pinkfarbene von der großen Kletterrose an der Terrasse. Aenne fand eine passende Blüte, doch sie hatte nicht an eine Gartenschere gedacht. Nur mit Mühe gelang es ihr, die Rose vom Stock abzuknicken, und sie musste aufpassen, dass sie sich nicht an den Dornen verletzte.

Sie betrachtete die Blüte in ihrer Hand. Sie war so schön. Symmetrisch perfekt. War eine ausreichend? Oder sollte sie noch eine zweite mitnehmen?

Aenne hörte, wie der Dieselmotor wieder verstummte, wie eine Autotür geöffnet und mit Schwung zugeworfen wurde, dann Schritte, die herangeeilt kamen.

»Aenne, was wird das?«, schleuderte Jan ihr verärgert entgegen. Allmählich konnte er nicht mehr an sich halten. »Du schaffst es wirklich noch, dass wir die –«

Aenne drehte sich ruckartig um. »Ich brauchte doch noch eine Blume!«

Sie sah das Erschrecken in seinem Gesicht, als er ihre Traurigkeit und Verzweiflung erkannte. Augenblicklich nahm seine Stimme einen sanfteren Ton an. »Aenne«, sagte er leise, »es ist doch abgesprochen, dass der Bestatter Blumen am Grab bereitlegt.«

»Ja, aber ich brauch doch eine hier aus unserem Garten«, entgegnete sie hilflos. »Eine von uns ... Sie muss doch von uns sein.«

»Ja, natürlich, aber –«

»Ich möchte da nicht hin«, sagte Aenne unvermittelt. Kraftlos ließ sie die Blume sinken. »Ich will da nicht hin.«

»Ich weiß.« Jan machte einen Schritt auf sie zu. »Komm her.« Er legte die Arme um sie und drückte sachte ihren Kopf an seine Brust.

»Ich will da nicht hin«, flüsterte Aenne wieder. Sie stand still in seinen Armen.

»Ich weiß ja, ich weiß ...« Er streichelte ihr zärtlich übers Haar. Er hielt sie fest, dann räusperte er sich und schob Aenne behutsam ein kleines Stück von sich fort. Er suchte ihren Blick. »Du kannst jetzt davonlaufen. Aber es wird dadurch nicht besser. Und du würdest es immer bereuen.«

Aenne wich seinem Blick aus. Sie beugte den Kopf nach hinten und sah in den Himmel. Sie musste blinzeln. »Ich hab Angst, ich schaff das nicht.«

»Doch, du schaffst das. Und du bist nicht allein. Ich bin da.«

Aenne ließ den Kopf wieder sinken. Sie starrte Jan stumm an, immer noch zweifelnd und verunsichert.

»Tu es für dich. Und tu es für deinen Vater«, setzte er nach.

Einen Augenblick lang stand Aenne noch regungslos da. Dann nickte sie. Es war ein zartes Nicken, vorsichtig.

Dann ließ sie sich widerstandslos von ihrem Mann zum Bus geleiten. Jan half ihr, auf den Beifahrersitz zu klettern, und schloss die Tür an ihrer Seite, ehe auch er einstieg und den Motor startete.

Ein zäher Nebel hing über der Insel, und nur ein zarter Schimmer oder vielmehr eine Ahnung davon ließ erkennen, dass die Sonne dahinter um Durchlass kämpfte. Doch noch war sie unterlegen, und der dicke Nebel tauchte alles um sich herum in schweres Grau.

Als Jan und Aenne an der Nebeler Mühle vorbeifuhren, registrierte Aenne, dass die Flügel im Kreuz standen. So war es seit jeher Brauch, wenn ein Einwohner auf Amrum starb. Bis zur Beerdigung wurden die Flügel von der Schere ins Kreuz gestellt.

Jetzt also für ihren Vater.

Aenne stierte stumpf aus dem Autofenster und sah die Mühle an sich vorüberziehen.

Die Glocken der St.-Clemens-Kirche läuteten schon, als sie den kleinen Parkplatz vor der Kirche erreichten. Natürlich waren alle Plätze besetzt, und entlang des Uasterstighs reihte sich ein Auto an das andere. Die halbe Insel war gekommen, um von Erk Jannen Abschied zu nehmen.

Schon gestern hatten sich zahlreiche Einheimische eingefunden, um seinen Leichnam in einem langen Autokorso von der Fähre, mit der er von Kiel zurück nach Amrum gebracht worden war, bis zur Kirche nach Nebel zu begleiten. Dort war der Sarg im Kastbarshüs aufgestellt worden, und Freunde und Verwandte hatten die Möglichkeit erhalten, sich ganz persönlich und in aller Ruhe von Erk zu verabschieden.

Jan parkte den Bus bei Bekannten auf einem nahe gelegenen Grundstück. Das hatte er mit ihnen so abgesprochen. In weiser Voraussicht, wie sich jetzt bestätigte.

Sie stiegen aus und überquerten zügig die Straße. Dann eilten sie mit großen Schritten auf die Kirche zu. Jan hatte Aennes Hand genommen. In der anderen hielt sie die Rose. Die Dornen stachen in ihre Handflächen. Es war ihr egal.

Die Glocken verstummten. Jan wuchtete die schwere Holztür auf und zog Aenne hinter sich her. Abrupt mussten sie stehen bleiben. Der Kirchenvorraum war voller Menschen. Dicht gedrängt standen sie beieinander, es war kein Durchkommen. Doch sobald die Menschen Jan und Aenne erblickten, wichen sie zurück und bildeten eine Gasse. Langsam und ein wenig zögerlich gingen Jan und Aenne hindurch und betraten durch eine weitere, nur zum heutigen Anlass offen stehende Flügeltür das Kirchenschiff. Auch hier waren alle Bänke besetzt, und Trauergäste, die keinen Platz mehr gefunden hatten, standen an den Seiten gegen die Wände gelehnt.

Sie schritten den Mittelgang hinunter. Mechanisch setzte Aenne einen Fuß vor den anderen. Als die Orgel einsetzte, zuckte sie zusammen und drückte Jans Hand fester. All die Leute rechts und links des Ganges nahm Aenne nicht wahr. Sie sah keine einzelnen Personen, keine Gesichter, sie bemerkte nichts von den Blicken, die ihr folgten. Aennes ganze Aufmerksamkeit war nach vorn gerichtet.

Da stand er also.

Der Sarg.

Und mit jedem Schritt kam sie ihm näher.

Sie wartete darauf, dass irgendetwas mit ihr und ihrem Körper geschehen würde. Würde sie gleich in Tränen ausbrechen? Oder in die Knie sacken? Einfach zusammenbrechen? Hier, mitten auf dem Gang? Würde sie Atemnot bekommen? Herzrasen? Irgendetwas musste doch passieren!

Doch nichts dergleichen geschah. Ihr Körper tat seinen Dienst. Aenne atmete, sie bewegte die Beine, sie hielt sich aufrecht. Sie funktionierte.

Sie erreichten die erste Bankreihe direkt vor dem Altarraum. Aenne erkannte von hinten den kerzengeraden Rücken ihrer Mutter, die geordnete Frisur. Rechts neben ihr waren noch zwei Plätze frei. Als Aenne an ihrer Mutter vorbeiging, trafen sich für einen kurzen Moment ihre Blicke. Kaum merklich zog Luise die Augenbrauen in die Höhe. Nachdem Aenne mit Jan Platz genommen hatte, wandte sie ihr erneut das Gesicht zu. In ihrem Blick entdeckte Aenne eine Mischung aus Tadel und Vorwurf. Warum kommst du so spät? Und was hast du überhaupt an? Aber es lag auch noch etwas anderes darin. Aenne erkannte Verzweiflung und Traurigkeit. Und zum ersten Mal

Einsamkeit. Ihre Mutter wirkte verlassen und verloren. Kurz überkam Aenne der Impuls, ihre Mutter zu drücken, sie in den Arm zu nehmen oder wenigstens eine Hand auf ihren Arm zu legen. Doch irgendetwas hielt sie zurück.

Stattdessen starrten sie beide nach vorn. Auf den Sarg. Er stand unmittelbar vor ihnen, gar nicht weit entfernt. Und doch so endlos weit weg.

Das Orgelvorspiel war verklungen. Während sich die Pastorin von ihrem Platz erhob, zum Altar schritt und den Trauergottesdienst eröffnete, blieb Aennes Blick auf den Sarg geheftet. Sie sah die Messinggriffe, schimmernd im Widerschein der zahlreichen Kerzen. Sie konnte die Form der winzigen Ornamente auf den Beschlägen erkennen. Die Füße waren auch aus Messing. Mit einer senkrecht verlaufenden Falz. Sie betrachtete die Falten, die der dunkle schwere Stoff warf, der das Gestell bedeckte, auf dem der Sarg stand. Vorn an den Füßen des Sarges drei Falten, am hinteren Ende vier. Sie musterte die glatte glänzende Oberfläche des Sarges. Die zarte Maserung des Holzes. Ihre Unregelmäßigkeit, Natürlichkeit. Sie fand kein Muster.

Aennes visuelle Wahrnehmung war auf eigentümliche Weise besonders geschärft und schien dabei alle anderen Sinneseindrücke zu überdecken und auszublenden. Sie nahm die Dinge um sich herum in einer nie zuvor da gewesenen Klarheit und Präzision wahr. Und dennoch, bei aller Eindringlichkeit und Intensität der Bilder hatte Aenne das Gefühl, dass diese Eindrücke nur an der Oberfläche haften blieben. Kurze Blitzlichter, die gleich wieder verschwanden. Als ob etwas in ihrem Innern sie vor dem, was sie sah, beschützte. Ihre Gefühle und Empfindungen blieben unberührt. Ihre Seele wurde abgeschirmt.

Aennes Blick glitt über den Blumenschmuck auf dem Sarg. Das Gesteck ihrer Mutter bestand aus weißen Blumen, Lilien, Rosen, alles weiß. Die Stempel der Lilien hatten feine blassgelbe Staubkörnchen auf die Blütenblätter gestäubt. Ein winziger Makel in der schneeweißen Reinheit und Vollkommenheit. Die Rosen schimmerten eine Nuance dunkler.

Auch die Schleife weiß. Mit Fransen. Die Schrift schwarz.

Auf ewig verbunden
Deine Luise

Das A war größer als alle anderen Buchstaben. Der Farbton des D war etwas schwächer. Ein Druckfehler? Das rechte Band der Schleife lag nicht ganz gerade. Es warf einen leichten Schatten auf den Sarg.

Wo war ihr Kranz?

Aenne entdeckte ihn seitlich, gleich links neben dem Sarg. Bunte Sommerblumen, wild durcheinander. Und Sonnenblumen, große und kleine Blüten. Leuchtend gelb. Dazwischen Gräser und Getreideähren.

Die Schleife war ebenfalls weiß. Aber mit goldener Schrift. Und ohne Fransen.

Hinter dem Horizont treffen wir uns wieder
Für immer in unseren Herzen
Aenne, Jan und Beeke

War es wirklich ihr Name, den sie da las? In goldenen geschwungenen Buchstaben? Auf dem seidig schimmernden Schleifenstoff?

Die Pastorin trat in Aennes Blickfeld. Sie stieg die Stufen zur Kanzel hinauf. Aennes Blick folgte ihr. Sie musste den Kopf in den Nacken legen, um die Frau sehen zu können, so dicht stand die Kirchenbank vor der leicht erhöhten Kanzel. Oben schlug die Pastorin ein Ringbuch auf. Sie beugte sich vor zum Mikrofon.

Aenne betrachtete das Ringbuch. Sah den abgegriffenen schwarzen Einband. Vermutlich aus Kunstleder. Die obere Kante eingerissen. Sie sah die Hand, die eine Seite umblätterte. Das Papier glatt strich. Sich dann am Rand des Pultes festhielt. Sie sah den schwarzen Talar. Mit fünf Längsfalten. Gebügelt. Sah das weiße Beffchen, das ordentlich auf dem schwarzen Stoff ruhte. Weiß auf schwarz. Wenn die Pastorin die Arme bewegte, wackelte das Beffchen mit.

Ihr Blick blieb am Gesicht der Pastorin hängen. Es senkte sich über die Notizen, hob sich wieder, wandte sich der Gemeinde zu, senkte sich erneut. Die Haare aschblond. Kinnlang. Irgendwie gestuft, keine wirkliche Frisur. Die Augen eher klein, unter dichten Augenbrauen. Deutliche Falten um die Augenwinkel. Sie sah den Mund. Sah ihn sich öffnen und schließen, sah die Bewegung der Lippen.

Die Pastorin hielt ihre Ansprache.

Aber Aenne verstand nichts.

Sie hörte die Stimme und vernahm einzelne Wörter, Bruchstücke, Satzfetzen. Doch es handelte sich nur um eine sinnlose Aneinanderreihung von Wörtern, deren Bedeutung Aenne nicht erfassen konnte. Sie entdeckte auch keinen Bezug der Wörter untereinander. Es kam ihr so vor, als stünde jeder einzelne Ausdruck losgelöst für sich und hätte nichts mit den anderen zu tun. Und auch nichts mit ihr selbst. So als ob es sie nichts anginge.

Irgendwann verließ die Pastorin die Kanzel wieder und trat an den Altar. Auf einmal erhoben sich alle um Aenne herum. Sie fuhr zusammen. Nur zögernd stand sie ebenfalls von ihrem Sitzplatz auf und blickte sich verwirrt um. Was geschah jetzt? Da sah sie sechs Männer, ganz in Schwarz gekleidet, den Mittelgang hinunterschreiten. Auf dem Kopf trug jeder einen Hut, einen schwarzen Dreizack. Vor dem Sarg blieben sie stehen, nahmen den Dreizack in die Hände und senkten ihre Häupter.

Oh Gott, nein! War es etwa schon vorbei?

Aenne starrte auf die Männer. Nach einem kurzen Moment des Innehaltens setzten die Sargträger die Hüte wieder auf und stellten sich neben den Sarg, jeder an einen Griff. Auf ein Zeichen hin umfassten sie mit den Händen die Messinggriffe und hoben den Sarg an.

Nein! Alles in Aenne bäumte sich auf. Sie heftete ihren Blick auf den Sarg. Nicht wegbringen!, flehte sie innerlich.

Doch sie stand still, unfähig, sich zu rühren. Hinter sich hörte sie ein Schluchzen. Irgendwo schnäuzte sich jemand geräuschvoll. Sie roch ein viel zu starkes, aufdringliches Frauenparfum. Fühlte Jans Hand auf ihrer Schulter. Sah den Rücken ihrer Mutter beben.

Dann schwoll die Orgelmusik an.

Der Sarg wurde an Aenne vorbei den Gang hinuntergetragen.

Nein! Die Tränen stürzten von einer Sekunde zur nächsten aus Aenne heraus. Sie begann zu zittern.

Ihre Mutter ging los und folgte dem Sarg. Aenne musste hinterher. Doch sie konnte nicht. Sie hörte Jan irgendetwas sagen. Spürte, wie sich die Blicke der Menschen wie Pfeile in sie hineinbohrten. Vor ihren Augen verschwammen der Sarg und die Träger, versanken die vielen Menschen um sie herum. In ihrem Innern schrie alles. Sie merkte, wie ihre Knie weich wurden.

Doch dann spürte sie einen Arm, der sie umfasste. Fest und bestimmt. Einen Arm, der sie hielt. Und der sie vorsichtig, aber entschieden den Gang hinunter und aus der Kirche schob.

18

»Ja, so ist gut. Noch ein bisschen näher ran, ja, genau so. Geschafft.« Aenne zog Beekes Hand, mit der diese das Stabfeuerzeug umklammert hielt, vorsichtig zurück. Die Kerze brannte. Sorgfältig schloss Aenne das kleine Türchen des Windlichtes und erhob sich aus der Hocke. Mit Beeke an der Hand trat sie ein paar Schritte zurück. Still standen sie nebeneinander und betrachteten die flackernde Flamme, die erst nur schwach, dann immer heller leuchtete.

Das Windlicht mit der dicken weißen Kerze hatten Aenne und Beeke direkt neben das Holzkreuz gestellt. »OPA« stand in großen bunten Wachsbuchstaben auf der Kerze, daneben die Wörter »PAPA« und »ERK«. Der obere und untere Rand war mit schmalen Wachsstreifen in Regenbogenfarben verziert. Auf dem unteren Regenbogen fuhr ein kleines Segelboot. Aenne hatte die Kerze zwei Tage zuvor gemeinsam mit Beeke gemacht.

»Sie ist wirklich sehr schön geworden.« Jan war hinter die zwei getreten und hatte einen Arm um Aenne und die andere Hand auf Beekes Schulter gelegt. »Die wird Opa ganz bestimmt gefallen.«

»Aber kann Opa sie denn überhaupt sehen?«, fragte Beeke.

»Ja, ich denke schon.« Aenne holte tief Luft. »Aber nicht so wie wir, mit den Augen, sondern anders. Opa kann sie mit dem Herzen sehen.«

»Oder von oben von der Himmelswiese«, sagte Beeke leichthin. Sie schaute Aenne an. »Von da kann er ja alles gut sehen.«

»Ja, da hast du recht.« Aenne nickte.

»Aber dafür kann Opa jetzt nicht mehr mit mir spielen … oder Quatsch machen.« Schlagartig verdunkelte sich Beekes Miene. »Opa ist ja nicht mehr hier.« Ihre Stimme nahm einen traurigen Tonfall an, untermalt von einem fast vorwurfsvollen Unterton.

»Ja, Rübe, das stimmt leider auch.« Aenne ging vor ihrer

Tochter in die Hocke. »Aber in deinem Herzen, hier drin«, sie nahm Beekes Hand und legte sie ihr auf die Brust, »hier drin ist dein Opa immer bei dir. Du kannst ihn zwar nicht mehr sehen und nicht mehr anfassen, aber du kannst ihn da fühlen. Und jedes Mal, wenn du an ihn denkst, ist er bei dir.«

»Du meinst, so wie in dem Buch? Wie bei dem alten Fuchs?«

»Ja, genau so. Wenn du dich an die vielen schönen Dinge erinnerst, die Opa mit dir gemacht hat, wenn du dich also zum Beispiel daran denkst, wie ihr zusammen gespielt habt oder wie Opa mit dir Fahrrad gefahren ist, dann bleibt Opa immer bei dir.« Aenne spürte, wie ihr eine Träne über die Wange lief.

»Aber ich bin trotzdem traurig.« Beeke sah sie forschend an. »Und du auch.«

»Ja, ich auch.« Aenne wischte sich mit dem Handrücken über die Wange. »Das gehört am Anfang dazu.«

»Und Papa auch.« Beeke drehte sich nach Jan um.

»Papa auch.« Jan ging ebenfalls in die Hocke. »Wir sind alle sehr traurig.« Er drückte Beeke und Aenne an sich. Gemeinsam schwiegen sie, bis die Kirchturmglocken läuteten. Elf Uhr.

Beeke hob ihren Kopf und sah auf. Ihr war etwas eingefallen. »Ich hab ja noch was für Opa!« Sie griff in ihre Jackentasche. Zutage förderte sie eine besonders große und helle Sandklaffmuschel. »Die habe ich mit Onno am Strand gefunden. Es ist die schönste, die wir finden konnten.« Stolz präsentierte sie sie ihren Eltern.

»Die ist aber wirklich toll. Und so groß«, sagte Jan. »Möchtest du sie auf das Grab legen?«

»Ja, gleich neben die Kerze.« Beeke drehte sich um, ging zu der Stelle, wo das Windlicht stand, und drückte die Muschel fest in die Erde. Zufrieden kam sie zurück. »Fertig.« Sie sah ihre Eltern an. »Gehen wir jetzt? Kann ich noch auf den Spielplatz?«

»Also, meinetwegen.« Jan sah Aenne fragend an. »Ach, weißt du was, Beeke, wir beide können doch schon mal zum Spielplatz vorgehen, und Mama hat hier noch ein bisschen Ruhe. Wenn sie so weit ist, kommt sie einfach hinterher, okay?«

»Au ja!«, rief Beeke.

Aenne nickte stumm.

»Bis gleich, Mama.« Beeke drückte Aenne einen Kuss auf die Wange. »Kommst du, Papa?« Sie nahm Jan bei der Hand.

»Ja, einen Moment noch.« Auch Jan gab Aenne einen Kuss zum Abschied. »Bis später. Lass dir ruhig Zeit.« Schließlich wandte er sich seiner Tochter zu. »Dann mal los.«

Gemeinsam spazierten sie in Richtung Ausgang davon. Aenne konnte Beeke noch brabbeln hören: »Und Papa, kennst du schon die neue Kletterstange? Oben vom Piratenschiff? Ich traue mich, da runterzurutschen. Von ganz oben!«

»Ehrlich? Na, das musst du mir gleich mal zeigen.«

»Klar. Und auf die Wippe will ich auch. Wippst du mit mir?«

Die Stimmen wurden immer leiser, und Aenne blieb allein am Grab zurück. Gedankenverloren schaute sie ihrer kleinen Familie hinterher. Sie konnte sich nur bruchstückhaft an den gestrigen Tag erinnern. Der Trauergottesdienst in der Kirche, der Abschied am Grab, anschließend der Kaffeeempfang im Ual Öömrang Wiartshüs in Norddorf – einzelne, unzusammenhängende Bilder, die in Aennes Kopf aufblitzten. Ihr war nicht klar, woher sie die Kraft für all das genommen hatte. Sie hatte funktioniert, als wäre sie von irgendwoher ferngesteuert gewesen. Und sie wusste, ohne die Unterstützung und den Beistand ihres Mannes hätte sie das nicht geschafft. Sie sah Jan den Friedhofsweg entlanggehen, an seiner Hand ihre gemeinsame Tochter. Den breiten Rücken gerade, das Gesicht Beeke zugewandt. Er musste irgendetwas Lustiges gesagt haben, denn Aenne sah, wie Beeke lachte. Eine Woge von Wärme durchflutete Aenne. Beistand. Beileid. Wie viele Hände hatte sie gestern geschüttelt? Wie oft hatte sie »Mein Beileid« gehört? Worte, einfach dahingesagt? *Das* hier war Beileid. Ihr Mann, der an ihrer Seite ihr Leid mittrug. Der es aushielt und einen Teil ihres Leids auf seine Schultern lud, indem er sich um ihre Tochter kümmerte und Aenne so den Freiraum und die Zeit für ihre Trauer gab, die sie brauchte. Indem er sie betrunken und kotzend nach Hause brachte, ohne am nächsten Tag ein Wort darüber zu verlieren. Indem er es schaffte, sie am Ende des Trauergottesdienstes aus der voll besetzten Kirche herauszubringen, ohne dass sie zusammenbrach. Der sie hielt und der sie beruhigte, wenn die Verzweiflung und der Schmerz so groß wurden, dass sie nicht mehr weiterwusste. Der ihr Kraft gab, wenn ihre zu Ende war.

Jan war an ihrer Seite. Er stand ihr bei.

Und auch wenn der Schmerz um den Verlust ihres Vaters derzeit noch alles überdeckte, so wusste Aenne doch, welch einen Schatz sie mit der Liebe und Verbundenheit zu ihrem Mann in sich trug.

Aenne drehte sich um. Ihr Blick glitt über das Blumenmeer auf dem Grab. In der Traueranzeige hatten ihre Mutter und sie anstelle von Kränzen und Gestecken um eine Spende für die Deutsche Gesellschaft zur Rettung Schiffbrüchiger gebeten. Das wäre bestimmt im Sinne ihres Vaters gewesen. Dennoch hatten viele Insulaner es sich nicht nehmen lassen, einen letzten Blumengruß zu schicken. Aenne ging in die Knie. Gedankenverloren zupfte sie an einer Schleife. Sie legte das Band so zurecht, dass die Schrift gut lesbar war.

Rüm hart – klaar kiming*
Deine Männer vom Amrumer Yachtclub

Es waren alle gekommen, Nachbarn, Freunde, Bekannte. Die gesamte Belegschaft aus dem Supermarkt war erschienen, ebenso die Kaufmannskollegen sowie Vertreter aus den Gemeinderäten und der Feuerwehren. Natürlich auch die Mannschaft des Yachtclubs. Aennes Vater hatte den Verein mitbegründet und war an seinem Aufbau maßgeblich beteiligt gewesen. Hatten die Männer nicht sogar noch am Grab für ihren Seglerkameraden gesungen?

Wirklich seltsam, dachte Aenne. Sie konnte gerade mal sagen, dass am Grab gesungen worden war, aber um welches Lied es sich dabei gehandelt hatte, wusste sie nicht. Gleichzeitig erinnerte sie sich aber noch ganz deutlich, dass der Himmel aufgerissen war, als sie dort gestanden hatte. Die Sonne hatte es geschafft, den zähen Nebel, der die Trauergesellschaft umhüllte,

---

* Weites Herz – klarer Horizont

aufzulösen. Aenne konnte sich noch genau entsinnen, wie erstaunt sie darüber gewesen war: Sonne? Jetzt, hier? Das passte nicht. Die Strahlen hatten sie geblendet. Sie waren unnatürlich hell gewesen. Irgendwie unwirklich.

Sie richtete sich wieder auf. Ihre Knie knackten vernehmlich, und sie spürte, wie es hinter ihren Schläfen zu pochen begann. Sie war heute Morgen mit rasenden Kopfschmerzen aufgewacht, hatte den Schmerz aber mit starken Tabletten betäubt. Jetzt schien die Wirkung des Medikaments allmählich nachzulassen. Einen Moment hielt sie inne und schloss die Augen. Wartete, bis sich das Pochen ein wenig beruhigte.

Die Polizei war ebenfalls auf der Beerdigung gewesen. Oke Bendixen als Insulaner und Freund sowieso, aber auch die beiden Kommissare waren gekommen. Aenne konnte sich noch an das beklemmende Gefühl erinnern, das der Anblick der Polizisten bei ihr ausgelöst hatte. Die Kriminalpolizei auf einer Beerdigung – wie in einem Krimi im Fernsehen. Doch es war kein Film gewesen, kein Theaterschauspiel, es war die Beisetzung ihres Vaters. Selbst jetzt noch konnte Aenne kaum glauben, dass das alles hier, mit ihr, an diesem Ort geschah.

Langsam ging Aenne ein paar Schritte zur Seite. Vor dem Holzkreuz blieb sie stehen. Es war ein Provisorium, bis der Grabstein aufgestellt werden konnte. Wie hatte Hans Boyens sich ausgedrückt? Man müsse einige Wochen warten, bis sich die Erde an der Grabstelle »gesetzt« habe. Aenne lief ein kalter Schauer über den Rücken. Sie mochte gar nicht weiter darüber nachdenken, was das in der Realität bedeutete.

Ihr Vater war im Familiengrab beigesetzt worden. Auf dem mächtigen, glänzend polierten dunklen Stein in der Mitte der Grabstätte stand in großen bronzefarbenen Buchstaben »Ruhestätte Familie Jannen« und darunter der Bibelvers »Die Liebe hört niemals auf.‹ 1. Korinther 13,8«. Einzelne kleinere Gedenksteine zeigten, welche Familienmitglieder hier ihre letzte Ruhe gefunden hatten. Nun würde bald ein neuer hinzukommen. Mit dem Namen ihres Vaters darauf. Etwas in Aennes Innern zog sich zusammen.

Vor dem Holzkreuz lag der Blumenkranz von Aenne und

ihrer Familie. Aenne bückte sich, um auch hier die Schleifen-
bänder zurechtzulegen. Der Schmerz schoss in ihren Kopf, und
ihr wurde etwas schwindelig. Sie stöhnte auf. Vielleicht sollte
sie sich allmählich auf den Heimweg machen.

Doch es fiel ihr schwer, zu gehen. Sie wollte ihren Vater
nicht allein zurücklassen. Sie hatte das Gefühl, wenn sie der
Grabstätte den Rücken zuwandte und einfach wegging, würde
der Abschied für immer wieder ein Stück realer werden. Und
damit unabwendbar.

Aber natürlich war Aenne klar, dass sie es nicht endlos hinauszögern konnte. Sie warf einen letzten Blick auf das Kreuz und
die Muschel, die Beeke auf die Erde gelegt hatte, und vergewisserte sich, dass die Kerze im Windlicht noch brannte. Dann
straffte sie ihre Schultern, wandte sich um und ging schweren
Herzens in Richtung Ausgang. Sie schaute nicht mehr zurück.

Auf dem Spielplatz fand sie Beeke und Jan. Aenne setzte sich
zu ihrem Mann auf die Bank, und eine Weile schauten sie in stiller
Eintracht ihrer Tochter beim Spielen zu. Schließlich brachen sie
auf. Sie gingen zu ihren Fahrrädern, die sie an der Friedhofs-
mauer abgestellt hatten, und fuhren gemeinsam nach Hause.

Nach dem Mittagessen zog sich Aenne zu einem Mittags-
schlaf zurück. Jetzt, da die Beerdigung vorbei war und sie allmählich zur Ruhe kam, zeigte sich das ganze Ausmaß ihrer
Erschöpfung, und Aennes Körper nahm sich ohne Rücksicht
das, was er brauchte.

Sie schlief sofort ein.

Eigentlich hatte es nur ein kleines Nickerchen werden sollen, doch als sie von Jan geweckt wurde, war es schon später
Nachmittag.

»Hey, Schlafmütze.« Er beugte sich über sie und küsste sie
zärtlich. »Es ist schon ganz schön spät. Wolltest du nicht noch
zu deiner Mutter fahren?«

»Was? Ja, stimmt. Unbedingt«, antwortete Aenne verschlafen.
»Habe ich so lange geschlafen?«

Jan nickte. »Es ist gleich halb fünf.« Er küsste sie abermals.
»Ich mach dir mal 'nen Kaffee.« Damit verschwand er aus dem
Zimmer.

»Mmh«, murmelte Aenne zustimmend und gähnte. Einen Augenblick lang blieb sie noch liegen. Richtig, sie hatte sich vorgenommen, ihre Mutter heute noch aufzusuchen. Sämtliche Trauerpost war an Luises Adresse gegangen. Aenne wollte die Karten und Briefe lesen, die Danksagungen mussten formuliert und der Druck organisiert werden.

Schwerfällig pellte Aenne sich aus den Decken und stand auf. Sie horchte auf ihren Kopf und wartete auf die Schmerzen, doch sie blieben aus. Die zwei, drei Stunden Schlaf hatten ihr gutgetan. Aenne reckte sich, dann zog sie sich an und ging die Treppe hinunter in den Wohnbereich. Ein verlockender Kaffeeduft stieg ihr in die Nase.

Gleich nach dem Kaffeetrinken machte sie sich mit dem Fahrrad auf den Weg zu ihrer Mutter. Sie fuhr wie immer am Watt entlang. Der dichte Nebel vom Vortag war wie weggeblasen. Kleine weiße Schäfchenwölkchen wurden von einer frischen Brise über den Himmel gejagt, stoben über die glitzernde Nordsee. Es war fast Hochwasser, nur ein schmaler Wattstreifen direkt an der Küste war noch nicht überflutet. Dort waren Scharen von Austernfischern auf Nahrungssuche. Ihr lautes Geschrei begleitete Aenne bis nach Nebel hinein.

Sie bog von der Wattseite aus über einen kleinen Sandweg in den Waaswai ein und erreichte gleich darauf den Oonwai. Als Aenne ihr Elternhaus erblickte, verlangsamte sie ihr Tempo. Es war das erste Mal, dass sie hierherkam, seit er beerdigt worden war. Und auf einmal realisierte sie, dass dies nun nicht mehr länger sein Zuhause war. Er war fort.

Für immer.

Erst jetzt wurde ihr schmerzlich bewusst, was das eigentlich bedeutete. Aenne hielt an und stieg ab. Den letzten Teil des Weges schob sie ihr Fahrrad. Zögernd näherte sie sich dem Haus. Sie sah die Auffahrt. Den Kiesweg durch den Garten. Die Haustür. Wie oft war sie dort schon entlanggegangen? Gerannt, gehüpft, geschlichen? Wie oft war sie hier ein und aus gegangen, in diesem Haus, dessen zentraler Fixpunkt für sie ihr Vater gewesen war?

Und nun würde sie ihn hier nie wieder antreffen. Nie wieder

würde er ihr die Tür öffnen, sie nie wieder zur Begrüßung in die Arme schließen.

Die letzten zwei Wochen waren für Aenne eine einzige Ausnahmesituation gewesen. Sie hatte sich in einer Art Parallelwelt bewegt, von ihrer alten Welt, ihrem alten Leben losgelöst. In dieser Parallelwelt hatten sich der Kopf und das Herz mit der Endgültigkeit der Geschehnisse noch nicht in letzter Konsequenz auseinandersetzen müssen. Mit dem Unwiederbringlichen. Dem Aus und Vorbei.

Ihr Verstand hatte es zwar gewusst. Ihr Vater war tot, das war nicht rückgängig zu machen. Das wusste Aenne. Logisch. Doch nun erkannte sie, dass sein Verlust ein unauslöschlicher Bestandteil ihres weiteren, ihres echten Lebens sein würde, in das sie, auch wenn die polizeilichen Ermittlungen noch liefen, Schritt für Schritt zurückfinden musste.

Eine diffuse Angst überkam Aenne. Augenblicklich fühlte sie wieder die beklemmende Enge in ihrer Brust.

»Na, mein Mädchen?«

Aenne fuhr zusammen. Himmel, hatte sie sich erschrocken! Neben ihr war wie aus dem Nichts Frederike Nissen, die Nachbarin ihrer Eltern, aufgetaucht. Sie starrte die kleine alte Frau entgeistert an.

»Ach herrje, habe ich dich erschreckt?«, erkundigte sich Frederike Nissen besorgt. »Das wollte ich nicht. Ich habe dich durchs Küchenfenster kommen sehen, und gestern auf der Beerdigung, da waren so viele Leute, da konnte man ja kaum in Ruhe reden.« Mitleidvoll musterte sie Aenne. »Ach, meine Kleine.« Sie hob ihre runzlige Hand und tätschelte Aenne die Wange. »Du siehst schlecht aus. Wie geht es dir?« Statt auf eine Antwort zu warten, fuhr sie ohne Umschweife fort: »Es tut mir so leid, was mit deinem Vater passiert ist. Der liebe Erk, Gott hab ihn selig. Weiß die Polizei denn jetzt endlich mehr? Man erzählt sich ja so einiges …«

»Was?«, entgegnete Aenne verwirrt. Sie hatte sich von ihrem Schreck noch nicht erholt. »Nein, also nein, die Polizei weiß noch nicht mehr.«

»Ach so, na ja, die Trauerfeier war auf jeden Fall sehr schön.

So viele Menschen. Und die Predigt von Heike, die hat mir wirklich gut gefallen. Ja, wirklich sehr gut. Aber eure Kleine hattet ihr gar nicht dabei? Ist ja bestimmt besser so. Das muss alles schlimm für sie sein. Ihr Opa, ermordet!«

»Äh, ja, sicher. Entschuldige bitte, aber ich muss jetzt wirklich reingehen. Mama wartet«, versuchte Aenne, das Gespräch zu beenden.

»Natürlich. Luise sieht ja auch so schlecht aus. Ich weiß gar nicht, wie sie mit alldem fertigwird. Aber du bist ihr bestimmt eine wertvolle Stütze, nicht wahr?«

»Jaja.« Aenne schob ihr Rad weiter und lehnte es, als sie das Grundstück ihrer Eltern erreicht hatte, gegen den Friesenwall. Frederike Nissen folgte ihr.

»Also wenn ihr Hilfe braucht … Ich hatte Luise ja schon etwas zu essen gebracht. Ich hoffe sehr, dass sie —«

»Ganz bestimmt, danke. Also dann tschüss, Frederike.« Entschlossen drehte Aenne sich um und ließ die alte Frau stehen. Sie ging zügig den Kiesweg hinauf. Dabei musste sie sich zusammenreißen, um nicht zu rennen.

Als sie die Haustür öffnen wollte, stutzte Aenne. Sie war verschlossen. War ihre Mutter gar nicht da? Aber sie waren doch verabredet.

Aenne klingelte. Keine Reaktion.

Sie klingelte noch einmal. Sie wartete. Da hörte sie endlich Schritte die Treppe herunterkommen. Durch die kleinen Fenster in der Tür konnte Aenne sehen, wie ihre Mutter die Diele durchquerte. Als sie Aenne erkannte, huschte ein Lächeln über ihr Gesicht.

Aenne hörte, wie der Schlüssel im Schloss umgedreht wurde, einmal, zweimal. Dann öffnete sich die Tür.

»Da bist du ja. Wie schön.« Luise umarmte Aenne zur Begrüßung flüchtig, gleich dem Flügelschlag eines Schmetterlings.

»Du hast abgeschlossen?«

»Ach, weißt du, bei allem, was passiert ist. Komm doch rein.« Luise ging voraus in Richtung Küche. »Ich mache uns etwas zu trinken. Tee? Ach nein, du ja nicht. Wasser?«

»Ja, ich nehme ein Wasser.« Aenne folgte ihr in die Küche.

In der Tür blieb sie stehen und lehnte sich gegen den Türrahmen. Sie betrachtete prüfend ihre Mutter, die zwei Gläser aus dem Hängeschrank über der Spüle nahm und auf den Tisch stellte. Frederike Nissen hatte recht, ihre Mutter sah tatsächlich schlecht aus. Der Blick müde, die Wangen eingefallen. Selbst das sorgfältig aufgetragene Make-up konnte die dunklen Schatten unter den Augen nicht gänzlich verstecken.

»Setz dich doch.« Luise trat an den Kühlschrank, holte eine Flasche Wasser heraus und füllte die beiden Gläser.

Aenne nahm auf dem Stuhl am Fenster Platz. Vor ihr auf dem Tisch stand ein großer Korb voller Briefumschläge.

»Sind sie das?«, fragte Aenne mit einem Kopfnicken in Richtung des Korbes.

Luise bejahte und trank einen Schluck Wasser aus ihrem Glas.

»Oh Gott, sind das viele«, rutschte es Aenne heraus. Vorsichtig, als handelte es sich um ein gefährliches Gut, streckte sie eine Hand aus und zog den Korb etwas näher zu sich heran. Sie begann, die Briefe durchzublättern, erst langsam, dann immer schneller. Die meisten Umschläge hatten einen schwarzen Rand. Sie überflog die Anschriften: An Familie Jannen, an Luise Jannen, an das Trauerhaus Jannen, für Luise und Aenne. Sie spürte einen dicken Kloß im Hals. »Hast du die alle schon gelesen?«, fragte sie leise.

»Noch nicht alle, aber fast.«

Aenne schob den Korb wieder von sich weg. »Ich glaube, das muss ich mal ganz in Ruhe machen. Kann ich sie mitnehmen?«

»Sicher.«

Ein unsicheres Schweigen breitete sich zwischen ihnen aus. Aenne hörte den Kühlschrank brummen. Hörte die Uhr an der Wand ticken. Sonst nichts. Alles war still. Viel zu still.

»Aber gestern … das ist doch alles ganz gut gelaufen«, sagte Luise schließlich zögernd.

»Ja, denke ich auch.«

»Nur … musstest du ausgerechnet *das* anziehen?«, hakte Luise nach. »Musste das sein?«

»Ach, Mama, lass doch einfach gut sein«, gab Aenne resigniert zurück. Sie wollte sich jetzt nicht mit ihrer Mutter streiten.

»Jaja, schon gut. Du hast wahrscheinlich recht.« Wieder entstand eine Pause zwischen ihnen. Luise nippte ein zweites Mal an ihrem Glas und versuchte es erneut: »Und das Grab, die ganzen Blumen … Es sieht wirklich schön aus. Warst du noch mal da?«

»Ja, vorhin, mit Jan und Beeke.«

»Beeke.« Ein trauriges Lächeln umspielte Luises Mund. »Wie geht es ihr? Wie hat sie es verkraftet?«

»Ach, schwer zu sagen. Aber ich denke, so weit ganz gut.« Aenne rutschte auf ihrem Stuhl hin und her. »Und mit den Danksagungen, wie machen wir das?«

»Darum kümmert sich Hans. Wir müssen nur einen Text aussuchen. Ich glaube, er hat dafür auch Beispiele.«

»Dann schlage ich vor, ich lese erst einmal die ganzen Briefe, und dann können wir beide uns ja noch mal zusammensetzen und uns etwas überlegen.«

»Meinetwegen. Ich kann auch die Vorschläge von Hans besorgen.«

»Okay.« Aenne nickte. Sie blickte auf das Wasserglas, das vor ihr auf dem Tisch stand. Vorsichtig drehte sie das Glas in ihren Händen. Es hinterließ einen nassen Rand auf der Tischplatte.

»Ach, und bevor ich es vergesse, ich habe begonnen, aufzuräumen, und du willst doch sicherlich noch das eine oder andere als Erinnerung behalten. Vielleicht kannst du ja gleich mal −«

Aenne sah auf. »Wie, aufräumen?«, fragte sie irritiert. Sie verstand nicht.

»Na ja, ich habe angefangen, die Sachen von deinem Vater durchzusehen. Aufzuräumen halt. Vielleicht kann Jan ja etwas von der Kleidung gebrauchen? Die Segelbilder willst du bestimmt −«

»Mama!«, fuhr Aenne entgeistert dazwischen. »Du räumst doch nicht etwa Papas Zimmer aus!«

»Irgendwann muss das doch gemacht werden …«

»Ja, *irgendwann*. Aber doch noch nicht heute! Er ist gerade mal einen Tag unter der Erde.« Aennes Stimme schwoll an. »Du kannst doch nicht …« Sie schüttelte ungläubig den Kopf und musste tief Luft holen. »Seit gestern! Seit einem Tag!«

»Aenne, ich muss das machen.«

»Ein Tag!« Aenne spürte, wie ihr die Tränen in die Augen schossen. Vor Traurigkeit. Vor Schmerz. Und vor Wut. »Ein einziger beschissener Tag.«

»Du musst auch mich verstehen …«

»Das kann man nicht verstehen.« Sie sprang auf. Das Wasserglas kippte um, rollte vom Tisch und zerschellte klirrend auf dem Boden. »Das kann niemand verstehen. Niemand!« Sie stieß den Stuhl zurück und rannte aus der Küche. Krachend flog die Tür hinter ihr ins Schloss. Dann stürmte Aenne laut polternd nach oben.

»Aenne. Warte!« Luise war ebenfalls aufgesprungen. Sie riss die Küchentür wieder auf. »So warte doch!«

Aber Aenne reagierte nicht. Stattdessen hörte Luise nur, wie oben eine Zimmertür zugeschlagen wurde.

War sie in Erks Zimmer gerannt?

Luise stieg die Treppe nach oben. »Aenne?«, rief sie.

Die Tür zu Erks Zimmer war geschlossen. Vorsichtig legte Luise die Hand auf den Türgriff. »Aenne?«

Luise betrat den Raum und blieb augenblicklich stehen. Da saß ihre Tochter, mitten auf dem Bett, um sie herum die Kleidungsstücke ihres Vaters, die Luise vorhin dort ausgebreitet hatte. Aenne hatte sich einen Pullover gegriffen und ihr Gesicht tief darin vergraben. Als sie Luise hereinkommen hörte, sah sie auf. Ihr Gesicht war tränenüberströmt.

»Geh weg!«, zischte sie.

»Aenne, ich –«

»Nein, geh weg! Du sollst das hier nicht machen!«

»Aber ich –« Luise machte einen unbeholfenen Schritt auf ihre Tochter zu.

»Hau ab! Und lass mich in Ruhe!« Aennes Hände krallten sich zornig in den Stoff des Pullovers. Die Tränen rannen ungehindert über ihre Wangen. »Lass *uns* in Ruhe.«

Bestürzt wich Luise zurück. Aennes Worte hatten sie bis ins Mark getroffen. Einen Fuß hinter den anderen setzend, ging sie rückwärts, den Blick auf ihre Tochter geheftet. Als Luise durch den Türrahmen getreten war, zog sie leise die Tür ins Schloss.

Lass uns in Ruhe!

Luises Kopf sank kraftlos gegen die Tür. Hart und kalt drückte das Holz gegen ihre Stirn.

Hatte es nie ein Ende? Wie sollte es nur weitergehen?

Durch die Tür hörte sie Aenne schluchzen. Es war ein schmerzliches, ein verzweifeltes Wimmern. Es zerbrach Luise das Herz. Wie gern würde sie ihre Tochter einfach in die Arme schließen! Doch sie fühlte sich wie erstarrt. Betäubt und machtlos. Sie konnte nichts tun. Konnte ihre Tochter nicht erreichen. So viel mehr stand zwischen ihnen als nur diese eine Zimmertür.

Luise bemerkte, dass auch sie leise weinte. Warum konnte Aenne sie nicht verstehen? Warum *wollte* sie sie nicht verstehen? Doch, mahnte augenblicklich eine Stimme in Luises Kopf, selbst wenn sie es wollte, wie sollte sie? Wie?

Wie sollte Aenne begreifen, dass ihre Mutter sich befreien musste? Dass Luise endlich das Band, das sie und Erk aneinanderfesselte, durchtrennen musste, und wenn es noch so schmerzhaft war? Luise musste die alten Ketten sprengen. Nur so hatte sie die Chance auf einen Neubeginn in ihrem Leben. Und sie hatte schon viel zu lange ausgehalten.

Luise presste den Kopf fester gegen die Tür. Ihre Hände waren zu Fäusten geballt. Spitz stachen die Fingernägel in die Handballen. Ob sie Aenne die ganze Geschichte erzählen sollte? Damit Aenne verstand? Sie wünschte es sich so sehr. Und nun, da Erk tot war, lag die Entscheidung allein bei ihr. Doch bisher hatte sie geschwiegen, aus Angst vor dem, was folgen könnte. Würde sie ihrer Tochter jemals von dem Tag erzählen können, an dem sie und Erk Schuld auf sich geladen hatten? Von dem Tag, von dem sie beide geglaubt hatten, dass er ein Neuanfang für sie sei, an dem aber in Wahrheit die Katastrophe begonnen hatte?

Sollte sie das tun? Womöglich war es ihre einzige Chance, als Mutter und Tochter zueinanderzufinden. Oder würde sie damit das Letzte, was sie noch mit Aenne verband, für immer zerstören?

Luise wusste es einfach nicht.

19

1973

Tief verschneit lag die Landstraße vor ihnen. Seit Mitternacht hatte es ununterbrochen geschneit, sodass Luise und Erk jetzt, am frühen Morgen, nur langsam mit dem Auto vorankamen. Dicker Schnee bedeckte die Äste und Zweige der Bäume am Straßenrand und ließ Felder und Wiesen unter seinem weißen Mantel verschwinden. An anderen Tagen hätte Luise diese stille Winterlandschaft, die in der aufgehenden Morgensonne glitzerte, schön gefunden. Sie hätte sich gefreut, dass es anstelle von norddeutschem Schmuddelwetter endlich auch mal wieder hier oben im Norden einen echten Winter mit viel Schnee gab. Doch gerade heute hätte sie gut darauf verzichten können.

Sie waren auf dem Weg nach Flensburg. Es war Freitag, der neunte Februar, und sie hatten sich für diesen Ausflug beide extra einen Tag freigenommen. Schon früh um sechs Uhr hatten sie mit der ersten Fähre übergesetzt, damit sie den Tag voll ausnutzen konnten, ehe sie am Abend um acht Uhr mit der letzten Fähre wieder nach Amrum zurückkehren mussten. Sie wollten in der Stadt einige Besorgungen machen, und ihre Liste der Dinge, die es nur auf dem Festland und nicht auf der Insel zu kaufen gab, war lang.

Luises Schwangerschaft war mittlerweile fortgeschritten, sie befand sich ungefähr im siebten Monat. Für den stetig wachsenden Bauch benötigte sie dringend passende Schwangerschaftskleidung, denn die beiden weiten Kleider, die sie besaß, und die Hosenlösung mit dem geöffneten Reißverschluss und den Gummibändern um die Knöpfe reichten nicht mehr aus. Auch wollten Luise und Erk allmählich die ersten Dinge für das Baby besorgen, einige Strampelanzüge, eine Mütze, ein Jäckchen. Sie brauchten eine Wickelunterlage und eine kleine Bettdecke. Die Wiege würden sie von Luises Eltern geschenkt bekommen, ein

Familienerbstück, in dem Luise selbst als Säugling geschlafen hatte. Als Wickeltisch musste ein alter Beistelltisch herhalten.

Erk wollte außerdem in dem Geschäft für Seglerbedarf vorbeischauen, das etwas außerhalb von Flensburg kurz vor der dänischen Grenze lag. Jedes Mal, wenn er auf dem Festland war, besorgte er irgendetwas für sein Boot. Und sie sollten für Erks Vater ein paar Dinge aus einem Heimwerkerladen mitbringen. Er hatte ihnen am Abend zuvor extra einen Zettel mit all den Sachen, die er für kleinere handwerkliche Tätigkeiten im Geschäft benötigte, zugesteckt.

Luise und Erk hatten also so einiges zu erledigen, doch der Schnee drohte ihnen einen Strich durch die Rechnung zu machen. Wegen der schlechten Witterung hatte Erks Vater ihnen sein Auto geliehen, damit sie bei dem Schneetreiben heil und unversehrt bis nach Flensburg und zurückkamen, schließlich trage Erk ja nun die Verantwortung für seine schwangere Frau. Luise hatte sich über das Angebot gefreut, doch was Erk betraf, so hatte sie den Eindruck gehabt, dass er von dieser Idee nicht wirklich begeistert gewesen war. Bestimmt wäre er lieber mit seiner Ente gefahren. Er liebte die alte Klapperkiste fast so sehr wie sein Segelboot, und er war stolz auf sein eigenes Auto. Aber letztendlich hatte er dem Drängen seines Vaters nachgegeben und das Angebot, wenn auch etwas widerwillig, angenommen.

So saßen Luise und Erk nun in einem dicken, auch schon etwas betagten Mercedes Benz und schlichen über verschneite Straßen in Richtung Flensburg. Immerhin hatte es inzwischen aufgehört zu schneien, und sie kamen wenn auch nur langsam, so doch zumindest stetig voran. Luise beugte sich im Beifahrersitz nach vorn und drehte am Armaturenbrett die Heizung ein wenig höher. Dann kuschelte sie sich tief in den Sitz und schlug ihren Mantel fest um den Körper. Der war zum Glück weit genug, sodass sie ihn über dem Bauch schließen konnte.

Sie blickte zu Erk hinüber, betrachtete sein klassisches Profil, sein markantes Kinn. Konzentriert hatte er den Blick auf die Straße geheftet. Eine steile Falte zog sich über seine Stirn.

Er hatte sich verändert.

Sie hatten sich verändert.

Luise hatte gedacht, dass sie und Erk nach der Hochzeit wieder zur Normalität zurückfinden würden, zum Alltag. Und sie hatte geglaubt, es käme ganz von allein. Dass jetzt, wo sie verheiratet waren und man auf der Insel Bescheid wusste, die letzten Fragezeichen verschwinden würden. Dass die Schwangerschaft irgendwann wie selbstverständlich zu ihnen gehören würde.

Doch Luise musste sich eingestehen, dass es nicht so einfach war. Ihre Beziehung hatte eine Schwere bekommen, die alles andere als mühelos abzustreifen war. Erk und sie hatten die gemeinsame Leichtigkeit verloren. Seit sie von der Schwangerschaft wussten, schliefen sie wesentlich seltener miteinander. Zwar verbrachten sie viel Zeit miteinander, doch Luise hatte den Eindruck, dass Erk distanzierter war als sonst. Er war ihr gegenüber nicht mehr so offen, so mitteilsam. Er war nicht mehr so lustig und unbeschwert. So kühn und voller Energie. Stattdessen wirkte er in sich gekehrt. Nachdenklich. Gehemmt.

Luise konnte sich des Eindrucks nicht erwehren, dass ihn die Schwangerschaft immer noch stark belastete. Dabei war sie es doch, die schwanger war! *Sie* musste das Kind austragen. *Sie* musste all die körperlichen Veränderungen und Beschwerden auf sich nehmen, nicht er. Und diese Veränderungen waren alles andere als nur angenehm. Luise gehörte leider zu den Frauen, bei denen die Übelkeit nicht nach den ersten drei Monaten wieder nachließ. Noch häufig war ihr schlecht, und immer wieder, vor allem morgens vor dem Frühstück, musste sie sich übergeben. Auch wenn ihr Babybauch an sich ganz schön und wohlgeformt war, kam es Luise dennoch so vor, als hätte sie durch die Schwangerschaft deutlich an körperlicher Attraktivität verloren. Zumindest fühlte sie sich in ihrem Körper nicht mehr so wohl wie früher. Sie wurde immer dicker, und das auch an Stellen, die nicht direkt mit dem zunehmenden Bauchumfang zusammenhingen. Ihre Brüste spannten unangenehm, und in einer ihrer Kniekehlen zeigte sich der Beginn einer Krampfader. Nach wie vor fühlte sie sich oft sehr müde, und ihre Arbeit strengte sie immer stärker an. Sie konnte nicht mehr so wie früher bis spät in die Nacht feiern gehen. Neulich hatte sie eine Fete bei Arfst sogar ganz absagen müssen, weil sie spuckend über der Kloschüssel hing.

Ein ungutes Gefühl beschlich Luise. Wie würde es wohl sein, wenn das Kind erst da war? Würde sie sich dann besser fühlen? Oder würde es womöglich gar nicht so leicht werden, wie sie immer gedacht hatte? Wie würde ihr Alltag aussehen? Würde ihr dieses Leben wirklich gefallen?

Und was, wenn nicht?

Luise starrte aus dem Autofenster und sah die verschneite Landschaft an sich vorüberziehen. Monoton brummte der Motor des alten Benz vor sich hin.

Und was war mit Erk? Was, wenn sie beide es nicht schafften?

Er hatte nach der Hochzeit tatsächlich noch einmal vorgeschlagen, gemeinsam über eine Freigabe des Kindes zur Adoption nachzudenken. Aber Luise hatte nicht mit sich reden lassen. Und so hatten sie dieses Thema abgehakt und zur Seite gepackt. Die Zeit würde schon alles richten. Damit hatte Luise sich selbst zu beruhigen versucht.

Doch tief in ihr saß ein Stachel, der unerbittlich bohrte. Was, wenn Erk das Kind wirklich nicht wollte? Was, wenn er *sie* und das Kind nicht wollte? Wenn er sich in Wirklichkeit ein anderes Leben wünschte?

Luise stöhnte innerlich auf.

Aber was sollten sie tun? Das Baby war da. Es wuchs in Luises Bauch heran, sie konnte die Bewegungen schon spüren.

Sie hatten keine Wahl.

Luise drückte sich noch ein wenig tiefer in den Autositz hinein. Sie versuchte, die Beine anzuziehen, doch ihre Oberschenkel drückten unangenehm auf den Bauch, sodass sie sie sogleich wieder ausstreckte. Heute in Flensburg, nahm sie sich vor, machen wir es uns so richtig schön. Es soll mal wieder richtig gut werden, so wie früher. Einkaufen, bummeln, irgendwo nett eine Kleinigkeit essen gehen. Es gab da ein schönes Café in der Innenstadt, direkt an der Förde, in dem waren sie früher schon zusammen gewesen, und sie wollten dort auch heute eine Pause einlegen. Dieser Tag sollte ihnen gehören, nur ihnen beiden.

Luise hatte sich extra besonders schick gemacht, auch wenn sie sich eigentlich gar nicht so richtig gut fühlte. Sie war matt, das kannte sie schon, aber seit zwei Tagen war ein Ziehen im Bauch hinzugekommen, das vorher noch nicht da gewesen war. Es war nicht sehr stark, auch nicht regelmäßig, aber doch unangenehm. Auch jetzt spürte sie, wie sich etwas in ihrem Unterleib zusammenzog, doch sie versuchte, dieses Spannungsgefühl zu ignorieren. Sie wollte diesen Tag genießen! Und sie wollte gut dabei aussehen. Sie hatte sich von den zwei Kleidern, die ihr zur Auswahl standen, das ausgesucht, das ihr mit seinen kräftigen Blautönen bestens stand und ihren wachsenden Bauch besonders geschickt kaschierte. Zudem hatte sie sich stärker als sonst geschminkt und trug ihr langes blondes Haar offen, sodass es locker und leicht über die Schultern fiel. Das gefiel Erk sehr gut, das wusste sie.

»Wir haben's bald geschafft.« Erk riss Luise mit seiner tiefen Stimme aus ihren Gedanken. »Nur noch zehn Kilometer.«

»Das ist gut«, gab Luise zurück und reckte sich. Sie unterdrückte ein Gähnen. »Das ist ja wirklich nicht mehr weit.«

Es passierte, als sie im Café saßen. Der Kellner hatte gerade den Kuchen gebracht, als Luise bemerkte, wie es zwischen ihren Beinen plötzlich feucht wurde.

Oh nein, bitte nicht, dachte sie erschrocken. Hatte sie sich etwa gerade in die Hose gepinkelt? Konnte sie jetzt schon ihre Blase nicht mehr kontrollieren?

Ihr wurde heiß.

Wie peinlich! Was sollte sie jetzt bloß tun? Sie hatte natürlich keine Wechselkleidung mit, und neue hatten sie noch nicht gekauft, da sie auf ihrer Einkaufstour zuerst im Segelladen gewesen waren und danach die Dinge für Erks Vater besorgt hatten. Erst nach ihrem Cafébesuch wollten sie sich um Luises Schwangerschaftskleidung und die Babysachen kümmern.

Na toll! Luise hatte gleich vorgeschlagen, sie sollten doch lieber zuerst die in ihren Augen wirklich wichtigen Sachen erledigen und erst danach, wenn sie noch genügend Zeit hätten, die anderen Dinge einkaufen. Aber Erk hatte das natürlich anders bewertet und sich mal wieder durchgesetzt. Das hatten sie nun davon. Und jetzt?

Luise sah verstohlen zu Erk hinüber. Hatte er etwas bemerkt? Doch Erk hielt den Blick gesenkt und widmete sich dem Kuchen auf seinem Teller.

Vielleicht fühlt es sich ja schlimmer an, als es ist, und man sieht gar nichts, dachte Luise hoffnungsvoll. Vorsichtig rutschte sie ein Stück auf dem Stuhl nach hinten. Sollte sie aufstehen und zur Toilette gehen?

Da kam der erste Krampf. Schlagartig. Wie aus dem Nichts. Ihr Unterleib zog sich schmerzhaft zusammen. Luise sog scharf die Luft durch die Zähne. Instinktiv drückte sie die Hände auf ihren Bauch. Was war das?

Erk sah von seinem Teller auf. »Stimmt was nicht?«, fragte er und betrachtete sie eingehend. »Du bist ja ganz weiß im Gesicht. Ist dir schlecht? Wegen des Kuchens?«

»Nein, nein, es ist nichts. Alles okay.« Luise rang sich ein Lächeln ab.

Der nächste Krampf kam. Luise stöhnte auf und krümmte sich nach vorn.

»Luise«, Erk legte die Kuchengabel beiseite, »irgendetwas hast du doch! Was …«

Ehe er den Satz beenden konnte, krümmte Luise sich erneut zusammen. Nur mit Mühe gelang es ihr, einen Aufschrei zu unterdrücken. »Scheiße, tut das weh!«, presste sie zwischen aschfahlen Lippen hervor.

Erk stand auf und umrundete den Tisch. »Was ist los?« Er berührte sie an der Schulter. Sein Blick lag auf ihren Händen, die sich auf den Unterleib pressten. »Ist etwas mit dem Bauch?«

»Ich weiß auch nicht«, erwiderte Luise. Mittlerweile hatten sie die Aufmerksamkeit der Gäste vom Nachbartisch auf sich gezogen. Ein älteres Ehepaar glotzte zu ihnen herüber. »Es zieht so im Bauch.« Sie bemühte sich, leise zu sprechen. »Und mein Kleid … auf dem Stuhl … also irgendwie … es ist alles nass.«

»Wie – nass?« Erk starrte sie verständnislos an. »Auf dem Stuhl?«

»Ja, nass …« Luise hob vorsichtig ihr Kleid ein wenig an,

allerdings so, dass Erk nichts sehen konnte. Als sie auf ihren Schoß blickte, konnte sie einen Aufschrei nicht mehr länger unterdrücken.

»Was ... Luise! Was ist los?« Als er keine Antwort erhielt, beugte sich Erk zu ihr hinunter, riss ihr entschlossen das Kleid aus der Hand und hob es hoch. »Großer Gott«, platzte es aus ihm heraus. Geschockt ließ er den Stoff des Kleides wieder sinken.

Ihre Blicke trafen sich. Luise sah ihr Entsetzen in seinen Augen.

Und sie entdeckte darin noch mehr.

Nackte Angst.

Unter dem Kleid war alles rot.

Der Rettungswagen brachte sie in die Klinik. Luise erhielt wehenhemmende Medikamente, doch nach einigen Stunden mussten die Ärzte aufgeben. Sie konnten nicht länger verhindern, dass das Kind auf die Welt kam.

Luise nahm die Geburt wie unter einer Glasglocke war. Alles ging so schnell. Sie sah Ärzte, Schwestern, unbekannte Gesichter, fremde Hände. Sie sah grelle Lampen, die sie blendeten, die sie zwangen, die Augen zusammenzukneifen. Sie hörte Stimmen, dunkle und helle, mal aufgeregt, mal ruhig. Stimmen, die nur verzerrt und gedämpft, so als befände sie sich unter Wasser, an ihr Ohr drangen und von denen sie kein Wort verstand.

Ihr neugeborenes Kind bekam sie gar nicht zu Gesicht. Die Ärzte nahmen es sofort mit. Was war mit ihm? War das Wort »Intensivstation« gefallen? Luise hatte es nicht schreien gehört. Musste ein Neugeborenes nicht schreien, wenn es auf die Welt kam? Laut und durchdringend? Da war nur dieses leise, zarte Krähen gewesen, nicht mehr als ein helles Fiepen. War das etwa ihr Kind gewesen?

Was war mit ihm?

Luise versuchte, sich im Bett aufzurichten, doch ihr wurde sofort schwarz vor Augen. Sie spürte noch, wie zwei kräftige Arme sie sachte, aber dennoch bestimmt zurück in die Kissen drückten. Dann versank alles um sie herum.

Sie musste lange geschlafen haben, denn als Luise erwachte, sah sie, dass es draußen vor dem Fenster dunkel geworden war. Es hatte wieder zu schneien begonnen. Dicke weiße Flocken schwebten durch die abendliche Finsternis.

Luise brauchte einen Moment, bis sie sich erinnern konnte, wo sie war und was passiert war. Das Baby! Sie hatte ihr Baby bekommen. Viel zu früh.

Sie blickte sich um. Der gedämpfte Schein der Lampe über ihrem Krankenbett tauchte das Zimmer in ein schummriges Licht. Auf einem Stuhl links neben ihrem Bett saß Erk. Als er sah, dass Luise aufgewacht war, beugte er sich zu ihr hinüber und nahm ihre Hand.

»Hey, meine Schöne, du bist wieder wach?« Er strich ihr zärtlich über die Finger.

»Hab ich geschlafen? Wie spät ist es?«

Er blickte auf seine Armbanduhr. »Schon nach zehn. Du hast über zwei Stunden geschlafen.«

»Oh.« Luise stockte. »Was …« Aus Angst vor der Antwort traute sie sich kaum, die Frage zu stellen. »Was ist mit dem Baby?«

Ein undurchdringlicher Schatten legte sich über Erks Gesicht. »Es ist viel zu früh auf die Welt gekommen. Die Ärzte haben es auf die Intensivstation gebracht. Mehr weiß ich noch nicht.« Er ließ Luises Hand wieder los und lehnte sich mit dem Rücken gegen die Stuhllehne. »Es ist ein Mädchen.«

»Ein Mädchen«, wiederholte Luise leise. Sie blickte an die Zimmerdecke.

Da wurde mit Schwung die Tür geöffnet, und ein kleiner älterer Mann mit einer Stirnglatze über einer dunklen Hornbrille und einem massigen Oberkörper, über dem sich der weiße Arztkittel deutlich spannte, betrat das Zimmer.

»Ach, Sie sind wach. Das ist gut.« Der Arzt trat an das Fußende des Krankenhausbettes und stützte sich mit seinen kurzen, kräftigen Armen auf dem Bettgestell ab. »Ich sehe, es geht Ihnen schon wieder etwas besser. Aber Sie haben sehr viel Blut verloren. Sie haben eine Infektion, die von der Scheide zur Gebärmutter aufgestiegen ist. Dadurch sind die vorzeitigen

Wehen ausgelöst worden. Deshalb auch das Antibiotikum.« Er deutete mit dem Kopf auf einen Infusionsständer, der rechts neben dem Bett stand und an dem ein Beutel mit einer klaren Flüssigkeit hing.

Erst jetzt nahm Luise bewusst wahr, dass man ihr einen Infusionszugang in den rechten Unterarm gelegt hatte, der über einen Schlauch mit dem Beutel verbunden war.

»Sie sind ja noch jung und an sich gesund. Wenn das Antibiotikum erst einmal wirkt, wird es Ihnen bald deutlich besser gehen«, fuhr der Arzt fort. »Was Ihr Kind betrifft … Ich will ehrlich zu Ihnen sein.« Er machte eine Pause und schaute zuerst Luise und dann Erk ernst an. »Die meisten Säuglinge, die vor oder in der achtundzwanzigsten Schwangerschaftswoche geboren werden, schaffen es nicht. Erst vorgestern ist hier ein Frühgeborenes, das in einem annähernd gleichen Alter wie Ihres zur Welt gekommen ist, direkt nach der Geburt gestorben. Wir mussten es zur Seite legen, es hatte keinen Sinn. Aber Ihre kleine Dame wiegt etwas über tausend Gramm und macht einen vergleichsweise kräftigen Eindruck. Und da die Mädchen in der Regel eh etwas widerstandsfähiger sind als die Jungs …« Er lächelte Luise und Erk aufmunternd zu. »Machen Sie sich keine allzu großen Hoffnungen, aber vielleicht haben wir Glück und kriegen die Kleine durch. Inwiefern sie dann allerdings völlig gesund oder aber in irgendeiner Weise geschädigt oder behindert sein wird, kann ich zu diesem Zeitpunkt nicht sagen.«

»Wie?« Erk erhob seine Stimme. Sie klang rau. Schroff. »Was heißt ›behindert‹? Inwiefern kann das Kind denn behindert sein?«

»Bei einer so extremen Frühgeburt kann es immer zu Komplikationen in der weiteren Entwicklung kommen. Welche Auswirkungen solche Komplikationen haben können und ob daraus womöglich eine dauerhafte Behinderung wird … nun ja, wie schon gesagt, das kann keiner vorhersehen. Allerdings ist das Risiko für etwaige Komplikationen bei einem Geburtsgewicht von gerade mal gut tausend Gramm nicht unerheblich. Aber das abzuwenden liegt nun nicht mehr in unserer Macht. Wir müssen abwarten. Lassen Sie uns das Beste hoffen.« Damit nickte der Arzt ihnen noch einmal zu, drehte sich um und verließ forschen Schrittes das Zimmer. Die Tür fiel geräuschvoll hinter ihm ins Schloss.

Erk und Luise blieben allein zurück.

Wie gelähmt blickte Luise auf das metallene Gestänge am Fußende ihres Bettes, auf dem der Arzt eben noch seine Hände abgestützt hatte. Die Informationen kreisten in ihrem Kopf. Sie konnte keinen klaren Gedanken fassen.

Erk war von seinem Stuhl aufgestanden und ans Fenster getreten. Er hatte ihr den Rücken zugewandt und starrte hinaus in das dichte Schneegestöber. Dann, nach einer geraumen Zeit, in der keiner von ihnen wusste, was er sagen sollte, drehte er sich unvermittelt um. Seine Augen schimmerten dunkel, und eine wilde Entschlossenheit, wie Luise sie noch nie zuvor gesehen hatte, lag in seinem Blick. In ihrer Brust zog sich etwas kalt zusammen.

»Ich weiß jetzt, wie wir es machen«, sagte er mit klarer Stimme.

20

Es klingelte.

Luise schreckte hoch. Reflexartig griff sie sich an die Stirn und rieb mit der Hand darüber. Sie stöhnte.

Es klingelte erneut.

Erst jetzt verstand sie. Jemand war unten an der Haustür. Luise blickte sich um. Sie stand noch immer im Flur vor Erks Zimmer. Wie lange hatte sie hier ausgeharrt, in Erinnerungen versunken, den Kopf gegen die Zimmertür gelehnt? Saß Aenne noch da drinnen und weinte? Luise lauschte, doch sie konnte nichts hören. Alles war still.

Es klingelte ein drittes Mal. Das Geräusch war jetzt fordernder, mehrere Male kurz hintereinander.

Seufzend wandte sich Luise zur Treppe und ging die Stufen hinunter.

Unten in der Diele erkannte sie schon von Weitem den Besuch, der vor ihrer Haustür wartete.

Verwundert öffnete sie die Tür. Sie blickte in die Gesichter von Oke Bendixen, Katharina Wolf und Heiner Ahrens.

Zuerst sagte keiner von ihnen etwas.

Dann war es Oke Bendixen, der mit der Neuigkeit herausplatzte. »Wir haben den Täter. Und noch eine Leiche.«

21

»Liv?«

Luise wich zurück. Sie starrte Oke Bendixen an.

»Liv Martinen? Du meinst …«

Ihre Beine machten wie von selbst zwei Schritte rückwärts. Die linke Hand ruderte durch die Luft. Suchend. Tastend. Sie brauchte Halt.

»Nein …« Luise schüttelte ungläubig den Kopf. Ihre Hand fand den kleinen Tisch in der Diele. Sie blieb stehen, stützte sich ab, die Finger um die harte Holzkante gekrallt. Sie hörte das Blut in ihren Ohren rauschen. Ihr Blick war immer noch auf das Gesicht von Oke geheftet. Sicherlich würde er gleich grinsen oder lächeln. Vielleicht auch erstaunt die Augenbrauen in die Höhe ziehen und eine wegwerfende Handbewegung machen. Und dann würde er sagen: Nein, Luise, du hast mich falsch verstanden, nicht *diese* Liv, nicht deine alte Freundin, wir meinen jemand anderen. Irgendetwas in dieser Art würde er ganz gewiss gleich tun, um das Missverständnis aufzuklären. Es musste sich doch um ein Missverständnis handeln.

Aber nichts dergleichen geschah.

Oke blieb stumm, seine Miene ernst und undurchdringlich.

»Frau Jannen, dürfen wir reinkommen?«

Luise zuckte zusammen. Sie blickte Katharina Wolf überrascht an. Erst jetzt nahm sie die Anwesenheit der Kommissarin überhaupt bewusst wahr.

»Was?« Sie stockte. »Äh, wie bitte?«

»Dürfen wir reinkommen? Wir möchten gern ein paar Dinge in Ruhe mit Ihnen besprechen.«

»Ja … ja, natürlich. Entschuldigen Sie. Kommen Sie doch bitte herein.« Luise ließ den Tisch los und machte eine einladende Armbewegung. Sie bemühte sich, ihre gewohnte Kontrolle und Beherrschung wiederzuerlangen.

Katharina Wolf ließ Oke den Vortritt, dann trat auch sie in das Haus, gefolgt von Heiner Ahrens.

»Ist was passiert?«

Luise fuhr herum, die Polizisten hoben ihre Köpfe. Oben auf dem Treppenabsatz stand Aenne. Sie musste die Klingel gehört haben, die Stimmen in der Diele.

»Was ist denn los?« Langsam kam sie die Treppe herunter. Luise schaute erst Katharina Wolf, dann Oke unschlüssig an.

Die Kommissarin ergriff das Wort: »Wir haben den Täter gefunden oder besser gesagt die Tä–«

»Was?«, entfuhr es Aenne lauthals. Sie blieb den Bruchteil einer Sekunde lang stehen, um dann polternd die letzten Treppenstufen herunterzueilen. »Sie haben ihn?«

»Ja, wir haben den Mörder Ihres Vaters, genauer gesagt, die Mörderin.«

»Mörder*in*? Ja, aber … wer?« Aufgeregt schnellte Aennes Blick zwischen den Polizeibeamten und ihrer Mutter hin und her.

Doch anstatt direkt zu antworten, schlug Katharina Wolf vor: »Könnten wir uns einen Moment setzen? Vielleicht im Wohnzimmer?«

»Selbstverständlich.« Luise ging vor und öffnete die Tür zum Wohnzimmer. »Hier entlang bitte.«

Die Kommissare und Oke folgten ihr.

»Aber …«, hob Aenne an.

»Frau Jannen, kommen Sie«, sagte Katharina Wolf. »Lassen Sie uns das in Ruhe besprechen.«

Die drei Polizisten nahmen auf der großen Couchgarnitur Platz, Katharina Wolf in der Mitte zwischen den beiden Männern. Luise setzte sich in einen der frei stehenden Sessel.

Aenne jedoch blieb aufgewühlt stehen. »Und? Wer jetzt? Eine Frau?«

»Ja, wir gehen davon aus, dass eine Frau namens Liv Martinen Ihren Vater umgebracht hat.« Katharina Wolf sah Aenne mit klarem, ruhigem Blick direkt in die Augen. Oke nickte bekräftigend, als wollte er damit die Bedeutung und den Wahrheitsgehalt dieser Aussage unterstreichen.

»Liv Martinen?« Aenne schaute die Kommissarin verwirrt an. »Wer ist Liv Martinen?«

»Frau Dr. Liv Martinen, Jahrgang …«, Katharina Wolf warf einen Blick in ihr Notizbuch, »… Jahrgang 1953, eine Bekannte Ihrer Eltern.«

»Eine Bekannte meiner Eltern? Und wieso habe ich den Namen dann noch nie gehört?« Aenne war sichtlich durcheinander.

»Aenne, willst du dich nicht setzen?«, warf Oke ein.

»Jaja.« Sie ließ sich geistesabwesend in einen Sessel fallen. »Liv Martinen … Mama«, sie drehte sich zu ihrer Mutter um. »Wer ist diese Frau?«

Luise, die bisher stumm auf die Tischplatte gestarrt hatte, hob den Kopf. Während sie sprach, knetete sie ihre Hände, die sie eng ineinander verschlungen hielt. Mit brüchiger Stimme sagte sie: »Liv ist eine alte Schulfreundin von mir. Und von deinem Vater. Sie ist nach der Schule weggegangen. Aufs Festland. Hat dort Medizin studiert. Sie ist selten nach Amrum zurückgekommen. Nur während der letzten Wochen soll sie etwas länger hier gewesen sein.« Das Sprechen kostete Luise große Mühe. »Aber«, sie wandte ihr Gesicht der Kommissarin zu, »warum?« Ihre Stimme war nun kaum mehr als ein Flüstern. »Warum denn?«

Ehe einer der Polizisten etwas entgegnen konnte, fuhr Aenne dazwischen: »Und wo ist sie jetzt? Wie haben Sie sie überführt?«

»Tja«, begann Katharina Wolf, »das ist das Zweite, was wir Ihnen mitteilen wollten. Liv Martinen ist tot. Wir haben ihre Leiche gefunden. Und bei ihr einen Abschiedsbrief.«

Luise entfuhr ein leiser Aufschrei. Sie schlug sich die Hand vor den Mund und starrte die Kommissarin entsetzt an.

Aennes Blick irrte verständnislos zwischen den Anwesenden hin und her.

Heiner Ahrens war bisher still dem Gespräch gefolgt, den Rücken gegen die Kissen auf der Couch gelehnt, die Arme vor der Brust verschränkt. Nun beugte er sich nach vorn und stützte sich mit den Armen auf den Oberschenkeln ab. Er räusperte sich. »Eine Joggerin hat die Leiche heute Morgen in den Dünen am Quermarkenfeuer gefunden. Sie −«

»Am Quermarkenfeuer? Doch nicht etwa da, wo mein Vater …?« Aennes Stimme klang bestürzt.

»Doch, genau dort. Der Ort wurde bewusst gewählt, wie es scheint. Es kommt durchaus häufiger vor, dass der Täter oder die Täterin zum Tatort zurückkehrt.«

»Aha.« Mehr schien selbst Aenne nicht dazu einzufallen. Luise fehlten schon längst die Worte.

»Wir gehen von einem Selbstmord aus. Wir haben eine leere Spritze und eine dazugehörige Medikamentenverpackung bei der Leiche gefunden. Frau Martinen hat sich allem Anschein nach eine hohe Dosis Morphium gespritzt und sich damit selbst getötet. Sie wird gewusst haben, was sie tat, schließlich war sie Ärztin. Nichts deutet bisher auf Fremdverschulden hin. Die Leiche wird in der Rechtsmedizin in Kiel aber natürlich noch mal genau untersucht.«

Fremdverschulden. Selbstmord. Morphium. Die Wörter wirbelten durch Luises Kopf. Sie bekam ihre Bedeutung nicht zu fassen. Immer wieder entglitten sie ihr.

»Luise?« Oke Bendixen meldete sich zu Wort. »Liv hat einen Abschiedsbrief geschrieben. Willst du ihn lesen? Sie kann doch, oder?«, fragte er an die Kommissarin gewandt, die neben ihm auf dem Sofa saß.

»Ja, natürlich. Einen Moment.« Katharina Wolf angelte eine Klarsichtfolie aus ihrem Rucksack. Darin befand sich ein einfaches weißes Blatt Papier mit einigen getippten Zeilen darauf. Sie reichte es über den Couchtisch.

Luise hatte reglos dagesessen, die Hand vor dem Mund. Jetzt ließ sie sie sinken und griff zaghaft nach dem Brief. Die Folie und das Papier zitterten in ihren Händen. Sie warf einen kurzen Blick darauf, dann gab sie den Brief an die Kommissarin zurück. »Ich kann das nicht lesen«, sagte sie leise. »Meine Brille ...«, ergänzte sie entschuldigend und sah sich suchend um.

»Wollen Sie Ihre Brille holen?« Katharina Wolf wartete auf eine Antwort, doch sie blieb aus. »Wir können warten.«

Aber Luise fühlte sich nicht in der Lage, sich aus ihrem Sessel zu erheben. Sie blieb einfach sitzen.

»Oder soll ich Ihnen den Brief vorlesen?«

Luise nickte stumm.

»Frau Jannen?« Diesmal meinte die Kommissarin Aenne.
»Sind Sie einverstanden?«

Auch Aenne nickte, ohne etwas zu sagen.

»Okay.« Katharina Wolf streckte ihren Rücken durch und begann zu lesen.

Amrum, im September 2014

Ich bin schwer krank und habe nicht mehr lange zu leben.
Ich hatte schon damals begriffen, wann es Zeit war, zu gehen, und ich weiß es auch heute. Ich möchte mein Ende selbst bestimmen. Alles andere habe ich viel zu oft bei meiner Arbeit mit ansehen müssen. Zuzuschauen, bis nichts mehr von mir übrig bleibt, das ist nicht mein Weg.
Deshalb bin ich nach Amrum zurückgekommen. Dies ist der Ort, um mich von der Welt zu verabschieden.
Doch auch etwas anderes wollte, nein, musste ich noch erledigen, bevor ich nun für immer gehen werde.
Ich habe Erk meine Liebe gestanden.
Ich habe ihn geliebt. Mein ganzes Leben lang.
Und er hat mich erhört. Wir haben uns getroffen, mehrere Male.
Aber dann wollte er mich nicht mehr sehen. Er sagte, er habe noch eine andere.
Doch ich durfte ihn nicht noch einmal verlieren.
Er sollte wählen, aber er hat mich nur ausgelacht. Er hat mich nicht ernst genommen.
Da musste ich es tun.
Jetzt habe ich ihn für immer mitgenommen.
Ich habe ja nichts mehr zu verlieren.
Liv

Als die Kommissarin geendet hatte, herrschte Totenstille.

Aenne starrte regungslos auf das Stück Papier, das Katharina Wolf noch immer in den Händen hielt, während Luise, um Fassung bemüht, den Kopf gesenkt hielt.

Jetzt habe ich ihn für immer mitgenommen.

Der Satz sank auf Luises Herz. Und brach irgendetwas darin

auf. Ein leises Schluchzen drang aus ihrer Kehle. Ihre Schultern zitterten. Sie presste ihre Hände an die Brust und hielt das goldene Kreuz ihrer Halskette fest umklammert.

»Es tut mir wirklich sehr leid für Sie«, sagte Katharina Wolf mitfühlend. »Für Sie beide.« Sie legte den Brief auf den Tisch und strich mit einer Hand die Klarsichtfolie glatt. »Aber ich bin auch sehr froh, dass wir die Täterin gefunden haben. Das macht es letztlich leichter. Auch wenn es am Anfang unerträglich schwer erscheint.« Sie machte eine kurze Pause, bevor sie fortfuhr: »Wir gehen davon aus, dass der Abschiedsbrief echt ist. Er trägt zwar keine Unterschrift von Hand, aber wir haben eine entsprechende Datei auf dem Laptop der Toten gefunden. Es gibt also keinen Grund, an der Echtheit des Briefes zu zweifeln. Des Weiteren haben wir das Handy von Frau Martinen sichergestellt. Sie hatte mehrmals telefonischen Kontakt zu Ihrem Mann und Vater, das letzte Mal am Tag vor seinem Tod. Unsere Techniker werden es noch genauer unter die Lupe nehmen. Und im Elternhaus von Liv Martinen, in dem sie wahrscheinlich die letzten Wochen verbracht hat, haben wir Hinweise auf die schwere Erkrankung gefunden, von der im Brief die Rede ist. Demnach war sie unheilbar an Brustkrebs erkrankt.«

Sie wartete auf eine Reaktion von Luise oder Aenne, doch die blieb aus.

»Also, wie mein Kollege schon gesagt hat, wir müssen davon ausgehen, dass es sich hier um einen Selbstmord ohne Fremdeinwirkung handelt. Und wir sind sicher, mit Liv Martinen die Mörderin Ihres Mannes und Vaters gefunden zu haben. Die Täterin hat sich selbst gerichtet.«

Wie um ihren Worten Nachdruck zu verleihen, nahm Katharina Wolf ihr Notizbuch und legte es oben auf die Klarsichtfolie.

Dann lehnte sie sich zurück und schlug ein Bein über das andere.

22

Gebannt stierte Aenne auf den Bildschirm ihres Laptops. Sie konnte den Blick nicht abwenden von dem Gesicht der Frau, die die Mörderin ihres Vaters war. Sie schaute in die grünen Augen, betrachtete den leicht lächelnden Mund, die Sommersprossen in ihrem Gesicht, die kurz geschnittenen hellgrauen Haare. Das also war sie.

Oberärztin Frau PD Dr. Liv Martinen, las Aenne neben dem Foto, Universitätsklinikum Freiburg, Klinik für Frauenheilkunde, Gynäkologische Onkologie. Unter dem Namen eine Telefonnummer, eine E-Mail-Adresse, daneben ein Link zu den wissenschaftlichen Veröffentlichungen. Doch die interessierten Aenne nicht weiter. Ihr Blick blieb immer wieder an dem Foto hängen. Das war das Antlitz, in das ihr Vater als Letztes in seinem Leben geblickt hatte. Das Antlitz, das er wahrscheinlich völlig überrascht und geschockt angestarrt hatte. Das er vielleicht sogar verzweifelt angefleht hatte. Aenne suchte nach irgendetwas in diesem Gesicht. Musste es nicht irgendeinen Hinweis auf das geben, was passiert war? Musste man nicht eine Andeutung von dem erkennen, was diese Frau getan hatte?

Doch Aenne fand nichts. Natürlich nicht. Es war ein ganz normales Porträtfoto auf der Mitarbeiterseite einer Klinik-Homepage. Nichts deutete auf das hin, was Liv Martinen getan hatte.

Ich habe ihn geliebt. Mein ganzes Leben lang.

Das hatte die Frau in ihrem Abschiedsbrief geschrieben. Aber Aennes Vater hatte diese Liebe nicht erwidert. Dabei hatte er ihr zunächst sogar Hoffnungen gemacht. Um sie gleich darauf wieder zu zerstören. Er hatte Liv Martinen nicht für voll genommen, hatte sie ausgelacht. Das waren die Gründe gewesen, warum sie ihn umgebracht hatte. Eine nicht erwiderte Liebe. Ablehnung. Eifersucht. Das alles zusammen war umgeschlagen in blanken Hass. Und in grausame Gewalt.

Da musste ich es tun.

Aenne konnte es immer noch nicht fassen. Sie konnte einfach nicht begreifen, dass ein Mensch zu so etwas fähig war.

Da musste ich es tun.

Der Satz hatte sich in ihr Gedächtnis eingebrannt. Sie spürte den dicken Kloß in ihrem Hals, wartete auf die Tränen. Doch es kamen keine mehr.

War Liv Martinen womöglich die Frau gewesen, von der Miriam Barthel gesprochen hatte? Ihr Vater habe schon wieder ein neues Eisen im Feuer, irgendwie so hatte sie sich ausgedrückt. Miriam Barthel hatte vermutet, dass ihr Vater sich parallel zu ihr mit einer anderen Frau getroffen hatte. War diese unbekannte Frau Liv Martinen gewesen?

»Liv Martinen.« Aenne sprach die Worte. Betonte jede Silbe, jeden einzelnen Buchstaben. Und fühlte nichts.

Sie hatte immer geglaubt, wenn der Täter gefasst wäre, würde sich bei ihr so etwas wie Genugtuung einstellen. Sie hatte gehofft, dass die Aufklärung des Mordes ein Befreiungsschlag für sie sein würde. Dass sie aufatmen könnte, sich erleichtert fühlen würde. Dass es einer Erlösung gleichkäme.

Doch stattdessen fühlte Aenne eine bodenlose, abgrundtiefe Leere. Zwar hatte sich tief in ihrem Inneren ein Knoten gelöst. Aber er hatte nichts als ein unheimliches Vakuum hinterlassen.

Erschöpft lehnte sie sich auf dem Bürostuhl zurück. Sie hatte sich für ihre Internetrecherche in Jans Arbeitszimmer zurückgezogen. Draußen vor dem Fenster herrschte tiefschwarze Nacht. Hier drinnen in dem kleinen Zimmer warf nur die Bürolampe ihren blassgelben Lichtkegel auf den Schreibtisch.

Sie blickte auf die Zeitanzeige des Bildschirmes. Dreiundzwanzig Uhr siebenundfünfzig. Jan und Beeke waren schon lange zu Bett gegangen, doch Aenne konnte noch nicht an Schlaf denken. Auch wenn sie sich erschlagen und abgekämpft fühlte. Sie legte den Kopf nach hinten und schloss die Augen. Müde fuhr sie sich mit den Händen über das Gesicht. Ihr Kopf brummte und fühlte sich an, als sei er bis obenhin mit Watte vollgestopft.

Was hatte ihre Mutter der Polizei vorhin alles erzählt? Die

Kommissare hatten natürlich so viel wie möglich über Liv Martinen, über die Mörderin ihres Vaters, in Erfahrung bringen wollen.

Mörderin. Aennes Gedanken stockten. Das Wort kam ihr immer noch völlig absurd vor.

Ihre Mutter hatte berichtet, dass Liv zu Jugendzeiten ihre engste Freundin gewesen sei. Dass sie in einer gemeinsamen Clique gewesen waren, zusammen mit Erk und noch zwei weiteren Jungs. Sie seien unzertrennlich gewesen, bis Liv zum Studium aufs Festland gegangen war. Von da an hätte sich ihr Kontakt verändert. Liv sei kaum noch nach Amrum gekommen und habe jeglichen Besuch von ihren alten Inselfreunden abgelehnt. Sie habe sich völlig zurückgezogen. Ihre Freundschaft war eingegangen.

Die Kommissare hatten Luise mit Fragen bombardiert. Ob sie denn nie etwas von den Gefühlen ihrer Freundin ihrem Mann gegenüber bemerkt habe? Und ob sie in den letzten Wochen wieder Kontakt zu Frau Martinen gehabt habe? Hatte ihr Mann erwähnt, dass er Frau Martinen getroffen hatte? Immer wieder hatten sie nachgehakt und alles genau wissen wollen. Aber Luise hatte nicht mehr viel dazu sagen können. Erstaunt hatte Aenne registriert, wie aufgewühlt und wie erschüttert Luise war, wie viele Emotionen sie zeigte. So hatte sie ihre Mutter noch nicht erlebt. Das erste Mal in ihrem Leben hatte sie ihre Mutter weinen sehen.

Irgendwann hatten die Kommissare ein Einsehen gehabt und sie in Ruhe gelassen. Oke Bendixen war noch eine Weile bei ihnen geblieben. Eine nette Geste. Doch irgendwann war auch er aufgebrochen, und Aenne und Luise waren allein zurückgeblieben. Überwältigt und betäubt von den Neuigkeiten.

Aenne richtete sich wieder auf und öffnete die Augen. Sie musste blinzeln. Das Brummen in ihrem Schädel wurde nicht besser.

Auf dem Laptop hatte sich in der Zwischenzeit der Bildschirmschoner eingestellt. Das Bild von Liv Martinen war nicht mehr zu sehen. Aenne betrachtete die bunten Fische, die von rechts nach links über den Bildschirm schwammen. Vielleicht gar nicht so übel, dachte sie. Der Bildschirmschoner als Seelenschoner.

Aenne wusste, irgendwann musste sie beginnen, mit allem abzuschließen. Sie musste versuchen, die Ereignisse der letzten Wochen hinter sich zu lassen, um wieder nach vorn schauen zu können. Es würde Zeit brauchen. Aber vielleicht war dies schon mal ein Anfang.

Sie beugte sich vor und klappte energisch den Laptop zu.

Und noch etwas anderes musste sie tun. Es war ihr schon vorhin in den Sinn gekommen, als sie mit ihrer Mutter und der Polizei zusammengesessen hatte, und nun würde sie es in die Tat umsetzen. Ganz gleich, wie spät es schon war. Sie stand auf und löschte das Licht.

Die Straße lag dunkel und verlassen vor ihr. Die Scheinwerfer des VW-Busses warfen nur ein schwaches Licht auf den Asphalt. Angestrengt richtete Aenne den Blick auf die Fahrbahn.

Liv Martinen hatte in den letzten Wochen hier auf Amrum im Haus ihrer verstorbenen Eltern gewohnt. Aenne kannte dieses Haus, es war ein allein stehendes reetgedecktes Haus aus rotem Klinker am Watt zwischen Nebel und Norddorf. Sie hatte mitbekommen, dass die alte Frau Martinen verstorben war und dass das Haus seitdem leer stand. War es vor einem Jahr gewesen? Oder erst vor ein paar Monaten? Aenne wusste es nicht genau. Aber ihre Mutter hatte ihr nie zuvor von einer Verbindung zu dieser Familie, geschweige denn zu einer Tochter der Martinens erzählt. Und Aenne hatte ja nicht ahnen können … Ein kalter Schauer lief ihr über den Rücken.

Als sie Norddorf erreicht hatte, bog sie von der Hauptstraße nach rechts in den Taft ein. Es war inzwischen weit nach Mitternacht. Der Ort lag verlassen da. Keine Menschenseele war auf den Straßen zu sehen, und die Lichter in den Fenstern der Häuser waren erloschen. Selbst in dem großen Hotel im Ortszentrum brannte nur noch die spärliche Nachtbeleuchtung.

Am Ende der Straße fuhr Aenne nach links, den Hoofstich hinunter, bis sie über den Bräätlun schließlich den Boragwai erreichte, in den sie nach rechts einbog. Sie verlangsamte ihr Tempo.

Dort hinten lag es, am Ende des geteerten Weges. Die Umrisse des Hauses zeichneten sich dunkel gegen den nächtlichen Himmel und das beinahe schwarz aussehende Meer ab.

Sie schaltete noch einen Gang herunter und näherte sich langsam dem Haus. Wie oft war sie hier schon mit dem Fahrrad vorbeigefahren! Und nun hatte alles, von einem Tag auf den anderen, eine ganz neue Bedeutung bekommen.

Kurz vor dem Haus hielt Aenne an und schaltete den Motor aus. Da war erneut ein Engegefühl in ihrer Brust. Sie richtete sich auf und atmete tief durch. Einmal, zweimal. Doch das Gefühl blieb.

Nun war sie hier. Und jetzt?

Aenne starrte durch die Windschutzscheibe. Die Scheinwerfer des Busses warfen gespenstische Schatten auf das alte Reetdach und das marode Mauerwerk. Wollte sie sich einfach nur noch einmal bewusst das Haus ansehen, in dem die Mörderin ihres Vaters gelebt hatte? Das jedenfalls hatte sie sich vorgenommen. Oder war sie hier, um noch mehr über Liv Martinen in Erfahrung zu bringen? Sollte sie versuchen, in das Haus zu gelangen?

Zögernd öffnete Aenne die Fahrertür. Die Kühle, die sie empfing, ließ sie frösteln. Die Nächte zeigten jetzt deutlich, dass der Herbst nicht mehr weit war.

Aenne schlang die Arme um ihren Oberkörper. Langsam ging sie auf das Haus zu. Unter ihren Schuhsohlen knirschten feine Steinchen auf dem Asphalt. Und mit jedem Schritt wurde der Druck in ihrer Brust stärker.

Was machte sie hier?

Das Haus lag verlassen da. Düster blickten die schwarzen Fenster in die Nacht hinaus. Irgendwo schrie ein Vogel. Kam es vom Watt? Oder von den Marschwiesen? Aenne blieb einen Augenblick lang stehen. Lauschte. Doch es war alles still um sie herum. So still und dunkel, wie es nur auf der Insel sein konnte.

Aenne kannte diese außerordentliche, alles umfassende Stille und Dunkelheit. Sie waren ihr vertraut, von Kindesbeinen an.

Erst damals auf dem Festland, während ihrer Ausbildung in Hamburg, war ihr aufgefallen, dass diese Ruhe und Dunkelheit ganz besonders waren. Außergewöhnlich. Doch jetzt hatte die Stille etwas Unheimliches angenommen, und die Nacht wirkte mit einem Mal noch schwärzer und finsterer als sonst.

Vorsichtig öffnete sie die schmiedeeiserne Gartenpforte, die zwischen mannshohen Sträuchern von Heckenrosen eingelassen war. Die Tür hing schief in den Angeln. Das Quietschen der verrosteten Scharniere ließ Aenne zusammenzucken.

Sie betrat einen kleinen verwilderten Garten und sah sich um. In der Dunkelheit erkannte sie die Umrisse von Rosenbüschen und Hortensien, weiter hinten ragten die Äste eines Baumes schwarz und dunkel in den Nachthimmel empor.

Ein kopfsteingepflasterter Weg führte zum Eingang des alten Hauses. Aenne ging darauf zu.

Plötzlich ein Knacken. Laut und vernehmlich. Aenne fuhr herum.

Was war das?

Sie stierte in die Dunkelheit. Doch sie konnte nichts erkennen. Alles war still. Hatte sie sich getäuscht? Sie hörte ihren eigenen Atem. Registrierte, wie sie angestrengt Luft holte.

Da. Wieder das Knacken. Jetzt noch deutlicher. Es kam von links. Aus dem Gebüsch. War da etwa jemand? Hinter dem Busch? Oder hinter der Rosenhecke? Aennes Herz schlug ihr bis zum Hals. Unweigerlich machte sie einen Schritt nach hinten.

Himmel, was tat sie hier?

Wieder ein Geräusch. Diesmal ein Rascheln. Es kam näher.

Aenne schrie auf, als nur Sekundenbruchteile später aus dem Gebüsch ein Fasan hervorbrach, blitzschnell über den Gartenweg rannte und hinter dem Haus verschwand.

Sie rang nach Luft. Ihre Knie wurden weich, drohten nachzugeben. Irgendwo musste sie sich festhalten. Sie erreichte das Haus, stützte sich mit den Armen gegen die Wand. Kalt spürte sie die Steine unter ihren Handflächen. Ihr Atem kam stoßweise, und ein unkontrolliertes Zittern erfasste ihre Arme, breitete sich von da über ihren ganzen Körper aus.

Sie versuchte, sich zu beruhigen. Zwang sich, langsam ein- und auszuatmen.

Jetzt hatte sie sich schon zum zweiten Mal, so wie letztens in den Dünen, von einem Fasan erschrecken lassen! Sie hatte wegen eines kleinen, unscheinbaren Vogels regelrecht die Fassung verloren.

Es war genug.

Es reichte.

Sie konnte nicht mehr.

Aenne drehte sich um und ließ sich mit dem Rücken gegen die Hauswand sinken. Sie presste ihre Arme fest gegen den kalten Stein. Ihr Herz schlug immer noch heftig gegen den Brustkorb. Erst ganz allmählich verlangsamte sich ihr Pulsschlag und wurde wieder gleichmäßiger. Das Zittern ließ nach.

So konnte es nicht weitergehen. Sie musste damit aufhören.

Sie musste ihre zweifelhaften Nachforschungen beenden. Der Fall war aufgeklärt, und es war an der Zeit, einen Schlussstrich zu ziehen.

Sie würde nicht in das Haus gehen. Würde nicht mehr nach irgendwas suchen, von dem sie noch nicht einmal wusste, was es eigentlich war.

Sie musste endlich zur Ruhe kommen.

Einen Augenblick wartete Aenne noch. Dann holte sie tief Luft, spannte ihre Muskeln an und richtete sich auf. Sie löste sich von der Wand, drückte sich entschlossen mit den Armen ab.

Sie ging zurück zur Pforte, den Blick nach vorn gerichtet. Das Quietschen der Scharniere ließ sie nicht mehr zusammenfahren. Achtlos ließ sie die Tür hinter sich zufallen.

Als sie die Straße erreicht hatte, beschleunigte Aenne ihre Schritte. Zügig lief sie auf den Bus zu. Die Fahrertür hatte sie offen gelassen.

Sie drehte sich nicht mehr um.

Doch die Kälte der Steine spürte sie noch immer auf ihrem Rücken.

23

Beeke legte den Brief unter die Kletterrose, deren Blüten inzwischen fast alle verwelkt waren. Auf den Umschlag hatte sie mit leuchtenden Wachsmalfarben bunte Blumen gemalt. In der Mitte stand in großen krakeligen Druckbuchstaben das Wort »OPA«, daneben prangte ein rotes Herz.

»Das ist doch gut so, oder, Mama?«, fragte Beeke ihre Mutter, die hinter sie getreten war. »Opa mochte doch die Rosen immer so gern.«

»Ja, ich finde, das ist ein guter Platz für deinen Brief, Rübe.« Aenne fuhr ihrer Tochter mit der Hand über den wuscheligen Haarschopf.

»Aber ...«, überlegte Beeke unschlüssig, wobei sie ihre kleine Nase krauszog. »Was, wenn der Engel den Brief hier nicht findet?«

»Ich glaube, der Engel wird ihn ganz gewiss finden.«

»Ich hab eine andere Idee!« Beeke bückte sich nach dem Brief, hob ihn wieder auf und flitzte über die Terrasse in den Garten hinter dem Haus. Aenne folgte ihr.

In der hinteren Ecke, gleich neben dem alten Kirschbaum, stand das Trampolin, das Beeke zu ihrem fünften Geburtstag geschenkt bekommen hatte. Sie kletterte hinauf und platzierte den Umschlag genau in der Mitte des Sprungtuches.

»Das ist besser.« Sie kam die kleine Leiter wieder heruntergekrabbelt und betrachtete zufrieden ihr Werk. »Da findet der Engel die Post für Opa ganz bestimmt.«

»Ganz sicher.« Aenne nickte zustimmend.

»Und dann ist auch klar, dass der Brief von mir ist.« Beeke sah ihr ins Gesicht. »Ist ja *mein* Trampolin.«

Aenne schaute in die strahlenden hellblauen Kinderaugen. Beekes Blick wohnte in diesem Augenblick eine Ernsthaftigkeit inne, die Aennes Herz ganz warm werden ließ. Sie musste unwillkürlich schmunzeln. Beeke hatte gestern Abend von ihr wissen wollen, ob sie ihrem Großvater nicht einen Brief auf die

Himmelswiese schicken könne. Da hatte Aenne den Einfall mit dem Engel gehabt. Ein Engel würde kommen und die Post zu ihrem Opa bringen. Deshalb hatte Beeke heute Morgen gleich nach dem Aufstehen ein Bild für ihren Großvater gemalt und es in den großen Briefumschlag gesteckt, der nun auf dem Trampolin lag und darauf wartete, abgeholt zu werden.

Aenne nahm den Kopf ihrer Tochter zwischen beide Hände und gab ihr einen dicken Kuss auf die Stirn. »So, und jetzt ab zu Onno.«

»Au ja!«, rief Beeke begeistert. Sie rannte zurück in Richtung Terrasse. Fröhlich hüpfte sie von einem Bein auf das andere.

»Setz dich schon mal in den Bus, ich hole nur noch schnell deinen Rucksack.«

Aenne verschwand kurz im Haus, nahm den kleinen Rucksack, in den sie Beekes Sachen für den Tag gepackt hatte, griff im Windfang nach der Jacke und zog die Haustür hinter sich zu.

Nachdem sie sich vergewissert hatte, dass Beeke angeschnallt war, setzte Aenne sich hinter das Steuer und versuchte, den Motor zu starten. Der VW-Bus tat sich heute schwer und sprang erst beim dritten Versuch an. Als der alte Dieselmotor endlich lief, machten sich Aenne und Beeke auf den Weg.

Es war Samstag, und Beeke durfte heute den ganzen Tag bei ihrem Freund Onno und seiner Familie im Schullandheim »Ban Horn« verbringen. Erst am Abend würde Aenne sie wieder abholen, denn sie selbst war zu einem Segeltörn verabredet, der länger als nur ein, zwei Stunden dauern sollte. Und Jan war heute Morgen in aller Frühe mit der ersten Fähre zu einer Tagung nach Hannover aufgebrochen. Er würde erst morgen Abend wieder zurückkommen.

Insa hatte Aenne zu diesem Ausflug überredet. »Komm schon, Süße, du musst etwas für dich tun. Raus aus deinem Schneckenhaus! Du musst auf andere Gedanken kommen. Lass uns mit Knut rausfahren, ja?«

Eigentlich hatte Aenne gar keine große Lust gehabt. Natürlich war es immer schön, mit Insa Zeit zu verbringen – und gemeinsam segeln zu gehen allemal. Sie hatte ihre Freundin gern um sich. Doch in letzter Zeit war Aenne am liebsten allein. Allein mit sich, mit Beeke und mit Jan.

Drei Wochen war es jetzt her, dass man ihren Vater beerdigt und seine Mörderin tot in den Dünen gefunden hatte. Die Kriminalpolizei hatte den Fall abgeschlossen, die Ermittlungen waren eingestellt worden. Seither versuchte Aenne, ihr Leben langsam wieder in den Griff zu bekommen. Schritt für Schritt. Jeden Tag ein wenig mehr.

Sie hatte begonnen, wieder so etwas wie Alltag zu leben. Sie ging wieder zur Arbeit. Das tat ihr gut. Es gab ihr ein Stück Normalität zurück, verlieh ihrem Leben Struktur, etwas, woran sie sich festhalten konnte. Der Kontakt zu ihren jungen Patienten stellte für Aenne eine gute Ablenkung dar und war Balsam für ihre Seele. Wenn sie mit den Kindern oder Jugendlichen die ergotherapeutischen Übungen durchführte, wenn sie erklärte und anleitete, mit ihnen spielte und turnte, dachte sie wenigstens in diesen Augenblicken nicht an die schlimmen Ereignisse der letzten Wochen. Zudem kamen die chronisch kranken Kinder und Jugendlichen immer nur für eine kurze Zeit, in der Regel für vier bis sechs Wochen, zur Rehabilitation in die Fachklinik Satteldüne. Das hatte für Aenne den positiven Nebeneffekt, dass die meisten Kinder zum Zeitpunkt des Mordes an ihrem Vater noch nicht auf der Insel gewesen waren. Und selbst wenn sie von dem Verbrechen gehört hatten, so wussten sie in der Regel nicht, wer Aenne war und was sie mit diesem Mordfall zu tun hatte. Somit begegneten ihr die Kinder und ebenso die mitgereisten Erwachsenen völlig unvoreingenommen. Eben normal. Und das war mehr als angenehm.

Mit den Einheimischen verhielt es sich genau andersherum. Jeder, wirklich jeder Insulaner wusste, was geschehen war. Der Mord an Aennes Vater und die Hintergründe waren das Gesprächsthema Nummer eins auf Amrum. Wohin Aenne auch ging, was sie auch tat, sie bekam es überall zu spüren: Sie war etwas Besonderes. Sie war nicht mehr einfach nur Aenne Jannen, nein, sie war die Betroffene eines grausamen Verbrechens, die Tochter des Mordopfers. Die Anziehungskraft des Ungeheuren, des Unvorstellbaren, der Reiz der Sensation klebte an ihr.

Sicher, die meisten Einheimischen zeigten ihr und ihrer Familie gegenüber Mitleid und Mitgefühl, gepaart mit einer Mischung aus Empörung und Entsetzen, die sie auch schon in den ersten Tagen nach dem Tod ihres Vaters kennengelernt hatte. Wie schrecklich und furchtbar doch alles war! Und dass auch noch eine von ihnen diese schreckliche Tat begangen hatte, das war wirklich unglaublich! Obwohl Liv Martinen schon seit Jahrzehnten nicht mehr auf Amrum gelebt hatte, so war und blieb sie doch eine gebürtige Insulanerin. Und das schockierte die Amrumer nachhaltig. Viele Nachbarn aus Steenodde hatten für Aenne und ihre Familie gekocht, hatten Kuchen gebacken, Blumen gebracht, ihre Hilfe angeboten.

Bei einigen Amrumern hatte Aenne allerdings den Eindruck, dass sie nun, da die Täterin überführt war und die Polizei die Ermittlungen eingestellt hatte, ihre Sensationslust kaum noch im Zaum halten konnten. Hatte die Mörderin Erk tatsächlich das Gesicht zerschossen? Stimmte es, dass er nicht auf der Stelle tot war? Dass er noch lange um sein Leben gekämpft hatte? Und diese Liv, man erzählte sich ja, sie habe ein Verhältnis mit Erk gehabt, ob da was dran war? Solche und andere Fragen und Mutmaßungen musste Aenne sich anhören, ob in der Schlange beim Bäcker oder beim Abholen von Beeke im Kindergarten.

Andere wiederum begegneten Aenne nach wie vor mit großer Unsicherheit und Unbehagen. Sie wussten nicht, wie sie sich Aenne gegenüber verhalten sollten, vermieden deshalb den Kontakt mit ihr und gingen ihr aus dem Weg.

Aber ganz gleich, ob es nun der mitleidvolle Kommentar oder das Getuschel hinter ihrem Rücken, der stumme Blick oder das Wechseln der Straßenseite war, Aenne hatte den Eindruck, dass sie nirgendwo mehr hingehen konnte, ohne aufzufallen. Ohne besondere Beachtung zu finden und im Zentrum des Interesses zu stehen. Sie meinte, sich nicht mehr frei auf der Insel bewegen zu können.

Und dieses Gefühl war fürchterlich.

Daher blieb Aenne, nachdem sie Beeke mittags nach der Arbeit vom Kindergarten abgeholt hatte, die restliche Zeit des Tages am liebsten allein mit sich und ihrer Familie. Sie fuhr häufig mit Knut hinaus, mal mit Beeke und Jan gemeinsam, mal allein. Draußen auf dem Wasser konnte sie abschalten, sich fallen lassen. Und dort fühlte sie sich ihrem Vater nah.

Nun also segeln mit Insa. Ihre Freundin hatte nicht lockergelassen. Sie hatte immer wieder nachgebohrt, bis Aenne schließlich eingelenkt und sich für heute mit ihr zu einem längeren Segeltörn verabredet hatte. Wahrscheinlich hatte Insa ja auch recht, und es würde ihr tatsächlich guttun.

Außerdem wollte Insa endlich einmal erleben, wie es war, mit dem Segelboot draußen auf See auf einer Sandbank trockenzufallen. Mitten im Meer auszusteigen und auf dem Meeresboden spazieren zu gehen, davon träumte sie schon lange, und Aenne hatte ihr das obendrein vor geraumer Zeit versprochen.

Warum also nicht jetzt? Warum nicht heute? Insa hatte so viel für Aenne getan, als es ihr schlecht ging und sie jemanden für Beeke brauchte. Warum sollte Aenne sich nicht revanchieren und ihrer Freundin diesen Wunsch erfüllen?

Die Gezeiten eigneten sich für ihr Vorhaben bestens, das hatte Aenne schon geprüft. Niedrigwasser sollte um kurz nach dreizehn Uhr sein. Auch das Wetter präsentierte sich hervorragend. Das gute, vergleichsweise milde Herbstwetter dauerte an, und die Vorhersage versprach einen sonnigen, goldenen Oktobertag mit leichtem Wind.

Aenne blickte in den klaren tiefblauen Himmel, als sie das Ortsschild von Nebel passierte und auf die Landstraße in Richtung Norddorf fuhr. Sieht aus, als würde der Wetterbericht heute tatsächlich mal recht behalten, dachte sie. Ihrem Ausflug stand nichts mehr im Wege.

»Kommt Oma Luise mit, wenn du mich heute Abend abholst?«, fragte Beeke.

»Was?« Aenne drehte sich kurz nach hinten um. »Jaja, Oma kommt bestimmt auch mit«, antwortete sie ein wenig abwesend. Sie richtete ihre Aufmerksamkeit wieder auf die Fahrbahn.

Als Insa vorgeschlagen hatte, auch ihre Mutter zu dieser Segeltour einzuladen, war Aenne im ersten Moment sprachlos gewesen und hatte sich direkt ein bisschen brüskiert gefühlt. Aber Insa hatte gemeint, dass ihre Mutter schließlich auch unter den tragischen Ereignissen der letzten Wochen zu leiden habe und dass es für sie beide, für Aenne und Luise, doch bestimmt eine gute Möglichkeit sei, um wieder etwas mehr miteinander in Kontakt zu kommen. Sie gehörten immerhin zu einer Familie, da mussten sie doch versuchen, irgendwie miteinander klarzukommen. Und Insa könne ja ein wenig vermitteln. »Ein bisschen für lockere Stimmung sorgen«, hatte sie es genannt.

Aenne war gar nicht wohl bei dem Gedanken gewesen. Ihr war das alles etwas zu schnell gegangen. Sie empfand den Umgang mit ihrer Mutter seit dem Tod ihres Vaters eher als noch komplizierter denn zuvor. Aenne hatte den Eindruck, dass sie erst jetzt so richtig begriffen hatte, wie schwierig die Beziehung zu ihrer Mutter eigentlich war, wie wenig die eine die andere wirklich kannte. Wie wenig sie voneinander wussten. Und wie wenig sie einander in dieser Situation Trost spenden konnten.

Und nun sollten sie gemeinsam segeln gehen? Einen netten Ausflug zusammen unternehmen? Belanglos plaudern und klönen? Irgendwie passte das nicht.

Doch Insa hatte keine Ruhe gegeben. Sie wusste natürlich um die Schwierigkeiten in der Beziehung zwischen Aenne und ihrer Mutter. Aber möglicherweise hatte sie ja auch in diesem Punkt recht. »Ihr habt doch nur noch euch«, hatte sie gesagt. Und Insa wusste, wovon sie sprach. Schließlich hatte sie bereits beide Elternteile verloren, wenn auch durch Krankheit und nicht durch ein Verbrechen. Davon abgesehen sollte Aenne vielleicht wirklich versuchen, an der Beziehung zu ihrer Mutter zu arbeiten. Es würde bestimmt viel Zeit brauchen und ging sicherlich nicht von heute auf morgen. Aber womöglich wäre das Segeln ein Anfang.

Also hatte Aenne Insas Drängen nachgegeben und ihre Mutter für heute eingeladen. Und Luise hatte tatsächlich eingewilligt, ohne langes Überlegen und Zögern. Vielleicht auch ein Zeichen.

»Wann sind wir endlich da?« Beeke begann sich auf der Rückbank zu langweilen.

»Ach, Beeke, du kennst das doch. Es ist nicht mehr weit.«

Sie durchquerten Norddorf und fuhren auf dem lang gestreckten Oodwai durch die Marschwiesen. Es waren schon einige Urlaubsgäste mit dem Fahrrad unterwegs. Auch eine Gruppe Jugendlicher kam ihnen vom Schullandheim her zu Fuß entgegen.

Schließlich erreichten sie »Ban Horn«. Aenne parkte den Bus und begleitete Beeke zu Onnos Wohnung. Nach einer kurzen Begrüßung verabschiedete sich Aenne gleich wieder und trat nach draußen.

Auf dem Parkplatz blieb sie stehen. Sie sah den Bus, fühlte die Sonne auf ihrem Gesicht, spürte den Gurt ihrer Tasche auf der Schulter.

Es war wie ein Déjà-vu.

So hatte sie hier vor knapp fünf Wochen auch gestanden. Hatte die Sonne auf ihrer Haut genossen und sich auf einen schönen Nachmittag gefreut.

Bis das Handy geklingelt hatte.

Und die Katastrophe über sie hereingebrochen war.

Fünf Wochen.

Es war kaum vorstellbar.

Und augenblicklich war es wieder da. Dieses Gefühl in ihrem Brustkorb, das sie zwang, tief Luft zu holen.

Aenne war inzwischen bewusst geworden, dass dieser beklemmende Druck, der auf ihrer Lunge lastete und gegen den sie ankämpfen musste, sie seit dem Tod ihres Vaters in unregelmäßigen Abständen immer wieder heimsuchte. Die Schübe kamen meist ohne Vorwarnung, wie aus dem Nichts, und zum Glück waren sie bisher stets von selbst verschwunden, mal schneller, mal langsamer. Dennoch waren sie allgegenwärtig. Und machten ihr Angst.

Jetzt aber gab sich Aenne einen Ruck. Sie versuchte, nicht mehr länger auf ihre Atmung zu achten, versuchte, das bedrohliche Engegefühl einfach zu ignorieren. Entschlossen stapfte sie auf den Bus zu. Es würde schon gehen. Sie blickte auf ihre Armbanduhr. Sie musste sich allmählich beeilen, wenn sie pünktlich zur verabredeten Zeit am Boot sein wollte.

Zu Hause suchte Aenne rasch die Dinge zusammen, die sie für ihren Segeltörn benötigte. Insa hatte angeboten, sich sowohl um Getränke als auch um die restliche Verpflegung zu kümmern, Aenne solle sich ruhig ein bisschen verwöhnen lassen. Dieses Angebot hatte Aenne gern angenommen.

Ob Insa wieder einen Kuchen gebacken hat?, überlegte Aenne, während sie im Windfang in ihre Turnschuhe schlüpfte. Das wäre toll, denn Insa war eine Meisterin im Backen. Erstaunt stellte Aenne fest, dass sie fast so etwas wie Vorfreude auf den bevorstehenden Ausflug verspürte. Womöglich würde es ja tatsächlich ganz nett werden. Schließlich konnte sie sich nicht für immer und ewig einigeln.

Schwungvoll erhob sich Aenne von der Bank, auf die sie sich zum Anziehen der Schuhe gesetzt hatte. Eine Mütze brauchte sie noch. Auch wenn die Sonne schien, draußen auf dem Wasser war es frisch. Als sie in dem Gewühl aus Stirnbändern, Mützen und Tüchern auf der Ablage neben der Haustür nach einer geeigneten Kopfbedeckung suchte, fiel ihr Beekes Brief wieder ein. Den durfte sie nicht auf dem Trampolin liegen lassen.

Endlich fand Aenne ihre Mütze, stopfte sie in die Tasche, die sie mit an Bord nehmen wollte, und hastete in den Garten. Mit dem Brief in der Hand kehrte sie ins Haus zurück.

Im Wohnzimmer blieb sie unschlüssig stehen. Wo sollte sie nun hin damit? Beeke durfte den Brief schließlich nicht mehr zu Gesicht bekommen. Kurzerhand ging sie ins Arbeitszimmer und ließ den Umschlag in einem der oberen Schrankfächer verschwinden. Eine dauerhafte Lösung würde sie sich später überlegen.

Beim endgültigen Verlassen des Hauses kam Aenne an dem kleinen Gedenktisch für ihren Vater vorbei. Trotz aller Eile hielt sie einen Augenblick inne und betrachtete die Fotografie. Dann griff sie nach dem Murmeltier und drückte auf den Knopf in seinem Bauch. Sie musste lächeln. Das heitere Jodeln des Stofftieres begleitete sie nach draußen.

Insa und Luise warteten schon vor dem Boot, als Aenne die Landungsbrücke hinuntergelaufen kam. Ihre Mutter trug heute mal kein Kostüm, sondern eine schmale dunkelblaue Jeans und eine dicke Strickjacke. Um ihren Hals hatte sie ein buntes Seidentuch gebunden.

Wann waren wir das letzte Mal zusammen segeln?, überlegte Aenne. Wann haben wir überhaupt das letzte Mal etwas gemeinsam unternommen? Das muss eine Ewigkeit her sein.

Insa winkte ihr zu, als sie Aenne kommen sah. Wie schon bei ihrem letzten Segelausflug hatte sie auch heute wieder ihre große schwarze Tasche dabei.

Das sieht ja vielversprechend aus, was meine Hoffnung auf einen Kuchen angeht, dachte Aenne. Sie umarmte zur Begrüßung zunächst ihre Freundin, dann ihre Mutter. Während Insa sie fest drückte, fühlte sich Luises Umarmung steif und unbeholfen an.

Luise lächelte zaghaft. »Na, dann wollen wir mal. Ich weiß schon gar nicht mehr, wie sich das anfühlt.«

Aenne ging als Erste an Bord, ihre Mutter und Insa folgten ihr. Auf dem schwankenden Deck setzte Luise unsicher einen Fuß vor den anderen. Mit den Händen hielt sie sich an der Reling und am Dach der Kajüte fest. Als sie das Heck des Bootes erreicht hatte, ließ sie sich sogleich auf der halbkreisförmigen Holzbank nieder.

Insa verstaute ihre Tasche zunächst unten in der Kajüte und nahm danach gegenüber von Luise Platz. Aenne verteilte Schwimmwesten an ihre Mutter und Insa. Auch sie selbst zog eine Weste über. Dann wies sie Insa an, die Pinne in die Hand zu nehmen, während sie selbst den kleinen Dieselmotor startete und mit geübten Griffen die Leinen löste, mit denen Knut am Anleger festgemacht war.

Als die letzte Leine eingeholt war, stieß Aenne das Boot vorn am Bug vorsichtig von der Mole ab. Zügig kletterte sie zurück ins Heck. Dann schob sie Insa beiseite und setzte sich nun selbst an die Pinne.

Langsam bewegte sich das Segelboot rückwärts und verließ den Liegeplatz. Noch im Hafenbecken drehte Aenne das Boot, und sie fuhren hinaus auf die Nordsee.

Sie tuckerten langsam aus der Steenodder Bucht in Richtung Amrumer Südspitze, als Aenne sah, wie sich Insa noch einmal verstohlen umdrehte und einen Blick zurück an Land warf, das sie nun immer weiter hinter sich ließen. Ein seltsamer Ausdruck glitt über das Gesicht der Freundin, den Aenne so noch nie gesehen hatte und den sie nicht deuten konnte. Doch ehe sie weiter darüber nachdenken konnte, war er schon wieder verschwunden. Wahrscheinlich hatte sie sich getäuscht.

Insa wandte sich Aenne und ihrer Mutter zu und begann eine lockere Unterhaltung. Munter plapperte sie drauflos, erzählte dies und das, machte dabei ausholende Bewegungen mit den Händen und Armen, lachte laut.

Sie ist ja richtig aufgedreht, dachte Aenne. Fast ein bisschen überdreht. Sie scheint ihr Versprechen, ein bisschen für lockere Stimmung zu sorgen, wirklich sehr ernst zu nehmen. Und mit Erfolg. Aenne strich sich eine Haarsträhne, die ihr der Wind ins Gesicht geweht hatte, hinter das Ohr und betrachtete ihre Mutter. Sie wirkte vergleichsweise gelöst. Während Luise Insas Geplauder lauschte, umspielte sogar ein Lächeln ihre Mundwinkel.

Als sie weit genug draußen waren, drückte Aenne ihrer Freundin abermals die Pinne in die Hand und machte sich daran, die Segel zu hissen. Sie setzte zuerst das Großsegel, danach das kleinere vordere Segel. Dann stellte sie den Motor aus. Der Wind, der wie fast immer aus westlicher Richtung kam, war heute nicht besonders stark, vielleicht drei Windstärken. Bei dem geringen Wellengang würden sie ganz gemütlich dahinfahren.

Aennes Boot war kein herkömmliches Segelboot, sondern ein Plattbodenboot. Es zeichnete sich durch einen besonders flachen Rumpf ohne ein Zentralschwert, einen Kiel, aus. Stattdessen befanden sich seitlich am Rumpf zwei Seitenschwerter, die das Abdriften des Bootes bei Wind oder starken Strömungen verhinderten. Dadurch eignete sich Knut hervorragend zum Segeln im flachen Wattenmeer. Das Boot hatte einen sehr geringen Tiefgang, sodass Aenne außerhalb des gekennzeichneten Fahrwassers weit in das Wattenmeer hinein- und über die Sandbänke fahren konnte. Damit konnte sie in ein Gebiet vordringen, das für Kielschiffe kaum zugänglich war oder aber ein außerordentlich gefährliches Segelrevier darstellte.

Mit einem Plattbodenboot war es möglich, im Watt trockenzufallen, ohne dass das Boot zur Seite kippte oder der Kiel im tiefen Schlick versank. Man setzte das Boot bei Ebbe bewusst auf Grund auf. Dann musste man nur eine gewisse Zeit, manchmal bis zu mehrere Stunden, warten, bis das Boot durch das auflaufende Wasser wieder freigegeben wurde.

Aenne segelte besonders gern im flachen Meer südöstlich von Amrum, zwischen den Halligen Langeneß, Hooge und Gröde. Sie konnte dort mit Knut an Orte auf dem Wasser gelangen, bei denen die Kielschiffe schon lange vorher passen mussten. Entsprechend war das flache Halligmeer ein sehr einsames Wasser. Aber Aenne liebte diese Einsamkeit, in der sie ungestört zwischen Himmel und Erde unterwegs sein konnte. Oft war sie auch mit ihrem Vater zum Segeln dort gewesen.

Insa hatte sich für heute allerdings ein anderes, ein ganz besonderes Ziel gewünscht: den Japsand.

Der Japsand war ein Außensand im nordfriesischen Wattenmeer, eine riesige Sandbank südöstlich von Amrum, etwa zwei Kilometer westlich der Hallig Hooge. Von Nord nach Süd dehnte er sich über eine Länge von gut drei Kilometern aus. Seine höchsten Stellen lagen etwa einen Meter über dem mittleren Tidenhochwasser, sodass sie nur bei Sturmfluten oder gar nicht überspült wurden. Bei Ebbe hingegen fielen weite Gebiete des Japsandes trocken.

Aenne konnte verstehen, warum Insa sich dieses Gebiet ausgesucht hatte, um das Trockenfallen im Watt zu erleben. Als Außensand grenzte die Westseite des Japsandes an die offene Nordsee. Dadurch zeigte sich auf dieser großen Sandbank die nahezu endlose Weite des Watts in ihrer vielleicht spektakulärsten Art und Weise. Meeresgrund und Horizont schienen miteinander zu verschmelzen. Als gäbe es keinen Anfang und kein Ende.

Allerdings durfte nur die nördliche Spitze der Sandbank betreten werden, da der größere südliche Teil zu einer Schutzzone des Nationalparks Schleswig-Holsteinisches Wattenmeer gehörte, die dem Schutz der Flora und Fauna in diesem Lebensraum diente. Sie durfte nur mit einer Sondergenehmigung aufgesucht werden.

Aenne war von dieser scheinbaren Endlosigkeit weit draußen im Wattenmeer immer wieder beeindruckt. Sie konnte sich noch entsinnen, wie sie das erste Mal zusammen mit Jan rausgefahren und am Japsand auf Grund gelaufen war. Es hatte ihm regelrecht die Sprache verschlagen. Eine Mischung aus Erstaunen und Verzauberung hatte in seinem Blick gelegen. Und auch so etwas wie Ehrfurcht.

Daher konnte Aenne gut nachvollziehen, dass Insa diesen Ort gern kennenlernen wollte. Auch ihre Mutter hatte keinen Einwand erhoben, sie hatte nur zustimmend genickt. Also hatten sie Kurs auf den Japsand genommen.

Sie erreichten die Südspitze von Amrum und segelten nach Südosten in Richtung Hallig Hooge. Die Warften der Hallig mit ihren eng aneinandergeduckt stehenden Häusern waren schon von Weitem zu sehen. Es schien, als schwebten sie losgelöst voneinander über dem Meer. Hier draußen war der Wind etwas kühler. Aenne zog ihre Windjacke unter die Schwimmweste, und sowohl Insa als auch ihre Mutter taten es ihr nach. Von Westen her waren ein paar vereinzelte Wolken aufgezogen, doch es handelte sich nur um Schönwetterwolken. Die Sonne strahlte nach wie vor von einem tiefblauen Himmel und verwandelte die Nordsee in ein Meer aus glitzernden und funkelnden Sternen. Nichts trübte diesen herrlichen Oktobertag.

Sie kamen dem Japsand immer näher. Mittlerweile war es fast elf Uhr. Nur noch etwa zwei Stunden bis Niedrigwasser. Allmählich war die helle Fläche, von der nach und nach weitere Gebiete vom Meer freigegeben wurden, in der Ferne zu erkennen. Die flachen Sanddünen setzten sich immer deutlicher gegen den Horizont ab. Die weißen Schaumkronen der Wellen, die auf der Sandbank aufliefen, leuchteten in der Sonne.

»Ich denke, es ist Zeit, dass ich uns etwas Leckeres zu essen und zu trinken hole«, sagte Insa und erhob sich von der Sitzbank. »Eine kleine Stärkung für unseren Spaziergang auf dem Meeresgrund kann sicherlich nicht schaden.« Sie zwinkerte Aenne und Luise zu und verschwand in der Kajüte.

Kurz darauf kam Insa wieder an Deck. Sie balancierte drei mit einem orangefarbenen Getränk gefüllte Sektgläser aus Plastik in ihren Händen. »Stil muss sein«, sagte sie. »Ich habe uns einen kleinen Cocktail gemixt. Schließlich sollte man besondere Ereignisse auch besonders begehen.«

Sie reichte zuerst Luise und dann Aenne ein Glas. »Prosecco mit Mineralwasser und einem kleinen Schuss Aperol«, fügte sie erklärend hinzu und hob ihr Glas. »Na, dann prost! Auf einen unvergesslichen Tag.«

»Prost!« Aenne und Luise hoben ebenfalls ihre Gläser und stießen mit ihr an.

»Mmh, ein Hauch bitter, aber wirklich lecker«, sagte Aenne. Fast augenblicklich spürte sie die Wirkung des Alkohols. Ihre Knie begannen, sich schwer und warm anzufühlen. »Zu viel darf ich allerdings nicht davon trinken, sonst bin ich gleich dun«, sagte sie lachend. »Und dann krieg ich euch nicht mehr heil nach Hause.«

Luise stimmte nickend zu.

»Ach was, trinkt ruhig.« Insa winkte ab. »Da ist kaum Prosecco und nur ganz wenig Aperol drin. Für den Geschmack. Wahrscheinlich braucht ihr bloß etwas im Magen. Und dafür habe ich natürlich auch gesorgt.«

Insa verschwand abermals unter Deck, um kurz darauf mit einer großen Tupperdose, Papptellern und Gabeln zurückzukehren.

»Oh, du hast gebacken«, stellte Aenne erfreut fest.

»Na klar!« Insa grinste und öffnete die Tupperdose. »Zupfkuchen.«

»Insa, du bist ein Schatz!«, rief Aenne begeistert.

Insa stellte die Tupperdose auf der Bank ab und fischte mit Hilfe der Gabeln für jeden ein Stück Kuchen heraus. Sie verteilte die Teller und nahm neben Aenne Platz. »Dann lasst es euch mal schmecken. Und prost!«

Insa erhob erneut ihr Glas und prostete ihnen zu. Aenne und

Luise nahmen einen großen Schluck. Dann widmeten sich alle drei dem Kuchen.

»Wie lecker der ist«, murmelte Aenne mit vollem Mund. »Wirklich super.«

»Aenne hat recht, der Cocktail, der Kuchen, das ist wirklich alles sehr köstlich. Vielen Dank«, meldete sich Luise zu Wort.

»Das freut mich. Aber *ich* sage Danke schön für diesen Ausflug«, antwortete Insa und lehnte sich zufrieden zurück.

Aenne begann unvermittelt zu gähnen. Erst ein Mal, dann direkt ein zweites Mal. »Mann, bin ich müde!« Sie rieb sich mit den Händen über das Gesicht und musste noch einmal gähnen. »Ich fühle mich mit einem Mal wie gerädert.« Sie stöhnte vernehmlich.

»Vielleicht das gute Essen und der Alkohol. Ich werde auch gerade ziemlich müde.« Luise versuchte, ein Gähnen zu unterdrücken.

»Boah, das gibt's doch gar nicht.« Aenne konnte sich auf ihrem Sitz kaum noch gerade halten, so sehr wurde sie von der Müdigkeit übermannt. »Es tut mir wirklich leid«, sagte sie mit schwerer Stimme, »aber ich muss … Insa, kannst du mal für einen Moment die Pinne halten?« Es gelang ihr nur noch mit großer Mühe, ihre Augen offen zu halten. »Nur ganz kurz … du kannst das doch. Du musst auch nur geradeaus … einfach den Kurs halten. Ich will nur eben …« Ihr Kopf sackte nach vorn, um gleich darauf wieder hochzuschnellen. »Die letzten Wochen … ich glaube, das war alles zu anstrengend …« Aennes Kopf sank abermals auf ihre Brust, der Pappteller und die Kuchengabel glitten ihr aus der Hand.

Insa stand auf, setzte sich in die Mitte und schob Aenne ein Stück zur Seite. Dann übernahm sie die Pinne. »Gar kein Problem. Ruh du dich einen Moment aus. Wir schaffen das schon.« Sie sah zu Luise hinüber.

Doch auch Luise war von einer schlagartig auftretenden Müdigkeit förmlich überrollt worden. Sie blinzelte mit schweren Lidern. »Es ist mir wirklich unangenehm, Insa, aber ich glaube, ich muss auch für einen kleinen Augenblick die Augen zumachen. Gar nicht lange …«

»Ach, machen Sie ruhig, Luise, ich komm klar. Ich wecke Sie, wenn wir auf dem Japsand sind.« In verständnisvollem Ton fügte sie an Aenne und Luise gerichtet hinzu: »Ist doch auch völlig klar, dass ihr zwei total kaputt seid. Nach dem, was ihr alles erleben musstet … Jetzt könnt ihr euch endlich mal richtig entspannen. Ich regle das hier schon für euch.«

Aenne murmelte ein paar unverständliche Worte, dann verstummte sie. Sie war eingeschlafen. Luise versuchte noch ein letztes Mal, sich aufzurichten und sich gegen das Einschlafen zu wehren, doch es war zwecklos. Auch sie sackte schließlich in sich zusammen, und nach kurzer Zeit konnte Insa die tiefen, regelmäßigen Atemzüge der beiden Frauen hören.

Insas Hand krallte sich um den hölzernen Ruderstock, bis ihre Knöchel weiß hervortraten. Mit der anderen fuhr sie sich über die Stirn. Sie betrachtete die beiden Schlafenden, die in sich zusammengesunken und völlig weggetreten auf ihren Plätzen auf der Holzbank saßen. Ihr Blick ruhte zunächst auf Aenne, danach auf Aennes Mutter.

Anfangs lag so etwas wie Wehmut darin. Eine Spur von Traurigkeit. Und Sehnsucht.

Doch dann, von einem Moment auf den nächsten, veränderte sich Insas Miene radikal. Alles Frohe und Helle war wie fortgewischt. Als hätte es diese Empfindungen nie gegeben.

Stattdessen verdunkelte sich Insas Gesicht. Es wurde hart. Undurchsichtig und kalt. So als ob ein Vorhang zur Seite geschoben und der Blick auf eine gänzlich andere Person freigegeben worden wäre.

Eine Weile verharrte Insa in der Betrachtung der beiden Frauen. Dann reckte sie sich und holte tief Luft. Sie stand auf und warf den Motor an. Anschließend drehte sie das Boot in den Wind und stellte die Pinne fest. Mit ruhigen, sicheren Bewegungen holte sie die Segel ein. Bevor sie wieder Platz nahm, kletterte sie nochmals in die Kajüte und holte ihre große schwarze Tasche an Deck. Sie musste einen Moment darin kramen, bis sie die gesuchten Gegenstände fand. Insa wog sie in ihren Händen. Sie fühlten sich kalt an.

Sie befestigte die Handschellen an Aennes und Luises Handgelenken. Das klackende Geräusch klang hier draußen auf dem Boot eigentümlich hart und laut. Aber keine der beiden Frauen regte sich.

Insa setzte sich wieder auf die Bank und nahm die Pinne in die Hand.

Die restliche Strecke würde sie nun allein bewältigen.

Dann musste sie nur noch warten.

Alles lief nach Plan.

24

2011

Der erste Teil von ihr starb an einem Dienstag. Es war ein typisch norddeutscher Frühsommertag. Sonnig, aber noch ein wenig kühl, ein weiter Himmel, über den lockere Wolkenfelder zogen, und eine leichte Brise, die den klaren Geruch nach Wasser und Frische von der Schlei hinauf in die Stadt trug.

Insa war auf dem Weg zu ihrer Mutter. Sie hatten sich für den Nachmittag zum Kaffeetrinken verabredet, denn Insa hatte in der Praxis für Krankengymnastik, in der sie seit fast zehn Jahren angestellt war, etliche Überstunden angesammelt und wollte nun endlich wenigstens einige von ihnen abbummeln. Deshalb hatte sie früher Schluss gemacht und schon um kurz nach vierzehn Uhr ihren Arbeitsplatz verlassen. Auf dem Weg von der Praxis zu ihrem Auto kaufte Insa noch rasch einen großen Strauß Sonnenblumen. Damit würde sie ihrer Mutter sicherlich eine große Freude machen.

Von Schleswig, wo Insa wohnte und arbeitete, bis nach Husby, dem kleinen Dorf in der Nähe von Flensburg, in dem ihr Elternhaus stand, war es eine gute halbe Stunde mit dem Auto. Insa pflegte seit jeher einen engen Kontakt zu ihren Eltern und war auch nach ihrem Auszug ein regelmäßiger und gern gesehener Gast in dem kleinen Siedlungshaus aus rotem Klinker, in dem ihre Mutter bis heute lebte. Freie Nachmittage wie diesen nutzte Insa genau wie Samstage oder Sonntage in letzter Zeit sogar immer häufiger, um ihre Mutter zu besuchen.

Ihren Vater hatte sie vor sieben Jahren völlig unerwartet durch einen Herzinfarkt verloren. Damals hatte sie erkannt, wie kostbar die Zeit war, die man mit einem geliebten Menschen verbringen durfte. Und dass sie alles andere als selbstverständlich war. Man hatte kein Anrecht darauf. Auf keinen einzelnen Tag, auf keine Stunde. Vielmehr war die Zeit ein

Geschenk, das man nutzen musste, solange es einem gegeben war.

Die Befürchtung, dass auch die Zeit mit ihrer Mutter immer knapper und kostbarer wurde, hatte Insa schon seit Langem. Auch wenn sie es sich nicht wirklich, zumindest nicht in letzter Konsequenz, eingestehen wollte, so spürte sie doch, dass die Jahre, die ihnen blieben, nicht mehr scheinbar endlos vor ihnen lagen.

Ihre Mutter war jetzt achtundsechzig Jahre alt und seit drei Jahren in Rente. Eigentlich kein Alter, aber die lebenslange Arbeit als Krankenschwester hatte ihre Spuren hinterlassen. Der Schichtdienst im Krankenhaus hatte sich, je älter sie geworden war, zu einer immer größeren Belastung entwickelt. Dazu die starke körperliche Beanspruchung bei der Pflegetätigkeit, die wachsenden Aufgabenbereiche, der zunehmende Zeitdruck. So war es gekommen, dass ihre Mutter, die ihren Beruf stets geliebt und ihre Tätigkeit als Berufung verstanden hatte, am Ende froh gewesen war, dass sie in Rente gehen durfte.

Das erste Jahr ihres Rentnerinnendaseins hatte ihre Mutter dann auch genossen. Sie war zur Ruhe gekommen, hatte sich erholt und sich wieder ihren Hobbys widmen können. Insa hatte das Gefühl gehabt, ihre Mutter würde das erste Mal seit dem Tod ihres Mannes wieder aufblühen.

Dann kam die Diagnose: Darmkrebs. Nicht unheilbar, aber ernst. Sie hatte sich einer Operation unterziehen müssen. Der Eingriff war glücklicherweise gut verlaufen, das Ergebnis befriedigend. Doch seither schwebte ein Damoklesschwert über Insas Mutter.

Und damit über Insa selbst.

Ihre Mutter ließ sich davon nicht viel anmerken, aber Insa machte sich große Sorgen.

Hoffentlich geht es ihr heute gut, dachte sie, als sie das Auto auf dem Seitenstreifen vor dem Haus ihrer Mutter parkte. Ob sie die neuen Medikamente gut verträgt? Sie hatte am Telefon noch gar nichts dazu gesagt.

Insa stellte den Motor aus, griff nach ihrer Tasche und den Blumen und stieg aus. Wie früher sprang sie über die niedrige hölzerne Gartenpforte, ohne sie zu öffnen. Dann durchquerte sie auf dem mit Natursteinen gepflasterten Weg den Vorgarten. Rosenbüsche in allen Farben blühten in voller Pracht, die Dahlien zeigten erste Knospen. Insa hörte Bienen summen, und auf dem Sommerflieder an der Grenze zum Nachbargrundstück tummelten sich zahlreiche Schmetterlinge.

Den Garten schafft sie immerhin noch, stellte Insa zufrieden fest. Sie schritt die kleine Treppe zur Haustür hinauf, immer zwei flache Stufen auf einmal nehmend. Zu beiden Seiten der Haustür standen große Terrakottatöpfe, die mit Margeriten, Glockenblumen und Lavendel bepflanzt waren. Alles sah sehr gepflegt aus.

Insa blieb vor der Tür stehen und kramte in ihrer Tasche nach dem Schlüssel. Sie wusste, irgendwann würde sie sich Gedanken darüber machen müssen, was zu tun war, wenn es einmal nicht mehr so war. Wenn ihre Mutter nicht mehr allein zurechtkam und den Garten, das Haus, ihren Alltag nicht mehr ohne fremde Hilfe bewältigen konnte. Dann wäre es an ihr, an Insa, ihre Mutter zu unterstützen, sich zu kümmern und alles zu regeln. Denn sie war das einzige Kind ihrer Eltern. Sie hatte keine Geschwister.

Schluss jetzt mit diesen düsteren Gedanken, ermahnte Insa sich selbst. Es ist so ein schöner Nachmittag! Sie wollte doch nur ein paar nette Stunden mit ihrer Mutter verbringen. Sie fand den Schlüssel, steckte ihn in das Schloss und öffnete die Haustür.

»Huhu!«, rief Insa laut. »Ich bin's!«

Der Duft nach frischem Butterkuchen stieg ihr in die Nase.

Aus dem Wohnzimmer hörte sie die vertraute Stimme ihrer Mutter. »Insi, bist du es? Ich bin im Wohnzimmer!«

Insa trat in den kleinen Flur, zog die Tür hinter sich zu und sog den vertrauten Geruch ein.

Zu Hause.

Sie zog die Schuhe aus und schlüpfte in ihre Latschen, die noch immer einen Platz im Schuhregal unter der Treppe hatten. Dann ging sie ins Wohnzimmer.

Ihre Mutter drehte sich zu ihr um, als sie Insa hereinkommen hörte. Sie hatte gerade die Blumen auf der Fensterbank gegossen. In der Hand hielt sie eine kleine grüne Gießkanne aus Metall.

»Na, mein Schatz.« Sie lächelte sie an. »Schön, dass du da bist.«
Insa erschrak, als sie das Gesicht ihrer Mutter sah. Es sah blass
aus, unter den Augen lagen tiefe Ringe. Schlief sie schlecht?
Und war sie etwa schon wieder dünner geworden? Die Wangen
waren doch sonst nicht so stark eingefallen. Ihr ganzer Körper
wirkte viel zu schmal.

Der Anblick ihrer Mutter schnürte Insa die Kehle zu. Die
Krankheit hinterließ immer deutlichere Spuren. Bitte nicht,
dachte sie und stöhnte innerlich auf, doch nach außen hin versuchte sie, sich ihren Schrecken nicht anmerken zu lassen. Sie
setzte ein Lächeln auf, trat mit fröhlicher Miene auf ihre Mutter
zu, drückte ihr einen Kuss auf die Wange und schloss sie fest in
die Arme.

Nach einer Weile löste sich ihre Mutter aus der Umarmung
und trat einen Schritt zurück.

»Gut siehst du aus. Warst du beim Friseur?«, fragte sie.

»Ja, ich habe ein paar Stufen reinschneiden lassen. Dann fällt
es lockerer.« Automatisch fasste sich Insa an ihr schulterlanges
blondes Haar. »Hier, für dich.« Sie streckte ihrer Mutter den
mitgebrachten Blumenstrauß entgegen. »Ein bisschen Sommer
auch für drinnen.«

»Oh, die sind aber schön.« Insas Mutter nahm den Strauß
freudig entgegen. »Wie lieb von dir. Vielen Dank.« Sie tätschelte
Insa mit der freien Hand die Wange. »Ich werde sie gleich mal
ins Wasser stellen.« Im Hinausgehen ergänzte sie: »Ich habe für
uns beide draußen auf der Terrasse gedeckt. Im Windschatten
ist es in der Sonne schon schön warm. Setz dich doch schon
mal.« Dann war sie in der Küche verschwunden.

Insa öffnete die Terrassentür und trat ins Freie. Der kleine
runde Holztisch auf der Terrasse war für zwei Personen gedeckt,
eine Thermoskanne mit Kaffee sowie ein Kännchen Milch und
eine Dose Zucker standen bereit.

Sie ließ sich auf einen der Stühle sinken und stellte die Lehne
ein Stück nach hinten. Die Polsterauflage fühlte sich durch
die Sonne angenehm warm an. Für einen kurzen Augenblick
schloss Insa die Augen und genoss die Sonnenstrahlen auf ihrem
Gesicht.

»So, jetzt haben sie frisches Wasser.« Insas Mutter war auf die Terrasse gekommen und stellte die Sonnenblumen in einer großen Vase auf den Kaffeetisch. »Es ist wirklich schön heute, nicht? Ich hole nur schnell noch den Kuchen.«

»Mama, ich kann doch auch …« Insa wollte sich von ihrem Stuhl erheben.

»Nichts da, bleib du man sitzen« sagte Insas Mutter. Ihre Stimme duldete keinen Widerspruch. »Heute lässt du dich mal verwöhnen.« Schon war sie wieder auf dem Weg in die Küche. Kurz darauf kehrte sie mit einer Platte voller Butterkuchen zurück.

»Oh Mama, wie lecker! Ich habe es gleich gerochen, als ich ins Haus gekommen bin.« Insa nahm ihrer Mutter die Platte ab und stellte sie neben der Vase auf den Tisch.

»Dann bediene dich. Nur zu. Den habe ich extra für dich gebacken.« Insas Mutter nahm auf dem freien Stuhl Platz.

»Kaffee?« Insa griff nach der Kanne und zog fragend die Augenbrauen in die Höhe.

»Gern.« Ihre Mutter reichte ihr die Tasse, und Insa schenkte ein.

Nachdem sie sich auch mit Milch und Zucker versorgt hatten, nahmen beide ein Stück von dem Butterkuchen. Insa probierte. »Köstlich!«

Dann senkte sich für einen Augenblick ein genießerisches Schweigen über die kleine Kaffeetafel.

»Und, Insi«, fragte Insas Mutter schließlich, »was macht dein Freund?« Dabei betonte sie das Wort »Freund« auf eine so eigentümliche Art und Weise, als wäre es völlig unpassend und in seiner Bedeutung irgendwie fehl am Platz. »Wann bringst du ihn denn nun endlich mal mit?« Sie stellte die Kaffeetasse, aus der sie gerade einen Schluck getrunken hatte, auf der Untertasse ab und lehnte sich in ihrem Stuhl zurück.

»Ach, Mama, das ist alles etwas kompliziert.« Augenblicklich hatte sich ein resignierter Unterton in Insas Stimme geschlichen.

Kompliziert, das war es in der Tat. Schon seit geraumer Zeit hatte Insa eine Beziehung mit einem verheirateten Mann. Und er ließ sie am langen Arm verhungern. Immer dann, wenn Insa ihm die Pistole auf die Brust setzte und ihm drohte, ihr Verhältnis zu beenden, sollte er es nicht endlich schaffen, seine Frau zu verlassen, machte er ihr große Versprechungen und neue Hoffnung. So ließ sie sich immer wieder darauf ein. Es war Insa selbst ein Rätsel, warum sie immer wieder auf ihn hereinfiel. Warum sie dieses Spiel weiter mitspielte. Glücklich mit dieser Situation war sie nämlich nicht, schon lange nicht mehr. Doch sie schaffte es einfach nicht, einen Schlussstrich zu ziehen, sooft sie es auch versuchte.

Sie schaute ihre Mutter über den Rand ihrer Kaffeetasse hinweg an. Diese Beziehung war eines der wenigen Themen, über die Insa nicht mit ihr reden konnte. Ein Verhältnis mit einem verheirateten Mann? Insa wusste, dass ihre Mutter das im Grunde zutiefst missbilligte. Sie war noch vom alten Schlag, und da gehörte sich so etwas einfach nicht. Es passte nicht in ihr Weltbild. Und doch hielt ihre Mutter ihr keine Moralpredigten und verurteilte sie nicht. Sie versuchte hingegen immer wieder, Interesse zu zeigen. Sie fragte nach, wie es lief, und wollte den Mann kennenlernen, mit dem Insa ihre Zeit verbrachte. Vielleicht, um in dieser Hinsicht nicht ganz den Kontakt zu ihrer Tochter zu verlieren. Oder aber um sich zu vergewissern, dass es ihr auch wirklich gut ging.

Insa war sich bewusst, dass ihre Mutter sich nichts sehnlicher wünschte, als dass Insa endlich heiratete. Dass sie eine glückliche, dauerhafte Partnerschaft fand, eine Familie gründete und Kinder bekam. So jung war sie schließlich auch nicht mehr. Doch all das konnte sie ihrer Mutter nicht bieten. Obwohl Insa einer Ehe oder Kindern gegenüber nicht grundsätzlich abgeneigt war, ganz im Gegenteil. Sie konnte sich sogar sehr gut vorstellen, irgendwann welche zu haben. Bisher hatte es sich aber nicht ergeben. Vielleicht ließ sie sich immer auf die falschen Männer ein. Oder sie hatte einfach noch nicht den richtigen gefunden, sie wusste es nicht. Jedenfalls konnte sie daran momentan nicht viel ändern.

»Wenn es so weit ist, wirst du ihn schon kennenlernen.« Insa nahm sich noch ein Stück vom Butterkuchen und wechselte schleunigst das Thema. »Was machen eigentlich Walter und Hilde? Wollen sie tatsächlich das Haus verkaufen?«

Es funktionierte, sie wandten sich unverfänglicheren Themen zu. Insas Mutter erzählte den neuesten Klatsch und Tratsch aus dem Dorf, während Insa von einem interessanten Fall aus ihrem Praxisalltag berichtete.

Irgendwann im Laufe des Gesprächs fiel Insa auf, dass ihre Mutter ihren Kuchen so gut wie gar nicht angerührt hatte. Dabei hatte sie selbst schon das dritte Stück verputzt und beförderte gerade ein viertes auf ihren Teller.

»Mama, du isst ja gar nichts. Hast du keinen Appetit?«

»Ach, heute irgendwie nicht. Wahrscheinlich habe ich zu viel zu Mittag gegessen.«

»Aha.« Sie schaute ihre Mutter mit besorgter Miene an. »Geht es dir denn sonst gut? Du siehst heute ganz schön kaputt aus.«

»Nein, nein, alles okay. Alles bestens«, antwortete ihre Mutter ausweichend.

»Und die neuen Medikamente?«, hakte Insa nach. »Verträgst du sie gut?«

»Jaja, aber weißt du was, so langsam wird es mir selbst in der Sonne ein wenig zu kalt. Der Wind ist doch noch frisch. Ich gehe schnell rein und hole mir eine Strickjacke.« Damit hatte sie das Thema Krankheit für beendet erklärt, stand auf und ging raschen Schrittes ins Haus.

Während Insa noch darüber nachdachte, ob sie später noch einmal nachfassen sollte, wie es wirklich um das Wohlbefinden ihrer Mutter stand, hörte sie von drinnen einen lauten Schrei.

Insa erschrak. War ihrer Mutter etwas zugestoßen?

Sie sprang von ihrem Stuhl auf.

Da hörte sie die Stimme ihrer Mutter erneut. Laut rief sie: »Insa, komm schnell!«

Insa stieß die Terrassentür auf und hastete durch das Wohnzimmer.

»Mama, wo bist du? Ist was passiert?«

»Hier! Im Schlafzimmer.«

Die Tür stand offen. Ihre Mutter stand am Fußende des Ehebettes und starrte an die Zimmerdecke. Insa folgte ihrem Blick. Über dem Kleiderschrank war ein riesiger dunkler Fleck zu sehen. Er reichte von der Decke und über die Wand bis hinter den Schrank. Dicke Wassertropfen hatten sich gebildet und tropften auf den Schrank und den Fußboden aus Laminat.

»Ach du Scheiße!«, entfuhr es Insa.

»Es wird alles nass«, sagte Insas Mutter entgeistert. »Das Bad, oben … die alten Rohre …«

»Der Haupthahn muss abgedreht werden.« Insa rannte aus dem Zimmer und polterte die Kellertreppe hinunter. Es dauerte einen Augenblick, bis sie den Haupthahn des Wasseranschlusses gefunden hatte. Sie benötigte fast ihre ganze Kraft, um das alte, schon ein wenig eingerostete Rad zu lösen und es schließlich zuzudrehen. Dann eilte sie zurück in das Schlafzimmer.

Ihre Mutter stand immer noch wie versteinert an derselben Stelle und rührte sich nicht.

»Wir müssen die Klamotten aus dem Schrank räumen. Vielleicht schaffen wir es dann, den Schrank von der Wand wegzuschieben. Und wir müssen einen Klempner anrufen. Der alte Johannsen, macht der das noch?« Während sie sprach, begann Insa, die Schranktüren aufzureißen und die Kleider, die ordentlich aufgereiht auf den Bügeln hingen, herauszunehmen und auf das Bett zu schmeißen. »Mama! Was ist?«

»Jaja, der alte Johannsen …« Allmählich erwachte Insas Mutter aus ihrer Starre. »Er hat letztens erst den Spülkasten vorn im Gäste-WC repariert.«

»Okay, hast du seine Nummer noch irgendwo?«

Ihre Mutter nickte.

»Dann rufst du ihn jetzt an. Und ich kümmere mich hier weiter um den Schrank.«

Insas Mutter nickte abermals und verließ den Raum.

Hastig räumte Insa den Schrank aus. Pullover, Blusen, T-Shirts, alles stapelte sie auf das große Ehebett. Sie hatten schnell genug reagiert, wie es schien, sämtliche Kleidung war trocken geblieben. Doch an der Rückwand des Schrankes zeichneten sich erste feuchtdunkle Flecken ab.

Insa öffnete eine weitere Schranktür. In diesem Fach befand sich die Unterwäsche ihrer Mutter. Zu ihrem eigenen Erstaunen musste sie feststellen, dass sie sich peinlich berührt fühlte, als sie nach den Unterhosen und BHs griff. Man will eben auch nicht alles über seine Mutter wissen, dachte Insa fast ein wenig amüsiert. Sie legte die Unterwäsche zu den übrigen Kleiderstapeln auf das Bett.

Dann bückte sie sich und steckte den Arm in das Fach hinein, tastete in Richtung der Rückwand. Hatte sie alles?

Nein, ganz hinten lag noch etwas. Sie konnte es schimmern sehen. Dabei schien es sich aber um etwas anderes als Unterwäsche oder Kleidungsstücke zu handeln.

Insa schob den Arm noch tiefer hinein und bekam den Gegenstand zu fassen. Er fühlte sich kalt an. Glatt. Metallisch.

Sie zog den Arm wieder heraus und brachte eine große rechteckige Dose zum Vorschein. »Nürnberger Lebkuchen« stand in schwungvollen goldfarbenen Buchstaben darauf geschrieben, darunter prangte ein altertümliches Bild von strahlenden rotwangigen Kindern unter einem von Kerzen erleuchteten Weihnachtsbaum. Die Dose musste schon alt sein. Die Farbe war an manchen Stellen abgeblättert, und der Rand des Deckels war leicht verbeult.

Na, was liegen denn da für Schätze vergraben?, fragte sich Insa erstaunt. Sie hatte diese Dose noch nie zuvor gesehen. Danach muss ich Mama später aber mal fragen. Ob sie Andenken an Papa darin aufbewahrt? Wirklich spannend, was man im Kleiderschrank seiner Mutter so alles finden konnte.

Insa drehte sich zur Seite, um die Dose auf einem der Nachttische abzustellen. Dabei blieb sie mit ihrer luftigen Sommerbluse am Schloss der offen stehenden Schranktür hängen. Sie stolperte, und die Dose rutschte ihr aus den Fingern. Mit einem dumpfen Knall krachte sie auf den Boden. Der Deckel sprang auf. Ein Teil des Inhalts flog heraus und verteilte sich über den Fußboden.

»Mist!«, fluchte Insa laut und vernehmlich. Hoffentlich war nichts kaputtgegangen.

Sie ging in die Hocke, um die Sachen schnell wieder einzusammeln, ehe ihre Mutter vom Telefonat mit dem Klempner zurückkehrte. Sie wollte nicht, dass sie das Gefühl bekam, sie würde heimlich in ihren Sachen wühlen.

Insa griff nach der Dose. Der Deckel war nach hinten umgeklappt, aber ein paar Gegenstände befanden sich noch immer darin.

Zuerst entdeckte sie das Armband. Es lag obenauf. Ein kleines graues Plastikarmband. An einer Stelle durchtrennt.

Sie hielt inne. Um was es sich handelte, erkannte sie sofort. Sie hatte Armbänder wie dieses während ihrer Ausbildungszeit in der Kinderklinik öfter gesehen. Säuglinge erhielten es bei der Geburt im Krankenhaus, damit sie nicht verwechselt wurden. Der Familienname wurde darauf notiert.

Insa stellte die Dose neben sich auf dem Fußboden ab. Ihre Neugier war geweckt. Das musste sie sich nun doch etwas genauer ansehen. Nur kurz. Ihre Mutter würde es ihr ganz bestimmt nicht übel nehmen.

Sie nahm das Armband und musste lächeln. Ihre Mutter hatte es aufbewahrt. Wie klein es doch war! Kaum vorstellbar, dass ihr Arm einmal so dünn und zart gewesen war, dass er hindurchgepasst hatte. Aber warum hatte ihre Mutter es ihr nie zuvor gezeigt?

Insa drehte das Armband um, sodass sie lesen konnte, was auf dem kleinen Schildchen geschrieben stand. Die Schrift war unter der Plastikfolie noch gut zu erkennen.

Insa stutzte.

Das war nicht ihr Name.

Den Namen, den sie dort las, kannte sie nicht.

Was bedeutete das?

War das Armband womöglich gar nicht von ihr?

Irritiert nahm sie erneut die Dose und balancierte sie auf ihren Knien. Sie fand darin ein Namensschildchen aus Pappe. Eines, wie sie im Krankenhaus auf der Kinderstation an die Säuglingsbettchen gehängt werden.

Wieder der andere Name.

Darunter ein Geburtsdatum.

9.2.1973.

Das war *ihr* Geburtsdatum.

Aber der Name war falsch.

Sie verstand nicht. Ihre Gedanken waren langsam und träge, so als trieben sie unter Wasser.

Verwirrt blickte Insa sich um. Erst jetzt nahm sie von den übrigen Dingen Notiz, die um sie herum auf dem Laminatfußboden verstreut lagen. Ihr Blick blieb an einem Blatt Papier hängen. Ein Wassertropfen von der Decke hatte es getroffen und genau in der Mitte einen hässlichen dunklen Fleck hinterlassen. Aber die Überschrift war noch gut zu erkennen. Sie war so groß und markant, dass sie Insa sofort ins Auge sprang.

Fette schwarze Buchstaben.

Adoptionsurkunde.

Etwas in ihrem Kopf setzte aus.

Rauschen in den Ohren.

Schwankender Boden.

Ihre Mutter kam aus dem Flur um die Ecke gebogen. »So, ich habe Johannsen erreicht. Er kommt sofort. Und ich habe uns noch einen Wäschekorb für die ganzen Sachen mitgebracht. Das Bett ist ja −« Sie hielt abrupt inne.

Und erstarrte.

Sie erblickte ihre Tochter, die zusammengekauert auf dem Boden hockte, sah die Lebkuchendose in Insas Hand und das Säuglingsarmband in der anderen.

Insa hob den Kopf. Wie ferngesteuert richtete sie sich aus der Hocke auf. Drückte die Knie durch. Streckte den Rücken. Hielt ihrer Mutter die Dose hin.

Insas Augen flehten.

Sag, dass es nicht wahr ist.

Dass es ein Missverständnis ist.

Bitte.

Doch ihre Mutter blieb stumm.

Ihr Blick hingegen sagte alles.

Die Dose entglitt Insas Hand. Hart schlug sie auf dem Boden auf.

Das kleine graue Plastikarmband hielten ihre Finger noch immer fest umklammert.

25

Es war ruhig an Bord des Segelbootes. Der alte Dieselmotor tuckerte gleichmäßig vor sich hin, und die Wellen schwappten leise gegen den Bootsrumpf. Insa saß steif und regungslos auf der Bank. Sie hielt die Pinne fest umklammert und starrte nach vorn, den Blick auf ihr Ziel geheftet. Jetzt war es nicht mehr weit. Sie hatten den Japsand bald erreicht. Deutlich hoben sich die flachen Dünen und der helle Sand von dem Dunkel der Nordsee ab und leuchteten in der Sonne.

Insas Blick war stumpf und leer. Sie bemerkte nicht das Glitzern der Sonnenstrahlen, die auf dem Wasser tanzten, auch nicht das Schimmern in der Luft. Sie sah weder das tiefe Blau des Meeres noch das strahlende Blau des Himmels, die am Horizont miteinander verschmolzen.

Vor Insas innerem Auge zogen andere Bilder vorbei. Die Bilder von jenem Dienstag vor drei Jahren.

Das Gesicht ihrer Mutter.

Die Dose in ihren Händen.

Das Armband.

Für die Ewigkeit in ihr Gedächtnis eingebrannt.

Sie konnte jetzt noch spüren, wie sich die Lebkuchendose in ihren Händen angefühlt hatte. Das kühle Metall. Nicht mehr ganz glatt. Die Dellen am Deckel.

Sie konnte das kleine Armband aus Plastik zwischen ihren Fingern ertasten. Sah den Schriftzug. Hingeschmiert mit einem blauen Kugelschreiber.

Jannen.

Nur dieses eine Wort.

Ein Wort, das ihr Leben aus den Angeln gehoben hatte.

Warum hatte ihre Mutter diese Sachen bloß aufbewahrt? Warum hatte sie nicht einfach alles weggeschmissen? Zerstört, vernichtet, für immer begraben?

Wie oft hatte Insa sich das gefragt!

Und wie oft hatte sie es sich gewünscht.

Sie ersehnte nichts mehr, als dass sie an jenem Dienstag nicht zu ihrer Mutter gefahren wäre. Dass das verdammte Wasserrohr an einem anderen Tag geplatzt wäre oder dass sie die Dose besser festgehalten hätte. Hätte sie gekonnt, hätte sie die Wahl gehabt, sie hätte die Zeit zurückgedreht.

Doch es war zu spät.

Es gab kein Zurück.

Ihre Mutter hatte damals versucht, ihr alles zu erklären. All die Rechtfertigungen, Beteuerungen, Ausflüchte, die Insa sich angehört hatte. Sie müsse doch verstehen, es sei nur zu ihrem Wohl gewesen, man habe sie nie, wirklich niemals verletzen wollen. Und beide, ihre Mutter wie auch ihr Vater, hätten einfach nie den richtigen Zeitpunkt gefunden, um Insa über ihre wahre Herkunft aufzuklären. Dabei hätten sie es sich vorgenommen, und das nicht nur einmal. Aber letztendlich, das hatte Insas Mutter weinend zugegeben, hätten sie schlicht und einfach Angst gehabt, Insa zu verlieren, wenn sie die Wahrheit erführe.

Ihre Mutter hatte sie um Verzeihung gebeten. Sie hatte Insa angefleht. Sie habe doch nur alles richtig machen wollen. Und sie hatte ihr immer wieder versichert, Insa wie ihr eigenes Kind geliebt zu haben, von ganzem Herzen und ohne Wenn und Aber. Vom ersten Moment an, in dem sie Insa im Krankenhaus im Brutkasten habe liegen sehen, im blauen Lichtschein der Phototherapielampe mit einem Sauerstoffschlauch in der Nase, winzig und zart und doch so zäh, ein kleines Überlebenswunder mit einer unbändigen Lebenskraft, von diesem Augenblick an habe sie gewusst, dass dieses Kind einen Platz in ihrem Herzen und in ihrem Leben haben würde. Insa sei ihr Kind geworden und würde ihr Kind bleiben, für alle Zeit, egal, ob adoptiert oder nicht. Das sei von Anfang an so gewesen, und daran werde sich auch niemals etwas ändern, ganz gleich, was auch geschehe.

Doch für Insa änderte sich alles.

Was blieb, war die Lüge.

Der Vertrauensbruch. Und der Verrat.

Und ein neues Leben mit der Wahrheit.

Nichts war mehr wie zuvor, ihr bisheriges vertrautes Leben

war Insa jäh in einem neuen Licht erschienen. Auf einmal hatte sich ein Puzzleteil ins andere gefügt. Insas große, schlanke Figur, während ihre Eltern eher klein und stämmig waren, der Ausdruck ihrer dunklen Augen, ihr musikalisches Talent, alles bekam mit einem Schlag eine neue Bedeutung. Insa hatte sich schon als Jugendliche des Öfteren gefragt, woher sie ihre leuchtend blonden Haare hatte. Keiner in ihrer Familie war blond, weder ihre Mutter noch ihr Vater, und auch keiner ihrer Onkel und Tanten hatte helle Haare. »Du bist eben unser Sonnenschein«, hatte ihre Mutter gesagt, als Insa sie vor langer Zeit einmal darauf angesprochen hatte. Sie konnte sich noch genau daran erinnern. Ihre Mutter hatte sie damals in die Arme genommen und ihr liebevoll durchs Haar gewuschelt. »Deine Haare haben das Licht der Sonne eingefangen.« Diese Antwort hatte Insa gefallen. Und sie war ihr Erklärung genug gewesen.

Nun kannte sie den wahren Grund.

Sie hatte es versucht. Sie hatte es wirklich ernsthaft versucht. Nach dem ersten Schock hatte Insa sich redlich bemüht, die Wahrheit anzunehmen, so schwer es ihr auch fiel. Sie war schließlich nicht die Einzige auf der Welt, der so etwas widerfuhr. Wie viele Kinder wurden jedes Jahr allein in Deutschland zur Adoption freigegeben! Und war es ihr nicht gut ergangen? Hatte sie nicht letztendlich sogar Glück gehabt, dass sie bei so wunderbaren Eltern aufgewachsen war? Aufwachsen durfte?

Eltern.

Mutter und Vater.

An diesen Begrifflichkeiten hatte sich für Insa nichts geändert. Es war ihr gar nicht in den Sinn gekommen, nicht ein einziges Mal. Und doch war da der Vertrauensbruch, den sie nicht verwinden konnte. Auch wenn Insa sich nichts sehnlicher wünschte, als dass sie die Wahrheit nie erfahren hätte, so fühlte sie sich gleichzeitig von ihren Eltern hintergangen, weil sie ihr nichts gesagt hatten. Um ihre Vergangenheit betrogen. Sie hatten ihr die Wahrheit vorenthalten. Das wog schwer.

Es war eine tiefe Kluft zwischen ihr und ihrer Mutter entstanden, die sich nicht so einfach überbrücken ließ. Etwas zwischen ihnen war damals unwiederbringlich zerstört worden. Insas einst so heile Welt hatte einen tiefen Riss bekommen.

Ein weiterer Punkt, der Insa keine Ruhe gelassen hatte, war die Tatsache, dass es dort draußen irgendwo zwei Menschen gab, die ihre leiblichen Eltern waren. Eine Frau, die sie zur Welt gebracht hatte, und einen Mann, der sie gezeugt hatte. Zwei Menschen, die ihr Kind weggegeben hatten.

Und dieses Kind war sie.

Das Gefühl, von den eigenen Eltern verlassen worden zu sein, war verstörend und bedrückend. Auch wenn Insa diese Menschen gar nicht kannte. Es wollte ihr nicht gelingen, sich gegen dieses Gefühl zu wehren. Sie schaffte es nicht, diese Empfindung einfach abzuschütteln. Schmerzvoll hatte sie sich irgendwo in den Tiefen ihrer Seele festgekrallt.

Immer waren da die Fragen. Wie sahen sie aus? Hatte ihre leibliche Mutter blonde Haare? Oder ihr Vater? Den Schwung ihrer Oberlippe, die Grübchen, wenn sie lächelte, würde Insa dies auch in einem der Gesichter ihrer biologischen Eltern wiederfinden? Tag für Tag hatte sie sich ihre leiblichen Eltern vorgestellt, sich ausgemalt, wo sie wohnten und wie sie lebten. Wie mochten sie wohl sein? Waren sie humorvoll, intelligent? Nett und liebenswürdig? Oder mürrisch, streitsüchtig, egoistisch? Wie klangen ihre Stimmen? Waren sie noch zusammen? Und hatte sie womöglich Geschwister? Großeltern?

Die Gedanken und Bilder der Vergangenheit lösten sich allmählich auf, und Insa kehrte zurück in die Gegenwart, zurück auf das Boot. Sie betrachtete Luise, die zusammengesunken neben ihr auf der Bank kauerte und sich nicht rührte. Ihre Augen waren geschlossen, sie atmete ruhig und gleichmäßig. Das Betäubungsmittel hatte seine Wirkung noch nicht verloren.

Insa hatte ihre Eltern gefunden. Sie hatte Antworten auf ihre Fragen erhalten. Und doch war alles anders gekommen, als sie es sich je hätte vorstellen können.

Sie sah zu Aenne hinüber. Auch bei ihr wirkte das Mittel noch. Schlafend saß sie ihrer Mutter gegenüber, den Oberkörper vornübergebeugt, das Kinn auf der Brust.

Plötzlich stöhnte Aenne auf. Sie riss den Kopf hoch, und

für den Bruchteil einer Sekunde öffnete sie die Augen. Doch ehe sie irgendetwas sagen oder auch nur realisieren konnte, wo sie sich befand, waren die Lider schon wieder zugefallen, und Aennes Kopf sackte zurück auf ihre Brust.

Insa schob den Ärmel ihrer Jacke ein Stückchen nach oben und sah auf ihre Armbanduhr. Kurz nach zwölf.

Einen kleinen Augenblick kannst du noch schlafen, Aenne, dachte sie bitter, dann sind wir da. Und dann geht es los.

Insa horchte in sich hinein. Wartete einen Augenblick. Keimte irgendwo Unruhe in ihr auf? Erhob sich Angst aus einem dunklen Versteck? Ein letzter Zweifel?

Nein. Nichts dergleichen geschah. Insa blieb ganz ruhig. Zu lange schon hatte sie auf diesen Moment gewartet. Immer und immer wieder hatte sie alles durchgespielt, Pläne verworfen, wieder von Neuem begonnen. Sämtliche Kämpfe in ihrem Inneren waren längst ausgefochten, alle Schlachten geschlagen. Die Zweifel und Ängste seit Langem besiegt. Sie würde ihr Werk heute zum Abschluss bringen.

Endgültig.

Doch ein wenig Zeit blieb Insa noch.

Ihre Gedanken schweiften erneut ab, zurück in den Sommer 2011. Und zurück zu der alles entscheidenden Frage: Warum?

Warum hatten ihre leiblichen Eltern sie zur Adoption freigegeben? Warum hatten sie sie verlassen?

Sie hatte nach Erklärungsansätzen gesucht, hatte Tausende von Antwortmöglichkeiten gesammelt, sich fadenscheinige Argumente zurechtgelegt. Es musste einen Grund gegeben haben, niemand gab sein Kind einfach so weg. Es musste einen schwerwiegenden, alles entscheidenden Grund gegeben haben, der mit ihr, mit Insa persönlich, sicherlich nichts zu tun gehabt hatte.

Auf Insas drängende Fragen hin hatte ihre Mutter ihr die wenigen Informationen, über die sie selbst verfügte, offenbart. Sie hatte damals in der Klinik, in der Insa zur Welt gekommen war, als Krankenschwester gearbeitet, allerdings in einer anderen Abteilung. So hatte sie den Familiennamen von Insas biologischen Eltern erfahren: Jannen. Und auch die Vornamen, Luise und

Erk. Sie waren von einer der Inseln gekommen, Amrum oder Föhr, da war sich ihre Mutter nicht mehr ganz sicher gewesen. Sie habe die beiden nicht persönlich kennengelernt, man habe ihr nur berichtet, dass ihre leiblichen Eltern noch sehr jung und mit dem Großziehen eines Kindes wohl schlichtweg überfordert gewesen seien. Zumal Insa ja auch noch viel zu früh auf die Welt gekommen war. Ihre Eltern hätten gewiss nur das Beste für ihr Baby gewollt. Und war es da nicht die beste, ja, die sinnvollste Entscheidung gewesen, sie gleich nach der Geburt in die Obhut von kompetenten, liebevollen Adoptiveltern zu geben? Es sei ihnen bestimmt nicht leichtgefallen, aber sie hätten wohl keine andere Möglichkeit gesehen.

Ging es nicht vielen Menschen so, die ihr Kind zur Adoption freigaben?, hatte sich Insa immer wieder gesagt. Wurden sie nicht in gewisser Weise dazu gezwungen? Und wenn es nur durch die äußeren Umstände war? Dass sie zu jung waren. Mittellos. Oder dass die Beziehung zwischen den Eltern ein Kind nicht tragen konnte. Weil sie nicht funktionierte oder die Eltern noch nicht reif genug waren.

Das alles hatte Insa sich eingeredet und zurechtgelegt. Und womöglich hätte es funktioniert. Es wäre sicherlich alles anders gekommen, wenn sie sich nicht auf den Weg gemacht hätte. Doch schon kurz nachdem sie erfahren hatte, dass sie adoptiert worden war, war da die unumstößliche Gewissheit gewesen, dass es nur einen Weg gab, die innere Stimme, die ihr all diese Fragen stellte, zum Schweigen zu bringen: Sie musste ihre biologischen Eltern kennenlernen. Es war wie ein Zwang. Sie musste sie sehen. Ihnen ins Gesicht blicken, ihre Stimmen hören. Sie musste wissen, woher sie wirklich kam. Was dann daraus erwachsen würde, das war ihr im ersten Moment völlig nebensächlich erschienen, darüber hatte sie nicht weiter nachgedacht. Zunächst hatte sie nur gewusst, dass sie Klarheit brauchte.

Wie dumm sie gewesen war!

Denn mit der Klarheit hatte die eigentliche Katastrophe ihren Lauf genommen.

Ein Schauer rieselte über Insas Körper, als sie an den Moment der Erkenntnis zurückdachte. Doch damit musste nun Schluss sein. Sie schüttelte sich, wie um die Erinnerung loszuwerden, und drückte energisch ihr Kreuz durch. Sie musste sich jetzt konzentrieren und all ihre Aufmerksamkeit auf die Aufgabe richten, die vor ihr lag.

Denn sie waren da.

Die Sandbank lag zum Greifen nahe vor ihnen.

Insa stellte die Pinne fest, erhob sich von ihrem Platz und schaltete den Motor aus. Jetzt war es ganz still an Bord. Nur der leise Wind, der sachte an den Seilen spielte, und das Plätschern der Wellen waren zu hören.

Aenne und Luise waren noch immer nicht aus ihrem Betäubungsschlaf erwacht. Nach wie vor dämmerten sie vor sich hin.

Hoffentlich habe ich mich bei der Dosierung nicht verrechnet, dachte Insa. Schließlich sollten die beiden bei klarem Verstand sein, wenn es losging. Doch noch war genügend Zeit.

Langsam trieb das Segelboot auf dem Meer und schaukelte sachte in den seichten Wellen. Insa trat nach vorn an den Bug. Das Wasser war an dieser Stelle schon ganz flach, sie konnte vom Boot aus den Meeresboden erkennen. Gleich würden sie aufsetzen.

Insa hob das Gesicht der Sonne entgegen und ließ ihren Blick über das Wasser und das Watt gleiten. Zum ersten Mal an diesem Tag nahm sie die Welt um sich herum bewusst wahr. Silbern schimmerten die feuchten Wattflächen in der Sonne. Die weißen, im Blau verstreuten Wolken spiegelten sich darin und ließen den Himmel unendlich erscheinen.

Es ist wirklich wunderschön hier draußen, stellte Insa fest. Sie drehte sich einmal um ihre eigene Achse. Sie sah die Südspitze von Amrum, den Leuchtturm und die mächtigen Dünen, die von der Sonne angestrahlt wurden. Sah die Warften der Hallig Langeneß, die wie Schiffe scheinbar führerlos in der Nordsee trieben, daneben die Hallig Hooge mit ihren grünen Wiesen und dem langen Deich. Am Horizont waren zahlreiche Windräder zu erkennen. Weiter südlich konnte Insa zwei kleine Pfahlhäuschen ausmachen, die sich wie von Zauberhand aus dem Wasser erhoben. Das musste die Hallig Norderoog sein. Direkt vor ihr lag der Japsand, und dahinter erstreckte sich, weit und endlos, das offene Meer.

Insa stützte sich mit den Armen auf die Reling. Kalt spürte sie das Metall auf ihrer Haut. Der Wind fuhr ihr sanft durch die kurzen Haare. Obwohl die Sonne schien, fröstelte sie. In der Ferne erblickte Insa eine Gruppe Seehunde, die träge auf der Sandbank in der Sonne dösten. Zwei der Tiere hoben die Köpfe und blickten in ihre Richtung, doch sie schienen sich nicht stören zu lassen. Sie würden Insas stumme Zeugen sein.

Mit einem Mal ging ein leichter Ruck durch das Boot, es wackelte ein wenig, dann lag es still. Sie hatten auf dem Meeresboden aufgesetzt.

Insa beugte sich über die Reling. Sie beobachtete, wie sich das Wasser immer weiter zurückzog und Stück für Stück den Meeresboden freigab. Gleichmäßig geschwungene Riffel im Sand kamen zum Vorschein, durchsetzt von kleinen glitzernden Pfützen, die in den Senken zurückblieben. Das abfließende Wasser schloss sich zu feinen Rinnen und Strömen zusammen, die sich schließlich in einem etwas breiteren und tieferen Priel vereinten. In etwa einer halben Stunde würde das Wasser seinen niedrigsten Stand erreicht haben.

Und wenn es zurückkehrte, würde bald alles vorbei sein.

Insa wandte sich ab und ließ die Reling los. Ein Anflug von Wehmut überkam sie. Wie schön alles hätte sein können! Sie hielt ihr Gesicht ein letztes Mal in die Sonne. Spürte die wärmenden Strahlen auf ihrer Haut. Holte tief Luft und füllte ihre Lungen mit der frischen salzigen Nordseeluft.

So schön.

Doch sie hatte keine Wahl.

Hinten auf der Sitzbank des Bootes regte sich etwas. Insa drehte sich um. Sie sah, wie Aenne schwerfällig ihren Oberkörper aufrichtete und versuchte, ihren Kopf zu heben. Sie hörte ein lautes schmerzvolles Stöhnen.

Jetzt war es so weit. Mit schnellen Schritten kletterte Insa zurück ins Heck. Sie vergewisserte sich noch einmal, dass bei Aenne und Luise alles sicher war, dann zog sie ihre große schwarze Tasche zu sich heran und bezog gegenüber der Bank neben dem Eingang zur Kajüte Stellung. Mit dem Rücken lehnte sie sich gegen das Kajütendach und betrachtete in aller Seelenruhe die beiden Frauen. Ihr Gesichtsausdruck war fremd. Undurchdringlich.

Sie war bereit.

26

Aenne erwachte langsam. Beim dritten Versuch gelang es ihr endlich, ihren Kopf in eine aufrechte Position zu bringen. Sie stöhnte erneut laut auf und öffnete die Augen. Ihre Lider flatterten. Sie musste sich erst an das grelle Sonnenlicht gewöhnen. »Oh mein Gott, ich muss eingeschlafen sein«, sagte sie mit schwerer Zunge. »Wie kann ich nur so müde –« Sie wollte sich recken, sich mit der Hand über das Gesicht fahren. Und hielt jäh inne. »Was …«

Sie starrte auf ihre Arme, die sie nicht anheben konnte. Auf ihre Hände, mit denen sie sich nicht ins Gesicht fassen konnte. »Was …«, setzte sie erneut an. Sie konnte nicht einordnen, was ihre Augen sahen und ihre Hände fühlten. »Handschellen?« Mehr brachte Aenne nicht heraus. Sie suchte Insas Blick. »Insa, was … was soll das?«

Insa hielt dem Blick stand. Und blieb stumm.

Auf der anderen Seite der Bank ertönte ein Rascheln. Aenne fuhr herum. Nur mit Mühe konnte sie einen Aufschrei verhindern. Einen Schrei wegen der Schmerzen, die ihr durch die hastige Bewegung vom Nacken in den Kopf fuhren, und wegen des Bildes, das sich ihr bot. Ihre Mutter lag mehr auf der Bank, als dass sie saß, den Oberkörper zur Seite gekippt. Sie schien wie Aenne geschlafen zu haben und kam nun allmählich wieder zu sich. Ihre Arme waren merkwürdig verdreht. Die Handgelenke steckten ebenfalls in Handschellen. Angekettet an der Reling hinter der Sitzbank.

Aenne warf den Kopf zurück, die Schmerzen registrierte sie diesmal nicht. Mit einem Schlag war sie hellwach. Sie riss an den Handschellen. »Insa!«, rief sie. In ihrem Kopf ging alles drunter und drüber. Was hatte das zu bedeuten? »Mama. Mama! Wach auf!«

Luise öffnete endlich die Augen. Träge blickte sie um sich. »Mama! Du hast da … also, wir beide haben … du und ich, wir sind mit Handschellen an die Reling gekettet. Wir sind eingeschlafen und dann … Insa!« Aenne blickte ihre Freundin verwirrt an. »Insa, was zum Teufel ist hier los? Hilf uns!« Ihre Stimme wurde lauter. »Was wird das? Soll das ein Witz sein? Dann ist das der schlechteste, den ich je erlebt habe. Und auf irgendwelche Spielchen habe ich nun wirklich keinen Bock! Mach sofort die Handschellen ab. Es tut weh, und was ist überhaupt in dich —«

Die Worte blieben Aenne im Hals stecken, als sie Insas Gesichtsausdruck registrierte. Ihr wurde gleichzeitig heiß und kalt. Was passierte hier?

Hektisch zerrte Aenne an den Handschellen. Die metallene Kette schlug mit einem klirrenden Geräusch gegen die Reling. Aenne drehte und wendete ihre Arme, soweit es überhaupt möglich war, versuchte, ihre Hände zu befreien. Doch es brachte nichts, außer dass ihr die Handschellen schmerzhaft ins Fleisch schnitten.

»Aenne, Insa, was ist denn hier los?«, fragte Luise mit belegter Stimme. Sie stierte ungläubig auf ihre Hände. »Wieso hab ich Handschellen um? Wer …« Noch immer ein wenig benommen glitt ihr Blick zwischen Insa und Aenne hin und her.

»Tja, meine Lieben, da staunt ihr, was?« Endlich reagierte Insa. Sie verschränkte die Arme vor der Brust und verzog ihren Mund zu einem spöttischen Lächeln, das ihr Gesicht auf merkwürdige Weise entstellte. Ihre Stimme hatte einen bittersüßen Ton angenommen. »Es tut mir leid, dass ich euch solche Unannehmlichkeiten bereiten muss, aber manche Dinge kann man sich leider nicht aussuchen.« Bequem an die Kajüte gelehnt, schlug sie lässig ein Bein über das andere. »Wenn ihr hübsch stillhaltet, tut's auch nicht so weh.«

»Aber … ich …«, stotterte Aenne, »was soll denn das?« Sie starrte Insa fassungslos an. »Ich verstehe nicht …«

»Sie versteht nicht. Wie süß.« Insa beugte sich zu Luise hinüber. »Hast du gehört, sie versteht nicht. Vielleicht sollten wir ihr auf die Sprünge helfen? Was meinst du? Du kannst ihr das sicher alles erklären.«

»Was? Ich?« Jetzt war es an Luise, fassungslos zu sein. »Was soll ich …«

»Ach, Luise, komm schon, nun denk doch mal nach! Ich darf doch Du zu dir sagen, oder? Du kommst sicher gleich drauf. Ist gar nicht so schwer.«

»Ich verstehe wirklich nicht«, entgegnete Luise verzagt.

»Ach, nun versteht sie auch nicht«, sagte Insa, nun wieder an Aenne gewandt. »Wie schade. Dein Vater hat auch erst ganz zum Schluss verstanden.«

»Was?«, entfuhr es Aenne. »Was hattest du mit meinem Vater zu tun?« Sie begann erneut, mit aller Kraft an den Handschellen zu rütteln. »Was soll das?«, schrie sie. »Mach mich los!«

»Aber, aber, nicht so wild, du tust dir nur weh. Und änderst nichts. Eins nach dem anderen.« Insa hob beschwichtigend die Hände. »Tja, Luise, wie sollen wir Aenne das denn nun erklären? Immer noch keine Idee?«

»Was ist mit meinem Vater?«, brüllte Aenne dazwischen.

»Schschsch«, machte Insa, »hör deiner Mutter lieber zu. Sonst verstehst du wirklich nichts.«

»Insa«, Luises Stimme klang nun fast bettelnd, »was wollen Sie denn nur von mir? Ich … ich kenne Sie doch kaum.«

»Tja, da war er schon. Der entscheidende Fehler.« Insa verschränkte wieder ihre Arme. »Ich werde dir jetzt helfen. Und dann bin ich mir sicher, dass du Aenne alles ganz genau erklären kannst.« Sie machte eine bedeutungsvolle Pause und schaute Luise geradewegs in die Augen. Für einen kurzen Augenblick lag eine tiefe Traurigkeit in ihrem Blick. Sie schüttelte den Kopf. »Du hast es wirklich nicht bemerkt, nicht wahr? Du hast es einfach nicht gesehen«, flüsterte sie. »Dabei habe ich es sofort gewusst. Beim ersten Mal, als ich dir gegenüberstand und in dein Gesicht geblickt habe.« Insa schluckte. »Ich bin's. Deine Tochter.«

27

Die Zeit stand still.

Die Welt um das Segelboot hielt den Atem an. Es war, als würden der Wind und das Meer, als würde selbst das Licht der Sonne, das sich als tausendfaches Glitzern im Wasser brach, einen Moment lang reglos innehalten. Und gebannt warten.

Es existierten nur noch diese drei Frauen, verloren in endlosem Blau, abgeschnitten vom Rest der Welt. Gefangene ihrer eigenen Geschichte.

Luise war die Erste, die eine Regung von sich gab. Doch das, was aus ihrer Kehle drang, war mehr ein gequälter Laut, ein bizarres Geräusch als ein verständliches Wort. Sie versuchte, die Hände zu heben, aber die Handschellen hinderten sie daran. Ihr Gesicht hatte eine aschfahle Farbe angenommen, eine Mischung aus Entsetzen und Erkennen, aus Fassungslosigkeit und Einsicht zeichnete sich darauf ab.

Aenne löste sich mit aller Kraft aus der Schockstarre, die sie gefangen hielt. Sie suchte den Blick ihrer Mutter, sah hinüber zu Insa. Sie erkannte die Freundin nicht wieder. »Aber … Du? Wieso …« Sie wusste nicht weiter. Es war, als ob ihre Gedanken in einer zähen, klebrigen Masse feststeckten.

Insa wandte sich von Luise ab und schaute Aenne an. Ihre Augen schimmerten dunkel. »Tja, liebe Aenne, da staunst du, was?«, sagte sie mit bittersüßer Stimme. »Darf ich vorstellen? Ich bin's, deine Schwester. Wir haben dieselbe Mutter, denselben Vater, dieselben Eltern.« Sie wartete einen kurzen Augenblick, ehe sie weitersprach. »Es gibt nur einen winzig kleinen Unterschied zwischen uns.« Mit dem Zeigefinger und Daumen der linken Hand deutete sie einen kleinen Abstand an. »Winzig klein und doch so groß. Luise, möchtest du nicht lieber weitermachen? Und deiner *Tochter* alles erklären?« Sie spie das Wort förmlich aus.

Aenne kam noch immer nicht hinterher. Sie starrte ihre Mutter ungläubig an.

Luises Blick war leer. Abwesend. So als ob Insas Worte sie gar nicht erreichten. Sie antwortete nicht.

»Luise!« Insas Ton wurde schärfer. »Nun reiß dich mal zusammen und spiel hier nicht die Betroffene!«

Ein Ruck ging durch Luises Körper.

»Sag endlich die Wahrheit. Wenigstens ein einziges Mal.« Luise richtete sich schwerfällig auf, soweit es ihr mit den angeketteten Händen überhaupt möglich war. Sie sah um Jahre gealtert aus. »Aenne«, begann sie stockend, »Insa, deine Freundin …« Sie machte eine Pause. »Es ist wahr, was sie gesagt hat. Insa ist meine Tochter. Meine Tochter und deine Schwester.« Sie wandte den Blick ab und sah aufs Meer hinaus. »Wir waren damals noch sehr jung, dein Vater und ich. Wir hatten kein Kind geplant. Wir … wir hätten es nicht geschafft. Deshalb haben wir es gleich nach der Geburt zur Adoption freigegeben.«

»Kein Kind *geplant*«, wiederholte Insa. Ihre Stimme war schneidend und eiskalt. »Wir haben *es* zur Adoption freigegeben. Das Kind, das hat einen Namen!« Sie trat einen Schritt auf Luise zu. »Sieh mich an.«

Als Luise nicht sofort reagierte, wiederholte sie lauter: »Sieh mich an!«

Langsam wandte sich Luise zu ihr um und schaute Insa in die Augen.

»Das *Kind*, das bin ich.« Insa tippte sich mit dem Zeigefinger auf die Brust. »Ich!«

Aennes Lähmung fiel von ihr ab. Insa war ihre Schwester? Die adoptiert worden war? Aber wie war das möglich? Sie hatte doch … In ihrem Hirn schwirrte alles wild durcheinander. Wirklich, Insa? Aber warum rückte sie erst jetzt mit dieser Wahrheit heraus? Sie kannten sich doch schon so lange! Hatte sie es vorher noch nicht gewusst? Und warum hier? Warum in Handschellen?

Aenne versuchte angestrengt, sich zu konzentrieren. Was sollte diese ganze Inszenierung? Es musste einen Grund dafür geben. Und was hatte Insa eben über ihren Vater gesagt? Erst zum Schluss habe er verstanden?

Erst ganz zum Schluss.

Die Erkenntnis überrollte Aenne wie eine Welle, die mit tosender Macht über ihr zusammenstürzte und ihr den Boden unter den Füßen wegriss. Sie wollte etwas sagen, doch ihre Kehle war wie zugeschnürt. Sie bekam keinen Laut heraus.

»Schwesterchen, du bist ja ganz rot im Gesicht!« Insa machte einen Schritt auf Aenne zu. »Hat dich diese Neuigkeit so aufgeregt? Kann ich gut verstehen. Man erfährt ja auch nicht jeden Tag, dass man noch eine Schwester hat.« Sie lächelte mitleidvoll und tätschelte Aenne die Wange.

Aenne riss den Kopf zur Seite.

»Aber du musst noch ein bisschen durchhalten«, säuselte Insa weiter. »Das war noch nicht alles.«

»Was«, fragte Aenne mit krächzender Stimme, »was hast du getan?«

»Getan? Ach, meinst du das mit deinem Vater?« Insa machte eine wegwerfende Handbewegung. »Oder sollte ich besser ›mit *unserem* Vater‹ sagen? Er musste als Erster büßen.«

»Du hast ihn umgebracht.« Es war mehr eine Feststellung als eine Frage.

»Ja.« Insa nickte und lehnte sich wieder mit dem Rücken gegen das Dach der Kajüte. »Ja, das habe ich.« Sie verschränkte die Arme vor der Brust. »Ich hatte keine Wahl«, sagte sie in einem beiläufigen Tonfall.

»Aber die Polizei …«

»Die Polizei …« Insa spielte mit einem Band an ihrer Schwimmweste. »Da hatte ich endlich mal ein bisschen Glück. Diese Liv kam genau zum richtigen Zeitpunkt.« Sie lachte auf. »Aber ho, Brauner, nicht so schnell, einen Schritt nach dem anderen. So viel Zeit muss sein. Damit du es verstehst, weißt du? Es soll ja nicht alles umsonst gewesen sein.«

Insa drückte sich vom Dach der Kajüte ab und ging, soweit es möglich war, ein paar Schritte vor der Bank auf und ab. Dabei ließ sie Aenne und Luise nicht aus den Augen.

»Tja, Schwesterchen, da bist du also platt, was? Steht auf einmal deine Schwester vor dir. Und nicht nur irgendeine, nein! Deine Schwester, die nach ihrer Geburt weggegeben wurde und die auch noch deinen Vater – äh, entschuldige, ich meine natürlich *unseren* Vater – umgebracht hat. Oder sollte ich ihn besser unseren biologischen Erzeuger nennen? Ts, ts, ts.« Insa tat, als würde sie missbilligend den Kopf schütteln. »Wie kann das alles sein, wegen einer Adoption bringt man doch nicht gleich einen Menschen um! Das denkst du doch jetzt, oder? Wie viele Eltern geben ihr Kind zur Adoption frei und werden auch nicht gleich abgeknallt. Recht hast du.« Sie machte eine Pause, ehe sie fortfuhr: »Aber das ist ja auch noch nicht alles.«

Insa kam vor Luise zum Stehen. Ein bösartiges Lächeln huschte über ihr Gesicht, und mit einer Stimme, die Aenne einen kalten Schauer über den Rücken jagte, fuhr sie fort: »Luise, willst du es erklären? Hast du endlich den Mumm dazu? Wenigstens jetzt? Oder muss ich deiner Tochter allein die ganze Wahrheit über ihre Eltern sagen?«

28

2011

Insa blickte aus dem Fenster. Der Bus war voll besetzt, und nur mit viel Glück hatte sie einen Sitzplatz ergattern können. Dicht gedrängt standen die Menschen zwischen Koffern und Taschen im Gang. Die meisten waren Urlaubsgäste, die so wie Insa gerade mit der Fähre auf Amrum angekommen waren und nun von der einzigen Buslinie über die Insel und zu ihren Unterkünften gefahren wurden.

Insa hielt ihr Gepäck auf ihrem Schoß fest. Sie hatte nur einen kleinen Tagesrucksack dabei, denn sie wollte nicht über Nacht bleiben. Spätestens mit der letzten Fähre um zwanzig Uhr wollte sie wieder aufs Festland zurückkehren. Es war Sonntag, und sie würde am nächsten Tag wieder früh arbeiten müssen.

Sie sah die Häuser von Wittdün, dem südlichsten Ort der Insel, in dem sich der Hafen mit dem Fähranleger befand, am Fenster vorüberziehen. Nach wenigen Minuten passierte der Bus das Ortsschild. Jetzt konnte Insa die ersten flachen Ausläufer der für die Nordseeinseln so typischen Dünenlandschaft erkennen.

Amrum.

Der Ort, an dem ihre leiblichen Eltern lebten.

Sie hatte sich tatsächlich auf den Weg gemacht.

Als Insa schlussendlich klar geworden war, dass sie ihre leiblichen Eltern ausfindig machen musste, war alles ganz einfach gewesen. Eine kurze Onlinesuche, und Insa hatte einen Anschluss und eine Adresse auf Amrum genannt bekommen. Es hatte nur einen einzigen Eintrag mit den Namen Luise und Erk Jannen gegeben, die Anschrift lautete »Oonwai 9, Nebel«. Schnell hatte Insa herausgefunden, dass es sich bei Nebel um eines der fünf Inseldörfer handelte. Unter der Rufnummer und der Privatanschrift war zusätzlich ein Supermarkt in Nebel aufgeführt. Inhaber: Erk Jannen. Ihr biologischer Vater musste also ein Kaufmann sein.

Insa hatte vor ihrem Telefon gesessen, zwischen Daumen und Zeigefinger den Zettel mit der Telefonnummer. Sie hatte das Telefon angestarrt, das Mobilteil in die Hand genommen, es wieder zurückgestellt. Sollte sie anrufen? Nur einmal kurz die Stimme hören? Doch was sollte sie sagen? »Hallo, ich bin's, eure Tochter, die ihr vor achtunddreißig Jahren weggegeben habt«? Oder: »Oh, Entschuldigung, da habe ich mich wohl verwählt«?

Sie hatte es nicht getan.

Und gleichzeitig beschlossen, nach Amrum aufzubrechen. Nur einen Plan hatte sie sich nicht zurechtgelegt. Sie hatte sich nicht überlegt, was sie tun würde, wenn sie die Adresse fand, wenn sie vor dem Haus oder der Wohnung stand. Würde sie klingeln? Oder einfach weitergehen? Insa konnte überhaupt nicht einschätzen, wie sie reagieren würde, und musste sich eingestehen, dass sie einfach nicht wusste, was sie machen sollte. Gab es ein Richtig oder Falsch? Sie hatte keine Ahnung. Sie würde spontan entscheiden müssen.

Insa bemerkte, wie sich ein leichtes Kribbeln in ihrem Magen meldete. Die Aufregung wuchs. Sie musste bald da sein.

Der Bus kam an einem Campingplatz vorbei. Dahinter erhob sich linker Hand der Leuchtturm majestätisch in den weiten Himmel. Insa schaute beeindruckt auf das mächtige rot-weiße Wahrzeichen Amrums, bis es hinter der nächsten Kurve direkt wieder aus ihrem Blickfeld verschwand.

Mit ihren Eltern, überlegte sie, also mit ihren echten, *faktischen* Eltern, war sie nie auf Amrum gewesen. Eigentlich merkwürdig, denn von Husby aus war es nicht weit bis zum Fähranleger nach Dagebüll. Und sowohl ihr Vater als auch ihre Mutter waren eingefleischte Inselfans und liebten das Meer. Sie hatten häufig Ausflüge an die Ostsee unternommen und ihre gemeinsamen Urlaube regelmäßig auf den dänischen Inseln oder nach der Wende auf Rügen oder Usedom verbracht. Ihre Mutter mochte die Nordsee nicht, hatte sie immer gesagt, sie sei ihr zu wild und zu gefährlich. Einzig zu einem Kurztrip nach Sylt hatte sie sich überreden lassen. Allerdings war es bei diesem einen Besuch dann auch geblieben.

Ob das etwas mit meiner Geschichte zu tun gehabt hat?, fragte sich Insa nun. Auf Föhr waren sie schließlich auch nicht gewesen. Vielleicht hatte ihre Mutter es nicht aushalten können, den Ort aufzusuchen, von dem sie wusste, dass dort wahrscheinlich die leiblichen Eltern ihrer Tochter lebten? Ob sie die Befürchtung gehabt hatte, ihr Schweigen und ihre Lüge dann noch schwerer ertragen zu können? Oder ob sie gar Angst gehabt hatte, dass bei einem solchen Inselurlaub etwas von ihrem Geheimnis ans Tageslicht dringen könnte? Dass irgendetwas Unvorhergesehenes geschah? Oder war die Wahrheit doch so simpel, frei von jeglichem Hintergedanken, und Insas Mutter mochte die Ostsee schlicht lieber?

Insa schloss für einen kurzen Moment die Augen. Sie massierte sich mit den Fingern die Schläfen. Ein unheilvolles Pochen kündigte aufziehende Kopfschmerzen an. Es war alles so kompliziert!

Im nächsten Dorf, Süddorf, stoppte der Bus, und einige Fahrgäste stiegen aus. Nach dem Ortsende führte die Straße zwischen Feldern hindurch und erreichte gleich darauf das nächste Inseldorf. Insa sah eine große alte Mühle, deren Dach mit Reet gedeckt war. Sie las den Namen auf dem Ortsschild. Nebel. Darunter die friesische Variante »Neebel«.

Sie war da.

Augenblicklich begann Insas Herz schneller zu schlagen. Sie nahm ihren Rucksack und erhob sich von ihrem Platz, um sich langsam in Richtung Tür zu drängeln. An der Haltestelle Nebel-Mitte stieg sie aus.

Draußen empfing sie ein ordentlicher Wind. Insa musste ihr Tuch, das sie bis dahin locker um den Hals getragen hatte, festhalten, damit es nicht davonflog. Sie knotete es fest zusammen und zog den Reißverschluss ihrer Jacke zu. Frisch ist es hier, und das im Hochsommer, dachte sie und nahm einen tiefen Atemzug. Aber die Luft ist klasse. Sie riecht nach Salz und Meer.

Insa legte den Kopf in den Nacken und blickte in den Himmel. Vereinzelt jagte der Wind ein paar dunkle Wolken vor sich her, doch die sonnigen Abschnitte überwogen. Hoffentlich hält der Wind die Regenwolken in Schach, und es bleibt trocken, dachte sie, setzte ihre Sonnenbrille auf und sah sich um.

Sie stand vor der Post oder besser gesagt vor einem Wein- und Souvenirladen mit integriertem Postschalter. Gegenüber, auf der anderen Straßenseite, befand sich ein weißes reetgedecktes Haus mit der Aufschrift »Amt Föhr-Amrum«. Insa stellte ihren Rucksack auf den Boden und kramte in der Vordertasche nach dem Ortsplan, den sie sich besorgt hatte. Sie faltete ihn auseinander und hatte schon bald ihren Standpunkt auf der Karte gefunden. Die Straße, in der ihre leiblichen Eltern wohnten, hatte sie rot markiert. Sie lag im Zentrum des kleinen Dorfes. Insa orientierte sich kurz und sah nach, welche Richtung sie einschlagen musste, dann faltete sie den Plan wieder zusammen und steckte ihn in die Jackentasche. Sie wollte zunächst ein bisschen durch das Dorf bummeln, den Ort ein wenig kennenlernen, einen ersten Eindruck bekommen.

Vielleicht willst du aber auch nur Zeit schinden, meldete sich eine leise Stimme in Insas Hinterkopf. Vielleicht die Entscheidung nur hinauszögern. Doch egal, wie auch immer, es war erst Mittag, und sie hatte noch genügend Zeit. Den Oonwai würde sie später aufsuchen.

Insa setzte den Rucksack auf und ging los. Sie war an diesem Sonntag nicht die Einzige, die auf den kleinen Straßen Nebels unterwegs war. Ihr begegneten zahlreiche Menschen, Familien mit Kindern, junge und ältere Paare, Gruppen von Jugendlichen und Erwachsenen. Die einen zu Fuß, die anderen mit dem Rad, im Buggy oder mit dem Bollerwagen. Die meisten waren allem Anschein nach Touristen.

Insa kam an reetgedeckten Friesenhäusern vorbei, manche alt und klein, als wären sie vor dem auf der Insel stetig wehenden Wind in Deckung gegangen, manche neu, groß und herausgeputzt, das Reet auf dem Dach noch hell, die roten Klinker noch nicht verwittert. Sie betrachtete die gepflegten Vorgärten und die in voller Pracht blühenden Rosen auf den inseltypischen

Steinwällen. Immer wieder erblickte sie Möwen, die sich vom Wind tragen ließen und über die Häuser hinwegsegelten oder auf einem der Schornsteine Platz genommen hatten. Ihr charakteristisches Geschrei war allgegenwärtig und begleitete Insa auf ihrem Weg.

Leise vor sich hin murmelnd, las sie die friesischen Namen auf den Straßenschildern, an denen sie vorüberkam. Smäswai, Waasterstigh, Rauegjaat, Söderjaat, Lungjaat. Sie konnte die Namen kaum aussprechen, sie klangen ungewohnt und fremd in ihren Ohren. Insas Eindruck, sich in einer völlig neuen und anderen Welt zu bewegen, wurde dadurch noch verstärkt. Ob ihre leiblichen Eltern womöglich auch Friesisch sprachen? Waren sie hier geboren, aufgewachsen und zur Schule gegangen?

Als Insa den Lungjaat hinunterging und auf die nächste Querstraße, den Uasterstigh, stieß, begegnete sie noch mehr Menschen, die alle nach links in Richtung Zentrum strömten. Und gerade als sie sich fragte, ob hier wohl immer so viel los war, entdeckte sie ein Plakat, das an einem Stromkasten am Straßenrand klebte. »Dorffest in Nebel« stand in großen bunten Buchstaben darauf zu lesen, »Spiel, Spaß und vieles me(e)hr für die ganze Familie«. Darunter das Datum des heutigen Tages und eine Aufzählung der Angebote und Aktivitäten.

Deshalb die vielen Menschen. Kurzerhand schlug sie ebenfalls den Weg nach links ein und folgte der Menge in Richtung Ortskern.

Zahlreiche Stände säumten den Weg. Es gab Fischbrötchen und Bratwurst, Töpferwaren und Genähtes, Fotokarten und Aquarellzeichnungen. Der verlockende Duft von Crêpes stieg Insa in die Nase. Mit einem Mal spürte sie, wie flau ihr im Magen war, allerdings war sie sich nicht sicher, ob vor Hunger oder vor Aufregung. Nach kurzer Überlegung entschied sie, einen Crêpe zu essen, und nachdem sie ihn verspeist hatte, fühlte sie sich sogleich ein wenig besser. Sie suchte einen Mülleimer, um die Serviette und die Pappe wegzuwerfen, und fand einen, der an der nächsten Ecke an einem Straßenschild befestigt war. Insa hob den Kopf und las den Namen. Sie erschrak.

Oonwai.

Hier schon?

Insa ließ ihren Abfall in den Mülleimer sinken. Was sollte sie nun tun? Unschlüssig blickte sie die kleine Straße hinunter, die vom Uasterstigh abging. Die Hausnummer ihrer leiblichen Eltern sollte die Nummer 9 sein. Konnte sie das Haus oder die Wohnung von hier womöglich schon sehen?

Insas Knie wurden weich. Vielleicht sollte sie besser später noch einmal hierher zurückkommen.

Doch dann ging sie los.

Sie schritt langsam den ungepflasterten Weg entlang und suchte die Fassaden der Häuser nach den Hausnummern ab. 1, 3 … Insas Hände wurden feucht, und ihr Puls ging schneller. 5, 7 …

Dann sah sie es, am Ende der Sackgasse, Nr. 9. Ein großes weiß getünchtes Friesenhaus, reetgedeckt. Im Vorgarten weiße Kieswege, ordentlich geharkt, blühende Hortensien in wuchtigen Tonkübeln. Zur Straße hin ein Steinwall, darauf Rosen über Rosen und Lavendel. Alles schick, alles sehr gepflegt, wie auf einer Postkarte.

Insa blieb stehen und starrte das Haus von Weitem an. Ihr Herz raste. Sie betrachtete die dunklen gusseisernen Buchstaben am Giebel des Hauses, die ihr auch schon an zahlreichen anderen Häusern im Dorf aufgefallen waren. »EJ« und »LJ«, las sie, und die Zahl 1988. Es dauerte einen Augenblick, bis Insa kombiniert hatte, dass es sich dabei um die Initialen der Hausbesitzer handeln könnte. Erk Jannen und Luise Jannen, das würde passen. Und die Zahl? Vielleicht das Jahr, in dem das Haus erbaut wurde? Oder das Hochzeitsdatum der Besitzer?

Zögernd ging Insa ein paar Schritte näher heran. War das wirklich ihr Elternhaus? Es sah verlassen aus. Die Haustür und beide Garagentore waren verschlossen, nur die Fenster im Obergeschoss standen auf Kipp. Stimmen oder Geräusche waren nicht zu hören. Neben der Eingangstür entdeckte Insa ein Namensschild. Die großen Buchstaben konnte sie von der Straße aus lesen.

Jannen.

Sie war richtig.

Insa hielt inne, stierte auf das Haus. Sie konnte den Blick nicht abwenden. Sie hatte es gefunden.

Sie musste lange so dagestanden haben, denn als eine alte Frau, die aus dem gegenüberliegenden Haus getreten war, an ihr vorüberging, wurde sie misstrauisch beäugt. Das riss Insa aus ihren Gedanken. Sie konnte nicht ewig hier stehen bleiben. Aber was sollte sie bloß tun? Sollte sie an die Tür gehen und klingeln? Oder warten, bis sich jemand zeigte? Oder sollte sie doch lieber wieder verschwinden?

Insa war hin- und hergerissen. Sie fühlte sich nicht in der Lage, eine Entscheidung zu treffen. Also wandte sie sich ab und lief zurück in Richtung Dorf. Am Uasterstigh tauchte Insa wieder in die Menschenmenge ein, die über die Festmeile bummelte. Sie ließ sich mittreiben, doch für die Verkaufsstände, an denen sie vorüberkam, hatte sie nun keine Augen mehr.

Sie hatte das Haus ihrer biologischen Eltern gefunden. Und sie waren offensichtlich nicht mittellos. Ganz im Gegenteil. Alles sah von außen so ... so schön aus, so idyllisch und ordentlich. Geradezu perfekt. Wie passte das zusammen? Wie sollte Insa das deuten?

Da erblickte sie den Supermarkt. »Marktplatz Jannen« stand in großen geschwungenen Lettern an der Hauswand des roten Backsteingebäudes. In die breite Vorderfront waren große Schaufenster eingelassen, und vor dem Haus, zur Straße hin, standen zwei prächtige Linden in sattem grünem Laub. Heute war der Markt geschlossen, doch direkt vor dem Eingang war ein großer Stand aufgebaut.

Insa blieb mitten auf der Straße stehen und kniff die Augen zusammen, um das Schild zu entziffern, das hinter dem Stand an der Hauswand lehnte. »Marktplatz Jannen – die große Tombola zugunsten des Amrumer Kindergartens Flenerk Jongen« stand darauf. Auf großen Tischen lagen die Preise, die es zu gewinnen galt – Spielsachen, Küchengeräte, in Zellophan verpackte Geschenkekörbe voller Leckereien. Rechts daneben war ein selbst gebautes Glücksrad aufgestellt, an dem gerade ein kleines Kind gemeinsam mit seinen Eltern die große Scheibe drehte.

Zögernd trat Insa ein klein wenig näher heran. Ob ihr Vater oder ihre Mutter vielleicht ebenfalls hier war?

Und noch während sie darüber nachdachte, sah Insa sie. Zuerst sprang ihr das helle Haar ins Auge. Es leuchtete in der Sonne, die gerade wieder die Oberhand über die dunklen Wolken gewonnen hatte. Das musste ihre Mutter sein! Sie starrte die Frau an, die gerade einem jungen Paar einen kleinen Eimer mit Losen entgegenhielt und beide aufforderte, hineinzugreifen.

Wie gebannt verfolgte Insa die Bewegungen der Frau, das Nicken ihres Kopfes, die Art, wie sie den jungen Mann und seine Partnerin anlächelte, etwas sagte, sie wieder verabschiedete. Ihre Stimme konnte Insa von hier aus nur leise hören, die Worte, die gesprochen wurden, waren nicht zu verstehen.

Ohne es zu bemerken, ging Insa noch ein paar Schritte weiter auf den Stand zu. Sie beobachtete gebannt, wie die Frau sich über einen der Geschenkekörbe beugte und die Folie zurechtzupfte. Sie hatte die langen blonden Haare akkurat nach hinten zu einem Knoten gebunden und trug ein maritimes Kostüm, einen dunkelblauen Rock und einen Blazer, darunter eine blau-weiß gestreifte Bluse.

Jetzt hob die Frau den Kopf und sah in Insas Richtung. Ihre Blicke trafen sich.

Sie ist es wirklich!, dachte Insa.

Das Herz schlug ihr bis zum Hals. Sie erkannte die Ähnlichkeit sofort. Die dunklen Augen, die leicht nach oben gebogene Nase, der Schwung der Lippen, die sich nun zu einem Lächeln verbreiterten.

»Guten Tag«, rief die Frau freundlich in ihre Richtung. »Darf ich Sie auch zur Teilnahme an unserer diesjährigen Tombola einladen?«

»Äh, mich?«, stotterte Insa völlig überrumpelt und blickte hinter sich. Bestimmt hatte die Frau jemand anderen gemeint.

»Ja, Sie. Kommen Sie.« Sie winkte Insa an den Stand heran. »Darf ich Ihnen ein Los für unsere Tombola verkaufen? Mit etwas Glück können Sie einen unserer attraktiven Preise mit nach Hause nehmen. Und gleichzeitig tun Sie noch etwas Gutes. Die Einnahmen aus unserem Losverkauf kommen ohne

Einschränkungen dem Kindergarten hier in Nebel zugute. Ich kann Ihnen gern …«

Wie ferngesteuert trat Insa an den Tisch heran. Sie fasste sich mit der Hand an die Sonnenbrille und drückte mit dem Mittelfinger den Steg fest auf die Nasenwurzel, so als wollte sie sich hinter den großen dunklen Gläsern verstecken. Sie hörte der Frau gar nicht mehr zu. Sah nur, wie sich die roten, sorgfältig geschminkten Lippen bewegten. Nahm den dezenten klassischen Schmuck wahr. Die eng anliegende Perlenkette um den Hals. Die Perlenstecker in den Ohren. Und diese Augen.

Ihre Augen.

»Möchten Sie?« Die Frau reichte Insa ein bunt bedrucktes Faltblatt des Kindergartens.

»Wie bitte? Äh, ja. Ja, gern.« Sie nahm das Faltblatt in die Hand und warf einen abwesenden Blick darauf.

»Und wie viele Lose hätten Sie denn nun gern?«, fragte die Frau.

Insa sah sie irritiert an. »Lose? Also, was kosten die denn?«

»Wie schon gesagt, ein Los einen Euro fünfzig, vier Lose fünf Euro.«

»Ach so … Na, dann nehme ich vier Lose.«

»Das ist sicherlich eine gute Entscheidung. Das Geld kommt wirklich ganz ohne Abzüge beim Kindergarten an. Und vielleicht ist das Glück ja heute auf Ihrer Seite.«

Die Frau hielt Insa mit einem aufmunternden Kopfnicken den Loseimer hin. Wie in Trance fischte Insa vier Zettelchen heraus. Dann stellte die Frau den kleinen Eimer wieder ab und blickte Insa erwartungsvoll an. Insa stand ihr wie angewurzelt gegenüber, die Lose in der einen, das Faltblatt in der anderen Hand.

Die Frau räusperte sich. »Also, ich bekomme dann bitte noch die fünf Euro.«

»Wie bitte? Ach ja, natürlich.« Insa nahm ihren Rucksack von den Schultern, hielt ihn mit einem Arm vor ihrem Bauch fest und suchte mit der anderen Hand nach ihrem Portemonnaie. Ihre Hände zitterten. Sie stopfte die Lose und das Faltblatt in die Seitentasche. Dann hatte sie endlich ihre Geldbörse gefunden.

Sie fummelte einen Fünf-Euro-Schein heraus und reichte ihn der Frau über den Tisch.

»Vielen Dank.« Die Frau ließ den Schein in einer Geldkassette verschwinden. »Und nicht vergessen – heute Abend um achtzehn Uhr findet die große Verlosung statt, hier am Stand. Ich drücke Ihnen die Daumen.«

Insa nickte wortlos.

»Und hier darfst du dir etwas aussuchen«, hörte sie eine dunkle Männerstimme sagen.

Insa zuckte zusammen. Erst jetzt bemerkte sie den großen schlanken Mann, der neben die Frau, die ihre Mutter sein musste, getreten war. Er hatte dunkles, grau meliertes lockiges Haar und war sportlich gekleidet. Der Mann beugte sich zu dem Kind hinunter, das eben noch mit seinen Eltern am Glücksrad gestanden hatte, und lächelte es freundlich an. Insa fielen sofort seine blauen Augen auf, die verschmitzt aufblitzten. »Freie Auswahl! Wenn das nicht der Himmel auf Erden ist.« Sie hörte den Mann laut lachen. Es war ein warmes Lachen.

Der Mann wandte sich der Frau zu. »Luise, stell dir vor, der Kleine hat am Glücksrad den Jackpot geknackt. Wenn das so weitergeht, sind heute Abend keine Gewinne mehr übrig.« Er lachte erneut. »Meine Frau«, sagte er an die Eltern des kleinen Jungen gerichtet. Dabei machte er eine ausholende Geste in Richtung der blonden Frau. »Sie passt auf, dass hier alles mit rechten Dingen zugeht.«

Die Frau winkte ab. »Jaja, sicher.«

»Na gut, also dann – Hauptgewinn!« Der Mann klatschte in die Hände. »Such dir mal das Tollste aus, was es hier so gibt. Hier ist zum Beispiel ein großer Bagger, hast du den gesehen?«, fragte er den Jungen. »Toll für den Strand. Oder das hier ...«

Insa war unfähig, sich zu rühren. Sie hielt den Rucksack noch immer mit den Armen vor dem Bauch fest umklammert. War das etwa ihr Vater? *Luise, meine Frau ...* Er musste es sein.

Wie durch einen dicken zähen Nebel drang die Stimme der Frau an Insas Ohr. Sprach sie mit ihr?

»Entschuldigung, aber kann ich noch irgendetwas für Sie tun?«

Insa bemerkte, dass die Frau sie anguckte.

»Ist Ihnen nicht gut? Sie sehen mit einem Mal so blass aus. Ist alles in Ordnung?«

»Äh, jaja, alles bestens«, stotterte sie verstört und schüttelte den Kopf, als müsste sie sich wach rütteln. »Alles okay. Ich … ich geh dann mal weiter. Auf Wiedersehen.« Sie wandte sich ab.

»Auf Wiedersehen«, rief ihr die Frau hinterher. »Und denken Sie an die Verlosung. Achtzehn Uhr!«

Insa nickte, aber sie drehte sich nicht mehr um.

Sie hatte gerade ein paar Meter Abstand zwischen sich und ihre vermeintlichen Eltern gebracht, als ihr ein junges Paar entgegenkam, das ein Kind in einem Buggy vor sich herschob. Es steuerte zielstrebig auf den Stand vor dem Supermarkt zu. Insa schenkte ihnen keine Beachtung, bis sie in ihrem Rücken die heitere und vertraute Begrüßung registrierte.

»Hallo, Papa! Hallo, Mama! Na, wie läuft's? Hier kommt die versprochene Unterstützung.«

Insa blieb abrupt stehen. Hatte sie richtig verstanden? Papa? Mama? Es war eine Frauenstimme gewesen, die sie gehört hatte. Sie drehte sich nun doch noch einmal um und sah die junge Frau genauer an. War das etwa … Insa schluckte. Hatte sie eine Schwester?

»Aenne, schön, dass du da bist.« Der Mann kam hinter dem Tisch hervor und nahm die junge Frau in die Arme.

Insa fiel sofort die Ähnlichkeit zwischen den beiden auf. Vor allem die dunklen lockigen Haare stachen hervor. Allerdings war die Frau deutlich kleiner.

»Und du, mein Engel?« Der Mann ging vor dem Buggy in die Knie. »Willst du Opa auch helfen?«

Opa?

Insa sah zwei kleine Ärmchen, die sich dem Mann entgegenstreckten. Sie hörte eine helle Kinderstimme. »Opa! Beete Opa Arm!«

Der Mann hob das Kind aus dem Buggy und wirbelte es durch die Luft, dass es vor Vergnügen gluckste und jauchzte. Es war ein Mädchen, vielleicht zwei, zweieinhalb Jahre alt. Es hatte das gleiche lockige Haar, wenn auch deutlich heller.

»Nicht so wild, Erk«, sagte die blonde Frau, die hinter dem Tisch stehen geblieben war, einen tadelnden Unterton in ihrer Stimme. »Beeke wird ja ganz schwindelig. Aber gut, dass du da bist, Aenne. Wir brauchen noch etwas Wechselgeld aus dem Laden. Wenn du …«

In Insas Ohren begann es zu sausen und zu rauschen. Erk, Luise, Aenne, Beeke, Opa … Ein tosender Sturm brach in ihrem Kopf los. Wortfetzen, Bilder, Gefühle, alles prasselte in einem unbändigen Durcheinander auf sie ein. Nichts konnte Insa greifen. Nichts fassen. Ein einziges Chaos.

Sie musste weg von hier.

Ihre Knie waren weich wie Butter, doch sie versagten ihr nicht den Dienst. Irgendwie gelang es ihr, einen Fuß vor den anderen zu setzen. Zunächst nur langsam, dann immer schneller. Am Ende rannte sie beinahe.

Bloß weg.

Insa hörte ihren keuchenden Atem. Um sie herum wogte die Menge der Menschen, die auf dem Dorffest unterwegs waren. Sie lärmten, lachten, schnatterten. Und mit einem Mal wurde Insa das alles zu laut und zu quirlig, es war ihr zu voll und viel zu eng. Ein dumpfer Schmerz hämmerte gegen ihre Schläfen, und mit jedem Schritt verschlimmerte er sich. Sie hatte das Gefühl, es zwischen all diesen Menschen nicht mehr länger aushalten zu können. Sie fühlte sich in die Zange genommen, erdrückt.

Da erblickte sie die Kirche, den großen weißen Turm, rundherum den Friedhof. Ohne zu überlegen, öffnete sie die Pforte und betrat das Friedhofsgelände. Hier hielten sich nur wenige Menschen auf. Sie verlangsamte ihre Schritte und holte tief Luft. So war es besser.

Insa wurde bewusst, dass sie ihren Rucksack die ganze Zeit über krampfhaft an ihren Bauch gepresst hatte. Sie lockerte den Griff und setzte ihn sich auf den Rücken. Stöhnend fuhr sie sich mit beiden Händen über das Gesicht. Ihre Stirn war schweißnass. Sie legte die Finger an die schmerzenden Schläfen und zwang sich, ruhig zu atmen. Sie musste sich erst einmal beruhigen. Und sie musste versuchen, Ordnung in das Durcheinander in ihrem Kopf zu bringen. Was war das eben gewesen?

Verwirrt und planlos blickte Insa sich um. Sie stand mitten auf dem breiten Hauptweg des Friedhofes. Einen Augenblick lang hielt sie noch inne, wartete, bis sich ihr Puls ein wenig beruhigt hatte. Dann stapfte sie einfach los.

Sie blickte mit leeren Augen geradeaus, während sie den Weg entlangschritt.

Ihr Verstand sagte ihr: Du hast deine leiblichen Eltern gefunden. Du hast eine Schwester. Und eine Nichte. Und einen Schwager wahrscheinlich auch.

Und ihr Herz schrie: Aber du gehörst nicht dazu.

Warum?

Insa bog vom Hauptweg ab und ging eine Grabreihe entlang.

Warum hatten ihre Eltern sie weggegeben? Was war passiert?

Sie schritt die nächste Grabreihe ab. Ihr Blick glitt über die Gräber, streifte Grabsteine, Blumen, Gestecke, Büsche.

Warum hatten ihre Eltern sie nicht behalten wollen? All die Gründe, die verzweifelten Erklärungsversuche, die Insa sich zuvor so schön zurechtgelegt hatte, waren nach dem, was sie soeben gesehen und gehört hatte, in sich zusammengestürzt. Sie zählten nichts mehr. Gar nichts.

In Gedanken versunken folgte Insa den Wegen kreuz und quer über den Friedhof. Die Namen auf den Grabsteinen nahm sie nur im Vorbeigehen wahr. Boyens, Ketelsen …

Mittellos? Oder getrennt? Ihre Eltern waren nichts von beidem.

Bendixen, Flor, Carstensen …

Und sie hatten noch ein Kind bekommen. Das sie behalten hatten.

Jannen, Jessen, Brodersen …

Das sie nicht weggegeben hatten.

Insa stutzte.

Jannen?

Sie hielt an und ging ein paar Schritte zurück. Sie hatte sich nicht getäuscht. In der Mitte einer großzügigen Grabstätte stand ein mächtiger Grabstein, auf dem in glänzenden bronzefarben Lettern »Ruhestätte Familie Jannen« geschrieben stand, darunter war der Bibelvers »Die Liebe hört niemals auf. 1. Korinther 13,8« zu lesen.

Insas Puls begann von Neuem zu rasen. Stand sie vor der Grabstätte ihrer leiblichen Familie? Oder gab es noch mehr Jannens auf Amrum?

Sie betrachtete die gepflegte Grabstätte genauer. Auf der linken Seite befanden sich zwei kleinere, einzelne Gedenksteine. Knut Jannen und Pheline Jannen, geborene Sörensen, lagen hier. Insa las die beiden Namen, darunter die Geburts- und Sterbedaten, dann noch einmal die Namen. Waren das die Namen der Eltern ihres Vaters? Ihrer Großeltern?

Sie starrte auf den Grabstein, auf diesen Namen, *Jannen*, hob den Kopf, starrte in den Himmel, sah Wolken, Sonne, eine Möwe, die über sie hinwegschwebte, starrte wieder auf den Stein und die Bronzeschrift.

Die Liebe hört niemals auf.

Dann erst fiel er ihr auf.

Er stand etwas abseits, ein Stück rechts neben dem mächtigen Familiengrabstein. Es war nur ein kleiner Stein, von einem Rosenbusch halb verdeckt. Er war naturbelassen, aus hellem Granit, der obere Rand von grünen Moosen bedeckt.

In dunkelgrauen Buchstaben war ein einzelner Vorname eingraviert.

Ein Name, den Insa nicht kannte.

Darunter ein Datum. Geburts- und Sterbedatum waren ein und derselbe Tag.

Insa stockte der Atem. Vollends verwirrt und verständnislos starrte sie auf die Zahlen, eingemeißelt in Granit.

Eine alte Frau mit Kopftuch und einer Gießkanne in der Hand schleppte sich mit schweren Schritten an Insa vorbei. Sie hatte den schwankenden Gang eines Menschen, der ein Hüftleiden hat. Die Frau musste Insas aufgewühlten, erschütterten Gesichtsausdruck bemerkt haben, doch sie deutete ihn falsch. Ohne Insa direkt anzusprechen, murmelte sie im Vorbeigehen: »Jaja, es ist schlimm, ein Kind zu verlieren. Ich weiß, wovon ich spreche. Es gibt nichts Schlimmeres. Doch die Kleine hat wenigstens nicht gelitten. Sie wollte nur viel zu früh auf die Welt.«

Insas Herz setzte einen Schlag aus. Das Blut in ihren Adern gefror.

Auf dem Grabstein stand der Vorname Kerrin.

Und das Datum: 9.2.1973.

Insas Geburtsdatum.

29

»Tot!«

Insa spuckte Luise das Wort vor die Füße.

»Ihr habt mich für tot erklärt!«

Sie baute sich vor Luise auf. Ihre Stimme war ein gefährliches Zischen. »Es war euch nicht genug, mich nur zurückzulassen. Mich wegzugeben. Nein!« Sie schüttelte verächtlich den Kopf. Dann donnerte sie los: »Ihr habt mich gleich komplett ausgelöscht! Ausradiert! Weg! Es sollte mich nicht mehr geben. Für immer und ewig.«

Insas Worte prügelten auf Luise ein. Jedes einzelne schlug auf sie nieder, hart und erbarmungslos.

»Aber schaut her! Hier bin ich. Hier steht Kerrin, lebendig und leibhaftig. Von den Toten auferstanden.«

Luise duckte sich. Bei jedem neuen Satz, bei jedem Vorwurf, jeder Anschuldigung zuckte sie zusammen. Aenne konnte förmlich spüren, wie sie den Schlägen auszuweichen versuchte.

»Und? Schau mich an!« Insa fasste Luise am Kinn und riss ihren Kopf brutal nach oben. »Schau. Mich. An.«

In Luises Augen standen Tränen.

»Was ist so schlimm an mir, he? Was ist an mir so anders? Bin ich so viel schlechter als sie?« Insa nickte in Richtung Aenne. »Erklär es mir.«

»Es tut mir so leid«, wimmerte Luise. »Es tut mir so leid …«

»Das ist alles?«, fauchte Insa erbost. »Das soll alles sein?« Sie ließ Luises Kinn los. »Wie armselig.«

»Insa … Mama …«, brach es leise keuchend aus Aenne heraus.

Insa drehte sich um. »Ach, Schwesterchen, dich hatte ich ja fast vergessen.« Sie lachte höhnisch auf.

»Bitte sag, dass das alles nicht wahr ist.« Aenne sah Insa flehentlich an. »Bitte …« Doch der kalte versteinerte Blick, den Insa ihr zuwarf, sagte etwas anderes. »Nein …« Aenne drehte den Kopf langsam von einer Seite zur anderen. »Nein …« Sie versuchte, auf ihrem Platz vor Insa zurückzuweichen, doch die Handschellen hinderten sie daran. »Niemals.« Sie presste ihren Rücken gegen die harte Holzlehne der Bank. Sie wollte weg von hier. Sie wollte fliehen vor Insa. Vor ihrer Mutter. Und vor der Wahrheit.

»Tja, Aenne, die Wahrheit tut weh, nicht wahr?« Insa hatte wieder ihren Platz vor der Kajüte eingenommen, von wo aus sie Aenne und Luise gut im Blick hatte. Scheinbar gelassen lehnte sie sich zurück und verschränkte die Arme vor der Brust. »Und wie weh sie tut! Keiner weiß das besser als ich. Sie nimmt dir alles. Alles, was du jemals hattest. Und alles, was du jemals warst.« Ihr Blick glitt für einen kurzen Moment in die Ferne. Ein Hauch von Wehmut schlich sich in ihre Stimme, als sie fortfuhr: »Dabei habe ich mir immer eine Schwester oder einen Bruder gewünscht. Irgendwie absurd, nicht?« Sie schaute Aenne wieder an. Ihr Gesichtsausdruck sah beinahe traurig aus. »Wie schade. Es hätte so schön sein können. Wir wären ein gutes Team gewesen, ein gutes Team ... Wie viel Spaß wir hätten haben können.« Dann, von einer Sekunde zur nächsten, verdunkelte sich ihre Miene wieder. »Aber das haben *sie* uns genommen.« Sie zeigte mit dem Finger auf Luise. »*Sie* haben es zerstört.«

»Aber Insa ...« Mehr fiel Aenne nicht ein.

»Und, Luise – oder soll ich *Mama* sagen? –, habt ihr eigentlich gewusst, dass ich überlebt habe?« Insa begann von Neuem, vor der Bank auf und ab zu gehen. »Habt ihr euch in der Klinik nach mir erkundigt? Wenigstens das?« Sie schüttelte resigniert und verächtlich den Kopf, als Luise nicht antwortete. »Scheiße, ich hatte es mir schon gedacht. Noch nicht einmal das ...«

»Aber ... aber ...« Aenne verstand immer noch nicht. »Du sagst, du bist Kerrin? Aber du kannst doch nicht ... Kerrin liegt doch auf dem Friedhof. Was ist mit der Leiche?«

Insa blieb vor Luise stehen. »Dumm ist sie nicht, die Kleine. Hat aufgepasst. Nun erklär es ihr auch, Luise!«

»Insa, bitte, ich kann nicht ...«

»Und ob du kannst. Los jetzt!« Insa versetzte ihr einen harten Tritt gegen das Schienbein.

Luise heulte auf. Aennes Aufschrei verhallte ungehört. Weder Insa noch Luise reagierten darauf.

Ihre Mutter ließ den Kopf hängen und vermied es, Aenne anzusehen. Mit schwerfälliger Stimme begann sie: »Es war vor gut vierzig Jahren. Damals war die Medizin noch nicht so weit. Das Baby, also Insa, war viel zu früh zur Welt gekommen, sie wog gerade mal um die tausend Gramm. Und die Frühgeburten, die es nicht schafften, die also nicht überlebten, die hat man damals, wenn sie unter tausend Gramm wogen, einfach zur Seite gelegt. Sie wurden nicht bestattet. Deshalb musste es auch keine Leiche geben.«

Aenne wusste nichts darauf zu sagen. »Aber warum ...«, flüsterte sie.

»Wir hatten gedacht, die Adoption wäre das Beste für das Kind. Wir waren so jung, so naiv. Wir wussten es nicht besser. Und das andere ... dass wir es unseren Familien verschwiegen ... Es war die Idee deines Vaters, damals, in der Klinik. Wir dachten, auf diese Weise würde alles einfacher werden. Auf der Insel kann man kein Kind zur Adoption weggeben. Das gibt es nicht, das macht hier keiner. Wie hätten wir das erklären sollen? Und unsere Eltern hätten das auch nie zugelassen. Es wäre unmöglich gewesen. Das hätte niemand verstanden. So aber musste niemand von der Adoption erfahren.«

»Das hätte niemand *verstanden*?« Insas Stimme zerschnitt die Luft. Ihre Augen waren nur noch dünne Schlitze. »Und deshalb lasse ich mein Kind eben mal kurz sterben, weil eine Adoption niemand verstanden hätte. Wie krank ist das denn!« Insa schleuderte die Worte wie Giftpfeile, das Gesicht zu einer hässlichen Fratze verzerrt. »Das eigene Kind. Tot. Ab in den Müll, fertig, aus. Ist praktischer so. Und so einfach. Alle Probleme sind mit einem Schlag aus der Welt geräumt. Alles prima, alles bestens, und weiter geht's mit der Tagesordnung.«

»Wir haben es wirklich nicht besser gewusst.«

»Nein, natürlich nicht! Deshalb habt ihr auch noch einen Grabstein für mich aufstellen lassen. Weil ihr es nicht besser *gewusst* habt!«

»Das war nicht unsere Idee«, versuchte Luise sich verzweifelt zu rechtfertigen. »Erks Mutter hatte uns dazu gedrängt. Zum Gedenken. Wir … wir konnten das nicht ablehnen, dann wäre doch alles rausgekommen. Wir waren erst achtzehn! Neunzehn! Wir hatten keine Wahl.« Luise rannen Tränen über die Wangen.

»Blödsinn.« Insas Stimme war plötzlich ganz ruhig. Aber klirrend kalt. Und bedrohlich. »Ihr hattet immer eine Wahl.«

Luise schniefte. »Es … es war ein Fehler«, stammelte sie, »ein schlimmer Fehler. Und ich habe ihn schon so oft bereut. Mein ganzes Leben lang habe ich dafür gebüßt. Das kannst du mir glauben.«

»Gebüßt?« Ein schriller Laut entfuhr Insas Kehle. »Dass ich nicht lache. Du weißt gar nicht, was Büßen oder Leiden überhaupt ist! Aber keine Sorge, du wirst es gleich erfahren. Und es wird auch noch lange nicht vorbei sein.«

»Was …«, flüsterte Luise, »was hast du jetzt vor?«

»Oh, das werdet ihr gleich sehen.« Insa warf einen Blick auf ihre Armbanduhr, dann sah sie aufs Meer hinaus. Das Wasser begann schon wieder aufzulaufen. Sie beugte sich zu ihrer großen dunklen Tasche hinunter und öffnete den Reißverschluss.

»Insa, was soll das? Was machst du da?«, rief nun auch Aenne. »Mach endlich die Handschellen auf!«

Insa reagierte nicht. Unbeirrt hantierte sie in der Tasche herum und förderte schließlich ein Schrotgewehr zutage.

Aenne und Luise schrien auf, als sie die Waffe erblickten.

»Hast … hast du damit …«, stotterte Aenne.

Insa nickte nur. Sie legte das Gewehr auf dem Dach der Kajüte ab und begann, ihre Schwimmweste auszuziehen.

»Aber warum«, fragte Aenne ganz leise, »warum musstest du ihn denn bloß umbringen?«

Insa warf die Schwimmweste achtlos nach unten in die Kajüte. »Du verstehst es immer noch nicht richtig, nicht wahr? Dabei ist es so simpel. Er hat mich ausgelöscht. Und ich habe das Gleiche mit ihm getan.«

»Aber es ist nicht das Gleiche!«

»Ach nein?« Insas Stimme war schneidend wie eine Glasscherbe, scharf und verletzend. »Was weißt denn du!« Sie ging in die Hocke und fing an, die Schnürsenkel ihrer Turnschuhe aufzuknoten. »Er hat es auch nicht verstanden. Er hat mich nicht ernst genommen. Nicht mal, als ich mit der Flinte auf ihn gezielt habe.« Insa schüttelte den Kopf, als könnte sie es immer noch nicht glauben. »Er hat zuerst sogar gelacht. Hat das Ganze für einen schlechten Scherz gehalten. Ha! Bis zum Schluss hat er nicht gedacht, dass ich abdrücken würde. Sein Fehler.« Sie richtete sich wieder auf. »Und es war leichter, als ich es mir vorgestellt hatte.«

Aennes Gesicht war schneeweiß geworden. Sie spürte, wie sich ihr Magen umdrehte. »Aber die Polizei ... Die Polizei hat doch Liv Martinen ...«

»Liv Martinen!« Insa lachte auf. »Jaja, Liv Martinen, ein schöner Zufall, wirklich zu komisch.« Sie streifte die Turnschuhe von ihren Füßen. »Wollt ihr's wissen?« Sie sah Aenne und Luise forschend an. »Na, ich will mal nicht so sein.« Ohne eine Antwort abzuwarten, sprach sie weiter. »Ich habe diese Liv tot in den Dünen gefunden, just an der Stelle, wo ich ihn – unseren Erzeuger, Aenne – erschossen hatte. Die hatte sich dort das Leben genommen, an dem Ort, an dem die ›Liebe ihres Lebens‹ gestorben war.« Insa schrieb mit ihren Zeige- und Mittelfingern Anführungszeichen in die Luft. »Ist das nicht romantisch? Ich habe ihren Abschiedsbrief gefunden. Grauenvoll schmalzig. Und natürlich ganz sentimental handgeschrieben, ich glaube, sogar mit Füller, auf so einem grässlichen altmodischen Briefpapier. Aber das hat mich auf eine gute Idee gebracht.« Sie zog nun auch ihre Socken aus und ließ sie neben den Schuhen auf den Boden fallen. »Auf dem Briefbogen stand eine Adresse. Ich bin zu dem Haus gefahren, die Tür war offen. Ihr Insulaner lasst ja immer alles offen, ist ja heile Welt hier, alles so lieb und nett. Aber egal – auf jeden Fall war es ein Leichtes, auf dem Laptop dieser Liv den Brief einzutippen und ihn dabei kurz mal ein wenig abzuändern. Und so«, sie breitete die Arme aus, »hat die Polizei eine Täterin bekommen – und ich noch ein wenig mehr Zeit und Ruhe, um das große Finale vorzubereiten.«

Aenne fehlten die Worte. Fassungslos starrte sie ihre einstige Freundin an. Von Luise war nichts außer einem leisen Schluchzen zu hören.

»Aber jetzt, meine Damen, ist langsam mal Schluss mit dem ganzen Gelaber.« Insa klopfte sich mit den Händen auf die Oberschenkel. »Allmählich müssen wir das Ganze hier mal beenden. Es wird Zeit, ich will wenigstens noch ein bisschen was von unserem Ausflug ins Watt haben.« Sie reckte sich und ließ ihre Schultern ein paarmal nach hinten kreisen.

Aenne sah die Entschlossenheit in ihrem Blick und spürte Panik in sich aufsteigen. Oh Gott, sie ist gefährlich, dachte sie entsetzt. Sie ist wirklich gefährlich! Ihr Puls begann zu rasen, alle ihre Muskeln spannten sich an. Sie und ihre Mutter schwebten in größter Gefahr!

Insa griff hinter sich und nahm die Schrotflinte in die Hand.

Aenne suchte fieberhaft nach einem Ausweg. Sie musste irgendetwas tun!

Das Gewehr vor ihrem Oberkörper mit beiden Händen fest umklammert, blickte Insa von einer zur anderen. »Ladys?«

Luise hob erschöpft ihren Kopf. Ihre Augen waren rot, die Haut auf den Wangen fleckig und nass. Mehrere Haarsträhnen hatten sich aus dem Knoten im Nacken gelöst und hingen ihr wirr ins Gesicht. »Und was willst du jetzt machen?«, fragte sie. »Willst du mich auch abknallen?« Sie richtete sich schwerfällig auf. »Dann mach doch. Los, fang an! Bring es hinter dich! Ich kann nicht mehr.«

»Du?« Insa schaute Luise erstaunt an. »Nein.« Sie schüttelte langsam den Kopf. »Du nicht.«

30

Insa ließ ihren Blick einen Moment lang reglos auf Aenne ruhen.

»Nein!« Luises Schrei kam aus dem tiefsten Innern ihres Körpers. Ein durchdringender, markerschütternder Schrei, gellend laut. »Nicht Aenne!«

Insa machte einen Schritt auf Aenne zu und richtete den Gewehrlauf auf sie. Aenne starrte wie gebannt in die Mündung. Sie wollte schreien. Doch sie brachte kein Wort heraus. Ihre Lippen und ihre Zunge versagten ihr den Dienst.

»Tu das nicht«, brüllte Luise. »Sie kann nichts dafür. Sie ist deine Schwester!«

»Ich hatte nie eine Schwester.«

»Lass Aenne gehen. Nimm mich!«

»Das könnte dir so passen.« Insa sah zu Luise hinüber, hielt die Waffe aber nach wie vor auf Aenne gerichtet. »So leicht kommst du mir nicht davon. Der Tod wäre viel zu einfach für dich. Du sollst weiterleben. Du sollst büßen. Du sollst endlich am eigenen Leibe spüren, wie es sich anfühlt, wenn einem die Familie genommen wird. Du sollst leiden, aufs Bitterste leiden, jeden einzelnen verdammten Tag.«

»Nein!« Luise bäumte sich auf und riss an ihren Handschellen.

»Insa«, krächzte Aenne. Endlich hatte sie ihre Stimme wiedergefunden.

»Es tut mir leid, Aenne, aber ich muss das tun.« Insa machte einen weiteren Schritt auf Aenne zu.

»Nein, musst du nicht. Insa, du hast eine Wahl«, sagte Aenne beschwörend. »Man hat immer eine Wahl, das hast du selbst gesagt.«

»Oh nein. Ich habe keine.«

»Insa … Insi, schau mich an«, flehte Aenne eindringlich. »Schau mir in die Augen.« Sie suchte verzweifelt Insas Blick. »Ich … ich bin deine Freundin. Ich kenne dich. So bist du nicht!«

»Ach, Aenne.« Insa seufzte tief. »So *war* ich nicht, das stimmt. Aber dieses Ich ist fort. Es ist mit Kerrin gestorben.«

Für einen kurzen Augenblick herrschte ein trauriges Schweigen zwischen ihnen. Der Wind ließ klackernd die Seile gegen den Mast schlagen.

»Aber Schluss jetzt«, befahl Insa barsch. »Für Gequatsche ist es zu spät.«

Sie nahm das Gewehr in die rechte Hand und kramte mit der anderen in ihrer Hosentasche. Sie holte einen kleinen Schlüssel daraus hervor.

»Ich werde jetzt deine Handschellen öffnen. Und dann wirst du mit mir kommen. Wir machen einen kleinen Ausflug über den Meeresboden. Dazu hatten wir uns ja schließlich verabredet. Er wird nur ein klein wenig länger dauern.« Sie beugte sich über Aenne und fixierte sie mit ihrem Blick. »Und mach besser keine Dummheiten! Sonst muss ich die Flinte benutzen. Und du weißt, wie gut ich das kann.«

»Nein!«, brüllte Luise. »Neiiiin!«

»Halt die Klappe!«, fauchte Insa. Sie schloss die Handschellen auf und trat ein Stück zurück. »Steh auf«, herrschte sie Aenne an.

Aennes Augen waren weit aufgerissen. Blankes Entsetzen lag in ihrem Blick. Insa war verrückt! Völlig verrückt! Nur zögernd erhob sie sich von ihrem Sitzplatz. Sie rieb sich die schmerzenden Handgelenke.

»Schwimmweste ausziehen.«

»Wieso …«

»Nicht fragen, machen.«

Umständlich fummelte Aenne am Verschluss der Weste herum. Ihre Finger zitterten.

»Nun mal los jetzt«, drängte Insa. »Nicht so langsam!«

Aennes Finger schienen ihr nur noch weniger zu gehorchen, doch schließlich gelang es ihr, den Verschluss zu öffnen und die Weste abzulegen.

»So, und jetzt rüber da«, kommandierte Insa. Sie machte mit dem Gewehrlauf eine auffordernde Bewegung in Richtung Reling. »Runter vom Boot.«

»Das ist nicht dein Ernst!«, entfuhr es Aenne entsetzt.

»Und ob das mein Ernst ist.« Insa stieß ihr den Lauf der Schrotflinte in die Seite. »Los, rüber über die Reling!«

»Aber Insa«, begann Aenne erneut, während sie mit einem Bein über die Reling stieg. »Das ... das ist doch alles Wahnsinn! Das klappt niemals. Die Polizei wird dich finden. Du hast doch keine Chance!«

»Da täuschst du dich.« Sie gab Aenne einen Stoß in den Rücken, sodass diese vornüberfiel. Aenne schrie auf und kippte von Bord. Taumelnd kam sie gerade eben so auf dem nassen Wattboden zum Stehen.

»Die Polizei interessiert mich nicht.« Insa trat an die Reling. »Denn ich komme mit.«

»Aenne! Nein!« Luise versuchte, von ihrem Platz aufzustehen. Doch die Handschellen rissen sie zurück. Sie stöhnte auf vor Schmerz. »Insa, hör mir zu ...«, keuchte sie. »Hör mir zu ... es gibt doch immer eine Möglichkeit ... und wie ... wie hast du denn alles überhaupt herausgefunden?«

»Das ist jetzt egal.« Insa stützte sich auf der Reling ab. Das Gewehr in ihren Händen schlug klirrend gegen das Metall.

»Nein, ist es nicht. Und ... und ... warum jetzt? Du kennst Aenne doch schon so lange.«

Insa hob ein Bein über die Reling. Sie reagierte nicht auf die Frage.

»Insa!«, rief Luise. »Warum erst jetzt?«

Insa kam auf der Reling zum Sitzen. Sie senkte den Kopf und hielt einen Augenblick inne. Dann hob sie ihn wieder und drehte sich langsam zu Luise um. Ihre Augen blickten ruhig und klar, fast erstaunt. »Warum erst jetzt?«, wiederholte sie. »Ich sage dir, wieso. Meine Mutter ...«, sie stockte und musste wehmütig lächeln. Etwas Weiches, Verletzliches legte sich für den Bruchteil einer Sekunde auf ihr Gesicht. »Meine wirkliche Mutter ist vor ein paar Wochen gestorben. Wie hätte sie damit leben sollen, dass ihre Tochter eine Mörderin ist?«

Luises Schrei verhallte in der Endlosigkeit des Wattenmeeres. Er verlor sich in der Stille, verflüchtigte sich in der Weite des Himmels.

Sie hatte begriffen.

Luise wusste, dass es nichts mehr gab, was Insa zurückhalten könnte. Sie hatte keine Chance mehr.

Wie betäubt starrte sie den zwei Gestalten hinterher, die der blauen Unendlichkeit entgegengingen und allmählich mit dem Horizont verschmolzen. Sie konnte bald nur noch zwei dunkle Silhouetten erkennen.

Ihre Tochter.

Ihre beiden Töchter.

Das Meer würde sie mit sich nehmen.

Und sie war schuld.

Sie hatte damals Angst gehabt, den Mann, den sie liebte, zu verlieren. Sie war mit der Frühgeburt völlig überfordert gewesen und erst recht mit der Aussicht auf ein womöglich behindertes Kind. Doch sie hatte Angst davor gehabt, auf der Insel für immer mit einem Makel behaftet zu sein, wenn sie ihr Kind freiwillig weggab. So hatte sie der wahnwitzigen Idee, ihr Neugeborenes zur Adoption freizugeben und es gleichzeitig für tot zu erklären, zugestimmt.

Luise hatte gehofft, dass dadurch alle Probleme aus der Welt geräumt wären, dass alles wieder ins Lot kommen würde. Sie hatte geglaubt, dass sie und Erk einfach so in ihr altes Leben zurückkehren könnten. Doch sie hatte sich getäuscht.

Sie hatte nicht nur ihre erste Tochter verloren.

Sie hatte über diese Lüge auch Erk und Aenne verloren. Und am Ende sich selbst.

Alles.

Ihre Tränen flossen hemmungslos.

31

Die Flut kam.

Aenne stolperte vorwärts. Ihre Füße platschten durch das flache Wasser, die Schuhe waren nass und schwer. Sie zitterte am ganzen Körper. Hart und brutal bohrte sich der Gewehrlauf in ihren Rücken. Insa trieb sie unnachgiebig weiter, weg vom Boot, weg von der Sandbank, hinaus aufs offene Meer.

Das Herz schlug Aenne bis zum Hals, ihre Gedanken rasten. Sie musste etwas tun. Sie musste *irgendetwas tun*! Sie wollte sich umdrehen, doch sofort presste Insa den Gewehrlauf fester in ihren Rücken. Nur kurz hatte Aenne einen Blick auf das Boot erhaschen können. Oh Gott, so weit weg schon? Hatte sie überhaupt noch eine Chance?

»Insa«, begann Aenne verzweifelt, »du ... du kannst immer noch aufhören. Die Polizei, das Gericht ... du kriegst bestimmt mildernde Umstände, wenn du jetzt umkehrst. Es gibt immer einen Ausweg.«

Insa blieb stumm. Aenne hörte nur das Patschen ihrer Schritte im Wasser und ihren schweren Atem.

»Wir ... wir gehen beide drauf«, redete sie weiter. »Willst du das wirklich? Dein Leben einfach wegschmeißen? Es liegt doch noch so viel vor dir.«

Insa lachte auf. »Vergiss es. Mein Leben ist schon lange vorbei.«

»Nein, ist es nicht. Und du kannst dir Hilfe holen. Es gibt immer −«

»Schwachsinn!«, fiel Insa Aenne ins Wort. »Mir kann keiner mehr helfen. Und jetzt sei still.« Sie stieß Aenne weiter vorwärts.

Aenne strauchelte, fiel beinahe hin, fing sich wieder. Wasser spritzte auf, die nasse Hose klebte kalt an Aennes Beinen. Panik erfasste sie. Sie würde hier sterben. Bald. Das Wasser stand schon fast knöchelhoch. Um Gottes willen, sie würde elendig ertrinken. Nein! *Nein!*

Sie gab nicht auf. »Und was ist mit uns?«, fragte sie anklagend. »Du warst meine Freundin. Hast dich in mein Herz geschlichen! Und jetzt willst du mich umbringen? Feige und hinterhältig ermorden?«

Aenne spürte, wie der Druck des Gewehrlaufes in ihrem Rücken für einen kurzen Moment nachließ.

Jetzt?

Mit einem Ruck drehte sie sich um. Starrte auf die erhobene Waffe, auf Insas Finger am Abzug.

»Na los, dann schieß doch!«, wütete sie. »Wenigstens das! Ich werde hier nicht einfach absaufen. Und sieh mich dabei an. Kannst du das? So wie bei meinem Vater? Kannst du mir dabei in die Augen sehen? Schau mich an!« Aenne suchte Insas Blick.

Insas Augen glänzten dunkel, ihre Miene war regungslos.

»Kannst du mich einfach abknallen? Mach doch!«

»Sie haben es zerstört.« Insas Stimme klang belegt. »Sie.«

Aenne horchte auf. Konzentrier dich!, ermahnte sie sich.

»Ja, sie haben einen schlimmen Fehler gemacht, einen ganz schlimmen«, entgegnete sie vorsichtig, »aber jetzt machst du den gleichen Fehler. Du zerstörst alles, wenn du nicht aufhörst.«

»Aber das ist nicht meine Schuld. Ich kann nicht anders. Sie haben mich dazu gebracht!«

»Ich habe daran auch keine Schuld …«

»Es ist wie ein Virus. Ein dreckiges, unheilbares Virus. Es frisst dich von innen auf und vernichtet alles in dir. Du kommst nicht dagegen an. Ich hatte keine Chance.«

»Ja, und dafür kannst du wirklich nichts. Ich aber auch nicht. Wir können beide nichts dafür.« Aenne holte tief Luft. »Bitte, Insa, lass mich gehen.«

»Gehen? Nein, Aenne, tut mir leid, aber dafür ist es zu spät. Pech gehabt, aber mich hat auch keiner gefragt. So ist das nun mal. Teilen wir unser Schicksal am Ende wenigstens miteinander.«

»Nein … Nein! Lass mich gehen, bitte!« Aenne schossen die Tränen in die Augen. »Denk an Beeke. Was soll denn aus Beeke werden?«

»Hör auf mit Beeke.«

»Nein. Lass mich gehen, Insa. Für Beeke!«

Insa drehte den Kopf zur Seite, blickte in die Ferne.

»Tu es für Beeke«, flehte Aenne. »Sie kann am allerwenigsten dafür. Sie hat mit alldem überhaupt nichts zu tun.«

»Hör auf damit«, sagte Insa leise.

»Nein, Insa, nein«, sagte Aenne nun beschwörend, »Beeke war dir immer wichtig, das war nicht gespielt und gelogen. Beeke *ist* dir wichtig. Du hast sie lieb gewonnen. Willst du ihr das antun?«

»Hör doch auf …« Insas Stimme war nur noch ein Flüstern.

»Willst du ihr das Gleiche antun, was man dir angetan hat? Willst du Beeke die Mutter nehmen? Und unendliches Leid über sie bringen? Willst du das wirklich?«

Insa wandte Aenne das Gesicht zu. Ihr Blick war leer. Leer und tot. Und traurig und verzweifelt zugleich.

Aenne trat vorsichtig einen Schritt zurück. Blieb stehen. Ging noch einen Schritt. Hielt Insas Blick stand. Dann noch einen und noch einen.

Insa rührte sich nicht.

Schließlich drehte Aenne sich um. Sie wartete nicht auf das Klacken des Abzugs. Auf den Schuss, der die Luft zerfetzen würde.

Sie rannte los.

Luise wusste nicht, wie viel Zeit vergangen war. Irgendetwas in ihrem Kopf hatte klick gemacht. Ihr System war ausgeschaltet. Heruntergefahren. Nur die Grundfunktionen liefen noch. Ihr Herz schlug, sie atmete ein, sie atmete aus. Doch sie regte sich nicht mehr, sie sah nichts, hörte nichts, sie fühlte nichts.

Deshalb bemerkte sie zunächst nicht, was draußen im Watt geschah. Etwas bewegte sich. Ein dunkler Fleck zeichnete sich mit einem Mal wieder deutlicher vor dem Horizont ab. Und wurde größer.

Es dauerte eine halbe Ewigkeit, bis diese Wahrnehmung in Luises Bewusstsein vorgedrungen war. Dann ging ein jäher Ruck durch ihren Körper. Schlagartig war Luise hellwach.

Sie beugte sich vor und fuhr sich, soweit es die Handschellen erlaubten, hastig mit den Händen über die tränenverschmierten Augen. Sie richtete sich auf und blinzelte ein paarmal, um besser sehen zu können.

Sie hatte sich nicht getäuscht.

Da draußen bewegte sich tatsächlich etwas.

Luise konnte den Umriss einer Gestalt erkennen. Sie hob sich immer klarer gegen das endlose Blau ab.

Die Gestalt kam näher. Sie lief. Versuchte zu rennen. Doch das Wasser stand schon ziemlich hoch.

Die Gestalt kam direkt auf das Boot zu.

Und erst jetzt registrierte Luise, dass eine weitere Gestalt fehlte.

Sie hörte auf zu atmen. Eine eiskalte Klaue griff nach ihrem Herzen.

Jetzt kommt sie doch noch, um mich zu holen.

32

Ein schneidender Wind wehte über den Friedhof und schob mächtige dunkle Wolken vor sich her. Der Himmel war ein massig wogendes Grau, durch das es für die Sonne kein Durchkommen gab. Es war einer dieser Tage, an denen es nie richtig hell wurde. Und es war kalt, zwar nicht wirklich kalt für Anfang Dezember, aber es war diese feuchte Kälte, die durch jede Ritze kroch und einen bis auf die Knochen frieren ließ.

Die zwei Gestalten, die den Hauptweg auf dem Friedhof in Richtung Kirche heraufgeschritten kamen, waren dick eingemummelt. Die größere von beiden hatte sich einen dicken Schal fest um Hals und Kinn geschlungen und die Mütze tief ins Gesicht gezogen. Der kleineren hingegen schienen der Wind und die Kälte kaum etwas auszumachen. Leichtfüßig trapste sie neben der größeren Person her. In der Hand hielt sie einen Eimer, der beim Gehen schwungvoll hin- und herschaukelte.

»Sieht Opas Stein schön aus?«, fragte Beeke.

»Ja, ich finde schon«, antwortete Aenne. Sie trug vor ihrem Bauch eine Klappkiste, über die sie schützend einen Arm hielt, damit der Wind den Inhalt nicht zu fassen bekam. »Hier müssen wir rein.« Sie deutete mit dem Kopf nach rechts und bog vom Hauptweg in eine der Grabreihen ab.

»Das weiß ich doch, Mama!«, sagte Beeke mit einer Spur Entrüstung. »Ich laufe schon mal vor.«

»Na, dann mal los.« Aenne folgte ihrer Tochter.

»Da ist ja ein Boot drauf! Das sieht toll aus, Mama«, rief Beeke ihr schon von Weitem entgegen.

»Mmh«, brummelte Aenne zustimmend, als auch sie die Grabstelle ihres Vaters erreicht hatte. Sie stellte die Klappkiste auf dem Boden ab.

»Aber guck mal, Mama, die Kerze brennt nicht mehr.« Beeke zeigte auf das Windlicht, das nun links neben dem neuen Gedenkstein stand. »Kann ich sie wieder anmachen?«

»Ja, natürlich.« Aenne angelte ein Feuerzeug aus ihrer Jackentasche, das sie vor ihrem Aufbruch zum Friedhof wohlweislich eingesteckt hatte. Gemeinsam entzündeten sie die Kerze.

Aenne betrachtete die Inschrift im Stein.

Erk Jannen
* 27.4.1953
† 1.9.2014

Neben dem Schriftzug war der Umriss eines Segelbootes eingraviert. Es versetzte Aenne noch immer einen schmerzvollen Stich, den Namen ihres Vaters eingemeißelt auf dem Grabstein zu lesen. Es machte die Endgültigkeit seines Todes noch deutlicher. Und unverrückbarer.

Aber der Stein ist wirklich schön geworden, dachte sie nun, immerhin etwas. Er hätte Papa wahrscheinlich gefallen.

1.9.

Drei Monate.

Aenne spürte, wie ihre Augen brannten. Sie wandte sich ab und ließ ihren Blick über den Friedhof wandern. Verfolgte eine Möwe, die sich auf der Lehne einer Bank niedergelassen hatte und sich nun in die Luft erhob, wo sie sich mit dem Wind über den grauen Himmel treiben ließ.

Aenne konnte noch immer kaum realisieren, geschweige denn begreifen, was vor ein paar Wochen draußen auf dem Boot und im Watt geschehen war. Insa war Kerrin. Ihre ältere Schwester. Die sie für tot gehalten hatte. Von der ihr vor langer Zeit erzählt worden war, dass sie kurz nach der Geburt gestorben sei.

Insa hatte ihren gemeinsamen Vater ermordet. Und sie hatte Aenne für immer mit in den Tod nehmen wollen. Doch dann, kurz bevor beinahe schon alles vorbei gewesen wäre, hatte sie Aenne gehen lassen.

Aenne war gerannt, gerannt wie nie zuvor. So schnell, wie es überhaupt möglich gewesen war in dem eiskalten Nordseewasser, das immer näher kam. Und immer höher stieg. Sie war gerannt um ihr Leben, fort von Insa und fort vor der Flut. Nur ein einziges Mal hatte sie sich noch umgedreht.

Dieses Bild würde Aenne nie vergessen. Es hatte sich tief hineingefressen in ihre Seele, für alle Zeiten unauslöschlich. Ihre einstige Freundin, ihre Schwester, wie sie still und reglos dastand und Aenne hinterhersah. Die Schultern kraftlos heruntergesackt, das Gewehr gesenkt. Hinter ihr die offene Nordsee. Das Wasser hielt ihre Waden bereits umschlossen. Ihr Blick ein stummer Schrei. Er hatte Aenne nicht losgelassen. Eine einsame zerbrochene Seele, verloren in der Unendlichkeit zwischen Meeresgrund und Himmelsweite.

Sie hatte sie gehen lassen. Wegen Beeke. Aennes Flehen um ihrer Tochter willen hatte Insa in letzter Sekunde doch noch erreicht.

Aenne drehte sich um und betrachtete Beeke. Sie hatte sie gerettet. Ihr Magen verkrampfte sich augenblicklich, wenn sie nur daran dachte, wie anders alles hätte ausgehen können. Wenn sie es nicht geschafft hätte, die Sandbank zu erreichen. Es war so unvorstellbar. Sie war dem Tod nur knapp entronnen. Sie hatte unsägliches Glück gehabt.

»Mama, wann wollen wir denn mal anfangen?«, fragte Beeke und sah sie auffordernd an.

»Ja, äh«, Aenne musste sich räuspern, »du kannst schon mal die Figuren aus der Tüte holen und sie vorsichtig auspacken, ja? Aber wirklich gut aufpassen, sie sind zerbrechlich.«

»Au ja.« Beeke ging zu der Klappkiste hinüber und fing an, geschäftig darin zu kramen.

Insas Leiche war drei Tage später auf Norderoogsand angespült worden. Mitarbeiter der Schutzstation Wattenmeer hatten sie auf der Sandbank südlich vom Japsand gefunden. Nachdem ihre Identität geklärt und letzte gerichtsmedizinische Untersuchungen vorgenommen worden waren, war Insa auf dem Friedhof in Husby neben ihren Adoptiveltern beigesetzt worden. Den Gedenkstein auf der Grabstätte der Familie Jannen hatte Luise entfernen lassen.

In Insas kleinem Ein-Zimmer-Appartement auf dem Gelände der Fachklinik Satteldüne hatte die Polizei zahlreiche Gegenstände sichergestellt, die Insas Aussagen Luise und Aenne gegenüber bestätigten und ihre Tat, den Mord an ihrem gemeinsamen Vater, zweifellos bewiesen. Die Polizisten hatten das Handy von Erk gefunden sowie neben Insas eigentlichem Handy noch ein zweites Kartentelefon, mit dem Insa Kontakt zu ihm aufgenommen hatte. Die Nachrichten auf beiden Telefonen waren nicht gelöscht worden, und durch den SMS-Schriftverkehr konnte das Treffen zwischen Erk und Insa am Tatabend rekonstruiert werden. Allem Anschein nach hatte Insa ihrem unwissenden Vater Avancen mit Aussicht auf eine mögliche Affäre gemacht und ihn so zu einem geheimen Treffen in die Dünen gelockt.

Die Tatwaffe, die Insa mit ins Watt genommen hatte, war zwar für alle Zeit in der Nordsee begraben, doch in Insas Kleiderschrank hatte die Polizei Munition gefunden, die mit den Schrotkugeln aus Erks Leichnam übereinstimmte. In ihrem Schreibtisch ganz unten, versteckt unter einem Stapel Zeitschriften, hatte man das Original des Abschiedsbriefes von Liv Martinen entdeckt, dazu in der Schublade einen Tidenkalender von Amrum. Außerdem hatte man ein Fläschchen mit K.-o.-Tropfen in der Tasche sichergestellt, die Insa an Bord des Segelbootes zurückgelassen hatte.

Insa hatte vorab veranlasst, dass das Boot, das nach ihrem und Aennes Tod führerlos, nur noch mit der gefesselten Luise an Bord, in der Nordsee treiben sollte, sicher wieder an Land gebracht werden würde. Dazu hatte sie eine E-Mail mit einem entsprechenden Hinweis sowohl an die Rettungsleitstelle Nord wie auch an die Onlinewache der Polizei gesendet. Die Nachrichten waren um Punkt zwanzig Uhr des betreffenden Abends dort eingegangen. Zu diesem Zeitpunkt war Insa bereits tot. Sie hatte die Mails über einen programmierten Timer absenden lassen, um sicherzustellen, dass Luise überleben würde, während sie selbst mit Aenne ungehindert in den Tod ginge.

Insa hatte alles genau geplant, bis ins kleinste Detail. Nur mit einem hatte sie nicht gerechnet – mit ihrer Zuneigung zu Beeke. Die Gefühle zu diesem kleinen Mädchen, das ihre Nichte war, hatte sie nicht einkalkuliert.

Die Polizei hatte bei Insas Sachen auch die Adoptionsunterlagen gefunden. Dennoch hatte die Staatsanwaltschaft auf

Drängen von Katharina Wolf zusätzlich eine Untersuchung veranlasst, in der Insas DNA mit der DNA von Luise und Erk verglichen worden war. Nach ihrer ersten Ermittlungspleite, bei der die Kommissarin Liv Martinen für die Täterin gehalten hatte, wollte sie nun auf Nummer sicher gehen. Wie erwartet hatte die Analyse ein klares Ergebnis: Insa war die leibliche Tochter von Luise und Erk Jannen.

Aenne strich sich mit den Händen über ihr Gesicht. Dass sie nichts bemerkt hatte!

Ihre Hände waren kalt. Sie rieb sie aneinander und hauchte in die Handflächen.

Wie war es möglich, dass ihr nichts aufgefallen war? Wie hatte sie nur so blind sein können? Tausende Male hatte Aenne sich das in der Zwischenzeit schon gefragt, sich das Hirn darüber zermartert. Sicher, kurz geschnittenes, schwarz gefärbtes Haar veränderte das Erscheinungsbild eines eigentlich blonden Menschen beträchtlich. Aber dass sie gar nichts gemerkt hatte? Erst im Nachhinein war Aenne bewusst geworden, es war ihr geradezu ins Gesicht gesprungen, wie frappierend die Ähnlichkeit zwischen Insa und ihrer Mutter gewesen war. Ihre Gesichtszüge, die Augen, das Profil. Und doch hatte sie es übersehen.

Eins hingegen hatte Aenne von Beginn an gespürt: dass sie auf eine besondere Art und Weise mit Insa verbunden war. Allerdings hatte sie sich nichts dabei gedacht, sondern es schlicht und einfach für einen Ausdruck von Freundschaft gehalten. Einer sehr guten, außergewöhnlichen Freundschaft.

Und jetzt?

Aenne vergrub die Hände tief in ihren Jackentaschen. Sie konnte ihre Gefühle Insa gegenüber nicht einordnen, so widersprüchlich waren die Empfindungen, die in ihrem Innern tobten. Insas Tat und die Geschichte, die dadurch ans Licht gekommen war, hatten Aennes Welt in ihren Grundfesten erschüttert. Es hatte ihr den Boden unter den Füßen weggezogen. Seitdem befand sich Aenne im freien Fall.

Sie hasste Insa für das, was sie ihrer Familie angetan hatte. Aenne erschrak selbst über die Heftigkeit und Härte dieses

Gefühls. Solche Empfindungen waren ihr bisher völlig fremd gewesen, und sie hätte nie gedacht, dass sie dazu überhaupt fähig war. Und doch hasste sie Insa abgrundtief dafür, dass sie ihrem Vater das Leben genommen, ihn brutal ermordet hatte. Und dass sie auch Aennes Tod bis ins Detail geplant hatte. Wut und Schmerz brodelten in ihr, brennend und bedrohlich. Sie war geschockt von Insas Kälte und Brutalität. Sie verabscheute Insas Taten, ihre Vorstellung von Rache und Gerechtigkeit, und sie fühlte sich von ihrer ehemaligen Freundin hintergangen, belogen und betrogen.

Und doch war da irgendwo ganz tief unten, versteckt unter all dem Hass und dem Schmerz, auch noch etwas anderes. Ein Funken Traurigkeit, zart und klein, aber doch unübersehbar. Da war Trauer um Insa, um den Menschen, der sie einmal gewesen war. Trauer um die verlorene Freundin und die verlorene Schwester, die Aenne nie hatte haben dürfen. Und Erschütterung über das, was Insa geschehen war. Mitleid mit einer verlassenen, gequälten Seele.

Würde sie ihr jemals verzeihen können? Vergeben?

Welch große Worte.

Der grausame Mord an ihrem Vater, an ihrem gemeinsamen Vater, war nicht zu verzeihen. Dessen war sich Aenne sicher. Was auch immer Insa Schlimmes widerfahren war, sie hätte sich anders entscheiden können. Es hätte einen anderen Weg gegeben, zu jeder Zeit, davon war Aenne überzeugt.

Aber vielleicht würde sie Insa ja trotz allem irgendwann vergeben können.

»Mama!«

Aenne sah zu ihrer Tochter, die auf dem Sandweg vor dem Grab über der mitgebrachten Kiste hockte, und registrierte, dass Beeke das Holzgestell, ähnlich einem winzigen Tannenbaum, herausgenommen hatte und es ihr fragend entgegenhielt. Sie konnte das Gestell, dessen Querstreben mit einem Geflecht aus Buchsbaum umwickelt waren, mit ihren kleinen Kinderarmen kaum festhalten, so sperrig war es.

»Wo wollen wir das jetzt hinstellen?«

»Oh, du hast ihn schon ausgepackt«, stellte Aenne überrascht fest. »Tja.« Sie überlegte kurz und warf einen prüfenden Blick auf die Grabstelle ihres Vaters. So langsam war sie mit ihren Gedanken wieder bei der Sache. »Was hältst du davon, Rübe, wenn wir ihn hier rechts neben Opas Grabstein stellen? Gegenüber von der Kerze?«

»Okay.« Beeke setzte sich mit dem Holzgestell im Arm schwankend in Bewegung.

»Warte«, rief Aenne, »ich helfe dir.«

Mit vereinten Kräften platzierten sie das Gestänge neben dem Grabstein. Beeke holte eine Schaufel aus ihrem Eimer, mit deren Hilfe sie den Fuß des Gestells ein kleines Stückchen in die Erde eingruben. So, hoffte Aenne, würde es dem Wind, der in dieser Jahreszeit nahezu unaufhörlich wehte, standhalten können.

Bei dem mit Buchsbaum umflochtenen Holzgestell handelte es sich um einen Kenkenbuum, einen friesischen Weihnachtsbaum. Da echte Tannenbäume zur Weihnachtszeit auf der Insel früher Mangelware gewesen waren, hatten sich die Einheimischen eine Alternative überlegen müssen. So war die Tradition mit dem Kenkenbuum als Ersatz für einen herkömmlichen Weihnachtsbaum entstanden. Heutzutage benutzten viele Insulaner den Kenkenbuum gemeinsam mit dem Tannenbaum als weihnachtliche Dekoration. Er wurde in der Adventszeit im Haus aufgestellt, meistens bestückt mit vier Kerzen und geschmückt mit dem Kenkentjüch, einer bestimmten Anzahl von Figuren, die herkömmlicherweise aus Salzteig hergestellt und in einer besonderen Anordnung auf dem Holzgestell drapiert wurden.

Aenne hatte diese Figuren mit Beeke am letzten Wochenende, kurz vor dem ersten Advent, selbst gebacken. Das hatten sie nun schon zum dritten Mal gemacht, und es entwickelte sich allmählich zu einer Tradition in ihrer kleinen Familie. Aenne, Jan und Beeke hatten ihren Kenkenbuum gemeinsam geschmückt und in eines der Fenster im Wohnzimmer gestellt. Dabei war Beeke auf die Idee gekommen, ob sie nicht auch ihrem Opa einen Baum auf den Friedhof bringen könnten. Schließlich habe Opa in seinem Haus auch immer einen Kenkenbuum in der Diele stehen gehabt, deshalb brauche er jetzt auf seinem Grab unbedingt auch einen.

Aenne war zunächst skeptisch gewesen. Ein Kenkenbuum auf dem Grab? Noch dazu draußen, in Wind und Wetter? Aber dann hatte sie in Beekes leuchtende Augen gesehen, hatte ihre Begeisterung gespürt, und sie war überredet. Warum eigentlich nicht? Gleich am nächsten Morgen hatte Aenne ein zweites Gestell und wetterfeste Anhänger aus Keramik besorgt.

Diese Keramikfiguren nahmen Beeke und Aenne nun gemeinsam aus der Kiste.

»Wie heißen der Mann und die Frau noch mal, Mama?« fragte Beeke und sah auf die Figur eines Paares hinunter, die sie in den Händen hielt.

»Das sind Adam und Eva«, antwortete Aenne. »Sie stehen ganz unten am Stamm.«

Beeke platzierte die Figur an der entsprechenden Stelle. »Darf ich die Kuh und das Pferd auch aufhängen?« Sie zeigte auf die nächsten Figuren. »Und das Schaf und das Schwein? Den Hahn und den Fisch?«

»Und auch die Mühle und das Segelschiff? Also alles?«, erwiderte Aenne und musste schmunzeln. »Na klar, mach du man. Schmück du den Baum für Opa. Ich schau dir zu.«

Beeke machte sich geschäftig ans Werk. »Den Hahn ganz nach oben, ne?«

Aenne nickte, erhob sich aus der Hocke und trat ein paar Schritte zurück. Gedankenverloren betrachtete sie ihre kleine Tochter, wie sie neben dem Grabstein hockte und sich versunken ihrer Aufgabe widmete. Auch Beeke hatte schlimme Wochen hinter sich. Nach dem Tod des Großvaters mit Insa noch eine weitere wichtige Bezugsperson zu verlieren hatte sie in der ersten Zeit sehr mitgenommen. Aenne und Jan hatten versucht, Beeke zu erklären, dass Insa sich selbst das Leben genommen hatte und warum sie das getan hatte. Sie hatten ihr gesagt, dass Insa in ihrem Herzen so traurig gewesen sei, dass es sie ganz krank gemacht habe – und dass sie es deshalb nicht geschafft habe, noch weiter leben zu wollen. Beeke hatte diese Erklärung hingenommen, ohne nachzufragen. Die ganze

Geschichte würde Aenne ihrer Tochter später einmal erzählen, dann, wenn sie reif und stabil genug war, diese Dinge zu verstehen und die Wahrheit auszuhalten. Jetzt war es dafür noch zu früh. Aber auf keinen Fall wollte Aenne ihrer Tochter die Wahrheit vorenthalten. Was Schweigen und Lügen anrichten konnten, hatte sie schließlich gerade auf grausame Art und Weise am eigenen Leib erfahren.

Beeke musste niesen und zog geräuschvoll die Nase hoch. Mit ihren kleinen Fingern wischte sie sich über das Gesicht. Dann nahm sie die Schiffsfigur in die Hand und hängte sie an eine der mittleren Streben des Holzgestells.

Ein warmes Gefühl durchströmte Aenne, als sie ihre kleine Tochter dort hocken sah, den Oberkörper in der dicken Winterjacke zwischen die Knie gebeugt, die Wangen von der Kälte gerötet, konzentriert und mit kindlichem Ernst der Tätigkeit zugewandt. Sie hoffte, dass sie Beeke nach allem, was diese in den letzten Wochen und Monaten hatte erleben müssen, das geben konnte, was sie nun mehr denn je brauchte: Sicherheit und Verlässlichkeit, Vertrauen und Liebe. Aenne hoffte so sehr, dass das, was sie nach all den schlimmen Ereignissen überhaupt noch geben konnte, ausreichte, damit Beeke ihr Urvertrauen in die Menschen und in das Gute auf der Welt bewahren konnte. Sie würde sich bemühen, nein, sie würde alles daransetzen, dass ihre Tochter heil aus dieser Geschichte herauskam. Und Jan würde sie dabei nach Kräften unterstützen, das wusste sie.

Und ihre eigenen Eltern?

Was hatten sie getan?

Sie hatten ihr leibliches Kind weggegeben. Und nicht nur das. Sie waren noch einen Schritt weiter gegangen. Zu weit.

Das Ganze war für Aenne noch immer unvorstellbar. Das eigene Kind. Ihr Blick wanderte zum Grabstein hinüber und blieb am Namen ihres Vaters hängen.

Erk Jannen.

Was hatte er nur getan?

Nachdem Aenne die Wahrheit über ihre Eltern und ihre Familie erfahren hatte, verspürte sie mehr denn je das Bedürfnis, mit ihrem Vater zu reden. Sie hatte so viele Fragen, die in ihrem

Herzen brannten! Es gab so vieles, was sie nicht verstand. Wie hatte er so etwas nur tun können? Was hatte ihn dazu getrieben? Sie wollte ihn schütteln, ihn anschreien, eine Erklärung fordern. *Warum?*

Doch dafür war es zu spät.

Ihre Mutter hatte versucht, es ihr zu erklären.

Sie hatten viel miteinander geredet, hatten lange Gespräche geführt. Am Anfang war es nicht leicht gewesen, ganz und gar nicht. Aenne war viel zu geschockt und aufgewühlt gewesen von dem, was passiert war und was sie erfahren hatte. Aber immerhin erschien es ihr so, als hätten sie und ihre Mutter das erste Mal in ihrem Leben wirklich miteinander gesprochen.

Luise sah schwer mitgenommen aus seit dem Tag im Watt. Ihr Gesicht war blass und eingefallen, um Jahre gealtert, und ihr Körper wirkte noch schmaler als zuvor, zart und zerbrechlich und auf eigentümliche Weise geschrumpft. So als habe er die jahrzehntelange Last der Schuld nicht mehr länger stemmen können und ihr endlich nachgegeben.

Luise hatte reinen Tisch machen wollen. Schonungslos hatte sie Aenne alles erzählt, was damals, vor gut vierzig Jahren, geschehen war. Sie hatte versucht, Aenne zu erklären, was sie und Erk damals bewegt und was sie zu dieser fatalen Entscheidung getrieben hatte. Sie hatte sich Aennes Fragen gestellt und sich auch den Vorwürfen und Vorhaltungen nicht entzogen. Verstecken, Verstellen und Verdrängen, all das sollte endlich ein Ende haben. Wahrscheinlich sah Luise darin ihre letzte Chance. Wenn sie sich selbst endlich wieder in die Augen sehen und eine Zukunft, in welcher Form auch immer, mit Aenne aufbauen wollte, musste die Vergangenheit ohne Kompromisse aufgeklärt werden. Und hinter ihnen bleiben.

Luise hatte Aenne außerdem gestanden, dass sie die Schwangerschaft mit ihr zunächst als so etwas wie eine zweite Chance, eine Wiedergutmachung begriffen hatte. Doch mit der Geburt habe sich alles jäh geändert. Ihre Schuldgefühle dem ersten Kind gegenüber, dem Kind, von dem sie nicht einmal wusste, ob es überlebt hatte und dessen Grabstein auf dem Friedhof stand, diese Schuldgefühle seien mit ungeahnter Macht erneut über sie hereingebrochen. Und hätten sie von da an nicht mehr losgelassen. Sie seien so erdrückend gewesen, dass sie alles andere überschattet hatten. Sie hätten die Beziehung zu Aenne von Beginn an schwer belastet und Luise an einem unbeschwerten, natürlichen Zugang zu ihrer zweiten Tochter gehindert. Sie sei nicht mehr fähig gewesen, eine bedingungslose Liebe zu Aenne zuzulassen und ihr zurückzugeben. Irgendetwas in ihr war unwiederbringlich zerstört worden.

Erk hingegen habe seine Schuld auszugleichen versucht, indem er eine besonders innige Beziehung zu Aenne aufgebaut und sich hingebungsvoll um sie gekümmert hatte. Er hatte Aenne mit seiner Liebe regelrecht überschüttet. Und damit die Distanz zwischen Luise und Aenne nur noch vergrößert.

Ihre Mutter hatte Aenne um Verzeihung gebeten. Und um eine Chance für einen Neuanfang. Kein Wiedergutmachen, kein Auslöschen der Vergangenheit, aber vielleicht ein Neubeginn? Mit Blick nach vorn?

Aenne war skeptisch. Verunsichert und irritiert. War das möglich? Konnte es einen Neubeginn mit ihrer Mutter geben? Konnten sie die Vergangenheit hinter sich lassen und einen neuen, gemeinsamen Weg finden? Nach wie vor fiel es Aenne schwer, das Verhalten ihrer Mutter nachzuvollziehen oder gar zu verstehen, ihre Gedanken und Gefühle konnte sie nur schwer nachempfinden. Aber es hatte einen Grund gegeben für all das, was geschehen war, zumindest das war Aenne nun klar. Ihre Mutter und ihr Vater hatten nicht leichtfertig gehandelt. Sie hatten einen schrecklichen, einen folgenschweren Fehler gemacht, von dessen Last sie sich nicht hatten befreien können und der ihr weiteres Leben bestimmte. Damit, mit diesem Wissen, konnte und musste Aenne jetzt umgehen. Sie hatte eine Erklärung bekommen, mit der sie sich auseinandersetzen musste. Wie diese Auseinandersetzung allerdings ausgehen würde, das wusste Aenne im Moment noch nicht. Sie brauchte Zeit.

»Guck mal, Mama! Ich bin fertig!«

»Was?«, fragte Aenne geistesabwesend und sah in Beekes Richtung.

»Ich bin fertig«, wiederholte Beeke. »Mit dem Baum! Sieht

er nicht schön aus?« Mit stolzgeschwellter Brust stand Beeke neben dem Kenkenbuum. Alle Anhänger waren an ihrem Platz. Sie schaukelten im Wind hin und her, als eine Böe über das Grab wehte.

»Doch, ja«, murmelte Aenne zustimmend und zog ihre Mütze ein wenig tiefer über die Ohren. Sie fröstelte. »Doch, er sieht wirklich schön aus.«

»Und jetzt?«, fragte Beeke.

»Wie, jetzt?«

»Na, was machen wir jetzt?« Beeke schaute sie tadelnd an.

»Wir haben doch noch eine Blume für Opa.«

»Ach ja, die Christrose!« Die hätte Aenne fast vergessen. »Kannst du sie bitte aus der Kiste holen? Und bringst du auch gleich die kleine Schaufel mit?«

»Aber die Schaufel liegt doch schon hier.« Beeke zeigte auf den Boden neben dem friesischen Weihnachtsbaum. Damit hatten sie vorhin das Loch für den Stamm gegraben.

»Ach so, na klar, hatte ich ganz vergessen … Aber dann bring doch bitte noch die kleine Harke mit.« Aenne zog die Schultern hoch und vergrub ihre Hände noch tiefer in ihren Jackentaschen. Allmählich wurde ihr wirklich kalt. Und mit einem Mal sank eine schwere Müdigkeit auf sie herab. Sie kannte das schon, es passierte nicht zum ersten Mal. Es fühlte sich an, als legte sich ein tonnenschweres Gewicht bleiern auf ihre Schultern und drohte, ihren Körper in die Knie zu zwingen. Sie fühlte sich erschöpft und ausgezehrt, leer und ausgepumpt.

Insas Verbrechen hatte ihr nicht allein den Vater genommen. Durch ihre Tat war eine Wahrheit ans Licht gekommen, die Aenne beide Eltern und ihre gemeinsame Vergangenheit als Familie gestohlen hatte. Wie sollte sie damit zurechtkommen?

Es gab Momente, da verspürte Aenne den Wunsch, sich eine Zeit lang aus ihrem Leben zurückzuziehen, sich von allem abzukapseln, Beeke und Jan eingeschlossen. In diesen Augenblicken wünschte sie sich nichts sehnlicher, als nur noch allein zu sein. Am liebsten würde sie sich wie eine Raupe in einen Kokon hüllen und vor der Welt verstecken. Die Trauer und der Schmerz, der grausame Verlust und die bittere Wahrheit, all das bliebe draußen, ausgesperrt auf unbestimmte Zeit. Und dann, irgendwann, wenn der richtige Zeitpunkt gekommen war, würde sie verwandelt, wie neugeboren und mit neuer Kraft in ihr Leben zurückkehren.

Ihr Vater fehlte ihr. Trotz allem.

Er fehlte ihr so sehr.

Jeden einzelnen Tag.

Manchmal glaubte sie, seine Stimme zu hören. Oder im Gewühl von Menschen, an der Fähre, am Strand oder auf der Straße sein Gesicht zu sehen. Seinen Gang zu erkennen. Manchmal wartete sie darauf, dass sich die Tür öffnen und er ins Zimmer treten würde.

Die Trauer begleitete Aenne wie ein Schatten. Sie war ein Teil von ihr geworden, verfolgte sie auf Schritt und Tritt. Ganz gleich, wohin sie ging und ob sie ihr Beachtung schenkte oder nicht, sie ließ Aenne nicht los.

Manchmal machte sie sich winzig klein und war fast nur eine Andeutung, kaum wahrnehmbar. Dann wieder plusterte sie sich auf, wurde riesengroß, größer als sie selbst, und drohte, Aenne zu ersticken.

Mal war sie dunkel, grau und schwarz, bedrohlich, mit scharfen Ecken und Kanten. Mal nur verschwommen, mit unscharfen Konturen und so schwach, dass Aenne sie kaum erkennen konnte.

Manchmal ließ die Helligkeit sie verschwinden, genauso wie sie sie auch umso deutlicher hervortreten lassen konnte. Manchmal verkroch sie sich in der Dunkelheit, verschwamm mit dem Hintergrund und ging unter im Alltäglichen, sodass Aenne sich für einen kurzen Augenblick in Sicherheit wähnte. Nur um dann umso brutaler, plötzlich und unerwartet, erneut hinter einer Ecke hervorzuspringen.

Es gab Momente, da glaubte Aenne, sie habe es geschafft, sie habe sie abgeschüttelt. Bis sie sich umsah und begriff, dass sie immer noch da war.

Aenne konnte zwar versuchen, vor der Trauer davonzulaufen. Doch sie konnte ihr nicht entkommen. Sie konnte nur lernen, mit ihr zu leben.

Es wurde schon dunkel, und ein feiner Nieselregen hatte eingesetzt. Beeke hatte die Christrose und die kleine Harke geholt. Gemeinsam pflanzten sie die Blume mit den weißen Blüten vor den Grabstein. Die Erde war nass, kalt und schwer.

Nachts kamen die Panikattacken. Sie brachen wie aus dem Nichts über Aenne herein. Sie schlief schlecht, wachte mitten in der Nacht auf. Dann begannen die Gedanken in ihrem Kopf zu rotieren, das Herz fing an zu rasen, und sie konnte nicht mehr richtig ein- und ausatmen. Am ganzen Körper brach ihr der kalte Schweiß aus, und ihre Beine fingen an zu zittern.

Irgendwann hörte es einfach wieder auf. Doch Aenne verlor in dieser Situation jegliche Kontrolle über sich und ihren Körper. Das war nicht nur unangenehm und unheimlich und bis zur Erschöpfung anstrengend. Es war mehr. Es machte ihr Angst.

Und diese Angst wurde von Mal zu Mal stärker.

Aenne erhob sich aus der Hocke und klopfte sich die dunkle Erde von den Händen. Sie holte tief Luft.

Katharina Wolf hatte ihr geraten, psychologische Unterstützung zu suchen, von polizeilicher Seite her gebe es entsprechende Angebote für Opfer von Gewaltverbrechen und deren Angehörige. Aenne hatte mit einer derartigen Form von professioneller Hilfe keinerlei Erfahrung. Sie hatte sich noch nie zuvor in ihrem Leben in einer Lage befunden, in der sie psychotherapeutische Hilfe in Anspruch nehmen musste. Doch vielleicht war es nun so weit, und sie sollte es tatsächlich tun. Darüber musste sie nachdenken.

Sie sah Beeke an, die neben sie getreten war. Blickte auf die bunt gestreifte Pudelmütze mit dem dicken Bommel, die widerspenstigen Haare, die darunter hervorlugten. Und wenn sie es für ihre Tochter tat. Allein schon ihr, wenn nicht sich selbst, war sie es schuldig.

Beeke schob ihre Hand in Aennes. Ihre kleinen Finger fühlten sich kühl und zart an. Einen Augenblick lang betrachteten sie schweigend, Seite an Seite, ihr gemeinsames Werk.

»Mama, können wir jetzt gehen?« Beeke blickte zu ihrer Mutter auf.

Aenne lächelte ihre Tochter liebevoll an. Sie nickte. »Ja, wir können jetzt gehen.«

Sie reichte Beeke den Eimer mit der Schaufel und der kleinen Harke. Sie selbst nahm die leere Kiste. Sie warf einen letzten Blick auf das Grab ihres Vaters, dann drehte sie sich um.

Eine scharfe Windböe fuhr Aenne ins Gesicht, als sie mit Beeke an der Hand den Weg in Richtung Friedhofsausgang entlangging. Sie zog die Schultern hoch und drückte Beekes Hand noch ein wenig fester.

Ein langer Weg lag noch vor ihr, ein schwerer Weg mit unklarem Ziel. So vieles galt es noch zu begreifen und zu verarbeiten, zu sortieren und neu zu bewerten. Aennes Seele musste aufholen.

Doch eines wusste sie:

Sie hatte Jan. Und sie hatte Beeke.

Mit ihnen würde sie es schaffen.

Irgendwie.

Kleine Hand in großer Hand.

Epilog

Familie Martinen, Boragwai 5, 25946 Norddorf/Amrum

Amrum, im September 2014
An Luise Jannen

Ich bin schwer krank und habe nicht mehr lange zu leben.
Ich hatte schon damals begriffen, wann es Zeit war, zu gehen,
und ich weiß es auch heute. Ich möchte mein Ende selbst be-
stimmen. Alles andere habe ich viel zu oft bei meiner Arbeit mit
ansehen müssen. Zuzuschauen, bis nichts mehr von mir übrig
bleibt, das ist nicht mein Weg.
Deshalb bin ich nach Amrum zurückgekommen. Dies ist der
Ort, um mich von der Welt zu verabschieden.

Doch auch etwas anderes wollte, nein, musste ich noch erledigen,
bevor ich nun für immer gehen werde.
Ich habe Erk meine Liebe gestanden.
Tja, Luise, hättest du das gedacht? Hast du es jemals bemerkt?
Aber es ist wahr, ich habe Erk wirklich geliebt. Mein ganzes
Leben lang.
Ich hatte gedacht, dass es vielleicht irgendwann aufhören würde.
Ich hatte es gehofft, es mir sehnlichst gewünscht. Und versucht,
mich auf andere Männer einzulassen, habe andere Beziehungen
ausprobiert, immer wieder aufs Neue. Aber nie war es richtig.
Ich musste erkennen, dass wahre Liebe nie wirklich endet.
Und nicht zu ersetzen ist.
Bitter nur, wenn sie nicht erwidert wird.
Ich hatte nie eine Chance.

Ich habe Erk wenige Tage vor seinem Tod getroffen und ihm alles
gesagt. Und, Luise, was glaubst du, wie er reagiert hat?
Er hat mich verstanden.
Er weiß, was es heißt, ein Leben lang wirklich zu lieben, ohne

dass die Liebe gleichermaßen erwidert wird. Er hat gesagt, er habe zwar etliche Verhältnisse gehabt, aber seine Liebe habe trotz allem immer nur einer Frau gegolten.

Dir, Luise.

Wahre Liebe endet nie. Und ist nicht zu ersetzen.

Bitte verzeih, Luise, dass ich dir dies alles nicht persönlich sagen konnte. Aber ich musste diese Grenze ziehen, schon damals nach eurer Hochzeit und deiner Schwangerschaft, als ich die Insel verlassen habe, und auch heute noch. Anders hätte ich es nicht geschafft. Es tut mir leid.

Erks gewaltsamer Tod hat mich schwer erschüttert. Ich hoffe sehr, dass der Täter bald gefunden und hart bestraft wird.

Dennoch entbehrt sein Tod nicht einer gewissen Ironie des Schicksals. Denn so wird mir mein größter Wunsch wenigstens im Tod nicht mehr länger verwehrt. Wenn ich jetzt zu Erk gehe, habe ich ihn für mich allein. Zumindest für eine gewisse Zeit.

Also, Luise, lass dir ruhig noch ein wenig Zeit, bis du uns folgst. Das wünsche ich dir.

Und das wünsche ich Erk und mir.

Liv

Dank

Bei der Entstehung dieses Romans haben mir zahlreiche Menschen zur Seite gestanden, denen ich danken möchte:
- dem Team vom Emons Verlag für das in mich gesetzte Vertrauen, allen voran meiner Lektorin Marit Obsen,
- meinem Agenten Peter Molden und Regina Molden für ihre sorgsame Begleitung und Unterstützung,
- meinen Erstleserinnen Bärbel Claus, Helga Dick, Astrid Dützmann-Nissen, Susanne Müller und Marina Schiewer für konstruktive Kritik (Drama!), fürs Bestärken und Mitfreuen,
- Nils Randow, der mir bei so manch einer Detailfrage zum Thema Segeln und Amrum weitergeholfen hat.

Und mein größter Dank gilt Marla, Franka, Marius und Karsten – meinen kleinen und großen Händen.

Ilka Dick, im Frühjahr 2017